小松謙著

「四大奇書」の研究

汲古書院

「四大奇書」の研究　目次

序

「四大奇書」とは、『三國志演義』『水滸傳』『西遊記』『金瓶梅』の總稱である。この名稱自體は、清代前期の書坊が販賣促進用につけたキャッチフレーズにすぎまいが、[1] この四篇をもって明代白話小説の代表作、更にいえば中國長篇小説の最高峯と見なすことには、ほとんど異論はないであろう。清代に入ると多數の白話小説が制作されるようになるが、この四篇に比肩しうるものとしては、わずかに『紅樓夢』、あとはかろうじて『儒林外史』をあげうるにとどまろう。

また、『金瓶梅』以外の三篇は、演劇・語り物など藝能の世界における最も主要な素材供給源でもある。實際、今日上演されている演劇の中でも、三國・水滸・西遊記關係の演目は非常に大きな比重を占めている。

更に諸外國、特に日本に對する影響の大きさにも特筆すべきものがある。今日『三國志演義』『水滸傳』『西遊記』に取材した小説・漫畫・ゲーム・映畫・テレビ番組が量產されていることはいうまでもないが、それ以上に重要なのは、これらの小説が江戸時代の日本文學に與えた影響の大きさであろう。實際、『水滸傳』の受容なくしては讀本の發達はありえなかった。[2] そして、歐米の「小説」概念を受容するにあたって、讀本がその基盤を形作ったとすれば、『水滸傳』は日本の近代文學成立にも大きな影響を及ぼしたことになる。

このように、「四大奇書」は中國文學のなかでも指折りの重要な作品群である。從って過去の研究も多く、その內容も成立史・テキスト研究・人物研究・作者に關する考證など、非常に多岐にわたる。筆者も、もとよりそのすべてに目を通したわけではない。ただ、四篇全體を文學史の中に位置づけようとする研究は必ずしも多くはないのではあるまいか。本書においては、白話が文字化され、白話文學が成立していく過程の中に「四大奇書」を位置づけることを試みてみたい。

まず歷史的事實が發生し、やがてそれが藝能の題材となっていく。第一に、なぜそれが藝能の題材として選ばれたのかが問われねばなるまい。なぜ三國であって、南北朝ではないのか。物語は藝能の世界で育まれるが、口で語り、目で見、耳で聞くものである藝能は、當然のことながら文字とは無緣である。しかし、ある段階においてそれは文字に固定される。なぜ固定されるのか。そして、更なる一段の飛躍として、印刷に付される。本來文字と無緣であったはずの藝能テキストが、なぜ印刷に付されるに至るのか。更に、印刷の世界においても物語は變容し續ける。その變容はなにゆえに生じるのか。變容の結果、演劇・藝能の世界との間に乖離は生じるのか。また、これらのテキストの成立は、書記言語に影響を及ぼすのか。

これらは、いずれも中國社會の本質にまで關わる重要な問題である。そして、「四大奇書」こそは、これらの問題の焦點ともいうべき存在であった。從って、これらの問題について考えるためには、こうした視點を持って「四大奇書」について考えることが不可缺である。しかも、マスメディアの影響力を拔きにして近代社會の成立を論じることができない點に鑑みれば、「四大奇書」の展開は、物語・言語・文字・印刷が絡まり合って展開していく過程を示すモデル・ケースとして、近代社會の成立という普遍的な課題について考える一助ともなりうるものであろう。
まずは、「四大奇書」自體について論じる前提として、「四大奇書」を生み出す土壌となった明代における狀況について考えてみたい。現存する「四大奇書」の諸刊本が刊行されるまでの時期において、白話文學の文字化はどのように進展したのか。「四大奇書」について議論を開始する前提として、まずその點について考察することは不可缺であろう。

注

（1）「四大奇書」という名稱の成立過程については、浦安迪（Andrew. H.Plaks）『明代小說四大奇書』（沈亨壽譯の中國語版による。中國和平出版社一九九三）第一章「文人小說的歷史背景」が論じており、乾隆年間に芥子園刊本においてこの名稱が確立しているように思われるとする。
（2）高島俊男『水滸傳と日本人』（大修館一九九一、後にちくま文庫二〇〇一）。

「四大奇書」の研究

第一部　明代に何が起こったのか

白話文學の刊行はいつに始まるのか。現存する刊行物として最古のものは、おそらく南宋刊と推定される『大唐三藏取經詩話』であろう。また、刊本が殘ってはいないものの、『董解元西廂記諸宮調』も金代にはすでに刊行されていたものと思われる。[1] ただ、これらはいずれも後の時期にどのように繼承されたかが明らかではなく、いわば孤立した刊行物というべきものである。刊本がほぼ完全な形で現存し、明代以降の白話文學作品に直結する性格を持ち、かつある程度刊行年代を定めうる刊行物という點からすると、白話文學刊行史の出發點に置くべきは、元末に刊行された『全相平話五種』（以下『全相平話』と略稱）と『元刊雜劇三十種』（以下『元刊雜劇』と略稱）であろう。

では、これらの書物はどのような目的で刊行されたのか。無論讀むためであろう。しかし、何のために讀むのか。今日の目から見れば、當然讀んで樂しむためという答えが期待されよう。しかし本當にそうなのか。當時娛樂のための讀書という習慣は存在したのか。

今でも中國語で「讀書」といえば、通常勉強のことをさす。また「讀書人」という言葉は、士大夫の別稱といってよい。この場合の「讀書」も、今日の日本語でいう「讀書」とは異なり、儒教的な教養を持つことをさす。そして、印刷が本格的に行われるようになった宋代に刊行された書物は、現存するものについていえば、そのほとんどがいわゆる四部の書、具體的には「經部」つまり儒教經典と、「史部」つまり歷史・地理書、「集部」つまり詩文集、それに「子部」に屬する多樣な書物、つまり思想・宗教書と農業・醫學・占卜などの實用書、それにやはり一種の實用書である類書にほぼ限られるといってよい。これらは、まとめていえば士大夫から見て有益な書物、つまり固い書物と實用書であり、娯樂的性格を持つものはほとんど含まれていない。もとより、その種の書物が殘っていないということにすぎない可能性もある。『武林舊事』に「掌記」を賣る商賣が記録されているように、娯樂的な刊行物も皆無ではなかったかもしれない。ただ、「掌記」という名稱が暗示するように、それは本格的な書物ではなく、藝能に伴う簡單なパンフレット的なものだったのではないかと思われる。

つまり、宋金期までは、讀書とは勉強のためにするものであり、特に有益とも思えない娯樂目的の讀書という習慣はほとんどなかったものと思われる。元代に入っても、事情はそれほど變わらなかったであろう。ではなぜ『全相平話』と『元刊雜劇』が刊行されえたのか。

おそらく『全相平話』と『元刊雜劇』との間で事情は異なるであろう。『全相平話』は、それほど教育水準が高くない識字者及びその周邊の人々を主たる讀者と想定して出版された啓蒙的歷史讀み物、一種の通俗的教養書であったものと思われる(2)。つまり、讀者は教養を身につけるための學習の具としてこれらの書物を用いた可能性が高いのである。一方『元刊雜劇』は、一部の例外を除いてト書きやセリフが非常に少ないか、もしくは皆無であり、戲曲として讀むことがほとんど想定されていないように思われることから考えて、曲辭を鑑賞するために刊行されたものと推定される。ということは、『元刊雜劇』の讀者は、讀み物としてではなく、詩詞や散曲を讀むのと同じ態度でこれらのテキストを受容することを期待されていたことになる(3)。

つまり刊行目的はそれぞれ學習と韻文鑑賞であり、娯樂目的で刊行されたものとは思えない。この點において、兩者はともに從來の刊行物の枠を出るものではなかった。しかし、これはあくまで刊行の目的であり、實際にそうした目的で受容されたとは限らない。實際、學習目的で讀み始めた書物が、その面白さゆえに娯樂目的へと轉じていくことは、その後の時代にも數多く認められる事態である。たとえば、江戶時代の日本人は「唐話」つまり中國語學習のテキストとして『水滸傳』などの中國白話小説を使用したが、やがて彼らの多くはその面白さのとりこになり、やがて白話小説を模倣した讀本という新しいジャンルを生み出すに至る。中國でも同じことが起きていたのではないか。『全相平話』の讀者たちは、當初の教養的學習という目的を離れて、娯樂書として樂しむことを始めたのではなかろうか。これらの書物を制作するに當たり、おそらくは教養のない讀者でもあきずに讀み續けられるように、書坊が講釋の種本を利用したと思われることは、娯樂的讀書の成立にあずかって力があったに違いない。

一方、『元刊雜劇』の中には、「大字本」と括られる四種からなるグループが存在する。字が大きいことは、讀者層の教養の低さを反映することが多い。そして、大字本のうち「焚兒救母」「鐵拐李」の二種は、他の元刊本とは異なり、正末・正旦以外のセリフと詳細なト書きを含む。これは、曲辭の鑑賞というより、ストーリーの把握を重視した結果ではなかろうか。しかも、これらの雜劇は、內容的には庶民の世界を題材とし、言語的には典故を踏んだ表現をほとんど用いず白話を多用する。つまり、『元刊雜劇』の中でもこのグループは、教養の高くない人々が讀み物として受容したものだったのではないかと思われるのである(4)。

以上のように、おそらく元代末期には、目的としてはあくまで從來の出版の枠內で刊行された出版物が、本來の意圖とは異なる意識を持って受容されつつあったように思われる。明代に入ると、書坊はより自覺的にこうした方向を推し進め、それに對應して新たな讀者層が廣がっていったのであろう。こうした狀況が、「四大奇書」を生む土壤となったに違いない。では、明代には具體的にどのような事態が進行したのであろうか。

明代に何が起きたのか。ここでは、便宜上明代を五つの時期に分けて論じることにしたい。

第一期　洪武～天順（一三六八～一四六四）「前期」と略稱

第二期　成化~正德（一四六五～一五二一）「中期」と略稱
第三期　嘉靖（一五二二～六六）「嘉靖期」と略稱
第四期　隆慶・萬曆（一五六七～一六二〇）「萬曆期」と略稱
第五期　天啓・崇禎（一六二一～四四）「末期」と略稱

必ずしも皇帝の治世の切れ目が時代の切れ目と一致するとは限らないが、この場合にはこうした區分は有效であろうと思われる。前期と中期をそれぞれ一つの區分とするのに對して、後期を三つに細分するのは、嘉靖期以降出版が急激な進展を遂げ、しかも時期を追って大きく樣相を變えていくからである。

では、以下嘉靖期までの展開を、時代を追って見ていくことにしよう。

第一期　洪武~天順（一三六八～一四六四）

この時期は、通常文化的には停滯期と見なされている。事實、吳中四才子など元の名殘ともいうべき人々を別にすれば、詩文においてすぐれた業績を殘した例は少なく、また思想面においても、いわゆる「永樂の四大全」のような編集ものが作られ、そのため政府公認の朱子學以外の展開が抑制されたといわれる。ただ、「四大全」の編纂が思想統制の一環であったことは事實ではあるが、それが明代文化が持つ獨特の性格を生み出す要因となったことを見逃してはなるまい。

「四大全」が科擧の基準として確定されたことにより、受驗生は多樣な考え方を學ぶ必要がなくなった。その結果、受驗生の思想は確かに單純化されたであろうが、違った側面から見れば、受驗生は多樣な書物を讀み、多樣な考え方に頭を慣らす必要はなくなった。つまり、多くの書物を讀み、廣い教養を身につける必要がなくなったのである。これは、科擧受驗者を擴大する上で非常に大きな效果を持つ措置であった。受驗者は基本的には「四大全」に精通すればよいのであって、多くの書物を讀む必要はない。このことは、經濟的にも受驗を容易にしたに違いない。從來は、多くの書物を購入することのできる富裕な家や、豐かな藏書を持つ知識人の家の人間でなければ十分な受驗準備は困難であったものが、今や限られた數の書物を入手し、その範圍の知識だけを增やすことによって、合格が可能になったのである。當然、合格者の知識レベルは低くなり、思想の自由な發展は阻害される。しかし、それを補ってあまりあるといってもいいかもしれない效果がここから生じた。宋元まではかなり限定された階級であった士大夫層が流動化し、低い層の人間も士大夫に成り上がるチャンスが生まれたのである。

こうして明代は、中國史上でも特に烈しい競爭社會になった。そしてそこからいわゆる明代士大夫の庶民性が生じ、それは後述するように白話文學の發達を促し、また出版の發展の要因ともなった。陽明學の誕生もこの動きと深く關わる一面を持っていよう。つまり明代前期の文化的停滯は、中期から後期に生じる爆發的展開の助走ともいうべき性格を持っていたのである。

とはいえ、この時期における出版が低調であったことは否定できない。そうした中で、白話文學の重要な出版物が二種類刊行されている。そしてその性格は、やはり後期に發生する爆發的展開への助走と呼ぶべきものであった。『周憲王樂府』と『嬌紅記』である。

この二種の戲曲（ともに雜劇）刊本については、別に論じたことがあるため(5)、ここでは簡單に述べるにとどめるが、兩者は全く對照的な性格を持つ。『周憲王樂府』が、作者周憲王朱有燉自身の手により、周王府から刊行されたのに對し、『嬌紅記』は南京の積德堂なる書坊の刊行物である。そして、前者が正確な用字により、讀みやすい端正な文字で刊刻されており、插繪を含まないのに對し、後者は俗字・當て字を含むかなり粗雜な版面を持ち、しかも每葉の半分は插繪である。

つまり、前者は王という身分にある作者が、資金を惜しまず知識人向けに刋行したテキストであり、讀者はおそらく曲辭を鑑賞することを主たる目的として受容したものと思われる。ただし、「全賓（全せりふ入り）」と銘打つこと、明代宮廷における上演用テキストの中に周憲王の作品が含まれていることから考えて(6)、實演用テキストを提供する意圖があった可能性もある。

それに對し後者は、插繪の多さから考えても、高級知識人を主たる對象としたものとは考えにくい。しかもそのセリフの量の多さ、正末が大量の詩詞を引用しつつ物語を一人で語っていく場面が多いことの不自然さ、通常のものにくらべてはるかに詳細なト書きなどを見れば、このテキストが實際の上演と關係を持つものではないことは明らかであろう。實際、「全賓」と稱する『周憲王樂府』に比べて、『嬌紅記』の曲辭に對するセリフの割合は比較にならないほど多い。おそらく『嬌紅記』は、演劇テキストではなく、詩詞曲を大量に含む繪入りの白話讀み物として刋行されたのであろう。

つまり、前期においてすでに、高級知識人以外の人々を對象に、繪入りの讀み物として刋行されたテキストが存在したことになる。その一方で、知識人を對象に、曲辭を味わうことを主目的としたテキストも存在した。明代の白話文學テキストは、この二つの系統に沿って展開していくことになる。

そして、『嬌紅記』を見る限り、前者の系統に屬するテキストは、演劇の脚本という強い意識を持って刋行されているとは考えにくい。むしろ、演劇テキストとしてはあまりにも不自然であるその形式から見て、讀者は小說・戲曲といったジャンル意識とは無關係に、白話讀み物として把握していたのではないかと思われる。

こうした動きは、中期以降どのように引き繼がれるのであろうか。また、こうした讀み物の受容者であった非高級知識人讀者とは、具體的にはどのような人々だったのであろうか。彼らは、しばしば「民衆」という言葉で要約されてしまうが、それではあまりに漠然としていよう。また、書物というものが高價であり、貸本屋の存在も確認できない當時にあって、眞の意味での民衆、つまり經濟力を持たない庶民がこれらの書物を購入することができたとも思えない。都市部では、様々な必要に應じて字を讀むことのできる庶民もある程度存在したであろうが、もとよりその能力には限界があったであろうし、農村部における識字率は非常に低かったに違いない。

これらの點について考えることは、いうまでもなく至難である。高級知識人向けの書物であれば、彼らの文集にその書物に關する記述が見えることもある。そこから、どのような形で廣がり、どのような形で讀まれていたのかを知ることも、ある程度は可能であろう。しかし、非知識人向けの書物について、高級知識人が記錄を殘すことはほとんどない。そして、今日まで殘っている文獻のほとんどは、高級知識人の手になるものなのである。しかし、「不特定多數の讀者を對象とした、實用性に裏付けられていない讀み物」こそ近代文學の定義の一つであろう。だとすれば、この時發生しつつあった事態こそ、近代文學誕生への胎動ということになる。そして、出版技術の進歩の早さと、階級による規制の弱さという二つの要因ゆえに、中國は世界でも最も早くこのような動きを起こした地域であった。この問題について考えずにすませるわけにはいくまい。困難さゆえにこの問題について考えることを放棄することは、文學というものを、人間の自律的な營みによって成長するものではなく、國家體制に裏打ちされた一部のエリートのみのものとしてしか考えないことを意味する。

至難ではあるが、手段がないわけではない。一番の鍵となるのは、對象となる作品のテキスト自體である。讀者層を意識し、利益を上げることを目的として刊行された商業出版物においては、顧客の要求に應える內容の書物が希求され續けたに違いない。何が題材とされ、何に重きが置かれているのか。その點を追究していけば、その書物の讀者の姿をある程度描き出すことができるのではないか。

さきにあげた明代前期の二つのテキストの讀者については、すでにふれたように、插繪の有無が一つのメルクマールになるであろう。そしてもう一つ、別稿で述べたように(7)、『嬌紅記』においては女性の活躍が目立つという事實がある。そこから浮かび上がる『嬌紅記』の讀者像は、話し言葉の語彙で書かれた繪入り・歌入りの物語を希求し、女性の活躍に共感する、あまり教養の高くない人々である。中期以降の事例から、更にこの點について考えてみよう。

第二期　成化〜正德（一四六五〜一五二一）

一

この時期に刊行された白話文學作品についても、現存するものはわずかしかない。しかし幸いなことに、この時期にはある程度白話による大衆向け讀み物が刊行されていたことを明示する資料が殘されている。葉盛（一四二〇〜七〇）の『水東日記』卷二十一に見える「小說戲文」と題する一文である。

今書坊相傳射利之徒、僞爲小說雜書。南人喜談如漢小王光武、蔡伯喈邕、楊六使文廣。北人喜談如繼母大賢等事甚多。農工商販抄寫繪畫、家畜而人有之。癡騃女婦、尤酷好、好事者因目爲女通鑑、有以也。

いま書坊の金目當てに話を傳える輩は、「小說雜書」をでっち上げている。南の人間が語るのを好むのは「漢小王光武」「蔡伯喈邕」「楊六使文廣」、北の人間が語るのを好むものとしては「繼母大賢」といった類が大變多い。農民・職人・商人・行商人らは寫し取り繪を描き、どの家もどの人も所有しているというありさまである。
　愚かな女どもは特にこれを好むので、物好きな人が「女通鑑」というのももっともなことである。

以前に論じたように、[8]ここにあげられている一連の書物は、歴史上の人物の名を冠してはいるものの、おそらく歴史的事實とは大きく異なる民間傳説に沿った内容のものであろうと思われる。そして「抄寫繪畫」とある以上、いうまでもなく繪入り本であった。

ここで注目されるのは、その讀者層と受容形態である。まず讀者層としてあげられているのは「農工商販」、つまりまず農民と職人、そして「商販」の區別ははっきりしないが、おそらく「商」が固定した商店を構える商人であるのに對し、「販」は「負販」といった單語の意味から推して行商人である可能性が高かろう。「農」と「商」については富豪である可能性もあるが、富裕であるとは考えにくい「工」「販」と竝列されていることから見て、豪農や大商人をさす可能性は低いであろう。

つまり、葉盛の記述がどこまで正確なものであるかは定かではないが、ここには天順・成化期における庶民といっていい人々の讀書状況が記録されているのである。そして、そこで女性が讀者として特に強調されていることは注目に値しよう。ここで思い出されるのが、『嬌紅記』は女性が活躍し、毎葉に繪の入った書物だったことである。『嬌紅記』は、その分量から見て、かなり價格が高かったものと推定される。從って、葉盛が述べている書物よりは經濟水準の高い人々を購買層として意識していた可能性が高いものと思われるが、兩者の間に通うものがあることは事實であろう。

女性が讀者として想定されている場合、插繪の重要性は決定的なものとなる。近代以前の中國においては、階級の如何を問わず、女性が教育を受ける機會に惠まれがたかったことはよく知られている通りである。庶民はもとより、富豪や知識人の家庭であっても、女性がすべきは針仕事であり、文字にふれる機會は多くはなかった。實際、當時の實態をある程度傳えていると思われる『金瓶梅』においては、富豪にして高級武官である西門慶の六人の妻のうち、字が讀めるのは潘金蓮一人であり、その識字能力も十分なものではなかったとされている。それゆえ、たとえば『紅樓夢』に登場するような才女は例外的存在だったのであり、その『紅樓夢』にしたところで、最高の階層に屬し、かつ聰明な人物と設定されているにもかかわらず、王熙鳳は字が讀めない。

そのような人々が書物を享受しようとするとき、插繪の存在が重要な意味を持つことはいうまでもあるまい。ともに書物を眺める複數の女性の中に一人の識字者がいたとすれば、他の人々はその口を通して（前近代の讀書行爲は、洋の東西を問わず、通常朗讀という形を取るものであった）內容を耳にし、插繪を通して內容を樂しみ、次回からは繪を見るだけで樂しむことができるようになるであろう。

つまり、ここで白話文學の讀者として女性がクローズアップされてくることになる。中國文學の歷史において、女性が主たる讀者として意識されることは、女訓書のような特殊な性格の書物を別にすれば、ほとんどなかったといってよい。つまり、男性社會に男性同樣のものとして參入を認められた一部の才女を別にすれば、女性は文學の世界とはほとんど無緣の存在であった。そのように考えれば、ここで起きつつあることは畫期的な變化というべきかもしれない。

また、「女通鑑」といういい方も注目される。これは女にとっての『資治通鑑』という意味であろう。ということは、男にとっては『資治通鑑』またはその俗本が一般的な讀み物であったことを逆に示唆していることになろう。

更に、ここに記されている受容形態も興味深いものである。「書坊相傳射利之徒」という以上、出版社が營利目的で刊行したものであることは間違いない。しかし、讀者は「抄寫繪畫、家畜而人有之」、つまり繪も含めて寫し取ることにより廣まっていた。比較的値段が高い書物を、それほど經濟的水準が高くない人々が享受するために、こういった手段が求められたのであろう。そして、抄寫できたということは、享受者の中にある程度の文字運用能力を持つ者が含まれていたことを意味する。當然ながら、分量はあまり多くはなかったであろう。このような形態で廣がったということは、原本を貸本屋から借りてきて行ったもののようにも思われるが、前述の通り、この時期に貸本屋があった證左はない以上、確かなことはいえない。あるいは、比較的豊かな家で購入したものを回していたのかもしれない。

このように、天順・成化期には、女性を含む比較的低い階層の人々の間で、實用のためではなく、樂しみのために書物を讀むという狀況が發生しつつあったものと思われる。考えてみれば、このような讀書の姿勢は、讀書とは有益な行爲でなければならないという思いこみを持たない非知識人においてこそ發生しうるものであろう。とすれば、近代的な讀書の成立には、識字率の擴大は必須の條件であることになる。

では、彼らが讀んでいたのはどのような書物なのであろうか。幸い、この範疇に屬するものと思われるテキストが殘されている。いわゆる『成化説唱詞話』である。

上海郊外嘉定の明代墳墓から一九六七年に發見された『成化説唱詞話』は、十一種(數え方によっては十七種)の説唱と南曲『白兎記』からなり、そのうち四種には成化七年(一四七一)から十四年(一四七八)までの刋記が付されている。また七種には刋行者として永順書堂の名を記した刋記があり、『薛仁貴跨海征遼故事』には「北京新刋」とある。以上の情報を總合するに、成化年間(一四六五~八七)に、北京の永順書堂という書坊により刋行されたものと思われる。『白兎記』を除けば、いずれも七言句によるうたと散文形式のセリフ(白)を繰り返すことにより物語を語っていく形式を取り、一部に三―三―四形式の「攅十字」を用いるものや、全く白を持たないものが含まれるが、基本的な形式は共通しているといってよく、後世の彈詞などの藝能に近い性格を持つものと思われる。(9)

これらのテキストは、たまたま墳墓の中に保存されていたために今日に残ることになったものの、本來なら讀み捨てられるだけで、大切に保存されることはまずない書物だったに違いない。實際、その內容は、關羽の息子の花關索が破天荒な活躍をする『花關索傳』をはじめ、一見陳腐な教訓話の如き體裁を取りながら、實は權力者への痛快な反抗を描く『開宗義富貴孝義傳』など、いずれも粗野かつ素樸な內容と語り口を持つ。特に多くの割合を占めているのは包拯をめぐる一連の物語だが、ここに登場する包拯は、庶民から出て、庶民のために權力者と戰う、庶民の代表選手ともいうべき人物である。つまり、全體に知識人とは全く異なる感覺により語られているといってよい。

では『成化說唱詞話』は、どのような讀者を對象として、どのような目的で刊行されたのであろうか。ここで鍵となるのが刊行者の性格である。

すべてに刊記がついているわけではないが、『白兎記』をも含めて、刊行者は北京の永順書堂と見てよいであろう。ところが、ここで二つの問題が浮上する。

第一に、同じ書坊が刊行したものにしては版式が統一されていない。正確にいえば、『花關索傳』のみが上圖下文形式であり、他は隨所に半葉分の插繪を入れるという形を取っている。前者はいうまでもなく建陽本、後者は蘇州・南京など江南の刊本に多く見られる形式である。

第二に、北京は明代における主要な出版地とはいいがたい。當時における出版の中心は建陽・南京・蘇州であり、それについでは杭州・徽州などであって、北京は首都とはいえあくまで政治都市であり、出版がそれほど盛んであったわけではない。なぜ北京の刊本が、よりによって出版の中心地であった蘇州の隣接地から出土するのか。

まず第一の問題から考えてみよう。『花關索傳』における桃園結義の場面の插繪は、明らかに建陽地區の建安で元代に刊行された『全相三國志平話』の同じ場面の插繪を流用したものである。これは、『花關索傳』が建陽で刊行された可能性が高いことを示唆しよう。また言語的には、江南方言の影響が認められるという。[10] ではなぜ北京刋なのか。考えられるのは、永順書堂が南方で刋行されたいくつかのテキストの版木を手に入れて、もしくはそれらのテキストをもとに覆刻することによって、『成化說唱詞話』を制作したということである。『花關索傳』は建陽、他は江南の刋行物をもとにしていると考えれば、同じ書坊によって刋行されたにもかかわらず異なる種類のものが同居していることも理解可能であろう。

では、なぜ北京の書坊が南方で刋行されたものを印刷し、賣り出したのか。ことは第二の問題に關わってくる。北京が出版の中心地とはいいがたかったことは間違いないが、しかしそれは北京で出される印刷物が少ないことを意味するものではない。刋刻・印刷される文獻の量という點では、おそらく北京は中國全土でも一二を争う水準にあったであろう。ただ、その主たる刋行主體は書坊ではなかった。首都である以上當然のことながら、北京では大量の政府機關による印刷物が刋行されていたのである。官報である邸抄は、顧炎武によれば崇禎年間に至って活字印刷されたものが現れるまでは抄本のみだったというが、崇禎以前に眞實印刷されていなかったかについては疑問なしとしない。[11] また、『登科錄』などの科擧合格者名簿も政府により大量に刋行されていた。しかし、それ以上に重要なのはいわゆる官刻本である。朱元璋が自ら執筆し、全國に配布した『大誥』や、先に述べたように永樂年間に科擧の基準として作成され、全國に配布された『五經大全』『四書大全』『性理大全』などのいわゆる制書をはじめとして、宮中で刋行された內府本以下、さまざまな政府の機關が、儒教の經典から『水滸傳』に至るまで、さまざまな書物を刋行していた狀況は、周弘祖の『古今書刻』に見える通りである。

つまり、北京は官僚機構による出版については最大の中心地であった。そして北京は、明帝國の首都、つまりは東アジア最大の政治都市であり、おびただしい數の文武官僚が集中的に居住している特殊な都市であった。その人口、特に識字者の多數を占めていたのは、當然ながらその官僚だったに違いない。從って、北京で營業する書坊の主たる顧客も、當然のことながら官僚たちだったはずである。官僚たちは、科擧をはじめとするさまざまな方法で選拔されて、全國各地から北京に赴き、また全國各地の地方官たちは、任期切れや考察（勤務評定）などにあたっては北京に集まることになった。つまり、江戸時代の江戸が武士の町であったのと同樣、明淸の北京は官僚の町であったといっても過言ではあるまい。

事實、官僚たちは書籍の購入者としてのみならず、發注者という意味でも書坊の顧客であった。士大夫のアイデンティティが知識人であることにある以上、當然彼らは書籍の購入者であり、かつ自ら詩文を書くという點において、書籍に題材を提供する制作者の一員でもあったのである。しかも、明代においては、官僚は自らの文集を出版し、名刺代わりに使用するという習慣があった。『金瓶梅詞話』などにも實例が見える(12)この習慣は、當然ながら彼らを北京の出版業者の重要な顧客たらしめるものであった。その結果生み出されたいわゆる「書帕本」は、外見の美しさと校正の杜撰さをもって名高い。

つまり、北京の出版業者は樣々な意味で官僚に依存していたことになる。そして『成化說唱詞話』は、蘇州郊外に位置する嘉定出身の官僚宣氏の夫婦合葬墓から出土している。當然考えられるのは、この墓に葬られている宣氏という官僚が、北京に赴いた際に購入し、持ち歸ったという狀況であろう。では宣氏は何のためにこの書物を購入し、鄉里に持ち歸ったのか。

この書物が官僚を讀者として想定したものではありえないことはいうまでもない。このような「俗な」書物は、歷とした士大夫が表立って讀むべきものではなかったはずである。では讀者は誰なのか。ここで『成化說唱詞話』の內容を檢討してみよう。

『成化說唱詞話』は、南曲『白兔記』を別にすれば、四部からなる『花關索傳』、十部からなる包拯物語、そして『石郎駙馬傳』『薛仁貴跨海征遼故事』『鶯哥孝義傳』『開宗義富貴孝義傳』という四つの獨立した物語からなる。當然ながらその內容は多樣であるが、全體的に認められる傾向がないわけではない。

『花關索傳』は、關羽の息子花關索の物語であるが、その性格は『三國志演義』とはかなり異なる。そもそも花關索自體が史書に名の見えない、おそらくは實在しない人物であり、三人の父の姓をあわせて名とするという發端に示されているように、まことに荒唐無稽な內容を持つ。しかし、それ以上に『花關索傳』が『三國志演義』とは本質的に性格を異にすることを示すのは、女性の果たす役割の違いである。

『三國志演義』は男性を主役とした物語であり、貂蟬が活躍する「連環計」のくだりを除けば、劉備と孫夫人の結婚など、多少女性が表舞臺に出る場面もあるものの、基本的に女性は脇役に終始するといってよかろう。これは、女性を敵視する江湖の論理に從った『水滸傳』と同じ性格を『三國志演義』が持つことを示すものと思われる。ところが、『花關索傳』においては、女性は中心的な役割を擔っているのである。主人公はもとより花關索であるが、鮑三娘をはじめとする彼の妻たちは、いずれも山賊上がりの女武者として大いに活躍する。

同樣の傾向は、包拯物に認められる。「張文貴傳」においては、やはり女山賊の靑蓮公主が美少年の張文貴に戀して無理矢理夫にし、最後には皇帝の取りなしで正式に結婚する。「劉都賽上元十五夜觀燈傳」は、燈籠見物に出た若妻劉都賽が、趙皇親に見初められたために起こる悲劇を題材とする。「斷曹國舅公案傳」も似通った構成を持ち、袁文正の妻張氏が夫の仇を討つために活躍する。「斷白虎精傳」では、秀才沈元華を愛する白虎精が美女に變身して、道士と戰い、包拯と對決する。つまり、包拯物の大部分においても、女性が重要な役割を擔うのである。特に、武藝にすぐれた女性が登場する例が多いことは注目に値しよう。こうした男勝りの美女は、後の彈詞などで非常に多く登場するキャラクターである。七言齊言體を基本とするという點でも、『成化說唱詞話』は彈詞と共通する。そして彈詞は、女性を主たる享受層とする藝能であった。

この事實と、權力者への強烈な反抗心が認められるものが多いというさきに述べた傾向を重ね合わせれば、『成化說唱詞話』享受層が基本的にどのような人々であったかが見えてこよう。當時の支配層を形成していた教養ある男性を中心とする士大夫階級とは異なる人々、そして女性たちである。つまり、北京で出版・販賣されていた以上、これらの書物の購入者は官僚を中心としていたに違いないが、假に購入したのが士大夫であったとしても、彼らは自分のために買ったのではあるまい。おそらく、地方から北京に出た官僚が、都の土産として國元にいる家族のために購入したのであろう。こう考えれば、北京の刊行物が嘉定の夫婦合葬墓から出土した理由も見えてくる。宣氏は妻のためにこの書物を購入して歸り、妻はこれを墓に埋めてもらうほどに愛讀したのであろう。

このような刊行物であるとすれば、多様なテキストが混在することも理解できる。北京の書坊は、自前で本を編集・刊行するのではなく、できるだけ手を掛けずに賣れる本を出そうとした。そこで、異なった土地で、様々な時期に刊行された書物を集め、まとめて覆刻（版木を入手した可能性もあるが、大量の版木の運搬が困難であること、版型は異なっても字形は類似することから考えて、大まかな覆刻が行われた可能性の方が高そうである）したのであろう。それゆえに、建陽と江南の特徴を持つテキストが一緒に刊行されるという不思議な事態が發生したのではないか。

このように考えると、すぐ次の時期に刊行されたもう一つの重要な白話文學テキストの性格も理解が容易になる。弘治本『西廂記』である。

二

弘治本『西廂記』は、刋記によれば弘治十一年（一四九八）、金臺岳家により刋行された。雜劇の刋本としては、『元刋雜劇』・『嬌紅記』・『周憲王樂府』に次ぐ早い時期の刋行であり、演劇テキストとしても、これに先行すると確認できるものは、右の三種と『成化說唱詞話』の『白兔記』があるにすぎない。(13) つまり、戲曲刋本としてはごく初期のものに屬し、しかも『西廂記』という最も影響力が強い作品の最古の刋本であるという點で、その重要性には疑問の餘地がない。

この刋本は非常に興味深い形態を持つ。體裁についていえば、建陽本同樣の上圖下文形式によってはいるものの、建陽本の插繪が版面のほぼ四分の一程度の大きさしかない稚拙かつ類型的なものであるのに對し、『西廂記』は版面の半分近くを占める非常に精美な插繪を持つ大型の書籍であり、一見して建陽本とは比較にならない豪華本であることが看て取れる。しかも、前後に「錢塘夢」「蒲東崔張珠玉詩」など多數の附錄がつき（その多くはやはり精美な插繪を伴う）、本文にも「釋義」と稱する注釋が隨所に入り、すでに注を加えた語句については前出箇所を明示するという念の入り方で、さまざまな意味で配慮の行き屆いた高級な書籍に見える。

ところが、その明示された前出箇所は必ずしも正確ではない。注も詳しく見るとかなりいい加減なものであり、字の誤りも散見される上に、原據として引かれている書籍にも、『韻府群玉』など、一流の知識人ならばあげることは考えにくいものが多い。特に、卷四第三折の【朝天子】で「蝸角虛名、出翰墨、又莊子」と、『莊子』より先に『翰墨』つまり元の劉應季の文例集『翰墨大全』（または『翰墨全書』）をあげていることは興味深い。「釋義」が依據するのは、原典ではなく、『韻府群玉』や『翰墨大全』のような日常的に使用する作詩作文の種本なのである。

要するに、外見は豪華だが內容的にはかなり杜撰であることになる。これは、すでに述べた當時の書帕本、更には官刻本の特徵と合致する。

事實、このテキストには聲點が付されており、これが內府の刋行物の特徵と合致することから、內府本に基づくのではないかという見解も示されている。[14] 宮廷における繪入り本の制作には、漢代に繪入りの『列女傳』が作られて以來の傳統があり、その可能性は十分にあるものと思われる。これは、初學者や敎養の低い人のためには繪入り本が有效であり、經濟的に餘裕があれば美しい繪入り本を求めるであろう點からすれば當然のことである。宮中には勉強を始める幼少の皇帝もしくは皇太子とその學友（通常宦官である）、更には當時の常として高い敎養を得る機會に惠まれなかった宮女が多數存在する以上、繪入り本が作られるのは必然の動きといってよいであろう。明の宮廷においても、その種の事例は複數知られている。[15]

無論、內府本以外の書籍に聲點がなかったという保證がない以上、內府本に基づくと斷定することもできない。聲點も敎養が高くない人間に讀み方を指示するためのものであり、手間を掛けるだけの餘裕がある階層からは需要があるという點では、插繪と同じ性格を持つ以上、內府本であれ、その他の富裕な階層に屬する初學者もしくは敎養の低い人を對象に刋行されたテキストであれ、この種の豪華本に付されていることに不思議はない。「釋義」も同樣の性格を持つものと考えてよいであろう。

そして、この書物を刋行した金臺の岳家は北京の書坊であった。テキストの末尾には、岳家の詳細な住所を記した後に刋記が付されており、そこには『西廂記』のテキストたるもの「字句眞正、唱與圖應」、つまり字句が正確で、歌詞と插繪が一致していなくてはならない（插繪の存在が前提となっている議論であることに注意されたい）にもかかわらず、「市井刋行」はでたらめである、と述べた上で、次のようにいう。

本坊謹依經書、重寫繪圖、參訂編次、大字魁本、唱與圖合、使寓於客邸、行於舟中、閑遊坐客、得此一覽、始終歌唱、了然爽人心意。命鋟刋印、便於四方觀云。

當社では、謹んで經書に依據し、插繪を描き直し、校訂編集を加えて、大きな字の美本で、插繪と歌詞が合致しておりますので、旅館にご宿泊の折、旅の船中、お出かけやご宴席の際、この書物をご覧いただいて、始めから終わりまで唱っていただきましたなら、ご氣分もすっきりさわやかということになりましょう。刋行印刷させて、四方の皆様がご覧になりやすいようにする次第でございます。

ここにこの書物の性格がはっきり示されているといってよかろう。この『西廂記』は、旅の折などの暇つぶしに、繪を見ながら唱いつつ樂しむためのものなのである。そして「市井刋行」つまり他社の刋本はでたらめであると非難し、この本は「重寫繪圖」したとある以上、これ以前にも同樣の繪入り『西廂記』刋本がさまざまな書坊から刋行されていたことは明らかであろう。

では誰が旅路で讀むのか。『西廂記』はいうまでもなく戀物語であり、崔鶯鶯と紅娘という二人の女性が活躍する。この點で、『成化說唱詞話』同樣に女性がその重要な需要層を構成していた可能性が考えられよう。そして北京で刋行されていることは、各地に赴任する官僚が隨行する家族のため、あるいは故鄉への手みやげとして購入したことを想定させるものである。

插繪の多さは、享受層に女性が多かったことを示唆するもののように思われる。『金瓶梅詞話』第二十一回には、西門慶とその家の女たちが『西廂記』の曲辭を使った酒令をする場面がある。女性たちは、潘金蓮一人を除いて字が讀めないはずだが、『西廂記』は知っているわけである。ここでも、一人の識字者が、繪を示しつつ、「釋義」を參考にしながら他の非識字者に內容を說明するという狀況が想定される。

更に、李開先が刋行した『改定元賢傳奇』（詳しくは後の「第三期」を參照）の序には、「漢唐詩文」と「宋之理學諸書」の刋行物が廣まっているのに、「元詞」をあまり目にすることはできないと述べた上で、次のようにいう。

如王實甫在元人、非其至者、西廂記在其平生所作、亦非首出者、今雖婦人女子、皆能擧其辭、非人生有幸不幸耶。

たとえば王實甫は元人の中で最高の作家というわけではなく、『西廂記』はその王實甫が作ったものの中でも最高傑作というわけではないのに、今では女性であってもみなその曲辭をあげることができるのは、人生には運不運があるというものではなかろうか。

これは、『金瓶梅詞話』において示されているような状況を指すのであろうが（李開先を『金瓶梅』の作者に擬する説もある）、ここで問題にしているのが刊行物である點を考えると、李開先がこの文章を書いた當時（嘉靖末と推定されている）、『西廂記』の刊本が廣まっており、その讀者には「婦人女子」が含まれていることがこの議論の背景になっている可能性は高いであろう。

しかし、この書物には違った種類の讀者もいたに違いない。『百川書志』という書目の內容がそのことを示唆している。

三

『百川書志』は、嘉靖十九年（一五四〇）の日付を持つ自序を伴う高儒の藏書目錄である。高儒については詳細は不明だが、この書に著錄されている『蘭坡聚珍集』という書物の說明によれば、その父高榮は錦衣衛に屬し、鎭國將軍の肩書きを持っていたという。錦衣衛の地位は世襲されるのが普通であり、自序に「叨承祖蔭、致身武弁（ご先祖様の恩蔭のおかげで、武官の身分になって）」とあることから考えて、高儒自身も錦衣衛の高官だったものと思われる。錦衣衛は、宮廷の儀仗をつかさどることを表向きの任務としているが、實質的には皇帝直屬の祕密警察であり、特に嘉靖年間はその絶頂期とされる。武官はもとより、文官であっても、その子弟が恩蔭を受ける際には錦衣衛の地位を與えられることが多かった。つまり、高儒は世襲的に地位を引き継いだ武官であったことになる。

『百川書志』は、「野史」「外史」という部分に白話文學作品を著録していることで名高い。たとえば「野史」には『三國志通俗演義』『忠義水滸傳』の二書があげられ、「外史」では、戯曲名が列擧される筆頭に『西廂記』の名があげられ、そのすぐ後に續いて「錢塘夢」「蒲東崔張珠玉詩」などの書名が見える。これらが弘治本『西廂記』の附録であることはすでに述べた通りである。ということは、高儒が持っていた『西廂記』は、弘治本そのもの（現存弘治本の原本・覆刻本なども含む）であったに違いない。

ここに、弘治本『西廂記』の所有者（もしくは讀者）として具體的に特定できる人物が見出された。その人物、高儒は武官であった。

武官と『西廂記』の結びつきを示す興味深い事例が李開先の『詞謔』に見える。

西廂記謂之春秋。……又一事亦甚可笑。一貢士過關、把關指揮止之曰、據汝擧止、不似讀書人。因問治何經、答以春秋。復問春秋首句、答以春王正月。指揮罵曰、春秋首句乃遊藝中原、尙然不知、果是詐僞要冒渡關津者。責十下而遣之。

『西廂記』を『春秋』と呼ぶ。……もう一つとてもおかしな事例がある。ある科擧受験者が關所を通ろうとしたところ、關所を守る指揮（高級武官）が止めて申すには、「おぬしの擧動、讀書人らしくないな」。そこで何の經書を専門にしているのかたずねられたので、『春秋』だと答えたところ、更に『春秋』の出だしの句を問われた。「春、王の正月」と答えると、指揮が罵っていうには、「『春秋』の出だしは『遊藝中原』であろうが。こんなことも知らぬとは、やはり身分を僞った關所破りじゃな」。十回叩いて追い出した。

「遊藝中原」とは、『西廂記』最初の曲の出だしである。この後、受験生の訴えを受けた巡撫が指揮を取り調べて處罰することになるのだが、その際にも兩人の間で『西廂記』の最初の部分をもじった愉快なやりとりが繰り廣げられる。つまり、巡撫と指揮はともに『西廂記』の曲辭を熟知していることになる。

ここで問題なのは、中國の知識人の間では基本中の基本ともいうべき知識である『春秋』の何たるかも知らない指揮が、『西廂記』の曲辭は熟知しているということである。先にも述べたように、『金瓶梅』の例から考えても、曲辭を知っているからといって文字で讀んでいたとは限らないわけではあるが、武勇が第一の戰亂の世ならともかく、文書行政が發達し、大きな戰爭もないこの時期に、知識人とはいえないにせよ、指揮のような高級武官が全く字が讀めないことは考えにくいであろう。指揮は、知識人とは違う次元で讀書をしていたのではないか。

『百川書志』が重要視されるのは、一つには白話文學を眞劍に著錄した最初期の書目だからである。これ以前には、藏書家が書目を作る際には白話文學作品を著錄することはほとんどなかった。單に白話文學作品を所藏していなかっただけのことなのかもしれないが、しかし、假に所藏していたとしても著錄されることはなかったと見るべきであろう。これは、今日の藏書家が藏書目錄を作る際に、家にある子供のための本や、子供向けと大人向けとを問わず漫畫などは著錄しないであろうことと同じである。逆にいうと、高儒はそうしたものをあえて著錄したことになる。

では高儒はなぜ普通の知識人が相手にしないようなものを著錄したのか。高儒は武人ゆえ、古典的教養に缺け、何を取り何を棄てるべきかを認識していなかったという見方も可能ではあろうが、しかし『百川書志』を見る限り、高儒に教養がなかったとは考えがたい。これはむしろ高儒が、今日漫畫を重要視して所藏目錄を作る人物も存在するのと同じように、他の知識人とは異なる基準で書籍を著錄していることを意味するのではなかろうか。

李開先が傳える話に出る指揮は、『春秋』は知らなくても『西廂記』は熟知していた。高儒は、他の正統的な書籍と竝べて白話文學を「野史」「外史」として著錄する人物であった。そして、彼らはともに武官である。一般的にいって、武官は士大夫とは異なる價値觀を持つものである。

この點についてはすでに論じたことがあるので、[16]ここで詳しく述べることはしないが、『楊家府演義』『水滸傳』などには武人の自己主張を見て取ることができる。そこでは、必死の戰いをしながら、功績はすべて文官に奪われ、何かといえば嫌がらせを受け、甚だしくは讒言を受けて命まで奪われてしまうという、文官に對する烈しい反撥を含んだ意見が述べられる。こうした主張は、通常の文獻にはほとんど認められない。なぜなら、文字を綴るのは原則としてすべて知識人であり、彼らは文官そのもの、もしくはそれに準ずる階層に屬する人々だからである。武人の側に立った主張は、武人自身に文字を操る力がなく、あってもそれを流布する手段に缺ける以上、ほとんどなされない。わずかに、岳飛のような例外的事例が表面化することはあるが、これは士大夫間の鬪爭の副產物と見るべきであろう。武人の生の聲を傳える文字資料は、こうした小說がほとんど初めてのものといってもよかろう。

そして、書物にこめられた思想は、その讀者を暗示する。完全に武人の立場に身を置いた主張が展開される書物は、武人を主たる讀者として想定していたと見るべきであろう。今日萬曆以降の刋本しか殘らない『楊家府演義』の成立がいつであるかはわからないが、少なくとも『水滸傳』は嘉靖年間には刋行されていた。そのことは、すでに見たように『百川書志』に明記されており、更に、『萬曆野獲編』卷五「武定侯進公」によれば、嘉靖帝の寵臣であった郭勛は『水滸傳』を所有しており、『寶文堂書目』の「子雜」に『水滸傳』が著錄され、「武定板」と注記されていることからすると、どうやら郭勛の手により刋行もされているようである。そして郭勛は、いわゆる勳臣、つまり建國の功臣の子孫として武定侯の爵位を世襲する身であった。明朝にあっては、爵位は武官と外戚に與えられるのが常である。つまり、郭勛も武官だったのであり、實際軍隊の指揮にも當たっている。彼は、一說に『英烈傳』を制作し、それにより祖先郭英の格を上げたといわれる。(17) つまり、郭勛は白話文學と深く關わる人物であった。

更に、萬曆期のことになるが、『金瓶梅』の成立と流布に錦衣衛高官が深く關わっていたこと、同書と『元曲選』のもとになった雜劇テキストはともに錦衣衛指揮だった劉承禧のもとから出ていること、各種の白話文學作品にも錦衣衛と深い關わりを持つものが多いことについては、本書第四部第二章で述べる通りである。

こうした點から考えると、やはり本書第四部第二章で詳しく論じるように、白話文學の重要な讀者として武官を想定せねばなるまい。武官とは、武人だけではなく、恩蔭その他の科擧・學校以外のルートにより武官の肩書を手にした者を多く含むことはいうまでもない。當然、彼らの教養レベルは士大夫より低い。『金瓶梅詞話』第四十八回には、彼らの階級を代表する人物として描かれているように思われる西門慶の教養レベルを明快に傳える事例が見える。

來保道、爹不信、小的抄了個邸報在此。向書篋中取出來與西門慶觀看。因見上面許多字樣、前邊叫了陳經濟來、唸與他聽。陳經濟唸到中間、只要結住了。還有幾個眼生字不認的。

來保は「旦那樣が本當かとおっしゃるのでしたら、わたくし邸報を寫してまいりました」というと、書類入れから取り出して西門慶に見せましたが、たくさん字が書いてあるのを見たものですから、表から陳經濟を呼んできて、讀みあげさせました。陳經濟は途中まで讀んだところで、止まるしかなくなってしまいました。やはりいくつか意味の分からない知らない字があったのです。

高級武官として警察權を握る西門慶は、「許多字樣」のある文書を見ると讀むのがいやになってしまう人間であった。では西門慶は字が讀めないのか。決してそのようなことはない。『金瓶梅』には彼が事務を處理する場面が多數ある。つまり、彼は一定以上の識字能力を持っている。また、先にもふれた第二十一回の『西廂記』を用いた酒令の場面ですぐに氣の利いた句を持ち出してくるように、藝能には通じているようであり、また第三十六回では進士たち、第四十九回では御史たちをもてなしているように、一流の知識人との交流があり、その際には、たとえば第三十六回で蔡狀元から號を問われて、「在下卑官武職、何得號稱（わたくしは卑しい武官の身、號など稱することができましょうか）」といいつつ「四泉」という號を明かすように、ある程度知識人風の應對をせねばならない立場にあった。教養らしきものを身につける必要があるが、難しい本を讀むだけの能力は持たず、しかし本を買うだけの經濟力は十分に持っている西門慶は、歴史小說について想定される讀者像にぴたりと當てはまる。

以上のように武官は、女性と竝ぶ重要な白話小說の讀者層だったものと思われる。書坊は讀者の需要に合わせた內容の書籍を刊行するものであり、さればこそ武官のうち多くを占めていた武人の立場に立った小說が刊行されるに至ったのであろう。同樣、女性を中心とした物語群が刊行されるようになったのも、女性が重要な讀者層として出現したことの反映と考えるべきであろう。

以上見てきたように、明代の第二期までには中國社會に新たな讀者層が成立しつつあったように思われる。具體的には、刊行された書籍をめぐる狀況とその內容から考えて、士大夫を含む豐かな階層の女性と、武人を含む武官が想定されるわけであるが、これ以外にも、たとえば富裕な商人は、前者の夫や父であり、また西門慶の場合に見られるように後者とはある程度まで共通する性格を持つ經濟力ある人々として、當然新讀者層の中に數えてもよいであろう。無論、士大夫も建前上は讀者ではありえなかったというだけのことであり、さきにあげた『詞話』の巡撫が『西廂記』を熟知していたことに示されるように、實際には新讀者向けの書籍をひそかに讀んでいたと考えるべきであろう。

そこで刊行された書籍の內容は、教養が高くない人々でも理解しやすいように插繪を多く伴い、興味深い話柄を多く含むものであった。その原據となりうる文字資料の主たるものは藝能テキストであり、藝能は耳で聞くものであることの必然の結果として、口語語彙を用いた白話で綴られる部分を多く含むことになる。その結果、主として男性向きに刊行されたであろう歴史讀み物の場合には、通鑑俗本の文言の中に、藝能由來の白話が混入するという不統一な形になる。そして、そこで求められるのは、讀んで面白く、かつ特に女性向けと思われるものにおいては韻文などを含む讀み物であって、ジャンルの區分には關心が持たれない。從って、小說・戲曲・說唱などがジャンルの區別なく刊行されることになる。

意識されなかったのはジャンルだけではない。おそらく文體の區別も意識されることは少なかったであろう。筆者は以前に、ジャンルより白話と文言という區分の方が有効なのではないか、と述べたことがあるが[18]、白話と文言を分けてしまうことも完全に適切とはいいがたいかもしれない。高級知識人が書く格調高い文言による小說と、平易な文言小說とは性格を異にするのではあるまいか。

歴史讀み物の場合、文言と白話が混合した形になることは先に述べた通りだが、說唱などでも地の文は多く文言を用いる。從って、讀者は文言と白話を明確に區別して、別の領域と見なしていたとは考えにくい。とすれば、小說にも同じことがいえるのではないか。今日我々は、『六十家小說』（いわゆる『淸平山堂話本』など）から『三言二拍』へと受け繼がれていく短篇白話小說と、やはり明代に大量に刊行されている短篇文言小說を區別して扱いがちであるが、兩者の間にははっきりとした境界はないのではないか。事實、『三言』にも文言小說が含まれている一方で、文言小說の中には白話的要素を含むものが多く含まれる。

テキストの形態からも、兩者の距離が遠くないことは察せられる。文言小說は、『國色天香』『燕居筆記』などのいわゆる通俗類書に收錄されているものが多數を占めるが、これらの書籍は上下二段の構成を持つものが多い。これが建陽本の特徵であることはいうまでもない。現存する版本は、『國色天香』は南京の萬卷樓のものであるが、『燕居筆記』は南京刊本以前に建陽の余泗泉萃慶堂から刊行されており、また同じ形態を持つ『萬錦情林』は有名な建陽の余象斗により刋行されたものである。ということは、南京刋本も版木の轉用もしくは覆刻により、建陽刋本に基づいて刋行されたか、あるいは建陽刋本によりこの種の書籍のスタイルが定まった後に、それを模倣して刋行された可能性が高かろう。つまり、大衆的な出版を主とする建陽から、上下二層という知識人向けの書籍では考えにくいスタイルで刋行されたことになる。現存する刋本はすべて萬曆以降のものであるが、最初の刋行時期がいつかはよくわからない。そして內容は、確かに文言ではあるが、『剪燈新話』などの有名作を流用しているもの以外は、平易な、あるいは稚拙な文體で書かれており、これも知識人向けとは考えがたい。その中には多くの詩詞韻文が認められる。これは白話小說、更には、曲自體を韻文ととらえれば戲曲テキストにも共通する形態である。

そして、さきにもふれたように、『嬌紅記』は元代の文言小說の戲曲版であった。雜劇自體は文言小說をそのままの形で戲曲化したものではないが、間に正末の語りという形で文言小說に含まれている詩詞がすべて取り込まれている。ただし地の文にあたる部分は、小說の格調高い文言とは異なり、白である以上當然のことながら白話である。とすれば、これは『嬌紅記』の白話バージョンとも考えうるのではないか。同じように、戲曲の小說版、小說の戲曲版、文言小說の白話版などが次々に作られている狀況[19]から考えて、韻文入りの物語を要求する讀者集團が存在し、そうした讀者に向けて、その性格や好みに應じたテキストが供給されるという狀況が生まれていたのではないかと思われるのである。つまり、戲曲・小說・說唱といったジャンルや、文言・白話という文體により區分するのではなく、娛樂・敎養讀書を求める新讀者層のための刋行物という書物群を想定すべきなのではなかろうか。そこには詩詞の類も含まれると考えるべきであろう。そして、それらの讀者群を具體的に構成していたのが、ここで見てきたような富裕な家庭の女性や武官・富商であり、更にその背後で士大夫が表面に出ない讀者となりつつあったのではあるまいか。

他方で、より貧しい人々の間では、葉盛が述べているような出版物が讀まれていたようである。彼らは、當然ながら大部な書物を買うことはできなかったはずである。従って、その出版物はより小規模で、刋刻の狀態も劣悪なものであったに違いない。『成化說唱詞話』は士大夫の墳墓から出土したものではあるが、それほど長いとはいえない『花關索傳』が四つに分けられている點などからすると、少なくとも永順書堂が種本として使用したテキストの中にはその種の刋行物が含まれていた可能性が高いものと思われる。庶民といってよい人々は、そうした刋行物を購入し、あるいは人が購入したものを寫し取って讀んでいた。寫す以上は、繰り返し讀むことが前提であろう。つまり、すでに述べたように、ここに讀書を樂しみとする人々の發生が認められるのである。

このように、第二期、つまり明代中期ごろにはすでに娛樂讀書を求める人々が存在した。彼らは、高級知識人ではないというだけで、經濟的にも身分的にもさまざまな階層に屬していた。そして、それぞれの階層に對應した書籍が刋行されていたのである。それらの書籍は、購入者の經濟狀況に對應して、刋刻や紙質の善し悪しなどの差があったが、插繪があることと、讀むために高度な教養を必要としないことという二點において共通していた。そして、『成化說唱詞話』が士大夫の家庭で讀まれていた一方で、あるいは庶民向けのテキストでもあったかと思われることに示されているように、その階層は鮮明に分かれるものではなかったであろう。

こうして、娛樂書を求める人々が、從來書物を讀まなかったさまざまな身分の人々の間から生まれつつあった。そして、その多くが何らかの形で高級知識人である士大夫と接點を持つ以上、士大夫もその種の書物に無關心ではいられなかったであろう。明代中期までにゆっくりと進行してきたこうした事態は、嘉靖に年號が變わる頃、いよいよ臨界點に達しつつあった。嘉靖以降に發生する急激な刋行量の增加がそのことを物語っている。

第三期　嘉靖（一五二二～六六）

嘉靖年間に入ると、書籍の出版量は劇的に増加する。[20]特に白話文學については、現存する正德までの刊行物としては、ここまで述べてきた數點の書籍をあげうるにすぎないのに對し、嘉靖期の刊行物は多數が殘っており、他の經史子集の書籍に比してその落差は格段に大きい。無論、現存する割合が低いだけではないかという疑問もあるわけではあるが、正德までの刊行物の多くは葉盛が述べているような出版物としての質が低いものであったとすれば、それが今に殘らないのはいわば當然であり、むしろ嘉靖以降になってより質の高い白話文學作品が刊行されはじめたと見るべきであろう。

嘉靖期に刊行された白話文學テキストとしては、次のようなものがあげられる。

『六十家小說』（『清平山堂話本』『雨窗集』『欹枕集』）
『唐書志傳』（嘉靖三十二年〔一五五三〕楊氏清江堂〔建陽〕刊）
『大宋中興通俗演義』（嘉靖三十一年〔一五五二〕楊氏清白堂〔建陽〕刊）
『三國志演義』（嘉靖本〔嘉靖元年（一五二二）序〕・葉逢春本〔嘉靖二十七年（一五四八）序。建陽〕）
『雜劇十段錦』（嘉靖三十七年〔一五五八〕紹陶室刊）
『改定元賢傳奇』（李開先刊。嘉靖四十五年〔一五六六〕頃）
『寶劍記』（嘉靖二十八年〔一五四九〕後序）

この他に、『水滸傳』のいわゆる郭武定本が存在したはずであり、あるいは嘉靖刋本かといわれる『水滸傳』殘本が現存する。また年代は確定不可能であるが、二十回本『三遂平妖傳』も嘉靖期に刋行されたのではないかという見解が示されている(21)。

この點數は、先に述べたように正德までに比べれば格段に多いといってよいが、しかし續く萬曆期の刋本の量からすれば、比較にならないほど少ない。つまり、嘉靖期は白話文學刋行の萌芽期から、急激な發展を遂げるに至るまでの過渡期ということになる。實際、上に列擧した諸本のうち、刋行年代が明記されているものはすべて嘉靖期の後半に刋行されており（『三國志演義』の二つのテキストに見えるのは序の年代にすぎない）、嘉靖も後半に入った時期になって刋行量が急增したことを思わせる。

このように位置づけられる時期であるだけに、嘉靖期に進行した事態も單純にまとめうるものではないが、これまで述べてきた事態の進展との關係においてどのように考えることができるか、試みに論じてみたい。

一

まずこの時期に刋行された白話文學のテキストに分析を加えてみよう。先に列擧した刋行物のうち、最後にあげた二點は、嘉靖十子の一人に數えられる文人にして、劇作家・藏書家としても名高い李開先に關わる刋行物である。『寶劍記』は李開先自身の手になる梁山泊物の南曲である。嘉靖二十六年の序には李開先が居住していた章丘の知縣であった陳東光が刋行するという一方で、王九思による二十八年の後序もついており、刋行事情の詳細は不明であるが、作者もしくはその周邊が刋行したものであることは確かであり、『周憲王樂府』と同じ系統に屬する、作者の意圖を忠實に反映したテキストと考えてよかろう。

一方、『改定元賢傳奇』は、李開先が所藏していた元雜劇のテキストに改訂を加えて刊行したものである。これも富裕な名士による出版物である以上、營利目的とは思えないが、興味深いのはこの書籍を編集・出版するに當たっての李開先の態度である。

同書に付された李開先の序は、當時の名士であった劉濂という人物が杞縣の知縣であったとき、縣學の試驗において「漢文・唐詩・宋理學・元詞曲、不知以何者名吾明（漢の文・唐の詩・宋の理學・元の詞曲というが、いったい何をわが明朝の代表とすればいいのか）」という問題を出し、合格答案をまとめて『風教錄』と題して刊行したということから始まる。これは、後に定着する「漢文・唐詩・宋詞・元曲」というまとめ方がこの時期には定着しつつあったことを示すものであろう。この背後には、「漢文唐詩」を鼓吹する復古派の隆盛があることはいうまでもない。

そして、先にもふれたように、「元詞」の刊本が少ないことを述べ、『西廂記』を批判した後、當時流行していた選集『二段錦』『四段錦』『十段錦』『百段錦』『千家錦』と、その他の曲選（おそらく『盛世新聲』の類）について、ともに玉石混淆であるとする。ここに列擧されている選集のうち現存するのは『雜劇十段錦』のみである。同書は、嘉靖三十七（一五五八）年の刊であり、周憲王の雜劇八種、陳沂の「善知識苦海回頭」雜劇、無名氏の「司馬相如題橋記」雜劇からなる。また『四段錦』は現存しないが、『百川書志』に「翰林風月」「兩世姻緣」「范張鷄黍」「王粲登樓」を列擧して、「自翰林風月至此四種、卽四段錦（「翰林風月」からここまでの四種が「四段錦」である）」と見える點からすると、元雜劇後期の三大家である鄭德輝・喬夢符・宮天挺の代表作を集めて刊行したもののように思われる。

この記述から考えて、現存する『雜劇十段錦』は嘉靖期に刊行された雜劇選集シリーズの一つであったものと思われる。つまり、嘉靖期には雜劇テキストが複數刊行されていたわけである。そして、このシリーズが刊行された要因は、やはり復古派の流行と關わるものであろう。しかも復古派の李夢陽は、「眞詩は民間に在り」と主張して、元曲の流れを汲む民間歌謡を高く評價し[22]、李夢陽とは對立する派に屬していた李開先も、自ら編集した俗曲集『市井豔詞』の序で同じことを述べている。これは、白話文學、特に曲の評價を高める方向に作用する動きであった。

李開先が『改定元賢傳奇』を刊行したのも、やはりこうした意識に基づくものであった。『西廂記』や『～段錦』に飽き足らない李開先は、自らの藏書から雜劇テキストを選んで刊行したのである。その序の終わりに、刊本の形で書籍を流布させることの重要性を論じた上でいう。

天朝興文崇本、將兼漢文・唐詩・宋理學・元詞曲而悉有之、一長不得名吾明矣。

本朝は文化の興隆を圖って國家の基盤を豊かなものとしており、漢の文・唐の詩・宋の理學・元の詞曲をすべて兼備しようとしているのであって、わが明朝の長所を一つだけに限るわけにはいかないのである。

つまり、李開先はやはり「漢文・唐詩」と竝ぶものとして元曲をとらえ、漢文・唐詩なみに世に廣めるためにその刊本を出そうとしたことになる。この點からすれば、『改定元賢傳奇』は白話文學作品集ではあるが、その刊行目的は高級知識人としての意識に基づくものであることになる。しかし、このテキストは二つの注目すべき特徴を持っている。

第一は、白（セリフ）が充實していることである。すでに述べたように、元刊雜劇のうち大字本には正末・正旦以外の白を記している事例があるが、その白は整理の行き屆かない至って不十分なものであり、『周憲王樂府』は「全賓」として白を記録するが、かなり簡潔な内容で、これも十分なものとは言い難かった。『～段錦』シリーズの詳細はもとより不明であるが、現存する『雜劇十段錦』についていえば、『周憲王樂府』と大きな差はないといってよい。從って、『改定元賢傳奇』は、『嬌紅記』と弘治本『西廂記』を除けば、充實した白を持つ初めての雜劇刊本ということになる。

しかも、今あげた二つの例外は、やはり充實した白を持つ南曲刋本である成化本『白兎記』ともども、すでに再三述べてきたように、插繪の多い、女性などを主たる讀者層とするのではないかと思われるテキストであることを考えれば、『改定元賢傳奇』は現存最古の知識人向けに刋行された詳細な白を持つ戲曲テキストということになろう。

もっとも、『雜劇十段錦』の白が簡單なのは、『周憲王樂府』に依據したためである可能性が高かろう。『〜段錦』シリーズの他のテキストは、あるいは白を多く收錄していたのかもしれない。その可能性を示すのが、『改定元賢傳奇』の序における次の記述であり、これは同時に第二の特徴とも關わるものである。

刪繁歸約、改韻正音、調有不協、句有不穩、白有不切及太泛者、悉訂正之、且有代作者、因名其刻爲改定元賢傳奇。

繁雜なものを削って簡潔にし、韻を改め音を正し、調べに曲律と合わないもの、句に落ち着きの惡いもの、白に適切でないものや冗長すぎるものがある場合には、すべて訂正し、更に代作したものもある。そういうわけで、この刋本を『改定元賢傳奇』と名付けた。

つまり、『改定元賢傳奇』の本文は依據したテキスト（李開先は所藏していた「千餘本」から五十本を選び、更に十六本を精選したという）そのままではなく、李開先による改變を加えられていることになる。ただ、現存する他のテキストと比較してもそれほど大きな相違はない。(23) これが、李開先の改作が小規模であったことを意味するものか、あるいは他のテキスト（すべて萬曆以降の刋行である）が基本的に『改定元賢傳奇』に依據しているためであるのかは定かではないが、私見では、後述するように、他の明刋本との間に、明らかにこの序で述べられている方針に合致する改變に由來すると思われる異同が散見することから考えて、李開先が小規模ながら獨自の方針に基づいて改變を加えたのではないかと思われる。

ともあれ、この記述によれば、他のテキストにも白があったものと思われる。それも「太泛」な場合があるという以上、その量は必ずしも少なくはなかったに違いない。

これは、弘治本『西廂記』と同じように讀み物として刊行された雜劇テキストが存在した可能性を示すものであると同時に、『改定元賢傳奇』がその體裁にならっているということは、戲曲の場合には讀み物としての性格を持つテキストの讀者が士大夫にまで廣がりつつあったことを示唆するものといえよう。曲、特に北曲は、詞の後繼者として出現しただけに、白話文學の中では最も早くから知識人に受け入れられていた。ただ、當初は曲辭のみの需要であったものが、演劇として認識する動きが發生するのに伴って、完備した白を伴うテキストが廣がり始めたのであろう。その認識のよって來たるところを問うなら、より教養の低い層向けに讀み物としてのテキストが刊行され、それが士大夫の家庭にまで入っていたことと關連づけるべきであるかもしれない。

そしてもう一つ、この記述からは李開先が原文に手を加えたことが讀み取れる。その方針は「改韻正音」、つまり韻の踏み方に問題があるものを改めること、「調有不協」、つまり曲譜に合わない部分を改めること、「句有不穩、白有不切及太泛者」、つまり不適當な曲辭や白、それに冗長な白を改めることであった。そのためには「代作」すら辭さなかったという。實際、『改定元賢傳奇』においては、登場人物が他の家を訪問した際に取り次ぎを頼む繁雜な過程や、次の登場人物を引き出すためのきっかけのセリフが改變・削除されていることが非常に多い。これは「白有不切及太泛者」を改めた事例であろう。實はここで述べられているものは、後述するように、萬曆後期に刊行された有名な『元曲選』において、編者臧懋循が行った改變と同じ方針なのである。

こうした改變は、讀者に高級知識人が進出してくれば必然的に發生するものであった。高級知識人は、自分たちの常識から見ておかしい要素をどうしても改めたくなるのが普通である。たとえば「改韻正音」とは、おそらく『中原音韻』に合致しない韻の踏み方をしているものは改めることを主に指すのであろうが、もとより『中原音韻』は元代後期に實作から歸納的に作られた韻書であって、すべての元曲が『中原音韻』に合致するはずもない。これは、詩を作るときには『廣韻』（というより『禮部韻略』）の體系に基づいて韻を踏まねば誤りであるとする高級知識人の作詩態度を曲にもそのまま適用し、『中原音韻』を絶對視することから生じてきた態度であろう。また臧懋循が『元曲選』で行っている改作から考えると、この言葉には一つの、もしくは隣接した曲牌の中では同じ韻字の使用を避けるということも含まれているのかもしれない。これは、やはり詩の原則を曲に當てはめたものといってよかろうが、しかし元刋本においては韻字の重複はほとんど問題なく行われており、曲、特に雜劇において韻字の重複は避けるべきであるという意識があったとは考えられない。

「調有不協」についても同じことがいえよう。譜とは、作例から歸納的に作られるものであり、まず譜があって、それに當てはめて作品を作るということは、そのジャンルの全盛期にはまずありえなかったであろう。當時においては、音樂を誰もが知っていた以上、譜は特に必要なかったはずである。譜が必要になるのは、そのジャンルが衰退して音樂を知る者があまりいなくなった時、あるいは南方で作られた北曲用の書物である『中原音韻』（この書は曲譜としての性格も持っている）のように、本來その藝能が行われていたのとは違う言語環境の地域において作品を制作する必要がある時であろう。詞にせよ曲にせよ、譜の登場が遲いのはこうした原因によるものと思われる。とすれば、李開先や臧懋循が彼らの知る曲譜に基づいて「調」を正したとしても、それが原作を正しい方向に改めたものとは決していえないことになる。それはむしろ、元代には多樣にあったであろう曲のバリエーションを破壞する行爲であった。

白の改變についても同樣のことがいえる。『元曲選』の例から考えれば、改變される白とは、たとえば登場人物が他の家を訪問する際、いちいち取り次ぎに聲を掛け、取り次ぎが主人に報告して、「入っていただけ」といわれて「お通り下さい」という場合や、登場人物が一人で狀況設定の白を語った後、「看有甚麼人來（さて誰がくるかな）」という場合などである。前者は、舞台装置を使わない中國演劇において、家に到着して中に入ろうとしていることを示すための演劇的手續きであり、後者は次の登場人物の出番を示す切っ掛けのセリフである。『元曲選』、更には前述の通り『改定元賢傳奇』においても、こうした演劇的な部分が多くカットされている。

では、李開先や臧懋循の改變は間違ったものなのか。改變の前後を對照しうる『元曲選』を見る限り、確かに原作の姿は失われているが、しかし讀み物としてははるかに讀みやすくなっていることはまぎれもない事實である。つまり、ここに示されているのは藝能の讀み物化の過程であり、讀み物化するためには原型は損なわれざるをえないという殘酷な事實である。そしてこれは、讀者や編集者に高級知識人が參入してきた結果、必然的に發生する事態であった。彼らの目を通して不自然ではないものへと改められる結果、確かにそのテキストはより洗練されたもの、讀むに足りるものへと變化していく。これは進歩といっていいであろう。そのために元來の藝能が持っていた力は失われるが、それを嘆く者はいない。

これが萬曆以降、戲曲から小説へと波及し、進行していく事態であった。そして『改定元賢傳奇』は、そのさきがけとして重要な意味を持つのである。

二

では、歷史小説においてはどのような動きが認められるであろうか。

何といっても注目されるのは『三國志演義』の刊行である。他の歷史小説に比してはるかに早く發展したものと思われるこの作品が、歷史小説中最も早い刋本を殘していることは異とするに足りないが、問題は嘉靖年間の日付を持つ序を伴う二つの刊本の内容が大きく異なることである。この點については第二部で詳しく論ずるが、結論のみ先に示しておくと、序の日付が遲い葉逢春本（建陽刊）の方が、實際にははるかに古風かつ生硬な本文を持ち、用字法も古いパターンによっていることから、嘉靖本より早い段階のテキストを承けて作られているのではないかと思われる。

しかも、萬暦期に建陽で刊行された余象斗本も、また本文をやや簡略化した湯賓尹本や、簡本である劉龍田本・朱鼎臣本などの諸本も、それぞれパターンに差こそあれ、基本的には葉逢春本と同系統の本文を持つ（ただし後者には一部に嘉靖本に近い本文も認められる。ある程度嘉靖本が屬する系統のテキストの影響を受けているのであろう）[24]。そして、葉逢春本を除くこれら建陽系の諸本においては、『成化説唱詞話』に見えた花關索の物語が導入されている。一方、嘉靖本は文章語としてはるかに洗練された本文を持ち、明らかに通鑑系統の史書を參考にした形跡が認められる。嘉靖本の刊行地は不明だが、官刻本もしくはそれに基づくものではないかという推測がなされている。この推測が正しければ北京刊本ということになろう。そして、同じ系統に屬する他のテキストは、主として南京・蘇州などの江南で刊行されている。

つまり、原テキスト（その本文は葉逢春本に近いものだったであろう）に對して、建陽では藝能に依據してより大衆的な需要に應じる、換言すれば史實から乖離する方向性を持つ改變が加えられ、江南と北京では、文章をより洗練させ、史實に接近させる方向の改變が加えられていたわけである。この違いは、それぞれの地域で刊行されていた書籍の讀者層に對應するものといってよかろう。すでに述べたように、建陽は大衆的出版の中心であり、北京では官僚向けの書籍が刊行されていた。そして、南京・蘇州などの江南における刊行物は、通常建陽刊本の讀者より上層の知識人を主たる對象としていた。これは、知識人を大量に生む江南という土地柄ゆえであろう。もとより、すでに見たように、官僚や知識人向けといっても、想定されている讀者はその家族である可能性が高い。しかし、より知識人の趣味に合う書籍を作ろうという意識を江南の書坊が持っていた可能性は高かろう。體裁の面からいっても、建陽本が例によって上圖下文形式を取っているのに對し、嘉靖本や江南刊本は插繪がないか、あるいは半葉の插繪を各回の初めに付けるものが多い。これも兩者の讀者層を暗示するものであろう。

この段階では、『三國志演義』はどちらの方向にでも進むことができた。しかし、たとえば隋唐や北宋の物語のように、史實から離れた物語に傾斜していくことはなく、より知識人向けのテキストが主流になっていく。これは、『三國志演義』の讀者に知識人が正式に參入しつつあったことの反映であろう。歴史物語の中でも最も早く展開した三國志は、早い段階で知識人にも受け入れられるだけの魅力を持ちつつあったに違いない。あるいはそれは、曹操・諸葛亮といった文化面でも知識人にとってなじみ深い登場人物が主たる役割を占めていることに由來するのかもしれない。つまり、『三國志演義』において江南系の刊本が主流となっていくことは、知識人が讀者層に參入しつつあったことの證明ともいいうるのである。

第二部第二章で述べるように、いわゆる嘉靖本は、刊刻の美しさ、その反面校訂がかなり杜撰であること、聲點を伴うことなど、官刻本の特徴を具備している點から考えて、『酌中志』に見える內府本、『古今書刻』に見える都察院刊本などの官刻本、もしくはその覆刻である可能性が高いものと思われる。また『寶文堂書目』に著錄されている『三國通俗演義』には、『水滸傳』と同じように「武定板」と注記されており、やはり郭勛により刊行されたテキストもあったことが知られる。郭勛が編纂した曲選『雍熙樂府』は、まず郭勛により編集されたものが內府により刊行され、郭勛の沒落後に彼の名を削った上で、宦官春山の名によってほとんど同じ版面で內府から印行されている。(25) この事實からすれば、內府本が實は武定板と同一のテキストである可能性も考えられよう。

こうして、北京における『三國志演義』の讀者は、上流の人々、具體的には皇帝とその周邊の人々、郭勛や高濂のような武官・勳戚、更には、この書を著錄する『寶文堂書目』の著者晁瑮が歷とした進士であり、知識人にとって榮譽ある地位と考えられていた國子監司業の地位についた人物であることを考えれば、ある程度士大夫にまで及んでいたと見ることができよう。江南における嘉靖本と同系統の本文を持つテキストの刋行は、こうした動きと連動するものかもしれない。

嘉靖期に刋行された他の二つの歷史小說、『唐書志傳』『大宋中興通俗演義』はどうであろうか。この兩書はともに建陽の出版業者だった熊鍾谷（大木）の編とされ、建陽、それもそれぞれ楊氏清江堂と楊氏淸白堂という明らかに同族會社であろうと思われる書坊から、[26]嘉靖三十二年（一五五三）と三十一年に連續して刋行されている。つまり兩者は同じシリーズに屬する可能性が高く、行款は異なるものの、各巻の冒頭の形式も「起～年～歲、止～年～歲　首尾凡～年事實」という年代記風の書き方をする點で一致し、そして何よりも、建陽刋の歷史小說であるにもかかわらず、上圖下文形式ではないという點で共通する。

その內容については、すでに上田望氏の詳細な研究があり、[27]また『唐書志傳』については筆者も以前に論じたところであるが、[28]基本的に『資治通鑑綱目』系俗本の本文を使用して、そこに適宜當時行われていたであろう藝能に由來するものと思われる英雄物語を插入する形を取っている。そして兩者ともに、先行する小說とおぼしき作品（『唐書志傳』については「前演義」、『大宋中興通俗演義』については、「序」に「武穆王精忠錄原有小說、未及於全文」というもの）があったらしいことも共通する。これらの先行作品の具體的な內容は全く不明であり、特に後者は同書の序で言及されているのみであって、この種の小說の常として、どこまでそこで述べられていることを信賴しうるかには疑問もあるが、後述するように『武穆王精忠錄』という書物が確かに存在した點からすると、その小說版が一部分のみ作られていたということかと思われる。それに對して『唐書志傳』の「前演義」は、これはあくまで憶測にすぎないが、秦叔寶たちを中心とする物語が明らかに『唐書志傳』の背景に存在する點からすると、それら藝能由來の物語を小説化したものである可能性が高いであろう。その性格は、あるいは葉盛がふれていたような極めて大衆的なテキストだったかもしれない。

この二篇の小説は、ともに『綱目』系の史書の本文を流用し、各巻の冒頭は前述のような年代記風のスタイルを取る點から考えて、かなり強い歴史書意識を持って制作されたものであろう。[29] 特に『大宋中興通俗演義』は、『岳鄂武穆王精忠錄後集』と題する岳飛に關する詩文を集めた資料集を後に伴う點で特徴的である。この部分の編者としてあげられている「賜進士巡按浙江監察御史　海陽」の肩書を付された「李春芳」という名は、嘉靖二十六年の狀元にして、後に大學士の地位にまで昇った名士のものとしてよく知られている。從って、一見したところでは科擧上位合格者の名を著者として拜借する建陽の書坊の常套手段であるように思われる。ところが、王世貞『弇山堂別集』巻十六で指摘されているように、嘉靖二十六年（一五四七）・二十九年・三十二年と、三回續けて李春芳という名の人物が科擧に合格しているのである。しかも、三人の中に廣東海陽の出身者はいない。實は、弘治十五年（一五〇二）、更にもう一人李春芳という人物が進士になっており、その出身地が海陽なのである。實際、本書末尾に付された李春芳の「重刊精忠錄後序」には正德五年（一五一〇）の日付があり、狀元の李春芳とは年代があわない。

つまりここでいう李春芳は、この書物が刊行された嘉靖三十一年から半世紀も前の合格者であり、席次も三甲百二十二名とさして上位ではない。當然、この名にそれほどの宣傳效果はなかったであろう（無論五年前の狀元や、二年前に進士になった福建出身者と同姓同名であることによる宣傳效果を期待した可能性はあるが）。他方、『千頃堂書目』巻八には「李春芳『岳王精忠錄外集』四巻」が著錄されており、どうやらこの書物は書坊によるでっちあげではなく、眞實進士の李春芳が關わったものであるように思われる。

では『精忠錄』とは何なのか。この書は、おそらくは清朝において禁書となったために中國には傳わっていないが、『會纂宋岳鄂武穆王精忠錄』という名で朝鮮の宣祖十八年（一五八五）に刋行された銅活字本の殘本（卷一のみ）が宮城縣立圖書館に、同じく英宗四十五年（一七六九）に刋行された銅活字本（六卷及び圖一卷）が東京大學阿川文庫に所藏されている。この書物と『大宋中興通俗演義』の關係については、すでに石昌渝氏が詳細に論じておられる。(30) 石氏によれば、朝鮮刋本に見える弘治十四年（一五〇一）の日付を持つ陳銓「重刋精忠錄序」と趙寛「精忠錄後序」（ともに『岳鄂武穆王精忠錄後集』にも收錄されている）の記述から、「鎭守浙江太監麥公」がすでに存在した『精忠錄』をこの時重刋したことがわかり、なおかつ朝鮮本と『大宋中興通俗演義』の插繪がほぼ同じであることから、『大宋中興通俗演義』は朝鮮本の原本に依據しているのではないかと推測されるということである。また、李春芳の後序によれば、續いて正德五年（石氏は狀元の李春芳と見て嘉靖二十六年以降としておられるが、日付通り正德五年と考えるべきであろう）にやはり「鎭兩浙」の太監であった劉公により刋行された續篇が『後集』であるらしく、李春芳は依賴を受けて序を書いただけであるように思われる。つまり、『精忠錄』はなぜか宦官によって重刻され續けたわけである。

こうなると、なぜ『千頃堂書目』で李春芳が編者になっているのかが疑問になってくるが、これはおそらく宦官を編者とするよりは、進士となった士大夫の名を冠する方がよいため、後序の筆者にすぎない李春芳を編者にしてしまったのであろう。特に李春芳という名の名士が複數存在することを考えれば、『千頃堂書目』の編者が混同した可能性や、分かっていながら意識的に曖昧にした可能性も否定はできまい。『大宋中興通俗演義』に付された『後集』の編者が李春芳とされているのも同樣の事情によるものであろう。

このように、著名な文人の詩文を集めた知識人向けの書物が末尾に付され、歴とした進士の、それもにせものではない後序が最後にあることは、『大宋中興通俗演義』が知識人よりのスタンスを持つことを示すように見える。そして、體裁としては、建陽本であるにもかかわらず、上圖下文本形式をとっていない。ただし、『大宋中興通俗演義』についていえば、石氏によればその插繪は朝鮮本『精忠錄』とほぼ一致するとのことであり、『精忠錄』が上圖下文ではない以上、當然ながら上圖下文本の體裁を用いることは不可能だったことになろう。しかし、『唐書志傳』についてはそのような問題はなかったはずであるが、現存するテキストを見る限り、嘉靖三十二年に楊氏清江堂が刊行したテキストには插繪自體存在しない。つまり、嘉靖期に楊氏が刊行した歷史小說は上圖下文形式をとっていなかったといってよかろう。これはなぜなのか。

插繪からいっても、內容からいっても、附錄からいっても、『大宋中興通俗演義』は『精忠錄』に增補を加え、エピソードを追加して、讀みやすく書き換えたものであった。これは、同書があまり教養の高くない層に對して岳飛の物語を傳えるために制作されたものであることを示唆するものであろう。この點で、題材が岳飛であること、そして『精忠錄』の二度にわたる刊行者が宦官であることは、甚だ興味深い。いうまでもなく岳飛は武人、それも背中に入れ墨をしていたという江湖の氣風を持つ武人であり、しかもある程度教養を身につけた人物であった。そして宦官が、さきに想定した白話文學の讀者層に準じる存在であることは間違いあるまい。つまり『大宋中興通俗演義』は、『精忠錄』の刊行の延長線上で行われた事業であり、『精忠錄』では難しすぎると考える讀者、具體的には武人や宦官などのために、更に一段と讀みやすい書籍として刊行されたのであろう。そして『唐書志傳』は、それに準じるものとして、相前後して出されたのではないか。それゆえに、より知識人向けの書籍に近いスタイルを選んだのであろう。

つまり、現存するテキストを見る限りにおいては、嘉靖期に刊行された歷史小說はいずれも強い歷史書意識をもって刊行されたものばかりであることになる。『大宋中興通俗演義』と『唐書志傳』は、內容においても基本的に史書の記述を流用し、形式においても建陽の比較的庶民向けの刊行物に通常認められる上圖下文形式を使用せず、固い書物と同じような形式を用いる。『三國志演義』葉逢春本は、上圖下文形式によってはいるが、各巻の冒頭には、「起～年～歳、止～年～歳　首尾共～年事實」という、『大宋中興通俗演義』『唐書志傳』とほぼ共通する年代記風の記述があり、やはり歴史書意識を濃厚に持つものと思われる。もとよりこれらは現存するテキストだけを問題にしているためであり、他により讀み物風の體裁を持つ歴史小説が刊行されていなかったという保證はないわけではあるが、とりあえず明代に刊行された歴史小説の中でも早い時期に屬するものが、體裁・内容ともに歴史書風であるという事實は、こと歴史小説に關しては、やはり娯樂小説であることをはっきりと打ち出すような書籍に對しては、讀者・刊行者ともに抵抗があったことを示唆するもののように思われる。

ただ、その一方で嘉靖本『三國志演義』が刊行されていることには注意すべきであろう。第二部第二章で論ずるように、このテキストには、知識人の要求に應ずる方向の改變が施されており、そして刊行主體はおそらく政府關係機關（現存するものは北京の書坊による覆刻版かもしれない）である。つまり、文武官僚層を對象とした改良版が制作・刊行されたことになる。その讀者として想定されていたのが、武官・宦官など知識水準がそれほど高くない人々や、官僚の家のいわゆる婦女子であったとしても、知識人向けの改變が施されていることは、高級知識人である文官自身もある程度讀者層に參入しつつあったことを示すものであろう。そして、嘉靖本と同系統の本文を持つ一連のテキストが、知識人の本場ともいうべき江南で刊行されていることは、この傾向が廣がりつつあったことを示しているように思われる。

この後に生じる事態については、『改定元賢傳奇』がすでに豫言している通りである。『三國志演義』のテキストは、更なる知識人向けの改變をこうむっていくことになる。具體的には、歴史書への接近・名分論の強化・文體の洗練と文言化・詩詞美文の削除及び差し替えなどである。その落ち着く先が毛宗崗本であり、この動きは清朝初期に一應の安定に達することになる。他の歴史小説についても同様の變化が發生するが、『大宋中興通俗演義』『唐書志傳』については、最初に現れたテキストがあまりにも歴史書寄りであったためか、史實に密着した小説と、史實からはかけ離れた、おそらくは民間で語られている藝能の內容に忠實な小説とに分化していくことになる。これは、出版技術の進歩に伴って、葉盛が言及していたような讀者向けに、より充實した書籍を比較的安價に作ることができるようになったこと、そして清代初期にはその存在を確認できる貸本屋の存在と關わるものであろう。(31)こうして、知識人向けの娯樂書と庶民向けの娯樂書が竝行して發展していくことになる。

では、なぜ『水滸傳』のような書物が嘉靖期に刊行されたのか。

三

『水滸傳』はもとより歴史書ではない。內容も、しばしば「勸盜」といわれるように、アウトローを肯定的に描いたものであり、當然ながら傳統的な道德に合致はしない。從って、教養書として刊行されることはありえない。もう一つ考えられるのは、さきに戲曲テキストや『成化說唱詞話』について考えた際に想定したような、娯樂書として刊行された可能性である。その際ふれたように、文言・白話を問わず、短篇小說や戲曲・說唱のテキストが、女性や武官・富商などを主たる讀者として想定した讀み物として、明代前期から刊行されはじめていたように思われる。嘉靖期における大規模な短篇小說叢書『六十家小說』の刊行は、その流れに沿ったものであろう。實際、『清平山堂話本』などの名稱で知られる『六十家小說』の現存部分には、白話小說のほかに「風月相思」のような文言小說、「快嘴李翠蓮記」「刎頸鴛鴦會」などの說唱テキストといった多様な性格のものが含まれ、ジャンル意識を特に持たず、「それほど高い教養を必要としない娯樂讀み物」という漠然としたグループが形成されていたことがうかがわれる。このとになる。

方向における發展は、やがて明末にいたって『三言二拍』とそれに續く多くの白話・文言短篇小説集を生んでいくこ

しかし、『水滸傳』をこの流れの中に位置づけることは困難である。その理由としては、まず第一に、刋行された刋本の質が非常に高いことがあげられる。いわゆる嘉靖殘本が眞實嘉靖の刋であるかどうかは定かでないが、その刋刻の狀態が非常にいいことは間違いない。續く萬曆期に刋行された容與堂本も、精美な插繪を伴う豪華本である。これらが、『成化說唱詞話』はもとより、『淸平山堂話本』ともレベルの違う刋本であることは確かであろう。唯一比べうるのは弘治本『西廂記』であるが、上流階級の女性などに讀者を持っていたであろう『西廂記』とは、『水滸傳』は全く讀者層を異にするに違いない。ではいったいどのような人々が讀者だったのか。

そして第二に、その規模の大きさと水準の高さがあげられよう。長く續けることが容易な歷史小說を別にすれば、『水滸傳』の規模の巨大さは特異なものである（もっとも、『西遊記』の現在の形がこの時期には成立しつつあったものと思われるが、『西遊記』もよく似た事件を積み重ねていくことによって長篇を形成しうるという點で、歷史小說同樣、長篇化は比較的容易であろう）。しかもその文章の水準は、それ以前の白話文學とは一線を畫するものであり、『水滸傳』の出現によって白話の基本形が確立したといっても過言ではない。實際、『三國志演義』などがバージョンごとに大きく異なる文章を持つのに對し、『水滸傳』は嘉靖殘本の段階ですでに容與堂本とほとんど同じ本文を持ち、金聖歎による大幅な改作も、細部に手を加え、美文・韻文を削除するのみで、『三國志演義』毛宗崗本のように文章を全面的に書き換えるということはしていない。これもその文章の完成度の高さを示すものであろう。

なぜこのような作品が出現しえたのか。これは、さきにもふれた讀者は誰だったのかという疑問とも關わる問題である。

嘉靖期までに『水滸傳』を刊行したのは誰だったのか。まず、すでに見た「郭武定板」、つまり郭勛による刊本の存在が知られている。更に『古今書刻』には、都察院刊の『水滸傳』が著錄されている。また、『百川書志』には「一百巻」の『水滸傳』が見え、李開先の『詞謔』にも『水滸傳』についての言及がある。

これらの記述から見えて來るのは何であろうか。最高監察機關である都察院が『水滸傳』のような書物を刊行した事情は知る由もないが、このような官刻本や勳戚による刊本（『雍熙樂府』の郭武定本と內府本の場合のように、兩者が同一の板木を用いているか、もしくは覆刻の關係にある可能性も『三國志演義』同樣存在する）の存在は、やはり北京で宮廷や高級官僚向けの『水滸傳』テキストが刊行されていたことを意味する（ちなみに、嘉靖殘本には脫字などのミスが意外に多く、官刻本に通うものを感じさせる）。そして、錦衣衞の高級武官であった高濂と、一流の士大夫である李開先は、ともにこの書の讀者であった。更に李開先によれば、唐順之・王愼中ら一流文人たちがみな『水滸傳』をほめたたえていたということであるから、當然彼らも『水滸傳』を讀んでいたことになる。

つまり、早い時期に出版された質の高い白話文學刊行物の例に漏れず、『水滸傳』も北京で刊行されていた。內府本の有無は不明だが、官刻本も存在し、郭勛のような勳戚や、高濂のような高級武官が刊行者・讀者に含まれていることも、『西廂記』や『三國志演義』の場合とかわらない。しかし士大夫、それも超一流の知識人とされる人物が讀者に含まれるのは、この時期の白話文學作品としては異例といってよい。しかも、白話文學との關わりの深さで知られる李開先以外にも、當時を代表するような文人（主として唐宋派に屬する人々）がずらりと顏を連ねている。つまり、『水滸傳』は高級知識人にも讀まれており、彼らは正面切ってこの小說を稱贊していたのである。これは、戲曲の曲辭を鑑賞する場合を別にすれば、他の白話文學作品には例を見ない狀況といってよかろう。なぜ『水滸傳』は特別なのか。

この點については、第三部で詳しく論じることになるが、とりあえず簡單に述べると、『水滸傳』が特別な存在となったのは、正徳から嘉靖にかけて思想界で進行しつつあった重大な變化、つまり陽明學の登場と關わるものと思われる。陽明學は、王陽明の段階ですでに激しい積極主義や平等主義などの特徵を持ち、更に陽明沒後に展開していったいわゆる王學左派の人々の間では、無學な庶民を「良知」の持ち主として尊ぶ動きが生じ、「俠」の精神が強調されるようになっていた。こうした思想を持つ人々にとっては、『水滸傳』はバイブルともなりうるであろう。

また文學面においては、すでに述べたように、復古派の李夢陽と唐宋派の李開先という全く對立する文學思想を持つはずの二人が、ともに「眞詩は民間に在り」と主張していた。おそらくこの頃、一部の知識人の間で、文學的主張の如何を問わず、共通した認識としてこの考えが存在したのであろう。「眞」とは、明代後期の文學・思想界におけるキーワードともいうべきものであった。「眞」の人間、「眞」の文學とは何であるかに對する激しい追求は、この時期において廣く認められる現象である。これを「民間」と結び付けるのは、おそらく明代に入って社會の流動化が進み、庶民の家から士大夫に成り上がる人物（李夢陽はその典型であった）が增加したことと無關係ではあるまい。李夢陽と李開先は、ともに眞詩は民間にあると考え、自らも眞詩を生もうとした。その方法が、李夢陽においては漢文唐詩の模倣、李開先においてはおそらく白話文學の創作だったまでのことであろう。そして、文學におけるこうした動きは、思想における動きとリンクしたものであった。

このように、嘉靖期には高級知識人の一部の間に『水滸傳』を受け入れるべき土壤が形成されつつあったのである。とすれば、知識人の間で『水滸傳』が讀まれていたとしても異とするには足るまい。一方で、さきに述べたように、明らかに武人の立場に立った主張が見られるという點からすると、武官がやはり主たる讀者の一つであったことも動かないであろう。高濂がこの書物を所藏していたことはすでに見た通りである。つまり『水滸傳』は、武官のような通常の白話文學讀者と高級知識人の雙方に讀まれていたことになる。そして、初期版本がいずれも美本であることからすれば、その主たる讀者はこうした上流階級に屬する人々であった。文章がすぐれること、構成がこの時期のものとしては比較的緻密であることなどは、そうした受容層の性格と關わるものであろう。第三部第三章で述べるように、『水滸傳』には明らかに王學左派の主張に卽したものと思われる記述があり、現行テキストの成立に當たっては知識人の關與が少なからずあったものと思われる。

そして、中砂明德氏が指摘しておられるように、(32)この時期には「文武のクロスオーバー」とも呼ぶべき事態が發生しつつあった。武を學ぶ士大夫、詩文を學ぶ武官が出現していたのである。これが明代における士大夫の庶民化と關わる現象であることはいうまでもないが、この結果として、本來分化していたであろう『水滸傳』の讀者は一つのグループへと收斂しつつあったと見ることもできよう。これは、思想・文學におけるすでに見たような動向とも無關係ではあるまい。

萬曆期以降における『水滸傳』受容の展開は、ここまで見てきたような事態が進行していった結果として把握しうるものである。「眞」なるものの追求の果てに「童心」へとたどりついた李卓吾は、童心を持つ「眞」なる文學の極致として、『水滸傳』を『西廂記』と竝べてあげ、眞僞の程は知らず、梁山泊の豪傑を「眞」なるものと讚える「李卓吾批評」の『水滸傳』が複數生み出され、やがて明清交代にあわせるように、金聖歎が、知識人の鑑賞により適する形に『水滸傳』を改作し、李卓吾の主張に沿った批評をつけて刊行するに至る。

四

以上見てきたように、出版が急激に展開していく第一段階にあたる嘉靖期においては、白話文學作品の刊行物はまだ多くはなかった。そして、特に歷史小說においては、依然として讀みやすい歷史書という體裁を取って刊行されるという狀態にあった。しかし、他方では知識人の關與と、その嗜好や規範意識にあわせた改作という、萬曆以降顯在化し、白話文學を大きく變えていくことになる動きもすでに生じつつあった。また、正德期までに形成されつつあったであろう「それほど高い教養を必要としない娯樂讀み物」を求める讀者と、廉價な讀み物を求める庶民に近い讀者以外に、『水滸傳』、それに續いて『三國志演義』に一部の知識人が參入し、從來の讀者層であった武官層の變質に伴って、新たな讀者層を形成しはじめた。

こうした動きを承けて、萬曆期には多樣な展開が發生し、明最末期を經て、淸代に入ると白話小說は大きく變質していくことになる。その種子はすでに嘉靖期に認められる。嘉靖期は、白話小說が本格的に展開する準備段階にあたる胎動期と見ることができよう。

では「四大奇書」は、こうした動きの中でどのように誕生し、展開していったのであろうか。この點を具體的に確認していくことは、「四大奇書」の性格を把握する上で不可缺であると同時に、ここまで述べてきた動きとその後の展開を具體的に把握するためにも重要な意味を持つであろう。まずは時間を追う形で、「四大奇書」の中でも最も早く成立し、展開していったものと思われる『三國志演義』から議論を始めることにしよう。

注

（1）赤松紀彥・井上泰山・金文京・小松謙・高橋繁樹・高橋文治『『董解元西廂記諸宮調』研究』（汲古書院一九九八）「解說」。

（2）小松謙『現實の浮上――「せりふ」と「描寫」の中國文學史』（汲古書院二〇〇七）第六章「白話文學の確立」「小說の誕生――全相平話」。

（3）赤松紀彦・井上泰山・金文京・小松謙・佐藤晴彦・高橋繁樹・高橋文治・竹内誠・土屋育子・松浦恆雄『元刊雜劇の研究――三奪槊・氣英布・西蜀夢・單刀會』（汲古書院二〇〇七）「解說」（小松執筆）。

（4）小松謙「讀み物の誕生――初期演劇テキストの刊行要因について――」（『吉田富夫先生退休記念中國學論集』（汲古書院二〇〇八）。

（5）注（4）に同じ。

（6）小松謙『中國古典演劇研究』（汲古書院二〇〇一）Ⅱの第一章「明本の性格」。

（7）注（4）に同じ。

（8）小松謙『中國歴史小說研究』（汲古書院二〇〇一）第四章「劉秀傳說考――歴史小說の背後に横たわる英雄傳說――」・第六章「『楊家府世代忠勇通俗演義傳』『北宋志傳』――武人のための文學――」。

（9）井上泰山・大木康・金文京・氷上正・古屋昭弘『花關索傳の研究』（汲古書院一九八九）Ⅰ「解說篇」。

（10）注（9）引用書Ⅴ「附論　說唱詞話『花關索傳』と明代の方言」（古屋昭弘執筆）。

（11）張秀民『中國印刷史』（浙江古籍出版社二〇〇六の增訂版による）「第一章　雕版印刷術的發明與發展　明代　其他印刷　報紙」。

（12）『金瓶梅詞話』第四十九回に蔡御史が西門慶への手みやげに「一部文集」を渡すことが見える例をはじめとして、西門慶が知識人官僚と接觸するケースにおいて複數の事例が認められる。

（13）他に、抄本ではあるが、潮州戯文といわれる『金釵記』が宣德年間の刊本を寫したものといわれる。

（14）金文京氏は、二〇〇六年三月に廣州で開催された「紀念王季思・董每戡百年誕辰暨中國傳統戯曲學術研討會」における發表「弘治本『西廂記』探原」でこの點を指摘しておられる。

（15）張居正が同僚の呂調陽とともに萬曆帝のために『帝鑑圖說』を作って獻上したことは、『明實錄』の「神宗實錄」卷八、隆慶六年十二月己巳に見える。また、『明史』卷二八八「文苑傳一・焦竑」には、焦竑が皇太子のために、歴代太子の故事に繪をつけた『養正圖說』を作って獻上しようとしたところ、同輩の妬みを受けて、結局焦竑失脚の原因となったことが見える。

（16）注（8）前掲書第六章「『楊家府世代忠勇通俗演義傳』『北宋志傳』——武人のための文學——」。
（17）『萬曆野獲編』巻五「武定侯進公」・「郭勳冒功」。
（18）注（4）に同じ。
（19）大賀晶子「『龍會蘭池錄』について——もう一つの『拜月亭』」（松村昂編著『明人とその文學』（汲古書院二〇〇九））。
（20）大木康「明末江南における出版文化の研究」（『廣島大學文學部紀要』第五十巻特輯號一（一九九一年一月））。
（21）佐藤晴彦「《三遂平妖傳》は何時出版されたか？——文字表現からのアプローチ」（『神戸外大論叢』第五十三巻第一號（二〇〇二年九月））。
（22）李夢陽「詩集自序」。また李夢陽と李開先がともにこの語を用いていることについては、入矢義高『明代詩文』（筑摩書房一九七八、二〇〇七年に平凡社東洋文庫より増補版を刊行）「擬古主義の陰翳——李夢陽と何景明の場合」に指摘がある。
（23）『改定元賢傳奇』と他のテキストとの違いについては、赤松紀彦「南京圖書館所藏『改定元賢傳奇』について　附「陳摶高臥」、「青衫淚」校勘記」（平成十～十二年度科學研究費研究成果報告書『中國における通俗文學の發展及びその影響』所收）參照。
（24）上田望「『三國演義』版本試論——通俗小説の流傳に關する一考察——」（『東洋文化』第七十一號（一九九〇年十二月））その他。
（25）二つのテキストの詳細については王重民『中國善本書提要』（明文書局一九八四）「集部　曲類」參照。
（26）石昌渝氏が「朝鮮古銅活字本《精忠錄》與嘉靖本《大宋中興通俗演義》」（『東北アジア研究』第二號（一九九八年三月））で指摘しておられるように、『大宋中興通俗演義』巻八の末尾には「嘉靖壬子孟冬楊氏清江堂刋」、續く『會纂岳鄂武穆王精忠錄後集』末尾には「嘉靖壬子年秋清白堂新梓行」とあり、また前者の巻頭には「清白堂刋行」、後者の巻頭には「楊氏清白堂梓行」とあって、實態はよく分からない。石氏は『大宋中興通俗演義』は清江堂、『精忠錄後集』は清白堂の刋で、あとで合册にしたものと考えておられる。その可能性は十分考えられるが、とりあえず清江堂と清白堂が明らかに非常に近い關係にある書坊であり、刋記に記された年も同じで、行款も同じであることから考えて、兩者は當初から抱き合わせで販賣することが考えられていたのではないかと思われる。

(27) 上田望「講史小説と歴史書（1）――『三國演義』、『隋唐兩朝史傳』を中心に――」（『東洋文化研究所紀要』第一三〇冊（一九九六年三月））・「講史小説と歴史書（4）――英雄物語から歴史演義へ――」（『金澤大學中國語學中國文學教室紀要』第四輯（二〇〇〇年三月））。

(28) 注（8）前掲書第五章「『唐書志傳』『隋唐兩朝史傳』『大唐秦王詞話』『隋史遺文』『隋唐演義』『説唐全傳』――平話の存在しない時代を扱う歴史小説の展開――」。

(29) 高津孝「按鑑考」『鹿大史學』第三十九號（一九九二年一月）。

(30) 注（26）所引の論文。

(31) 村上公一「中國の書籍流通と貸本屋――禁書史料から――」（『山下龍二教授退官記念中國學論集』（研文社一九九〇））。

(32) 中砂明徳『江南　中國文雅の源流』（講談社選書メチエ二〇〇二）第四章「北虜南倭」「文武のクロスオーバー」。

第二部　『三國志演義』

第一章　「三國」について
――なぜこの時代が藝能の題材となるのか――

一

　白話文學の多くは歴史的事實を題材とする。後に述べるように、天地開闢以降、ほとんどの時代を扱う白話小説が刊行されている。そしてその多くは藝能と深い關わりを持つ。從って、藝能においても大部分の時代が題材とされていることになる。

　とはいえ、扱われ方に輕重があることはいうまでもない。藝能に多く取り上げられるのは、當然ながら戰亂期である。しかし、ドラマティックな話題に滿ちているにもかかわらず、南北朝期が題材となることはほとんどない。一方、前漢・後漢・唐・宋といった諸王朝の建國にまつわる物語は、それぞれにかなり重要視されているといってよい。しかし、前漢については、知名度の割には重要性が薄く、後漢については、史實からは全くかけ離れた內容を持ち、唐については、建國者である李淵・李世民父子よりも配下の武將たちが主役の位置を占め、宋については、建國者趙匡胤を主人公とする「飛龍傳」の物語はあるものの、最も重要な地位を占めているのは、宋王朝に仕える武將を主人公とする「楊家將」の物語である。そして、これらのどの時代も、三國ほどの重要性は持たない（唯一「楊家將」のみは三國に比肩しうるかもしれないが）。

この三國の特權的な地位は、『三國志演義』が成立したであろう明代に始まるものではなく、すでに北宋期においてそうであった。『東京夢華錄』巻五「京瓦伎藝」には、歴史物講談であろう「講史」を含むさまざまな藝能とその藝人を列擧したすえに、わざわざ「講史」とは別に、「霍四究說三分」、つまり三國語りの藝能が、「尹常賣五代史」と竝んであげられている。これは、常識的に判斷すれば、この二つが「講史」の中でも別格の存在であったことを意味するものであろう。このうち「五代史」が特記されることに不思議はない。五代は、『東京夢華錄』の舞臺である北宋にすぐ先立つ時代であり、北宋の人々にとっては非常に身近であったに違いないからである。

では、なぜその五代と竝んで、はるか昔の三國が特別の存在としてあげられるのか。これこそは、北宋期においてすでに三國が特權的地位を持っていたことを物語るものにほかなるまい。そして、蘇軾の『東坡志林』に見える次の有名な記事は、三國語りが非常に廣く親しまれていたことを示す證言といってよかろう。

王彭嘗云、途巷中小兒薄劣、其家所厭苦、輒與錢、令聚坐、聽說古話。至說三國事、聞劉玄德敗、顰蹙有出涕者。聞曹操敗、卽喜唱快。以是知君子小人之澤、百世不斬。

王彭がこういっていたことがある。「下町の子供たちが腕白で、家で困ったときには、いつも錢をやって、集まってすわらせると、『古話』を『說』くのを聞かせるものだ。三國のことを「說」く段になって、劉玄德が負けるのを聞くと、顔をしかめて涙を出す者がいるが、曹操が負けるのを聞くと、すぐさま喜んで『やった』という。君子と小人の影響は、百代たっても失せないということがよくわかる」。

「錢を與える」という以上、「說古話」というのは、家族が語って聞かせるのではなく、プロの藝人の語りを聞くということであるに違いない。實際、「說話」という語は宋代にあっては講釋を意味していた。

この記事から讀み取れるのは、北宋後期にはすでに下町の子供たちの娯樂として定着するほどに講釋が廣く行われ、貨幣經濟の擴大に乘って、藝によって生計を立てる零細な藝人が存在したこと、「三國事」が講釋の重要なテーマとなっていたこと、そしてそこでは劉玄德すなわち劉備が善玉、曹操が惡玉と決まっていたことである。

では、なぜ三國はかくも重んじられるのか。そして、なぜ劉備が善玉、曹操が惡玉とされたのか。時間を追って「四大奇書」について考察しようとするなら、これはまず第一の問題であろう。しかもそこには、「四大奇書」全體、ひいては白話文學全體に關わる重要な問題が隱されているのである。

二

なぜ三國の物語が重んじられるのか。もとよりこの問題に對しては、先行研究の中で多くの回答が與えられてきた。まず、話が面白いからというもの。更に、キャラクターが魅力に富むからというもの。これらはいずれももっともな意見というべきであろうが、無論他の時代とて面白い話題、魅力的な人物に缺けるとは限らない。たとえば、項羽と劉邦という二大キャラクターが、韓信・張良以下、さまざまな個性を持つ人物とともに登場し、起伏に富んだストーリーを展開していく楚漢の戰いの物語の魅力は、決して三國に引けを取るものではなく、しかも『史記』という歷史書としては面白すぎる絕好の種本が存在する。しかし、楚漢の物語は『西漢演義』などの小說になり、『千金記』などの戲曲になりはするものの、その人氣は三國には遠く及ばない。ただ、日本においては『西漢演義』の翻譯『漢楚軍談』が廣く讀まれ、三國に比肩しうるほどの人氣を持っていたことには注意せねばなるまい。つまり、日本においては、物語の面白さとキャラクターの魅力が、人氣を獲得するための主たる要素となりえたのである。逆にいえば、中國においては異なるモーメントが存在したことになる。

もう一つあげられるのが、「三」だからということである。(1)確かに「二」より「三」である方が多様な組み合わせが可能になり、波亂に富んだ物語を構成しうる。また、中國においては「三」が尊ばれるというのも事實であろう。ただ、第三章で述べるように、少なくとも物語形成の初期においては、三國のうち呉の影は著しく薄く、またこの段階では三國に入るまでが物語の主要部をなしていたものと思われる點からすれば、「三」であることが決定的な重要性を持つとは考えにくい。ではなぜ三國なのか。

このことはもう一つの問いにも關わってくる。なぜ三國物語の主人公は劉備なのか。劉備は、三國物語の中にあって特に印象的なキャラクターとはいいがたい。しかし、全體を一貫する主人公が誰であるかと問うならば、劉備の死までについていえば、それは劉備以外には考えられないのである。脇筋をのぞけば、物語はすべて劉備を中心に展開する。あるいは、より嚴密にいえば、劉備・關羽・張飛の三人が主軸にすえられ、そしてその三人の中心の役割を擔うのが劉備なのである。この傾向は、『三國志演義』の原型と考えられる『三國志平話』においてはより顯著に認められ、物語の大半は劉・關・張三兄弟を中心に展開して、劉備歿後の物語はごく簡略に語られるに過ぎず、呉の勢力はもとより、曹操ですら劉・關・張との關わりにおいて登場することを原則とする。ではなぜ劉備なのか。この問いに對する答は、なぜ三國なのかという問いに對する答と關わってこよう。

三

劉備とは何者だったのか。彼が主役の地位を獲得した理由は、歴史上實在した劉備が持っていた何らかの資質と關わるものであろう。史書において劉備はどのように描かれているのか。

通常、三國時代を扱う史書といえば、西晉の陳壽の『三國志』があげられるのが普通である。しかし、題名を『三國志演義』と稱するとはいえ、實際にその制作にあたって參照されたのは、おそらく『三國志』ではなく、北宋の司馬光の手になる通史『資治通鑑』もしくはその要約本であったに違いない。(2) ここでは、『資治通鑑』において劉備がどのように描かれているかに注目してみよう。

『資治通鑑』の缺點の一つは、紀傳體ではなく編年體を取っているため、人物の履歴などの紹介が不十分になりがちなことである。それを補うため、主要人物については初めて登場する際に、簡單な紹介が記されることが多い。たとえば曹操については、卷五十八中平元年三月の部分で、黃巾賊との戰いの中で曹操が初登場した後で、宦官曹騰の養子の子であること、放蕩者であったが橋玄と何顒からは認められていたことが記され、許劭に批評を強要して「治世の能臣、亂世の姦雄」といわれて喜んだという有名な話柄で結ぶ。

劉備についても、當然ながら同樣の紹介がなされている。しかし、卷六十初平二年、公孫瓚が勢力を擴大した記事の後に見えるその內容は、他の人物に關する記述とはひどく印象を異にするものである。その前半をあげてみよう。

初、涿郡劉備、中山靖王之後也。少孤貧、與母以販履爲業。長七尺五寸、垂手下膝、顧自見其耳。有大志、少語言、喜怒不形於色。嘗與公孫瓚同師事盧植、由是往依瓚。瓚使備與田楷徇靑州有功、因以爲平原相。備少與河東關羽・涿郡張飛相友善、以羽飛爲別部司馬、分統部曲。備與二人、寢則同牀、恩若兄弟、而稠人廣坐、侍立終日、隨備周旋、不避艱險。

これで全體の半分程度である。まず、『資治通鑑』に見える人物紹介の中でも特に長いことが注意される。しかも、この時劉備は公孫瓚配下の一隊長に過ぎず、前の記事にも名が見えない。つまり、曹操の場合のように、はじめて重要な役割を擔って登場することをきっかけに紹介されるわけではなく、おそらく他に適切な場所がなかったからここに書き込まれたにすぎない。これは劉備がじりじりと地位を向上させ、いつの間にやら歴史の表舞臺に名が見えてくる人間であったことのあらわれであろう。

そしてその內容は、書き出しからすでに當時の重要人物の履歴としては極めて異例のものといってよい。「劉備は中山靖王の子孫である」とある以上、一應貴種ということになるが、貴種というにはその後の記述はあまりに衝撃的である。「早くに父を失って貧しく、母とともに靴を賣ることをなりわいとしていた」。當時の靴屋がどの程度の身分であったかはよくわからない。『三國志』巻三十二「先主傳」では「販履織席」と、むしろ織りもしていたことになっているので、賣っていたのはわら靴の類だった可能性が高そうである。當時の中國において、後世の日本におけるが如くわら細工師が白眼視されていたかは定かではないが、ともあれ高い身分ではないことは間違いない。

「身長七尺五寸、手を垂らせば膝の下まで來て、振り返れば自分の耳をみることができた」という有名な劉備の異相（これは佛の相と合致する）を紹介した後、「大志があり、口數が少なく、喜怒を表情に出さなかった」と、これは大人物の類型的な描寫とも見えるものが續くが、その內容が曹操とは全く對照的であることは注意される。

次に來る「公孫瓚とともに盧植に師事したことがあったので、瓚のもとに身を寄せた。瓚は備に命じて田楷とともに青州を鎭定させ、功があったので平原の相となった」というのは、『資治通鑑』の中で劉備が登場する場面における彼の立場を説明したものであるが、そこに記されているのは、劉備が地盤も勢力も持たない人間であり、公孫瓚のもとに傭兵隊長として身を寄せ、手柄を立てることによって官職を手に入れたということである。つまり、宦官の養子の子、當時の言い方に從えば濁流の出身とはいえ、初めから上流社會の一員として、太尉という高官の橋玄から認められ、許劭という名士の批評を受けることができ、勞せずして官職を手に入れ、曹氏・夏侯氏などの一族郎黨を率いる立場にあった曹操とは全く異なり、劉備は自らの腕一本ではい上がっていくしかない一匹狼だったということがここに示されているのである。

「劉備は若いときから河東の關羽、涿郡の張飛と仲がよかった。羽と飛を別部司馬（別動隊長か）として、『部曲』を分割して統率させた。備と兩人は、寢るときも同じベッドでというほどで、愛情は兄弟同様であった。だが大勢いるところでは、兩人は備のそばに終日立って、命のままに働き、いかなる困難危險をも避けることがなかった」。この記述こそ、「三國志」物語の基本となったものというべきであろう。ここに記されているのは、劉備と關羽・張飛が尋常一様ではない絆で結ばれていたという事實である。三人は「恩若兄弟」であり、關羽と張飛は、劉備に對して絶對服從を貫いていた。そして、關羽と張飛についても出身地が記されているのみである。『三國志』本傳を見ても、關羽については「亡命して涿郡に奔る」、張飛については「少くして關羽とともに劉備に事う」とあり、彼らが何ら身分や地盤を持つ存在ではなかったことは明らかである。關羽は罪を犯して逃亡してきた人間、つまりは既成社會からドロップアウトした存在であり、張飛は涿郡の地つきで特に身分を持たず、關羽に兄事していたということは、おそらく同類の人間だったものと思われる。そして彼らは「部曲」を持っていた。これは彼らが抱えていた私兵のことであろうが、何ら身分を持たず、一般社會から外れてしまった者をもリーダーに含む集團である以上、この「部曲」は「子分」と譯した方が適切かもしれない。

ここには義兄弟關係のことは明記されていないが、彼らの關係が、後世のアウトローにおける義兄弟關係に該當するものであったことは明白であろう。そして、この後には趙雲も劉備と個人的な關係を結び、配下に入って騎兵隊長になったことが見える。この段階では、劉備は平原の相という身分であり、彼が抱えている軍隊は役職に付隨するものではない。劉備は、傭兵部隊の長であり、その集團の規模が大きかったため、關羽・張飛が分割指揮をとり、更には騎兵の指揮者として趙雲をも迎え入れて戰力を高めたということであろう。これは後世のアウトロー集團、たとえば『水滸傳』に見える梁山泊集團と類似したものといえよう。

そして以後、この集團は傭兵として、各地の群雄の配下に入ることになる。出發點は、前述の通り公孫瓚配下の隊長というものであったが、やがて曹操に攻撃された徐州刺史陶謙のもとに赴く。『通鑑』巻六十一には「備自有兵數千人（劉備は自分の兵數千人を持っていた）」とあり、彼が傭兵集團の長だったことが見て取れる。この後、陶謙の死に當たってその地盤を受け繼いで獨立するが、それもつかの間、呂布に徐州を奪われる。それでも呂布の保護を受ける形で生き延び、やがて曹操と通じて呂布を滅ぼすと、曹操の下に入り、曹操の配下として袁術を討った後、自立を圖って失敗して袁紹のもとに行き、袁紹のもとで曹操と戰うが、袁紹の敗北を豫想して汝南に行く。

これ以前に、曹操の部將曹仁は、「備新將紹兵、未能得其用（劉備は袁紹の兵を率いるようになったばかりで、まだ思うように使えません）」といって、汝南で活動していた劉備を破っていた。今回劉備が袁紹のもとを離れる際には、「紹遣備將本兵復至汝南（袁紹は劉備に「本兵」を率いてもう一度汝南に行かせ）」とある（巻六十三）。「本兵」とは、劉備の私兵、つまり彼が本來率いていた傭兵集團のことであろう。汝南で曹操に敗れた劉備は劉表のもとに逃れ、劉表は「益其兵、使屯新野（兵を增やしてやって、新野に駐屯させ）」、その後、「使劉備北侵（劉備に命じて北に侵攻させた）」（巻六十四）。そして劉表の死後、曹操に追われて孫權を賴ることになる。

つまり劉備は、曹操のもとでは曹操のために袁術を討ち、袁紹のもとでは曹操の軍勢と戰い、劉表のもとでは曹操を攻撃し、孫權のもとでは曹操の軍と戰う。そして戰鬪に參加していたのは、おそらくいずれも劉備が抱えていた私兵であった。つまり劉備集團は、傭ってくれる者のために戰鬪を行う傭兵集團以外の何者でもない。彼が身を寄せた勢力は、曹操・孫權以外はいずれも滅亡していくにもかかわらず、劉備は敗北を重ねながら決して滅びることはない。

四

『資治通鑑』を讀み進めると、劉備という人物の異様さは際だっている。そしてそれは、當時の人々もすでに感じていたことであったらしい。實際、『資治通鑑』の中で劉備ほど同時代人からその英雄ぶりを強調される人物は少ないのである。有名な曹操の「今天下英雄惟使君與操耳（いま天下に英雄といえるのはあなたと私だけだ）」（『資治通鑑』巻六十三）をはじめ、同じく曹操の「劉備人傑也（劉備は人傑である）」（巻六十三）、曹操配下の者の「備有英雄之志（劉備には英雄の志があります）」と郭嘉の「今備有英雄名（いま劉備は英雄という評判をとっております）」（ともに巻六十二）、魯肅の「劉備天下梟雄（劉備は天下の梟雄です）」（巻六十五）、周瑜の「劉備以梟雄之姿、而有關羽張飛熊虎之將（劉備は梟雄の姿を持ち、關羽・張飛という熊や虎のような武將を擁しています）」と「劉備寄寓、有似養虎（劉備が身を寄せているというのは、虎を飼っているようなもの）」（巻六十六）、劉曄の「劉備人傑也（劉備は人傑です）」（巻六十七）、陸遜の「劉備天下知名、曹操所憚（劉備は天下に名高く、曹操にも煙たがられています）」と賈詡の「劉備有雄才（劉備にはすぐれた才があります）」（ともに巻六十九）、これらは、魯肅の言葉が劉備の様子を探る前に發せられたものであることを別にすれば、いずれも劉備の敵對勢力による評價である。敵からこれほど多くの讚辭を浴びせられている人物は、『資治通鑑』の中でも他にないであろう。

しかし、讚辭といったが、魯肅・周瑜の「梟雄（猛々しい英雄）」という言葉に見られるように、單にすぐれた人物というのではなく、獰猛でコントロール不能の存在というイメージが常につきまとっているように思われる。おそらく劉備は、曹操をはじめとする既成勢力を代表する人々から見れば、得體のしれない怪物のような存在だったのであろう。實際、生まれつき高官の地位を約束されていた曹操、名門中の名門出身であった袁紹・袁術、清流の名士だった劉表はもとより、江南土着勢力のリーダーだった孫氏一族から見ても、劉備とその一黨は、全く別の世界からやってきた者たちと感じられたに違いない。

では、劉備とは何者であったのか。群雄の中で、唯一劉備に對して親近感を示したのは呂布である。巻六十一には、呂布が劉備を「甚だ尊敬し」、「我與卿同邊地人也（私と君はどちらも邊境の出身だ）」、「關東諸將無安布者、皆欲殺布耳（關東の諸將に私を安心させてくれる者はいない。皆私を殺そうとしているだけだ）」といって「請備於帳中、坐婦牀上、令婦向拜、酌酒飲食、名備爲弟（劉備をテントの中に招き、妻をベッドに座らせ、妻に命じて拜禮をさせ、酒を酌み飲食して、劉備を弟と呼んだ）」とあり、巻六十二の有名な戟を射て劉備を救うくだりでも「玄德、布弟也（玄德は私の弟だ）」といっている。なぜ呂布だけが違うのか。

實は呂布は、董卓との間でも「誓爲父子（誓いを立てて父子となった）」とある。このように擬制的家族關係を結ぶのは、彼の習慣だったように思われる。そしてこうした擬似家族關係こそ、唐・五代の軍閥に多く認められ、やがて『三國志演義』『水滸傳』などの白話小説の基本構造となり、更には後世のアウトローの間にも廣く認められるものにほかならない。呂布は、『三國志』巻七の本傳によれば、「以驍武給并州（武勇により并州に奉仕する）」ものであった。つまり彼は、特に身分を持たない武人の出身だったことになる。考えてみれば、いきなり妻を引き合わせるというのも、通常の禮法にはそぐわない行動であろう。後世武人・アウトローの間で擬制家族關係が廣く行われることを考えれば、呂布の行動はそうした貴族・知識人の世界とは異なる習慣に基づいたものであったことになる。そして呂布も、曹操から「狼子野心」（巻六十二）といわれている。先に引いた呂布の言葉から見ても、彼は劉備を同類と見なしたのであろう。

歴史上の劉備の實像はともかく、『資治通鑑』の記述から浮かび上がるそのイメージは、戰爭を請け負うアウトロー集團のリーダー、それも雇い主に對する忠誠心を全く持たず、自身の利益を追求して、容易に雇い主を見限り、甚だしい場合には裏切るというドライなものである。その點では、「狼子野心」といわれる呂布と大差ないように見える。

では、劉備は冷徹なマキャベリストなのか。しかし、他の側面においては、彼は全く異なる性格を持つ。關羽・張飛との間に極めて深い結びつきが認められることはすでに見た通りであるが、その結びつきは變わることなく、關羽の死に當たっては、利害を度外視して復讐の軍を出し、大敗を喫するに至る。この點について、巻六十九で曹操の謀臣劉曄はこういう。「且關羽與備、義爲君臣、恩猶父子。羽死、不能爲興軍報敵、於終始之分不足也（それに關羽と劉備は、義においては君臣ですが、恩愛においては父子と同じです。兵を擧げて復讐することができないようでは、態度が一貫しないことになりましょう）」。劉備においては、「君臣の義」より「父子の恩」が優先する。そうでなければ「終始の分が足りない」。つまり、君臣關係より擬制的家族關係の方が重要だというのである。

主人に對しては利害に根ざしたドライな態度をとるが、仲間との間では絶對に裏切ることのない信義を結ぶ。これは、傭兵集團において一般的に認められる狀況であろう。主人を次々に取り替えても、仲間の結束を崩すことはできない。結束が崩れれば集團の價値が失われる。そして更にいえば、これはアウトローの原則とも合致する。アウトロー集團においては、すべてに優先するのは、通常は兄弟の契りをかわしたという擬制的家族關係にある仲間に對する信義である。(3)

そうした人間關係を最も具體的に示してくれるのは『水滸傳』である。第三部で述べるように、『水滸傳』に登場する百八人の好漢は、仲間に對して忠實であることをすべてに優先させ、主君も家族もその前では問題にならない。また、梁山泊討伐にやってきたはずの官軍の武將たちが、いとも簡單に梁山泊側に寢返り、今度は官軍を討つことに全力をあげることからもわかるように、「好人は兵に當たらず」といわれた中國においては、軍人もアウトローと紙一重であり、同様の論理を持っていた。實際、擬制的家族關係が唐末五代の軍閥において廣く認められることは、軍人集團を維持する論理がアウトローと通うものであったことを示している。唐末五代の軍閥も、傭兵集團といっていい存在であり、朱全忠の如きは、アウトローから身を起こして、傭兵集團の長として權力を握り、ついには皇帝に至った人物であった。

以上の諸點を踏まえれば、宋代以降の中國の人々にとって、劉備とは何者であったが見えてくる。彼は、アウトローの論理に從って行動する體制外の存在でありながら、ついには皇帝の地位にまで昇った人物であった。身近な時代である五代に同様の事例が多數存在した以上、宋代の人々にとってこれは何ら不自然なことではなかったであろう。そして、おそらくは貴種という條件により、彼は朱全忠のような惡役にはならなかった。藝能の世界で物語を語り傳えるのは藝人であり、かれらはアウトロー同様定住民社會から排除された存在、いわゆる江湖の世界の住人であった。そうした彼らにとって、劉備こそは、貴種でありながら江湖の世界から身を起こし、ついには皇帝の地位にまで至った自分たちの代表選手ともいうべき存在であった。いわば彼は成功した宋江だったのである。

そして曹操は、生まれながらにして高い地位にある既成勢力の代表となる。宦官の養子の子という出自、本來持っていた僞惡家的性格、そして彼が備えていた豊かな教養ですら、常に知識人である士大夫から抑壓されていると感じていたであろう江湖の人々や庶民にとっては、曹操を抑壓者代表たらしめる要因となったであろう。この點で、『三國志演義』の中で、劉備が詩を作るところを見たことがないと劉表がいっていること(4)は興味深い。三國志とは、弱い立場にある強い者たちが、強い立場にある者たちの抑壓に立ち向かい、敗北に次ぐ敗北をくり返しながら、屈することなく戰い續ける物語であった。弱い立場にある者たちは、彼らに共感し、夢を託したのであろう。

五

以上述べてきたことから、さまざまな時代の中で、三國だけが藝能の題材として特別に重要視された理由は明らかであろう。三國志物語の主役である劉備・關羽・張飛三兄弟は、江湖の世界から出た人間として、藝能の演じ手たちが共感を持って語りうる、そして藝能の享受者の中でも大きな部分を占めていたであろう軍人や江湖の人々が心から感情移入しうる存在だったのである。その他の時代の主人公たちは、たとえば劉邦は出自こそ江湖の世界に近いところにあるようだが、その後の展開は、劉備たちのように兄弟仁義の世界に生き、その世界に殉じるというものとはほど遠い。

それゆえ、三國志物語のもう一人の主役であるはずの諸葛亮は、藝能段階では劉・關・張のように共感を持って語られる存在にはなりえない。『平話』や「博望燒屯」などの元雜劇における諸葛亮は、ほとんど魔法使である。これは、江湖の人々や庶民から見れば、諸葛亮のような異常な能力を持った知識人は、超自然的な存在としか理解しえなかったことを示すものであろう。

では、實際に文字化された三國志物語において、彼らはどのように描かれているのか。口頭で語られていた藝能は、文字の形に固定され、白話小說が成立することになる。このように言葉にすれば簡單だが、口頭で語られ、耳で聞かれるものであった藝能が、文字の形に固定され、更に印刷に付されるようになるというのは、實に革命的な變化というべきであろう。

次章以下では、まず三國志物語について、この過程がいかにして發生し展開したのか、そしてその過程でどのような變化が生じたのかについて考えてみたい。

注

（1）金文京『三國志演義の世界』（東方書店一九九三、二〇一〇年東方書店より增補版刊行）「一　物語は「三」からはじまる」。
（2）上田望「講史小說と歷史書（1）――『三國演義』、『隋唐兩朝史傳』を中心に――」（『東洋文化硏究所紀要』第一三〇册（一九九六年三月））。
（3）近代における實際の調査に基づく考察としては、フィル・ビリングズリー『匪賊　近代中國の邊境と中央』（山田潤譯　筑摩書房一九九四）第五章「匪賊のデモクラシー　匪賊集團の內部構造」がある。
（4）嘉靖本では卷七「劉玄德襄陽赴會」、毛本では第三十四回に見える。

第二章　三國志物語の變容

「四大奇書」は、それぞれに日本でも根強い人氣を持つが、その中でもどれが一番廣く愛されているかといえば、やはり『三國志演義』ということになるであろう。無論それには吉川英治の小説『三國志』や、橫山光輝の漫畫『三國志』などがあずかって力あることはいうまでもない。しかし、たとえば吉川英治の小說がなぜ生み出されえたのかというところまで考えると、やはり江戸時代に『三國志演義』の翻譯が廣く出回っていたところにその原因を求めることにならざるをえない。

實際、『三國志演義』は「四大奇書」の中でも飛び拔けて早い時期に翻譯されている。有名な湖南文山の譯が出たのは元祿二年（一六八九）のこと。これに對して、『水滸傳』は、享保十三年（一七二八）に岡嶋冠山によるといわれる最初の訓譯本が出ている。といってもこれは返り點と送りがなを施しただけで、到底素人に讀めるものではなく、誰でも讀める形の翻譯『通俗忠義水滸傳』が刋行され始めたのは寶曆七年（一七五七）のこと、その完成は更に遲れて實に寬政二年（一七九〇）までずれこむ。つまり『三國志演義』よりほぼ百年遲れることになる。また『西遊記』の翻譯『通俗西遊記』は、寶曆八（一七五八）年から刋行が開始され、譯者・版元を變えつつ刋行が繼續されたが、ついに未完に終わり、結局『西遊記』の全體像を日本語で示すものとしては、抄譯『畫本西遊全傳』が、天保八年（一八三七）に至ってようやく完成するにとどまっている。(1) つまり、單に受容されていた時間の長さだけからいっても、『三國志演義』が江戸時代の日本人に廣く親しまれたのも理由のないことではなかったのである。

これはなぜであろうか。實は『三國志演義』は、「四大奇書」の中でも他の三種とは大幅に異なる性格を持っているのである。日本における翻譯の時期が早かったのも、それと無縁ではない。

『三國志演義』と他の三種との違いは、その文體の面において最も顯著に認められる。赤壁の戰いのくだりを例としてあげてみよう。

是時東風大作、波浪洶湧。曹操在中軍、遙望隔江、看看月上、照耀江水、如萬萬道金蛇番波戲水。操迎風大笑、自言得志。（嘉靖本巻十。他のテキストもほぼ同文）

この時東風大いに作《おこ》り、波浪洶湧す。曹操中軍に在りて、遙かに江を隔つるを望み、月の上るを看れば、江水を照耀し、萬萬道の金蛇の波に翻り水に戲れるが如し。操風を迎えて大笑し、自ら言えらく志を得たりと。

あえて訓讀してみたわけだが、見ての通り『三國志演義』の文體は、白話小說といいつつほとんど文言に近いものであって、上記の引用では「看看」「在」の二語が白話語彙である程度にすぎず、大部分が訓讀可能である。さればこそ、荻生徂徠による唐話學習ブーム以前においても、漢文の知識で十分に翻譯可能だったわけである。

一方、他の三種の文體は全く異なる。試みに『水滸傳』第二十七回、武松が人肉饅頭屋に行くくだりをあげてみよう。(2)

武松取一個拍開看了、叫道、酒家、這饅頭是人肉的、是狗肉的。那婦人嘻嘻笑道、客官休要取笑。清平世界、蕩蕩乾坤、那里有人肉的饅頭、狗肉的滋味。

武松は一個取って割ってみると、呼びますには、「おい、この饅頭はひとの肉かね、犬の肉かね」。女は笑って申します。「お客さんご冗談を。この平和な世の中で、人の肉の饅頭、犬の肉のご馳走なんてあるもんですか」。

一見して明らかな通り、到底訓讀できるものではない。これは『西遊記』『金瓶梅』にも共通していえることで、三種はいずれも非常に白話的な文體を用いている。従って、中國語學習がある程度のレベルに達さなくては、日本において翻譯が出ることは望みがたい。事實、日本における『水滸傳』受容は、中國語學習テキストとしての利用に始まるのである。

しかも、先に引いた『三國志演義』における長江の描寫のようなものが、他の三種において地の文で出てくることはまずないのである。ではどのような形式を取るのか。『水滸傳』第三十八回に、やはり長江を描寫した部分があるので、あげてみよう。

宋江縱目一觀　看那江上景致時、端的是景致非常。但見、雲外遙山聳翠、江邊遠水翻銀。隱隱沙汀、飛起幾行鷗鷺、悠悠別浦、撐回數隻漁舟。紅蓼灘頭、白髮公垂鉤下釣、黄蘆岸口、青髻童牧犢騎牛。……

宋江がはるかに目をやって、長江の景色を眺めますと、まことに素晴らしい景色でございます。「但見」、雲外の遙かなる山は翠を聳やかし、江邊の遠き水は銀を翻す。隱隱《かすか》なる沙汀、飛び起つは幾行《れつ》かの鷗鷺、悠悠《はるか》なる別浦、撐《さおさ》し回《かえ》るは數隻の漁舟。紅き蓼《たで》の灘頭《なかす》に、白髮の公《おきな》は鉤《はり》を垂れ釣《つりいと》を下し、黄いろき蘆の岸口に、青き髻《まげ》の童は犢《こうし》を牧し牛に騎《の》る。……

地の文を受けて、「但見」に始まる駢文調の韻文が延々と續く。『水滸傳』においては、風景・戰鬪などの描寫を要する箇所に來ると、こうした美文・韻文の類が插入されるのが常である。更に『西遊記』『金瓶梅』になると、風景・戰鬪・武裝など『水滸傳』同樣の事例以外に、登場人物のせりふまでが、しばしばこうした形式を取って現れる。ところが、『三國志演義』にはこうした事例はほとんど見出されず、存在しても詩賦の引用という形式を取っている。このことも、『三國志演義』が他の三種とは性格をかなり異にすることを示すものといってよかろう。なぜこのような違いが生じたのであろうか。

鍵は韻文・美文の有無にある。なぜ他の三種には大量の韻文・美文が插入されているのか。この問いに對する答を示唆するのは、現存最古の『金瓶梅』の版本に與えられた題名である。『金瓶梅詞話』というその題は、「詞話」の形式を取っていることの表明にほかならない。「詞話」とは何か。第一部でもふれたように、いわゆる「說唱」、つまりうたと語り（うただけのケースもある）により物語を語っていくという、浪花節の如き藝能ジャンルの名稱である。そして『金瓶梅』は元來『水滸傳』のパロディである以上、形式的にも『水滸傳』を模倣しているに違いない。『西遊記』も、至る所で登場人物のせりふが韻文へと轉化するという、「說唱」に共通する特徵を具備している。

つまり『三國志演義』以外の三種は、「說唱」に起源を持ち、その形式に基づいて文字化したもの（『金瓶梅』の場合は、その形式を模倣したもの）ということになる。「うた」を主とする藝能は、もちろん耳で聞くのが基本であるから、聞いて理解できない言語は使用しない。その文體は、必然的に文言より白話に近いものにならざるをえない。もとより『水滸傳』『西遊記』が藝能の語りをそのまま傳えているはずはないが、しかしもとになった藝能の文體をある程度保持する形で文字化されたのであろう。個人の創作になる可能性が高い『金瓶梅』も類似した文體を用いていることは、右の推論の傍證となろう。

逆にいうと、『三國志演義』のみは「說唱」の形式をとってはいないことになる。これはなぜであろうか。

一

『三國志演義』は、なぜ「四大奇書」の中で唯一文言的な文體を持ち、「說唱」の面影をとどめないのだろうか。この點を明らかにするためには、『三國志演義』の成立過程について考える必要がある。

『三國志演義』は、どのようにして今の形になったのであろうか。現存する最も古い三國志物語のテキストは、元の至治年間（一三二一～一三二三）に福建の建安で刊行されたものと思われる『全相平話三國志』（以下『三國志平話』と略稱）である。ただし、實際に『三國志演義』と『三國志平話』とを比較してみると、實は全く同じ言葉を用いている箇所は見出されない。從って、兩者の間に直接的な繼承關係が存在するかどうかについては、確實なことはいえないわけではあるが、大筋のストーリーが一致すること、他に四種殘されている『全相平話』のうち三種は、明代に制作された歴史小說との間に直接的な繼承關係を確認しうることからすると、やはり『三國志演義』も『三國志平話』とある程度關係を持つ可能性が高いように思われる。この『三國志平話』は、講談の種本の文字化といわれる。つまり『三國志演義』は、講談に基づいている可能性が高いことになる。

では、なぜ『三國志平話』と『三國志演義』の間に直接的な繼承關係を確認できないのか。その點については、第三章で詳しく檢討することとして、とりあえずここでは、『三國志演義』は『三國志平話』から發展したものとして論を進めることにしたい。

『三國志平話』と『三國志演義』を比較すると、はっきりと認められる傾向がある。それは、『三國志平話』に含まれる物語のうち、荒唐無稽な內容のものは、『三國志演義』では大部分が削除されていること、一方、『三國志演義』においては、大量の歴史書に基づく記述が導入されていることである。

實は、この荒唐無稽な要素の削除と歴史書に基づく記述の追加という二點は、『三國志演義』に限らず、『全相平話』と明代歴史小說との間に一般的に認められる現象である。例えば、『列國志傳』という明代に作られた歴史小說は、『武王伐紂』『樂毅圖齊』という二つの『全相平話』から、仙人による魔法合戰・七國入り亂れての大戰爭といったあまりにも荒唐無稽な部分を削除したものを、歴史書の記述をほとんどそのまま流用した文章でつなぐことによって作られていた。ただ『列國志傳』の場合は、平話に基づく部分と歴史書に基づく部分との間には大きな落差が存在し、全體として見た場合、著しく整合性を缺く結果になっている。(3)『三國志演義』の傑作たるゆえんは、そうした作爲の跡がほとんど認められない點にあるといってよかろう。

では、なぜ歴史書の記述が導入されねばならなかったのか。それは、なぜ『全相平話』から『三國志演義』などに至る一連の歴史小説が刋行されたのかと關わる問題である。第一部で述べたことの繰り返しになるが、ここでもう一度その點を確認しておこう。

我々は、これらの小説は娯樂を目的として刋行されたものと考えて、さしたる疑問も抱かない。しかし、第一部で述べたように、元明當時にあっては、娯樂のための讀書という習慣はまだ定着してはいなかったはずである。現代中國語においても依然としてそうであるように、元來「讀書」とは勉強のことであった。「讀書人」とは知識人のことであって、別に讀書家を意味する言葉ではない。そういう狀況で刋行されたものとして、『全相平話』や明代歴史小説をとらえ直すと、今日の目で見るのとはまた異なった狀況が浮かび上がってくる。

『全相平話』は、七種もしくはそれ以上の連作という形で、殷周革命から西晉の滅亡に至るまでの歴史を語ったものである。その體裁は、全ページの上部四分の一ほどを插繪が占めるという、いわゆる上圖下文形式によっており、複數の人間で同時に讀むのであれば、その中に一人字が讀める人間さえいれば、非識字者でも樂しめるようになっている。明代に入るとこの傾向はより一層加速され、天地開闢から南宋に至るまで、ほとんどの時期について小説が制作される。しかもその多くは、大衆出版の本場であった福建建陽（『全相平話』を刋行した建安も、この地區の中に含まれる）において、いずれも「志傳」を題名に含むシリーズものとして、やはり上圖下文形式で刋行される。

おそらくこれらの小説は、元來は娯樂書としてではなく、教養書として刋行されたのであろう。第一部で想定したような、武官・富商など、經濟力があり、字は讀めるがそれほど教養がない人々のために、「通俗演義（俗に通ぜしめ義を演《の》ぶ。「俗」とはここでは非知識人のこと）」、つまり教養のない人間にも分かるように内容を敷衍したのが、これらの歷史小說だったのであろう。それ自體出版社の宣傳文句としての意味を十分に持っていたに違いない『三國志通俗演義』という題名が、何よりもはっきりとこの小說が元來持っていた性格を示しているのである。

こうした小說は、多くうたい文句として「按鑑」を稱している。これは『資治通鑑』に依據しているという意味である（ただし實際には、當時廣く流布していた朱熹による改編要約本『通鑑綱目』、もしくはそれを更に要約した通俗史書に依據することが多かったようである）。これを單なる看板倒れに終わらせないためにも、また實際上の必要からいっても、歷史書を導入することは不可缺の作業であった[4]。

歷史書の導入は、必然的に文體・内容にも影響することになる。歷史書は、たとえどのように通俗的な史書であろうと、必ず文言で記されている。とすれば、その文章を流用する以上、小說の方の文體も文言的にならざるをえない。そして内容においても、歷史小說の影響を受ける前に比べると、大きな變化が生じてくることになろう。それは、單に史實に反する要素が驅逐されるというにとどまるものではない。それ以上に重要な問題として、小說自體の性格が一變する、つまり小說の根本をなす思想が變貌するのである。

二

『三國志演義』と『水滸傳』を比較してみると、一見同じような豪傑物語と見える兩者は、實は根本的なところで全く異なる倫理觀を持つことが明らかになる。

だり。『水滸傳』の倫理觀は、實は今日の目から見れば非常に異樣なものである。例えば第二十七回、有名な人肉饅頭のくだり。張靑と孫二娘の夫婦は、通りかかる旅人を殺しては、饅頭の餡にして販賣しているわけであるが、『水滸傳』のどこを見ても、この言語道斷の行爲を非難する言葉は見出されない。あるいは第三十四回、淸風山のくだりで、宋江のはかりごとにより妻子を殺され、反逆者の汚名を着せられた秦明は、激怒して宋江を殺そうとするかと思いきや、花榮の妹との緣談を受け入れてあっさり仲間入りし、更に黃信まで仲間に引き込んで、朝廷に弓を引く。その他、呼延灼・關勝以下の梁山泊討伐にやって來た武將たちも、敗北するといとも簡單に梁山泊側に寢返り、多くの場合梁山泊の軍勢を手引きして、自分がいままで守っていた城を攻め落とすのに協力する。これらの破廉恥とさえ見える行爲は、しかしどれ一つとして非難の對象とはなっていない。

つまり、『水滸傳』において最も優先されるのは朋友間の「義氣」であり、主君への忠義や家族への愛情は、その前にあっては二次的な問題に過ぎないのである。これは、前章でもふれたように、おそらく『水滸傳』が「江湖」の人々の物語であることに由來するものであろう。「江湖」の人々とは、アウトロー・藝人など、基本的に非定住民であり、既成の社會秩序からはじき出された、必ずしも法律の保護を受けえない人々のことである。軍人も、特に宋代においては入れ墨をされていたことに示されているように、アウトローとは紙一重の存在と見られていたようである。彼らにとっては、政府も家も自分の身を守ってくれるものではない。そんな彼らが唯一賴りうるのは、生死を誓い合った友人であった。『水滸傳』は、そうした人々の間で生まれた物語だったのであろう。(5)

一方、『三國志演義』の倫理觀はといえば、こちらは至極常識的なものである。稱揚されるのは主君のために命を捨てる忠誠であり、「鞠躬盡瘁、死而後已」という言葉を殘した諸葛亮が理想的な人物とされる。これは通常の知識人が抱いていたであろう儒敎的倫理觀と一致し、つまりは一般の歷史書とも共通するものといってよい。

しかし、前章で述べたように、本來「三國志」物語とは、むしろ『水滸傳』に近い性格を持っていたはずである。そしてその痕跡は、『三國志演義』の中にもはっきりと認められる。たとえば、ほかならぬ發端の部分における「桃園結義」、「雖然異姓、結爲兄弟、……不求同年同月同日生、只願同年同月同日死（異姓ではあるが、兄弟の契りを結び、……同年同月同日に生まれることこそ望まぬが、ただ願うは同年同月同日に死すること〔嘉靖本による〕）」というこの誓いは、異姓兄弟という點で「家」の觀念と相反するものであり、『水滸傳』のそれと共通する性格を持つといってよかろう。周知の通り、この三人の關係は『三國志演義』を貫く基本テーマといってよい。そして、やはり前章でふれた通り、三人の死の部分で再びこの知識人的倫理觀を逸脫する意識が顏をのぞかせる。關羽が孫權に殺された後、復讐をあせる劉備に對し、趙雲はそれを公私混同であるとしてたしなめ、「天下者重也。冤讐者輕也（天下は重く、個人的怨恨は輕いものです）」と諫める。それに對する劉備の答は、「朕不與弟報讐、雖有萬里江山、何足爲貴（弟の仇を報いねば、天下など尊ぶには足らぬ〔嘉靖本による〕）」というものであった。ここで劉備は趙雲の知識人的な判斷を退け、『水滸傳』同樣の義兄弟關係をすべてに優先させる態度をあらわにする。その結果彼は大敗北を喫するわけではあるが、ここで政治的判斷を義兄弟のための復讐より優先させるようでは、劉備は劉備ではなくなってしまう。

清の歷史學者章學誠は、『三國志演義』のこうした性格を見拔いていた。「丙辰札記」にいう。

> 演義之最不可訓者桃園結義、甚至忘其君臣、而直稱兄弟。且其書似出水滸傳後、敍昭烈關張諸葛、倶以水滸傳中萑苻嘯聚行徑擬之。諸葛丞相以謹愼自命、却因有祭風及制造木牛流馬等事、遂撰出無數神奇詭怪、而于昭烈未卽位前、君臣寮寀之間、直似水滸傳中吳用軍師、何其陋耶。張桓侯史稱其愛君子、是非不知禮者、演義直似擬水滸之李逵、則侮慢極矣。

『三國志演義』の中で一番けしからんのは桃園結義である。君臣であることを忘れて、兄弟と名乘るに及んでいる。またこの書は『水滸傳』より後にできたらしく、昭烈（劉備）・關羽・張飛・諸葛亮のことを敍述するにあたっては、いずれも山賊集團の行動パターンをまねている。諸葛丞相は生眞面目にして愼重であることをモットーとしていたのに、風を呼ぶとか木牛流馬とかいったことがあったのをいいことに、數知れぬ奇怪なことをでっちあげた。また昭烈が卽位する以前のくだりでは、君臣屬僚の關係であるのに、まるで『水滸傳』の吳用軍師のようであるというのは、何とくだらないことか。張桓侯（張飛）は、史書には君子を重んじたとあり、禮をわきまえた人であったのに、『演義』では全く『水滸傳』の李逵をまねたようであるというのは、コケにするにもほどがあるというものだ。

さすがに章學誠は『三國志演義』の本質を鋭く把握していた。確かに劉・關・張だけを取り出せば、彼らの結合は『水滸傳』のそれと選ぶところがなく、そこに卷き込まれた諸葛亮は、『水滸傳』の吳用のような任俠社會內部の知識人の役回りを演じざるをえない。『演義』が本來史書に近いものであるべきであるという思いこみのある章學誠は、『水滸傳』の後でできたためその影響を受けたのではないかと述べているが、そうなのであろうか。

『三國志演義』においても、劉關張の結びつきという最も重要な部分において、『水滸傳』同樣の倫理觀が認められる。前章で論じたように、「三國志」物語が藝能において特に重要な地位を占めるに至った原因がここにあるとすれば、これは『三國志演義』の根幹をなす設定だけに、改變は不可能だったのであろう。すると、『三國志演義』が全體的には知識人的な倫理觀を持っていることは、歷史書の導入により生じてきた變化である可能性が高いことになる。つまり、章學誠の見解とは逆に、元來『水滸傳』に近い性格を持っていた三國物語が、歷史書の影響を受け變質した結果が『三國志演義』なのではないかと思われるのである。

では、より「三國志」物語の原型に近いはずの『三國志平話』においてはどうであろうか。

三

『三國志演義』と『三國志平話』を全體的に比べてみる時、一番はっきりと目に付くのは、張飛の占める比重の變化である。無論『三國志演義』においても、張飛は主役の一人ではある。しかし『三國志平話』における張飛の重みは、『演義』の比ではなく、特に初めの三分の一ほどの間では、事實上唯一の主役といっても過言ではない。そしてその張飛の言動は、極めて特徴的なものである。

『平話』における張飛の行動は、『演義』よりもはるかに破天荒である。たとえば黄巾賊と戦う折には、張飛がただ一騎で敵の本據地杏林莊に乗り込むという、『演義』にはない物語が大きな比重をもって語られる。あるいは、劉關張三兄弟が呂布と戦うという、『演義』にも見える有名な「三戰呂布」の後には、張飛が單獨で呂布を破るという「單戰呂布」の物語が語られる。更に、劉備たちが小沛で呂布に包圍されるくだりには、張飛が三度にわたり呂布の陣を突破して曹操のもとに赴くという「三出小沛」の物語があり（『演義』では張飛が先頭に立って脱出するだけ）、また呂布を捕えるのも、『演義』とは違って張飛ということになっている。趙雲が孤軍奮鬪する長坂（阪）坡のくだりでは、張飛が大音聲で叫ぶと橋が落ちる（『演義』では、張飛が橋を切って退却し、失策として劉備に叱られる）。こうした活躍ぶりは、『殘唐五代史演義傳』の李存孝など、より知識水準の低い讀者を對象とした小説の主人公と通じるものといってよい。そしてこれらの插話はすべて、『平話』にあったものが『演義』ではなくなっているか、あっても張飛の役割が後退している。つまり『演義』における張飛の地位は、『平話』に比して著しく低下していることになる。

『演義』と『平話』の違いが一番鮮明にあらわれているのは、いわゆる「鞭打督郵」のくだりである。『三國志』卷三十二「先主傳」及び同所の裴注に引く『典略』に見えるこの話の原型は、黄巾討伐の軍功で官職を得たものの、リストラにひっかかるのではないかと心配した劉備が、免職處分を傳えに來た督郵の宿舍に亂入し、拉致して鞭で打つという、荒くれ者からなる傭兵集團のリーダーという歷史上の劉備の實像にふさわしい內容のものである。それが『三國志演義』では、賄賂を出さない劉備を免職にしようとする督郵に腹を立てた張飛が、督郵を縛って打つという展開になっているのは周知の通りである。ところが『平話』の記述は『演義』・正史のいずれとも大幅に異なる。

安喜縣の尉となった劉備は、定州太守元嶠に會いに行って、遲參をとがめられる（遲參の理由は、劉備一行が「三千五百人、連小者約迭一萬二千餘口（三千五百人、子供まで入れればおよそ一萬二千餘人）」という大集團であったこととされている點は、前章で述べたアウトロー集團の長としての劉備という性格付けから考えても興味深い）。そのことを聞いた張飛は、夜を待って太守の屋敷に忍び込み、太守一家を皆殺しにし、逮捕に向かった弓手（警察官）をも殺戮して逃亡する。宦官集團十常侍の提案で、この事件の調査のため督郵崔廉が派遣され、督郵は當然ながら劉備を捕縛しようとするが、飛び出してきた關羽と張飛にとらえられる。張飛は督郵を毆り殺した上に、死體を六つに切り分けて、首は北の門、足（手足か）は城壁の四隅につり下げた上で、太山（太行山の誤りか）に「落草」する。これを聞いた皇帝は、「黃巾と劉備が合流したら何とする」とあわて、國舅董成（『演義』の董承）の提案で十常侍を殺し、その首を持って劉備たち三人を「招安」する。劉備は招安を受けて、平原縣丞に任じられる。

「落草（山賊に身を落とすこと）」「招安（朝廷に歸順すること）」という『水滸傳』のキーワードともいうべき語がともに見えることは注意される。ここでは、劉備たちには全く理はなく、自分たちの犯罪を調査に來た者を逆に虐殺するという居直り犯罪者の如き行動が見られるだけである。しかも、その發端となった張飛の犯罪は、一家皆殺しという實に凶惡なものである。そして、どこにもこの大量殺人を批判する言葉は見えない。

更に興味深いことに、この張飛の殺人行爲とほとんど同じ內容のものが『水滸傳』にも見られる。容與堂本『水滸傳』第三十一回、武松による鴛鴦樓における張都監一家殺戮事件である。

張飛は、太守の屋敷の塀を越え、太守の妾をつかまえて寢所のありかを問い、寢所に着くと女を殺し（「いわねば殺すぞ」といっておいて、目的地につくと殺してしまう）、太守を殺し、「人殺し」と叫ぶ奥方を殺し、とらえに向かってきた兵卒・弓手（區別が明確ではない）を二十人あまり殺して、塀を越えて逃げる。

一方武松は、まず廏に入って廏番に張都監の所在を問い（「いわぬと殺すぞ」といっておいて、聞きたいことを聞くと殺してしまう）、塀を越えて室內に入ると、まず二人の女中を殺し、鴛鴦樓に上がって張都監と二人の客を殺し、更に奥方以下數人を殺して逃亡する。

兩者は、多少手順こそ異なるが、①夜に塀を越えて侵入し、一家を皆殺しにする。②「いわねば殺すぞ」とおどしておいて、聞くべき事を聞くと殺してしまう。③奥方も殺す。といった點で共通する。これは兩者の間に直接的影響關係があるというよりは、敍述に固定したパターンが存在することに由來するものであろうが、ここで注目すべきは、代表的なアウトローである武松と同じ類型が張飛にも當てはめられていることであろう。兩人は同類のものとして認識されているのである。

更に『平話』では、曹操に敗れて劉備・關羽と別れ別れになった折、張飛が古城にこもって「无姓大王」と稱し、「黃鍾宮」なる宮殿を建て、「快活年」という年號まで定めて、周圍の山賊に「聖旨」を下し、貢ぎ物を要求することになっている。これも『水滸傳』において、黑旋風李逵などがしばしば口走る「宋江を皇帝に、吳用を宰相に」といったせりふを實際に具體化したものといえよう。

以上見てきたように、「三國志」物語も、『平話』段階では『水滸傳』、更には『殘唐五代史演義傳』など比較的大衆的な、荒唐無稽な要素を多く含む小說[6]と似通った性格を持っていたものと思われる。そしてその鍵となる人物は張飛に違いない。『演義』は張飛の出番を削ることにより、『水滸傳』的要素を拂拭していたのである。では張飛とは何者であったのか。

四

「三國志」物語における『水滸傳』的世界の體現者ともいうべき張飛、民間藝能の世界における彼は、本來どのような人間と考えられていたのであろうか。『三國志平話』には「家豪大富」と簡單に記されているだけで、それ以上のことはわからない。しかし、より詳しいことを傳えてくれる情報源が別に存在する。雜劇である。

「三國志」物語を題材とした雜劇は二十一種が現存するが、その半分以上は無名氏の作であり、それらは大部分が明の宮廷において、行事にあわせて制作されたものと思われる。雜劇は明代に入ると急速に衰退するが、前王朝の式樂と考えられたためか、明の宮廷にあっては、明代末期に至るまで演劇といえば雜劇が用いられ續けた。現存する雜劇テキストの多くは、その明朝宮廷演劇に使用されたテキストの寫しと考えられる。[7]

それら宮廷演劇用のテキストには、當時おそらく民間では廣く知られていたにもかかわらず、今では失われてしまった物語が保存されている。宮廷という社會の最上層において上演された演劇のテキストにそうしたものが保存されているというのは奇妙に見えるが、この點については、明の歴代皇帝が庶民的な趣味を持っていたこと、これらの雜劇を制作したのがおそらく文人學者ではなく、俳優など演劇關係者であったことなどが、その要因として想定されよう。そして、せりふが『全相平話』の本文と完全に一致する雜劇が存在すること[8]から考えて、明の宮廷には『全相平話』もしくはそれと同内容のテキストが存在し、雜劇制作の種本として使用されたものと思われる。

とすれば、雜劇が『全相平話』と密接な關係を持つのは當然であろう。事實、先に列擧した『平話』にあって『演義』にはない張飛の物語については、いずれも「杏林莊」「單戰呂布」「三出小沛」（いずれも內府本）という題の雜劇が現存する。つまり、雜劇を見れば、『三國志平話』には記されていない物語の細部を知りうる可能性があるということになる。

張飛の素性を語るのは、「桃園三結義」（內府本）という雜劇である。その第一折で張飛はいう。

　　爭奈時運未遇、做些小營運、賣肉爲活、操刀屠戶。

　殘念ながら運が巡ってきませんので、つまらない商賣を營むことにして、肉を賣ってたつきの種とし、包丁を使う屠戶となっております。

そして第二折では、自分の仕事を「下賤營生（賤しい仕事）」と呼んで、配下の屠戶から「自分も屠戶のくせに賤しい仕事とは何だ」と批判されている。つまり張飛は屠戶、卽ち屠殺人兼肉屋だったのである。

屠殺人は、おそらく殺生を行うという理由で、洋の東西を問わず白眼視される存在であった。中國でも、たとえば役者のように制度的に差別される對象でこそなかったものの、やはり好意的に見られてはいなかったらしい[9]。そして『水滸傳』でも、有名な「三拳打死鎭關西」で魯智深とやり合う鄭屠、それに百八人のメンバーである石秀と曹正が屠戶であった。張飛は「三國志」物語における「江湖」の人々の代表選手だったのであろう。それゆえに彼は『平話』段階では、庶民受けのする破天荒な活躍をするキャラクターとして愛された。しかし、『演義』段階になると、歷史書の導入に伴い破天荒な要素は追放され、張飛の役割が後退すると同時に、彼が屠戶であったとする設定も薄められていき、かろうじて「世居涿郡、頗有莊田、賣酒屠猪（代々涿郡に住んでいて、かなりの田畑を持ち、酒を賣り豚を屠っております）」と、さりげなくふれられるのみで、以後言及されることはない。

しかし、張飛が屠戸であったという傳承は、より庶民レベルに近い藝能の中では生き續けていった。京劇の脚本に見られる例をあげてみよう。『京戲大鑑』第一册（上海大文書局一九三八）所收の「三結義」では、張飛が次のようにいう。「是俺在此、開了一座肉舖（ここで肉屋を開いております）」。つまりやはり張飛は肉屋である。そして、大石を持ち上げたものにはただで肉をやると言い出して、それが關羽と知り合うきっかけになるわけであるが、實はこの設定は、雜劇「桃園三結義」と一致している（嚴密にいうと、京劇ではただ石を持ち上げればいいのに對し、雜劇では包丁が石の下敷きになっていて、石を動かさなくては肉が切れないことになっている）。抄本しか傳わらない「桃園三結義」が京劇に影響を與えたことは考えられない以上、庶民的な演劇・藝能の世界では、この展開が繼承され續けていたに違いない。形態から考えて、京劇は元來、北曲・南曲に比してはるかに庶民的な劇種であったものと考えられるのである(10)。

以上見てきたように、「三國志」物語は、『三國志平話』の段階では『水滸傳』と大差ない性格のものであった。前章で述べたように、元來劉備・關羽・張飛が持っていた「江湖」的性格が「三國志」物語を藝能の重要な題材たらしめていたとすれば、それは當然のことであろう。しかし、やがて『演義』成立の過程で、歷史書の影響などにより「三國志」物語は變質していった。その結果、「江湖」の人々や庶民の代表選手であった張飛の役割は大幅に後退し、文體も著しく文言的なものとなり、倫理觀も基本的には知識人のそれに一致するものになった。しかし、それでもなおかつ、劉關張の任俠的結合という要素だけは、「三國志」物語の骨幹をなすものだけにどうしても削り去ることはできなかった。そして、江湖の人々により演じられる藝能の世界においては、「三國志」物語の原初形態が、主として口頭の傳承により保存し續けられたのである。

五

しかし『三國志演義』も、一度文字化され、出版に付されたからといって、それで固定してしまったわけではない。さまざまな書坊から出版されるごとに、少しずつ性格を異にするテキストが生み出されていく。そうした變化の終着點が、清初に毛聲山・毛宗崗父子によって作られたいわゆる毛本である[11]。

こうした改變を加える主たる目的は、他のテキストとの間に差別化を行って、特色を出すことにより、より大きな利益を得ることをめざすという點にあったに違いない。その改變の方向性としては、二つが想定される。一つは內容の輕量化、もう一つは知識人向けの改作である。

前者は、分量を減らしてコストを下げることにより、價格を下げて賣れ行きを增大させることを狙うもので、建陽で刋行された簡本がこれに當たろう。當然ながら、內容に進歩はなく、逆に敍述が薄味になって面白さが失われることになる。後者は、讀者に知識人が參入してきたことに由來する。元來中下層識字層のための教養書として刋行された歷史小說は、出版量が增大し、廣く流通していくに從って、知識人にも讀まれるようになっていく。知識人は、そこに堅い書物には見られない面白さを見出し、こうして勉強や教養のためではなく、娯樂のための讀書という行爲が成立する。しかし、當然ながら初期の歷史小說は、高級知識人を滿足させうるだけの內容を備えてはいない。ここに知識人向けの改編が生じることになる。

毛本は、從來のテキストを知識人的觀點から全面的に改變したものであるという點、そして最終的には他のすべてのテキストを驅逐し、唯一の通行本となっていくという點において、『水滸傳』の金聖歎本と竝んで、この上なく重要な地位を占めるテキストといってよい。このテキストを作成するに當たって行われた作業は、前節まで論じてきた「三國志」物語變貌の過程の、最後のステップということができるであろう。

毛本と他のテキストとの相違については、すでに論じられている通りだが、その要點は、金文京氏の言葉を借りれば「歴史化」という點に落ち着くであろう。(12) つまり、要約していえば、從來のテキストの中に含まれていた歴史書と矛盾する部分を削除・修正し、特に蜀を正當とする大義名分論に合致しない記述を改めたということになる。しかし、毛本における改變はもとよりそれにとどまるものではなく、全篇文章の細部にまで及んでおり、しかもその改變の方向性は、「歴史化」同様、おそらく『平話』から『演義』への過程の延長線上にあるものと思われるのである。次にその點を檢討してみよう。

まず文體の文言化である。この傾向は、明代の諸テキストと比較する時、明らかに看て取ることができる。それが最も顯著なのは、ほかならぬ張飛のセリフである。これは、元來張飛のセリフが『三國志演義』の中でも特別に白話的性格を持っていたことに由來する。一例をあげよう。第十四回、禁酒を約束した張飛が、酒を斷つ前に飲んでおこうと宴會を開く場面である。ここで曹豹に酒を無理強いした結果、張飛は徐州を失うことになる。まず、毛本の底本になった可能性が高いものと思われる呉觀明本（いわゆる李卓吾批評本）をあげてみよう。(13)

我哥哥臨去時、分付我少飲酒、恐失大事。衆朋友自今日盡此一醉、明日禁酒。各各都要滿飲、凡事都幇助我保守城池。

兄貴が行く時、大事をしくじってはならぬゆえ酒を飲むなといいつけられた。みんな今日はとことん飲んで、明日から禁酒することにしよう。各人思い切り飲まねばならぬぞ。何事につけ俺を手助けして城を守ってくれ。

ちなみに嘉靖本も同文である。このせりふが毛本では次のようになっている。(14)

我兄臨去時、分付我少飲酒、恐致失事。衆官今日盡一醉、明日都各戒酒、幇我守城。今日却都要滿飮。

まず目に付くのは「哥哥」が「兄」に變わっていることである。これは、すべてではないが、毛本の張飛のせりふの多くに共通して認められる現象である。その口調の違いはいうまでもない。「衆朋友」が「衆官」に變わっているのも、張飛の「江湖」風のあけっぴろげな口調を一變させる結果になっている。更に「凡事都幇助我保守城池」という砕けた饒舌な調子が、「幇我守城」と簡潔になっていることなど、すべて明代のテキストにおける庶民的で親しみやすい張飛の性格を大幅に弱める結果となっている。

そもそも、『演義』の中にあって張飛のせりふが特別に白話的であるということは、庶民代表ともいうべき『平話』における張飛の性格を、『演義』も何ほどかは受け繼いでいたことを示すものであろう。毛本はそうした張飛の性格を更に大幅に後退させたのである。これは、「歷史化」と同樣、『演義』が通俗教養書から知識人向けの娯樂書へと、その立場を變えていったことのあらわれであろう。

ところが一方では、一見全く逆方向のものとも見える變化も生じているのである。第一回、曹操紹介の部分を例にあげてみよう。まず吳觀明本。

身長七尺、細眼長髯、膽量過人、機謀出衆。笑齊桓晉文無匡扶之才、論趙高王莽少縱横之策。用兵彷彿孫吳、胸內熟諳韜略。

身長七尺、眼は細く髯は長く、膽力は人並みならず、知謀は群を拔く。齊の桓公・晉の文公が王室を輔佐する才がなかったことを笑い、趙高・王莽が權謀術策に缺けていたことを論じ、その用兵はさながら孫子・吳子の如く、『六韜』『三略』をことごとくそらんじる。

やはり嘉靖本も同文である。同じ箇所が毛本では次のようになっている。

身長七尺、細眼長髯。

初めの二句だけで、あとはすべて削られている。これはなぜか。

呉観明本では、「齊桓晉文」「趙高王莽」「孫呉」「韜略」といった語が立て續けに用いられている。これらは、いずれも理解する上で歴史的知識を必要とするという點で、一見知識人向けのペダンティックな描寫と見えよう。なぜより知識水準の高い讀者を對象としているものと思われる毛本ではこれらが削られるのか。

呉観明本であげられている歴史的名稱は、實は「列國志」などの講談でおなじみのものばかりである。こうした、一見難しげな名稱を說明なしに列擧して聞き手を煙に卷くというやり方は、おそらく講釋師の常套手段だったはずであり、明代諸刊本もその傳統を引きついで、それほど教養の高くない讀者への受けをねらったのであろう。「齊桓晉文」云々は吉川英治の『三國志』（呉観明本を底本とする湖南文山譯を參照している）でも「晉文匡扶の策なきを笑い……」と用いられているが、日本の一般讀者がこの言葉を理解できるとは考えにくい（筆者も中學生の時、この句の意味が分からずに首をひねった記憶がある）以上、やはりこれも同樣の效果を計算したものと思われる。

ところが、こうした底の淺いペダンティズムは、まっとうな知識人の目には笑止千萬なものと映ったであろう。そこで丸ごと削除されることになる。筆者は、元雜劇「㑳梅香」の諸刊本の間でもこうした現象が認められることを指摘したことがある。(15) 毛本成立にあたっても同樣の操作が行われたのであろう。『元曲選』の刊行に代表される元雜劇の改變が行われたのは明代末期、萬曆年間（一五七三〜一六二〇）頃のことであったが、『三國志演義』においては少し遲れて、淸代初期に同樣の定本作成の試みがなされたことになる。同樣の意味を持つと思われる『水滸傳』における金聖歎本の成立も、やはり明代最末期もしくは淸代最初期のことである（明の滅亡は一六四四年）。同じ白話文學であっても、戲曲の方が小說より知識人に受容されやすいことはかねてから指摘されている通りであり、この時間的落差もその點に由來するものであろう。第一部でも述べたように、白話小説における定本作成の動きは、戲曲におけるそれの影響を受けている可能性が高いものと思われる。

同様の事例はほとんど枚擧にいとまがないほど存在する。特に明代諸刊本は、しばしば文言の書簡や、文言的な辯舌を長々と引用するが、それらの大部分が毛本では削られているか、あるいは大幅に短縮されているのである。一例をあげれば、第二十六回、關羽が曹操のもとを辭去する際に、吳觀明本では二百七字に及ぶ手紙を殘すことになっているが、毛本ではやはり手紙を書くことになってはいるものの、その長さわずか八十二字にすぎない。そして、吳觀明本の手紙が「羽聞く、天あれば地有り、父有れば子有り……」といった具合に、對句・比喩を多用した仰々しいものであるのに對し、毛本は「略曰」として要點を述べるだけである。この場合に限らず、特に典故を踏まえた表現などは、毛本ではほとんど削られているといってよい。

明代諸刊本に大量の書簡や辯舌が記されている理由は二つ考えられる。そもそも書簡・辯舌の長い引用は、『全相平話』においてすでに認められる現象であった。『全相平話』は、時として意味を取りがたいほど簡略な本文を持つだけに、長々と文言による書簡・辯舌が引かれているというのは、非常にアンバランスに感じられるが、これはおそらく、『全相平話』が講釋の種本に基づいていることに由來するものと思われる。地の文の部分は講釋師が自分で敷衍していくものであるのに對し、文言による書簡・辯舌を創作することは、講釋師の手に餘るため、種本にも全文を記す必要があったのではないか。この形式を引き繼いでいるとすれば、明代歷史小説が多くの書簡・辯舌を引用するのも無理からぬところであろう。

想定されるもう一つの要因は、すでに述べたように、明代歷史小説は元來敎養書としての側面を持っていたと考えられることである。その場合、書簡などは模範文例としての意味を持つことになる。事實、明代に刊行された歷史小説の中には、引用している書簡に、段ごとの要約などを設け、解説を加えているものがある。[16] これは、當時刊行されていた名文集の類にしばしば認められる手法であり、おそらくは啓蒙的名文集から取り込まれたものではないかと思われる。

おそらくこの二つの要因の雙方が作用して、明代歴史小説に文言による書簡や辯舌が數多く插入されることになったのであろう。しかし、二つの要因のいずれもが、知識人にとっては笑止なものと感じられたことは間違いあるまい。これが毛本において書簡・辯舌が削除・短縮されている原因であろう。

その他、毛本においては、「歴史化」以外に合理化も施されている。たとえば有名な第二十一回「青梅煮酒論英雄」のくだり。吳觀明本では、曹操が「今天下の英雄は、ただ使君《あなた》と操とのみ」というやいなや雷が鳴り、劉備は箸を取り落とす。「なぜ箸を落としたのか」とたずねる曹操に劉備は答える。

玄徳答曰、聖人云、迅雷風烈必變。一震之威、乃至于此。操曰、雷乃天地之聲。何爲驚怕。玄徳曰、備自幼懼雷聲、恨無地而可避。操乃冷笑、以玄徳爲無用之人也。曹操雖奸雄、又被玄徳瞞過。

玄徳が答えて申しますには、「聖人のお言葉にも『迅雷風烈なれば必ず變ず』とございます。雷がこんなに恐ろしいものとは」。曹操が申します。「雷は天地の聲にほかならぬ。なぜ驚き恐れるのじゃ」。玄徳が申します。「私は子供の頃から雷が恐くて、逃げ出したくてならぬほどなのです」。曹操は冷笑して、玄徳を役立たずと思いこんでしまいました。曹操は奸雄ではありますが、玄徳には欺かれてしまったのです。

毛本では、曹操の言葉を受けて箸を落とし、そこに雷が鳴る。劉備が雷に驚いたわけではないことを強調するこの順序の變更について、毛宗崗がその「凡例」で述べていることは、すでに指摘されている通りであるが、[17] その後のくだりも大幅に異なるのである。

玄德乃從容俯首拾筯曰、一震之威、乃至于此。操笑曰、丈夫亦畏雷乎。玄德曰、聖人迅雷風烈必變、安得不畏。將聞言失筯緣故、輕輕掩飾過了。操遂不疑玄德。

玄德はそこでさりげなくうつむいて箸を拾って申しますには、「雷がこんなに恐ろしいものとは」。曹操が笑って申します。「男でも雷を恐がるのですかな」。玄德が申します。「聖人も『迅雷風烈なれば必ず變ず』とやら。恐がらずにいられましょうか」。曹操の言葉を聞いて箸を落としたことを、さりげなくごまかしてしまいました。曹操は玄德を疑わずじまいになりました。

「聖人」云々は、『論語』「鄉黨」に見える言葉であるが、實は『資治通鑑』卷六十三では劉備の言葉を「聖人云、迅雷風烈必變、良有以也」とし、更に『三國志』「蜀書　先主傳」裴松之注に引く『華陽國志』では「聖人云、迅雷風烈必變、良有以也。一震之威、乃可至於此也」となっている。つまり、一見して明らかなように、吳觀明本の方が史書に忠實な形を取っていることになる。もとよりどの段階でどの史書を參照しているかは定めがたい問題であるが、ともあれ毛本の方が史書から遠ざかっていることは注意される。

では毛本はどういう意圖で本文を改變したのか。吳觀明本のままでは、劉備の芝居はあまりにも空々しく、それに欺かれる曹操は、あまりにも愚かに見えるであろう。事實、吳觀明本に付された李卓吾（實は葉晝の手になるという）の「總評」には

種菜畏雷、事同兒戲、稍有知之、皆能察之、如何瞞得曹操。此皆後人附會、不足信也。

野菜を植えたり雷を怖がったりするのは兒戲同然、少し聞いただけで、誰でも推察できるようなことなのだから、どうして曹操を欺くことができよう。これはみな後世の人間がこじつけたもので、信ずるに足りないのである。

と記されている。そして更に續けてこういう。

雖然、此通俗演義耳、非正史也。不如此、又何以爲通俗哉。

とはいうものの、これは通俗演義であるにすぎず、正史ではないのだ。このような書き方でなければ、どうやって學問のない人々に理解させることができようか。

李卓吾評に記すところが、卽ち毛本における改變の要因であろう。おそらく毛宗崗たちは、この批評を目にしていたのであろう。彼らは、元來教養書として出發した『三國志演義』が持っていた啓蒙的性格を拂拭し、知識人の鑑賞に堪えるものにしようとしたのである。その背景には、明末淸初に生じた「讀書」という行爲に對する意識の變化があった。すでに述べたように、元來「讀書」とは勉強のことであった。しかし、第一部で述べたように、明代後期になると、識字率の擴大に伴い、知識人レベルには達さないが、相當程度に文字を讀むことはできる人々という新たなる讀者層が生まれ、彼らの需要に應じて「通俗」の教養書が刊行される。それを讀むことがやがて樂しみへと轉じてきた時、ここに娯樂としての讀書という、新たな書物の受容形態が生まれる。そしてそれが知識人にまで波及してきた時、從來の「通俗的」娯樂書に飽き足りない知識人から、娯樂書改良の要求が生じる。そこで生まれたのが、『三國志演義』の毛本であり、『水滸傳』の金聖歎本であり、また『列國志傳』を改作した『新列國志』『東周列國志』であった。そして知識人作者によって書かれた『儒林外史』『紅樓夢』は、スタイルの點においてこれら、特に『水滸傳』金聖歎本の延長線上にあるのである。

ただし『三國志演義』の變貌は、『水滸傳』の場合とは性格を異にするものであった。それは、歷史書の敷衍というところから出發していたことに由來しよう。知識人の表藝の一つである歷史を題材とする以上、その內容・性格は知識人よりの方向に向かわざるをえなかったのである。その結果として、「七實三虛」(18)といわれる調和の取れた『三國志演義』ができあがることになった。

一氣に「三國志」物語展開の最終段階まで述べてしまったが、ここでもう一度、保留してきた重要な問題に立ち歸らねばなるまい。今に傳わる『三國志演義』はどのようにして成立したのか。なぜ『三國志平話』との間に直接的繼承關係を見出しえないのか。第三章ではこの問題について考えてみたい。この問いに答えることは、本章で大まかに述べてきた歴史小説成立の過程を具體的に跡づけるものともなりうるであろう。

注

（1）磯部彰『『西遊記』受容史の研究』（多賀出版一九九五）第Ⅱ部第五章「日本國における『西遊記』の受容」。
（2）以下『水滸傳』の回數・內容は、すべて容與堂本に基づく。なお、『三國志演義』（嘉靖本）・『水滸傳』（容與堂本）の本文は、いずれも『古本小説集成』（上海古籍出版社）所收の影印本を使用する。
（3）小松謙『中國歴史小説研究』（汲古書院二〇〇一）第一章「『列國志傳』の成立と展開――『全相平話』と歴史書の結合體――」參照。
（4）前注に同じ。
（5）注（3）前掲書第六章「『楊家府世代忠勇通俗演義傳』『北宋志傳』――武人のための文學――」。
（6）これらの小説の性格については、注（3）前掲書第七章「詞話系小説考――『殘唐五代史演義傳』を緒口に――」參照。
（7）この點については、小松謙『中國古典演劇研究』（汲古書院二〇〇一）Ⅱ「明代における元雜劇」、特にその第三章「『脈望館抄古今雜劇』考」參照。
（8）注（7）前掲書Ⅲ「演劇と他の藝能の關わり」第一章「『賺蒯通』雜劇考」參照。
（9）この點に關しては、福滿正博「『任風子』論――元曲における供犧に關する試論――」（『中國俗文學研究』第六號（一九八八年十月〕）參照。

（10）注（7）前掲書Ⅲ「演劇と他の藝能の關わり」第四章「詩讚系演劇考」參照。

（11）毛本の流通過程とその意義については、上田望「毛綸、毛宗崗批評『四大奇書三國志演義』と清代の出版文化」（『東方學』第百一輯〔二〇〇一年一月〕）に詳しい。

（12）金文京『三國志演義の世界』（東方書店一九九三、二〇一〇年東方書店より增補版刊行）「三　『三國志』から『三國志演義』へ」。

（13）中川諭『『三國志演義』版本の研究』（汲古書院一九九八）第2章「二十四巻系諸本の相互關係」第三節「毛宗崗本の成立過程」參照。以下呉觀明本の本文は『對譯中國歷史小說選集』（ゆまに書房一九八四）所收の蓬左文庫本の影印による。

（14）毛本の本文は芥子園刊の「四大奇書第一種」（京都大學文學部藏）による。

（15）注（7）前掲書Ⅱ「明代における元雜劇」第五章「明刊本考」。

（16）『全漢志傳』巻六に引く蘇武・李陵の書簡。注（3）前掲書第二章「『全漢志傳』『兩漢開國中興傳誌』の西漢部分と『西漢演義』――平話に密着した歷史小說とその展開――」參照。

（17）注（12）に同じ。

（18）章學誠「丙辰札記」に見える語。

第三章　『三國志演義』の成立と展開

――嘉靖本と葉逢春本を手がかりに――

『三國志演義』のテキストに關する研究は、この二十年間にめざましい發展をとげたといってよい。かつては嘉靖本・毛本以外のテキストについてはほとんど關心が拂われない状況にあったものが、今では數多くの版本に對して綿密な調査がなされ、中川諭氏の大著『『三國志演義』版本の研究』（汲古書院一九九八）をはじめとする多くの業績が出現するに至っている。

ただ、それらの研究の多くは、各版本の系統付けを行うことを目的としたものである。精密な系統付けからは、『三國志演義』の名をもって總稱される一連の作品群がどのように展開し、變化していったかを見て取ることはできる。しかし、そこに描き出されるのは『三國志演義』がどのように變貌したかという經過であり、『三國志演義』がそもそもどのようにして誕生したのかを明らかにすることができるものではない[1]。もとより、現存するテキストが明代後期のもののみである以上、『三國志演義』の原初形態や成立過程を明らかにすること自體、根本的に不可能な作業であるように見える。しかし、本當に何一つ手段はないのであろうか。原初形態を完全には復元しえないことは確かである。だが、現存するテキストに分析を加えることにより、その成立過程をある程度まで明らかにすることは、必ずしも不可能ではないのではなかろうか。

その鍵となりうる可能性を祕めているのが、性格を異にする二系統のテキストの存在である。『水滸傳』などと同様、『三國志演義』にも繁本と簡本が存在することはいうまでもないが、ここでいう二系統とはその區分ではなく、いわゆる繁本の中に見られる二つの異なった系統を指す。中川氏の區分に從えば、「二十四巻系諸本」と「二十巻繁本系諸本」である。

中川氏をはじめとする從來の研究においては、建陽で刋行された「二十巻系」は、花關索説話を持つテキストとして「花關索系」「關索系」と分類されてきた。しかし、その後內容を確認された葉逢春本は、花關索説話を持たないにもかかわらず、この系統と共通する本文を持つ。そしてその本文は、嘉靖本・吳觀明本などの「二十四巻系」とは大幅に異なるのである。この事實と、葉逢春本の刋行年代が早いことを考え合わせれば、葉逢春本は、いわゆる「花關索系」諸本が底本として使用したテキストと同系統の本文を持つ可能性が高いことになり、「花關索系」という分類にどこまで有效性があるかにも疑問が生じてくる。問題は、花關索説話の有無ではなく、本文の相違なのである。(2) そして、兩系統の間の本文の相違は、繁本と簡本の間に見られるような、一方が他方を簡略化したといったものではない。兩者の繁簡は定まらず、どちらがより詳細な敍述を行って長い本文を持つかは、部位により大きく異なる。また敍述の詳細さには大差がなくても、言い回しが全く異なる事例も多い。つまり、語られている內容には大きな差がないにもかかわらず、兩系統は大きく異なる本文を持つのである。部分によってはその差は、兩者の間に同じ作品の異本として系統付けを行うことを困難と感じさせるレベルにまで達している。

では兩者はどのような關係にあるのか。一方が他方を省略したというようなものではなく、しかも內容はほぼ同一であり、部位によってはほぼ同じ本文を持ち、同じような題名を持つ以上、兩者はともに完成型であり、そして一方が他方を改作した可能性が高いであろう。もしこの推定が正しければ、兩者の違いのありようから、『三國志演義』の成立過程をある程度再現することが可能になるのではないか。

その場合、多樣なテキストを扱うことは、さまざまな違いに目を奪われて問題の本質を見落とす結果をもたらす恐れがある。そこで本論においては、兩系統の現存最古のテキストと思われる嘉靖本と葉逢春本に(3)対象をしぼり、他のテキストについては必要に應じて言及することにしたい。

一

まず、二つのテキストの性格について確認しておこう。

嘉靖本は、巻頭に庸愚子（末尾に付されている印形によれば名は蔣大器）による弘治甲寅、つまり弘治七年（一四九四）の日付のある「三國志通俗演義序」と、修髯子（印形によれば名は張尚德）による嘉靖壬午、つまり嘉靖元年（一五二二）の日付のある「三國志通俗演義引」が置かれている。このことから、その刊行年代は嘉靖元年であると一般に考えられてきた。更に、前者に

書成、士君子之好事者、争相謄録、以便觀覽。

書物が出來上がると、容易に讀めるように物好きな人たちが争って寫し取った。

とあり、後者に「客」の言葉として

簡帙浩瀚、善本甚艱、請壽諸梓、公之四方、可乎。

分量が多く、善本も得難いのだから、印刷に付して各方面に公開してもよいか。

とあるところから、『三國志演義』は元來抄本で流通していたというのが通説となってきた(4)。

しかしこのような言い回しは、商業出版物の序に見られる定型表現といってよい。たとえば『西漢演義』に付された甄偉の序にいう(5)。

書成、識者爭相傳錄、不便觀覽、先輩乃命工鋟梓、以與四方好事者共之。請予小敍以冠卷首、遂援筆書此。

この書物が完成すると、識者は争って寫し取ったが、眼にすることが容易ではなかったので、目上の方が刻工に命じて刊刻させ、各地の物好きな人々とともに樂しむことができるようにした。私に巻頭に序を書くよう依頼されたので、筆を執って書く次第である。

このように、從來眼にすることが困難であったものを、世間の要求に應えるため出版に付すと稱する例は、書坊の出版物には多く、世間の要望があった作品をこのたび完成させ、有名人の批評または校正を付して刊行するというパターンと大差ないものと思われる。もとよりこれらは賣れ行き向上のために書坊が付した廣告の一種と考えるべきものであり、どこまで實態を反映しているかは疑問であるといわざるをえない。

そもそも『三國志演義』は何のために制作されたのであろうか。現存最古の二つの版本の題名を見てみよう。嘉靖本は『三國志通俗演義』、葉逢春本は第一巻冒頭の題名に從えば『新刊通俗演義三國志史傳』、兩者に共通するのは「通俗演義」という語である。「通俗」とは教養のない人間にもわかるということ、「演義」とは内容をわかりやすく敷衍しているということを意味する。つまり、ともに「誰でもわかる『三國志』」という題名であることになる。これは、この書物が教養の高くない人間にでもわかるように書かれた歴史書として作られたことを意味するものであろう。

さて、そのような書物が、しかも『三國志演義』のように大部なものが、抄本の形で流通することなどありうるであろうか。確かに中國の小説の中には、當初抄本の形で讀まれていたことがわかっているものが幾つも存在する。『金瓶梅』『紅樓夢』『聊齋志異』いずれもしかりといってよい。しかし、『金瓶梅』はそもそも地下で流通してしかるべき書であり、しかも判明している範圍では、その抄本を所有していたのはみな高級知識人や政府高官であった(6)。『紅樓夢』も、元來は曹氏一族の間で回し讀みされていたものであり、その後も上流階級の間で抄本が廣がったものと思われる。『聊齋志異』に至っては、元來王漁洋をはじめとする山東の知識人の間で抄本が回し讀みされることによって成立したものであり、典故を多く踏まえた文言によって記されていることも、その成立事情の反映と思われる。そして、これらの小説が知識人の間で珍重されたのは、その作者が知識人であり、知識人にもアピールしうる內容を持っていたことに由來しよう。つまり、これらの成立當初は抄本の形で流通していたことを確認しうる小說は、いずれも知識人の間で、知識人的興味のもとに抄寫され、廣まったものなのである。

ところが『三國志演義』は、題名にうたう如く教養書的性格を持ち、實際、他の同種の書よりははるかにまとまっているにせよ、歷史的知識を誇る知識人が興味を抱くようなものとは思えない。他方、第一部でも述べたように、明代中期の葉盛の『水東日記』卷二十一には、一般庶民が繪入りの物語を抄寫して讀んでいたことが見えるが、それは規模の小さいパンフレット的なものだったのではないかと推定される。もとより『三國志演義』のような大部の書物を抄寫する經濟的・時間的餘裕は、庶民にはなかったであろう。このような書物の抄本を作成しうるのは、寫字生を雇えるような經濟的餘裕のある人間であるに違いない。

つまり、『三國志演義』が抄本の形で流通していたとは、狀況的に考えがたいのである。そして、常識的に考えて、このような書物は營利目的で制作されるのが普通であろう。營利目的で制作された書物が抄本の形で流布するのも考えにくいことである。

以上の事實を總合すれば、『三國志演義』が當初抄本で流通していたという嘉靖本庸愚子序に見える記述には信を置きがたいことは明らかであろう。その實態は、おそらくは商品價値を高く見せようという書坊の宣傳文句に過ぎないのではないかと思われる。

しかし、ここでもう一つの問題が生じる。第一部で述べたように、嘉靖本は官刻本ではないかといわれているのである。實際、版刻の美しさ、版型の大きさ、外見が立派な割に校勘ミスが多いことなど、嘉靖本は明代官刻本の特徴をもらさず具備しているといってよい。そして、明代官刻本の目錄である『古今書刻』には、都察院が『三國志演義』を刋行している旨の記述があり、また劉若愚の『酌中志』「內板經書紀略」に『三國志通俗演義』の册數・版木の枚數が記錄されている點からして、內府の刋本も存在したものと思われる。嘉靖本がこのいずれかに當たるのではないかという推測は以前からなされてきた。(7)とすれば、その序に書坊の宣傳文句が記されているのは不自然ではなかろうか。

しかし、內府や都察院で刋行されるテキストが內府や都察院で制作されるとは限らない。むしろ何らかの底本があって、それを翻刻する形で刋に付されるのが普通であろう。從って、嘉靖本に書坊のものとおぼしき序文が付されているとすれば、それは官刻本の底本になったテキストが書坊により刋行された營利出版物であったことを意味しよう。實際、內府や都察院で刋行するにあたり、「客」がこの書を刋行して流布させてもよいかと問うなどという序が付くはずはないのである（この場合の「客」とは出版業者である可能性が高かろう）。とすれば、序の日付である嘉靖元年も、底本となった書坊刋本の刋行時期を示すものにすぎず、現存する嘉靖本は遲れて刋行されたものであることになる。

一方、葉逢春本の方は、商業出版の總本家ともいうべき建陽で刋行されていることからも察せられるように、明らかに營利目的で刋行されたものである。そのことを何より雄辯に物語っているのは、その題名である。特に目錄に付された「新刋按鑑漢譜三國志傳繪象足本大全」は、宣傳文句の滿艦飾といってよいであろう。その意味するところは、「新刋」つまり新たに刋行された、「按鑑」つまり『資治通鑑』に依據する、「繪像」つまり插繪入りの、「足本」つまり缺落のないテキストであるということであり、最後の「大全」に至っては餘分な文句としかいいようがない。更に「漢譜」という語も冠されており、これが何を意味するかについては議論があるが、(8)要するにもっともらしい體裁をこしらえるために付けられた語であることは間違いあるまい。

その本文を記す部分は、いわゆる上圖下文形式を取っている。これが建陽本の特徴であり、教養レベルが高くない人々、場合によっては非識字層をも讀者として想定したものであることはいうまでもない。そして各巻の初めには、たとえば巻之一に「起（漢靈帝）中平元年甲子歳　止（漢獻帝）興平二年乙亥歳　首尾共一十二年事實」とあるように、そこで扱われている事件の年代を明示する記述がある。これは、先にふれた「按鑑」という宣傳文句とあわせて、この書が歴史書であることをアピールするための形式ということになろう。ただし、「按鑑」、つまり自身を『通鑑』と見なすのではなく、『通鑑』に基づいていると稱していることにすでに示されているように、決して正統的史書であると自己主張しているわけではなく、正統的史書の記述を踏まえて分かりやすく書き直した歴史書、つまりは大量の插繪を持つ非知識人向けの教養的歴史書という形で賣ることを意圖した形式を取っているのである。

これは、先に想定した『三國志演義』の制作動機と合致する。そして、『三國志演義』の原型が、もし歴史上の羅貫中が生存していた元末明初期に成立したものであるとすれば、その當時商業的意圖のもとにこうした大部な書物を制作しようと考える可能性が最も高いのは、營利出版の先進地域であった建陽の書坊であろう。とすれば、早い時期に建陽で刊行された葉逢春本は、建陽で傳承されていた『三國志演義』の原型に近い姿を留めている可能性が高いことになる。事實、その後建陽地區で刊行される余象斗本以下の諸本は、黃正甫本のようないわゆる簡本をも含めて、葉逢春本と同系統の本文を持つテキストが主流を占めるのである(9)。

しかし、預斷は禁物であろう。兩テキストの關係を探るためには、まず虛心に本文を檢討しなければならない。

二

まず考えておかねばならないのは、異同というもののありようである。たとえば、嘉靖本系統のテキストと毛本の場合、後者が前者（おそらくは李卓吾評本のいずれか）に依據し、それに基づいて改變を加えたことは確實といってよい(10)。また、同一系統に屬する簡本と繁本の場合、前者が後者を簡略化したものであることもまた明らかに見て取れる。これらはいずれも單純な關係であって、本文を丹念に檢討すれば兩者の關係を容易に明らかにすることができるばかりか、各系統の中のどのテキストが原據であるかを解明することも決して困難ではない。

しかし、嘉靖本と葉逢春本の關係は、これらとは全く樣相を異にする。兩者は分量において大差ない。つまり、簡本と繁本のように一方が他方を簡略化したという關係にあるとは考えられない。しかもその繁簡のありようは一定せず、部分によっては同一內容を敍述するに當たって、ある箇所では嘉靖本の方が文が長いかと思えば、別の箇所では葉逢春本の方が文が長いといった具合であり、しかもしばしば文章の敍述のパターン自體が異なっている。これは、一方が他方に依據したという性格のものではなく、同じ題材について別個に書かれた文章と見た方が正確であろう。しかし、全篇通じてこうしたことがいえるというわけでもなく、部分によっては異同が非常に少ない。つまり、嘉靖本と葉逢春本の異同のありようはまだらともいうべきものであり、異同が多い部分の內部においてもまた、まだらともいうべき繁簡の違いが認められるのである。

具體的事例に卽して見てみよう。嘉靖本卷十六「漢中王怒殺劉封」（以下部位はすべて嘉靖本に從って示す）の一節、右が嘉靖本、左が葉逢春本である。

（嘉）　遂扯了書、　斬其使、　次日引軍前來搦戰。孟達知得扯書斬使、勃然大怒、亦領軍出迎。兩陣對圓、

（葉）　遂扯碎其書、斬訖來使、　次日引軍前進。　孟達知碎書斬使、　亦引軍來。　兩陣對圓、

封立馬於門旗下、　以刀指達而罵曰、背國反賊、　安敢陣前使間諜之計也。孟達亦罵曰、

劉封孟達皆出馬於陣前、　劉封大罵、　孟達反賊、爭雪吾恨、　敢　使間諜　計。　孟達　曰、

汝死已臨頭上、　自執迷不省、與禽獸何異耶。　封大怒、　拍馬輪刀、　直奔孟達。

汝死已臨頭、　尚自愚迷不省、　禽獸何別。　劉封大怒、　拍馬舞刀、　直取孟達。

わずかこれだけの中からも、先に述べた繁簡が一定しないという狀況を明らかに見出しうる。字數でいえば、嘉靖本九十七字に對して葉逢春本八十七字と、嘉靖本の方が長いように思われる。しかし、初めの二つのセンテンスだけを比較すれば、嘉靖本七字に對し葉逢春本は九字と逆轉する。つまり、一つの事柄を敍述するためにどちらがより多くの字數を要しているかは一定していないことになる。しかも、敍述されている事柄自體はほとんど同一である。この事例からも、この二つのテキストの異同のありようが特異なものであることが見て取れよう。

では、兩者はどのような關係にあるのか。これは容易に解決しうる問題ではないが、糸口となる要素がないわけではない。兩者の文體の相違である。嘉靖本が「扯了書、斬其使」と三音節二句で「手紙を引き裂くと、使者を斬って」と始まるのに對し、葉逢春本は「扯碎其書、斬訖來使」と四音節二句で「手紙を引きちぎり、やって來た使者を斬ってしまうと」となる。葉逢春本の方には「碎」「訖」という無用の語が付いていることになるが、これは中國語で最も

安定した單位である四音節を形成し、あわせて對句調にしようとする意識のあらわれであろう。以下も四字句が多いことは一見して明らかである。おそらくはそのために、「愚迷不省、禽獸何別」という意味を取りにくい言い回しが出てくることになる。同じ部分が嘉靖本では「執迷不省、與禽獸何異耶」とあり、意味ははるかに明快になっている。これらの事實は何を意味するものであろうか。

二つのテキストは、文面を異にするものの、內容的にはセンテンスの單位に至るまでほとんど合致する以上、無關係とは到底思えない、では兩者はどのような關係にあるのか。考えられる可能性は二つある。卽ち、葉逢春本が嘉靖本のような文面を簡略化し、四字單位に改めた結果、分かりにくくなってしまったのか、あるいは葉逢春本のような生硬な本文をより分かりやすいように書き換えた結果、嘉靖本の本文が成立したかである。前者は繁本から簡本が作られる際に發生しやすい事態であり、一見正しいように思われる。しかし細かいところまでよく見ると、そのようなことはありえないことが明らかになる。

まず先に引いた嘉靖本の「執迷不省、與禽獸何異耶」という一文だが、その前に「自」という語が付いていることに注意されたい。これを「一人で、勝手に」という意味の副詞ととって、「死が迫っているのに、ひとりで目覺めもせず」と解釋することも不可能ではないが、葉逢春本では「尙自愚迷不省」となっていることと考え合わせると、おそらく事情は異なるものと思われる。「尙自」の「自」は副詞を二音節化するためにつく接尾語であり、これ自體意味を持たない。そして、葉逢春本の本文に從えば、「死が迫っているのに、それでも目覺めず」と、はるかにスムーズに理解することが可能になる。これは、「尙自」という本文をもとに粗雜な省略を加えた結果生じた現象である可能性が高かろう。

これだけでは決定的な證左とはいえないが、更に興味深いのはその前の部分である。嘉靖本には「安敢陣前使間諜之計也」、つまり「陣に臨んで反間の計を使うとはいい度胸だ」となるが、孟達が反間の計を用いたのは劉封に手紙を送って劉備に背くよう誘った時のことであり、「陣前」というのはおかしい。ここは、葉逢春本の「敢使間諜計（反間の計を使うとはいい度胸だ）」の方が、舌足らずではあるものの自然であろう。これは、葉逢春本のような舌足らずな言い方を正そうとして、かえって不自然な表現に陥ってしまったものと考えると理解しやすい。

更に、嘉靖本では劉封の名が二度目に出る時には「封」と略されるのに對し、葉逢春本では「劉封」と常にフルネームで呼ばれ、しかも「劉封孟達皆出馬於陣前、劉封大罵、孟達反賊」とくどいほどに人名が反復される上に、嘉靖本のように「曰」が付されていないため、どこからがセリフなのか分かりにくい。實際、右の引用は「劉封大罵孟達、反賊」と讀むことも可能である。これらは、葉逢春本が書記言語として十分には洗練されていないことのあらわれといってよかろう。そして、何より重要なのは、嘉靖本と同様の本文を持つテキストをもとに葉逢春本ができたのであれば、このような事態は絶對に發生するはずがないことである。實際、簡略化を圖っているテキストが、不必要に人名を增やし、「封」と書いて十分意味が通じているものに更に姓を加えるはずがない。

以上の諸點から考えると、葉逢春本がより古い形態を持ち、その不完全な文章を書記言語としてより自然なものへと書き直した結果成立したのが嘉靖本であるように思われる。では他の部分についても同様のことがいえるであろうか。もう一箇所、巻十五「趙子龍漢水大戰」の一節をあげてみよう。

（嘉）二人約定、　各回營中。子龍與部將張翼曰、今黃漢升約定明日去奪糧草。若午時不回、　我去救應。

（葉）二人約定了、子龍自回寨、　和副將張翼曰、今黃漢身《ママ》約定明日去劫糧。　如日當早《ママ》午不回、交我接應。

吾營前臨漢水、地勢危險、我若去時、　　汝可謹守寨柵、不可輕動。張翼聲諾。

吾當前臨漢水、地甚險惡、恐吾去接應黄忠時、汝可緊守寨柵、不得輕動。張翼與子龍約會了。

ここでは、若干ではあるが葉逢春本の方が本文が長い。この點からも、繁簡不定の傾向を確認することができよう。異同の度合いは前に引いたくだりより少ないように見えるが、やはり特徴的な違いが認められる。まず、嘉靖本の「地勢危險」と葉逢春本の「地甚險惡」は、意味的には大差なく、どちらでもいいようなものだが、嘉靖本が主語・述語ともに二音節という安定した構造であるのに對し、葉逢春本は一音節の主語に、一音節の修飾語を伴った二音節の述語が續く形を取っている。特に主語が單音節語であることは、何か舌足らずな印象をもたらす。また葉逢春本がその前で「如日當早（「卓」の誤りであろう）午不回、交我接應」といい、後では「恐吾去接應黄忠時」というのは、「接應」という語が重複する點で無駄が多い。しかも前者で「日當卓午（お晝時）」という言い回しを用い、「交我接應（私に救援させる）」と使役形で述べるのは、おそらくかなり口語的な表現であり、嘉靖本の「午時」「我去救應」の方がはるかに簡潔で分かりやすい。また後者も「恐」を受ける語が存在せず、舌足らずな言い方になっている。しかも注意されるのは、ここで使役の語として「交」が使用されていることである。「交」「敎」「叫」はいずれも使役の語「jiao」を表記するために使用される字であるが、「敎」が文言・白話を問わず古來用いられてきたのに對し、『元刊雜劇三十種』『全相平話』などの元代の刊本では「交」が用いられる傾向にある。しかし明代後期の刊本では「敎」が主流となり、更に「叫」も用いられるようになる一方、「交」の用例數は激減する傾向にある。(11) つまり葉逢春本は、明代後期のテキストとしては非常に古めかしい表記を用いていることになる。

更に興味深いのは、引用部末尾の一語である。嘉靖本が「張翼聲諾（張翼は承知しました）」という常識的な一句で終わるのに對し、葉逢春本では「張翼與子龍約會了（張翼は子龍と約束しました）」という、趙雲の命令を承けたものとしては不自然な一文がくる。こうした、前のセリフを承けるにもかかわらず、一度斷絶するような言い回しは、『全相平話』には頻出するものである。『武王伐紂平話』巻下の例をあげよう。

費仲氣喘難言、良久具說前事、『……』、費仲囑罷、他去見帝去了。

費仲は息を切らしてものもいえませんでしたが、ずいぶんたってからこれまでのことを詳しく話して、「……（ここで戦うなどという費仲の命令が述べられる）」、費仲はいいつけると、彼は帝に會いに行きました。

これがいわば古風な、洗練されない敍述の仕方であることは明らかに見て取れよう。

つまり、ここでも全體に葉逢春本が舌足らずであるのに對して、嘉靖本ははるかに洗練された文體を持っていることになる。單に字數だけから見ても、葉逢春本が嘉靖本を省略したものとは思えない以上、嘉靖本を葉逢春本のように改作することはまず考えられないであろう。更に、すでに指摘されているように、しばしば嘉靖本では誤っているものが葉逢春本では正しいという事例が認められる(12)。これも、嘉靖本が原據であれば生じえない事態であろう。

では、嘉靖本は葉逢春本を改作したものなのか。これもまたありえないことである。そもそも葉逢春本は脱落が非常に多いテキストであり、嘉靖本に本文が存在する部分の多くが葉逢春本には缺けている。しかもその脱落の原因は、ほとんどの場合が比較的近接して二度現れる單語の間を飛ばしてしまうという、版下書きの段階で不注意ゆえに生じるものである(13)。ということは、葉逢春本は、葉逢春本とほぼ同じ本文を持つが、內容的には缺落のない（換言すれば內容面では嘉靖本に近い）テキストに依據していることになる。そのテキストがいつどこで成立したものかはわからない。ただ、葉逢春本には脱落が多い以上、原テキストと一部なりとも同版であることや、原テキストの覆刻である可能性はないといってよかろう。

以上見てきた傾向は、ある程度は嘉靖本と葉逢春本全體に認められるものである。ただ、先にも述べたように、兩者の異同のありようには濃淡が認められる。部分によっては差が非常に少ないのに對し、ほとんど校勘不能なまでに違う部分も存在するのである。まず差が少ない方の事例をあげてみよう。巻一「劉玄德斬寇立功」のはじめの部分である。

（嘉）　玄德部領五百餘衆、飛奔前來。直至大興山下、與賊相見。各將陣勢擺開、玄德出馬。左有關某、右有張飛、……遣副將鄧茂、挺鎗直出、張飛睜環眼、　挺丈八矛、手起處刺中心窩、　鄧茂翻身落馬。後有人讚益德曰、欲教勇鎮三分國、先試衡鋼丈八矛。

（葉）　劉玄德部領五百餘衆、飛奔前來。　至大興山下、與賊相見。各將陣勢擺開、玄德出馬。左有關羽、右有張飛、……遣副將鄧茂、挺鎗直出、張飛睜圓環眼、挺丈八矛、手起鎗落、刺中心窩、鄧茂落馬。

欲教勇振三分國、先試衡鋼丈八矛。

兩者の差は誤差範圍といってよいレベルにとどまる。ただここで注意されるのは、葉逢春本では「玄德」の前に無用とも思える「劉」があること、葉逢春本が「睜圓環眼、挺丈八矛、手起鎗落」と四字句を連ねるのに對して、嘉靖本は「睜環眼、挺丈八矛、手起處」となっていることである。前者は、葉逢春本の不必要にフルネームを使用しようとする傾向のあらわれであり、後者は、葉逢春本が四字句を用いようとするのに對し、嘉靖本は必ずしも拘泥しないことを示す事例であろう。そして、葉逢春本の「睜圓環眼、挺丈八矛」は、ともに四字句とはいえ、前の句が2―2、後の句が1―3と構造を異にするのに對し、嘉靖本は三字句と四字句ではあるが、兩者ともに一音節の動詞が目的語を取るという點で、リズムがむしろ自然であることは注意される。

もう一つ問題になるのは最後の七言二句である。このように戰鬪の後に韻文を插入する例は『全相平話』に多く見られる。そして、葉逢春本のように斷りなく突然詩を插入するのは『全相平話』のパターンに合致するといってよい。一方、嘉靖本は「後有人讚盆徳曰」と、唐突さをあまり感じさせない敍述法を用いている。ここでも葉逢春本の方が古い形態を殘していると見てよかろう。そして、『三國志演義』全體の中ではこのように戰鬪の後に突然韻文を插入する事例があまり見られなくなっていくことを考えれば、體裁を整えているとはいえ、嘉靖本の中にこの句が殘っていることは、嘉靖本が古い形態のテキストを改變したものであることの傍證といえるかもしれない。

以上のように、異同が非常に少ない場合でも、葉逢春本の方が全體に古めかしいスタイルを殘しているのが一般的である。一方ほとんど本文が別物といってよいケースも存在する。卷十九「孔明大破鐵車兵」の一節をあげてみよう。

（嘉）　雅丹丞相早被馬岱活捉、解到大寨來。番兵各自逃去。孔明升帳、馬岱押過雅丹來。孔明叱武士去其縛、賜　酒食壓驚、用好言撫慰。孔明喚雅丹丞相曰、吾主乃大漢皇帝、命吾討賊。尓如何聽反臣之語而作亂也。吾國與尓乃隣邦、永結盟好。勿聽反言。　尓若從之、將舊日通和之意傷壞矣。

（葉）　馬岱先捉了雅丹、　餘軍各自逃散。丞相孔明將雅丹放免、供待酒食、　用好言撫慰　曰、我等是大漢皇帝根脚奉詔討賊。若平了反臣之後、與汝國爲隣邦　永結盟好。休聽反臣之言、　將舊日通和之意壞了。

文面は全く異なるといっても過言ではない。人名を別にすれば、「各自」「酒食」「反臣」といった單語が共通する程度で、單語單位を超えて一致する部分は「用好言撫慰」「永結盟好」「將舊日通和之意」程度に過ぎない。しかし、語られている內容にはほとんど差がないのである。從って、いかに文面が違おうと、兩者が無關係とは考えられない。では、いったいどういう關係にあるのか。分量からいえば、この場合は明らかに葉逢春本の方が少ない。とすれば、もし兩者に直接的關係があるとすれば、この場合は嘉靖本を削ったものが葉逢春本であるか、あるいは葉逢春本に增補を加えたものが嘉靖本であるかのいずれかになる。そのいずれも考えうるように思われるが、ただ氣になるのは葉逢春本の方が分量が多い箇所も存在することである。孔明の言葉の最初の部分が、葉逢春本では「我等是大漢皇帝根脚奉詔討賊（我々は大漢皇帝配下にて、詔奉じて賊を討つもの）」、嘉靖本では「吾主乃大漢皇帝、命吾討賊（わが主人は大漢皇帝にて、わしに命じて賊を討たせられた）」となっている。「根脚」は通常「もと」、轉じて「出身」といった意味で用いられるが、ここでは、たとえば「三奪槊」雜劇（元刊本）第一折に「爭奈秦王根底有尉遲」と見えるような、「～のもとで」という「根（跟）底（地）」と同じ用法であるように思われる。「根脚」のこうした用法は他にあまり例を見ないものであり、あるいは「根底」の誤りかとも思われるが、いずれにせよ非常に口語的な語彙であることは間違いあるまい。しかも、「～根底」という言い方が元代白話文において特徵的に見られるものであることは周知の通りであり、(14)明代に入るとこの種の言い回しの用例數は激減する。

つまり、ここでも葉逢春本はより古めかしい口語的な言い回しを用いているのである。もし嘉靖本のような文面を削ったものであれば、このような單語が付加されるとは思えない。とすれば、嘉靖本は葉逢春本のような原文から不要な要素を削った上で、敍述がより詳しくかつ自然になるように變更を加えたものと思われる。

以上述べてきたことから見ると、葉逢春本の方が原型に近く、嘉靖本はその原型に改良を加えた結果成立したテキストであるように思われる。ただ、どのような場合にもこうしたことがいえるわけではない。特に後半、葉逢春本の敍述が極度に簡略になることがある。たとえば巻十九「司馬懿智擒孟達」など、葉逢春本は、簡本であるはずの黄正甫本よりもむしろ簡略な本文を持つ。この事實は、一部の箇所においては葉逢春本も簡本化している可能性を示唆しよう。葉逢春本が明らかに營利目的で刊行された、かなり脱落の多いテキストであることを考えると、人氣の乏しい部分を簡略化してコストを下げようとする試みがなされた可能性があることは否定できまい。つまり、嘉靖本と葉逢春本はおそらくほぼ同様の祖本から出ており、嘉靖本が全面的に改變を加えたものであるのに對し、葉逢春本は祖本の文面をかなり忠實に傳えてはいるものの、あちこちで脱落を起こしたり、省略を施したりしているというのが實態に近いのではなかろうか。そして余象斗本なども葉逢春本に近い本文を持つということは、明代末期に至るまで建陽では原本に近い本文が傳承されてきたということになろう。

このように考えてくると、まことに興味深い問題が浮上してくる。前にも述べたように、嘉靖本と葉逢春本の間に認められる異同のレベルは、部位によって大きく異なる。ここまで考えてきたことが正しいとすれば、それは改作が施されたレベルの差を反映していることになるのではないか。もとより、葉逢春本に「簡本化」が加えられた部分があるとすれば、そこにはこの原則はあてはまらないわけではあるが、そのような箇所は例外的といってよい。改作のレベルに差があることは何を意味するのか。それは、成立事情や成立時期の相違を反映しているのではないか。とすれば、そこから『三國志演義』の成立過程をある程度うかがうことが可能になるかもしれない。次節でこの問題について細かく檢討してみることにしよう。

三

異同の濃淡は、具體的にはどのように分布しているのか。この點について調査した結果が次の表である。この調査に當たっては、周文業氏が開發された「三國演義電子資料庫」CD－ROMの「文本對比」機能を利用させていただいたことをまずお斷りしておく。則の區分と名稱は嘉靖本のものを使用し、それぞれの則の異同の程度を三段階に區分した。○は異同が微細なレベルにとどまり、本文についてはは大差ないもの、△はかなり本文に異同があるもの、×は本文が大幅に異なり、ほとんど別の文章といってもよいものである。ただし、異同のレベル差の境目は、必ずしも則の切れ目とは一致しないため、前半と後半でレベルが異なるケースもある。二つの記號が記入されているのはそのような事例であり、前の記號が前半、後の記號が後半の異同レベルを示す。

もとより三段階の區分は主觀的なものであり、○と△、△と×の區別は必ずしも明確ではない。本來なら一致する字數と異なる字數をあげて、統計的に示すべきであろうが、一つには對象があまりにも膨大であること、また一つには、共通する字數が多くても敍述の仕方や文型が異なる場合が多く、その場合一致する字數の割合は必ずしも有效な指標にはなりえないのではないかと思われることから、そこまでの調査は行わなかった。ただ、「三國演義電子資料庫」には、二つのテキストがどの程度に一致しているかをパーセンテージで表示する「相似程度」という機能があり、一應の目安にはなると思われるので、その數字を表にあげておいた（毛本を基準に回數で表示されるため、嘉靖本の二則ごとに一つの數字という形になっている）。ただし、「相似程度」は、共通する順序で現れる單語を基準にしているため、基準となる語の位置が異なる場合、ほぼ同文でも全面的に異なるものとして處理されることがあるほか、脱文がある場

則數・內容	異同	特徵	違う部分	相似程度	
1祭天地桃園結義	○	始めのみ嘉詳しい		72.52	
2劉玄德斬寇立功	○	ほとんど同じ			
3安喜張飛鞭督郵	○	ほとんど同じ		83.03	
4何進謀殺十常侍	○	ほとんど同じ			
5董卓議立陳留王	○	嘉のみ李儒を董卓の女婿とする		82.11	
6呂布刺殺丁建陽	○	ほとんど同じ			
7廢漢君董卓弄權	○	ほとんど同じ		81.02	
8曹孟德謀殺董卓	○	ほとんど同じ			
9曹操起兵伐董卓	○	盟約の文のみ異同多い		77.28	
10虎牢關三戰呂布	○	三戰のところで多少出入りあり。繁簡は不定			
11董卓火燒長樂宮	○	ほとんど同じ		81.03	
12袁紹孫堅奪玉璽	○	玉璽と蘇獻のこと嘉のみ			
13趙子龍磐河大戰	○	戰闘で一文のみ葉多い		79.05	
14孫堅跨江戰劉表	○	公孫瓚の書簡とその前のみ異同あり			
15司徒王允說貂蟬	○	ほとんど同じ		84.58	
16鳳儀亭布戲貂蟬	○	ほとんど同じ			
17王允授計誅董卓	○	董卓についての評論のみ嘉多い		75.36	
18李傕郭汜寇長安	○	王允についての評論のみ嘉多い			
19李傕郭汜殺樊稠	○	ほとんど同じ		80.1	
20曹操興兵報父仇	○	曹嵩殺し少し差あり			
21劉玄德北海解圍	○	太史慈との會話、葉は間接話法と直接話法が混亂		80.2	
22呂溫侯濮陽大戰	○	ほとんど同じ			
23陶恭祖三讓徐州	○	ほとんど同じ		73.14	
24曹操定陶破呂布	△	荀彧の辯舌嘉長い。他にも細かい異同	李郭		
25李傕郭汜亂長安	△	李郭の戰い、葉は簡單だが靜軒詩あり。かなり異なる	李郭	65.65	
26楊奉董承雙救駕	△	李傕郭汜のこと、やはり嘉のみ詳しい	李郭		
27遷鑾輿曹操秉政	△	李郭のくだりやはり嘉詳しい	李郭	66.97	
28呂布夜月奪徐州	△	戰闘のくだりで細かい異同	戰闘・張飛		
29孫策大戰太史慈	○	ほとんど同じだが、孫策と太史慈の戰いのみ差が	戰闘	70.1	
30孫策大戰嚴白虎	△	戰闘に差あり	戰闘		
31呂奉先轅門射戟	△	袁術の書簡嘉のみ詳しい。他も細かい異同。射戟は異同少ない	書簡	60.92	

則數・內容	異同	特徵	違う部分	相似程度	
32曹操興兵擊張繡	○	少しだけ差あり			
33袁術七路下徐州	○	葉に脫落？		70.07	
34曹操會兵擊袁術	○	孫策の書簡に差あり。戰鬪にも少數の差	戰鬪		
35決勝負賈詡談兵	△	大筋は同じだが微妙に言い回しが異なる		71.18	
36夏侯惇拔矢啖睛	○	ほとんど同じ			
37呂布敗走下邳城	○	戰鬪の關張のみ微妙に異なる		71.71	
38白門曹操斬呂布	○	少しだけセリフに差が			
39曹孟德許田射鹿	○	許田について劉備の說明、嘉詳しい		67.98	
40董承密受衣帶詔	○	嘉少し詳しい			
41青梅煮酒論英雄	○	ほとんど同じ		67.23	
42關雲長襲斬車冑	△	斬車冑のくだりのみ差あり			
43曹公分兵拒袁紹	○	ほぼ同じ。葉は鄭玄を鄧玄とする		68.97	
44關張擒劉岱王忠	○	戰鬪少し差あり			
45禰衡裸體罵曹操	△	禰衡の言葉など多少出入りが。繁簡不定		68.04	
46曹孟德三勘吉平	△	拷問のくだり多少異なる。あとは嘉が長め			
47曹操勒死董貴妃	○	嘉が少し多い		65.6	
48玄德匹馬奔冀州	○	ほとんど同じ			
49～72は葉缺					
73劉玄德三顧茅廬	○	ほとんど同じ		70.99	
74玄德風雪訪孔明	○	始めの情景描寫など少し異同あり			
75定三分亮出茅廬	△	始めの三人の問答、桓公のことなど葉詳しい。他は嘉がやや詳しい		66.09	
76孫權跨江破黃祖	△	徐氏復讐のみ嘉が非常に詳しい。他はほぼ同じだが嘉がやや詳しい			
77孔明遺計救劉琦	○	葉に脫文あるほかはほとんど同じ		67.2	葉脫文
78諸葛亮博望燒屯	△	牛尾のこと葉なし。戰鬪、葉に脫文あるほか、多少の差あり			葉脫文
79獻荆州粲說劉琮	△	議論、嘉のみ長い。あとも差あり	議論	55.13	
80諸葛亮火燒新野	△	戰鬪に差あり。また兵數など嘉のみ詳しい。大筋は大差なし	戰鬪		
81劉玄德敗走江陵	○	魏延のくだりのみ小異		67.39	
82長阪坡趙雲救主	○	青虹劍・糜夫人のくだりのみ小異			
83張益德據水斷橋	○	韻文除けば大差なし。葉解說あり		66	
84劉玄德敗走夏口	○	關羽と劉備の許田のことのみ差あり。	議論		
85諸葛亮舌戰群儒	○	ほとんど同じ		74.17	
86諸葛亮智激孫權	○	ほとんど同じ			

則數・內容	異同	特徴	違う部分	相似程度	
87諸葛亮智說周瑜	○	ほとんど同じ		71.48	
88周瑜定計破曹操	○	ほとんど同じ			
89周瑜三江戰曹操	○	葉脱落あり		69.63	葉脱文
90群英會瑜智蔣幹	○	葉脱落あり。細かい違いあり			葉脱文
91諸葛亮計伏周瑜	△	やり取りに細かい異同。霧の說明嘉のみ		62.83	
92黃蓋獻計破曹操	○	打黃蓋のやりとりのみ異同あり			
93闞澤密獻詐降書	○	闞澤と曹操のやりとりのみ異同あり		66.38	
94龐統進獻連環計	○	ほとんど同じ			
95曹孟德橫槊賦詩	?	龐統と徐庶のやりとり異同多い。他は葉脱落多く脱葉もあり比較困難		脱葉多し	
96曹操三江調水軍	?	前半は葉脱葉。殘存部分はほとんど同じ		脱葉多し	
97七星壇諸葛祭風	○	ほとんど同じ		80.95	
98周公瑾赤壁鏖兵	○	ほとんど同じ			
99曹操敗走華容道	○	ほとんど同じ		73.9	
100關雲長義釋曹操	○	庾公之斯の話、葉のみ			
101周瑜南郡戰曹仁	○	細かい異同あり		73.19	
102諸葛亮一氣周瑜	△	戰闘であちこちに異同。葉の方が詳しい	戰闘		
103諸葛亮傍略四郡	○	戰闘で少しだけ異同		74.56	
104趙子龍智取桂陽	△	前半戰闘中心に細かい異同あり。後半はほとんど同じ	戰闘		
105黃忠魏延獻長沙	△	細かい異同多い		73.95	
106孫仲謀合淝大戰	○	六郡の說明葉のみ			
107周瑜定計取荊州	○	ほとんど同じ		72.79	
108劉玄德娶孫夫人	△	相互に多少繁簡あり			
109錦囊計趙雲救主	△	特に後半の脱出から異同あり		67.63	
110諸葛亮二氣周瑜	×	後半戰闘大幅に異なる	戰闘		
111曹操大宴銅雀臺	△	銅雀臺のくだりかなり異なる		67.8	
112諸葛亮三氣周瑜	○	ほとんど同じ			
113諸葛亮大哭周瑜	△	大部分が引用だが、地の文は少し違う		73.92	
114耒陽張飛薦鳳雛	○	ほぼ同じだが多少繁簡あり。嘉のミスあり			
115馬超興兵取潼關	△	後半曹洪の失策、かなり異なる。龐德の計の說明葉のみ		60.54	
116馬孟起渭橋六戰	△×	曹操の逃走と船のこと、大きく異なる。葉脱落あり	戰闘		葉脱文
117許褚大戰馬孟起	△	許褚との戰闘のみ異同。また韓遂のこと、少し異なる	戰闘	73.75	

則數・內容	異同	特徵	違う部分	相似程度	
118馬孟起步戰五將	△	韓遂のくだりのみ差あり。あとはほとんど同じ	戰闘		
119張永年反難楊修	○	ほぼ同じだが版木を燒くことは嘉になし		67.27	
120龐統獻策取西川	○	ほぼ同じだが辯舌に小異。葉に脫落あり			葉脫文
121趙雲截江奪幼主	△	蜀の部分はほとんど同じ。趙雲登場以下が大きく異なる	戰闘	68.88	
122曹操興兵下江南	○	張紘の遺書以外異同少ないが、豚兒・公不死など名文句が異なる			
123玄德斬楊懷高沛	○	ほぼ同じ。葉は後半脫葉		脫葉多し	
124・125は葉缺					
126張益德義釋嚴顏	△	始めの部分は葉脫葉。戰闘は異同多く、他は少ない	戰闘	脫葉多し	
127孔明定計捉張任	△	全體に異同多い	戰闘	70.56	
128楊阜借兵破馬超	○	蜀の部分のみ異同あり			
129葭萌張飛戰馬超	○	ほとんど同じ		74.78	
130劉玄德平定益州	○	ほとんど同じ			
131關雲長單刀赴會	△	會の異同は少ない。諸葛瑾とのやりとり、葉は養老云々などかなり違う		72.82	
132曹操杖殺伏皇后	○	ほとんど同じだが、葉は解說あり			
133曹操漢中破張魯	○	ほとんど同じ		71.85	
134張遼大戰逍遙津	△	戰闘のみ差あり	戰闘		
135甘寧百騎劫曹營	×	最後の方のみ差少ないが、あとは文面大幅に異なる	戰闘	60.67	
136魏王宮左慈擲杯	△	全體に異同多い			
137曹操試神卜管輅	○	一句が異なる以外はほぼ同じ		72.74	
138耿紀韋晃討曹操	△	金禕との會話のみ異同あり。他はほとんど同じ	密談		
139瓦口張飛戰張郃	○	數字など少し違う程度		72.37	
140黃忠嚴顏雙建功	○	數字など少し違う程度			
141黃忠馘斬夏侯淵	△×	戰闘、大幅に異なる。黃絹幼婦のくだりはあまり差がない	戰闘	54.3	
142趙子龍漢水大戰	×	大きく異なる	戰闘		
143劉玄德智取漢中	×	大きく異なるも、末尾の曹彰のくだりは差減る	戰闘	56.05	
144曹孟德忌殺楊修	×○	最初の戰闘は差大きいが、楊修のことはほとんど差なし	戰闘		
145劉備進位漢中王	○	ほとんど同じ		67.77	
146關雲長威震華夏	△	戰闘少し異なる	戰闘		

則數・內容	異同	特徵	違う部分	相似程度	
147龐德擡櫬戰關公	×	全體に異同多い	戰鬪	49.97	
148關雲長水淹七軍	×△	戰鬪の終わりまで大きく異なるが、終わると異同激減	戰鬪		
149關雲長刮骨療毒	○△	治療はあいさつ以外は差少ない。吳の作戰になって異同あり		52.6	
150呂子明智取荊州	×	戰鬪中心に大きく異なる	戰鬪		
151關雲長大戰徐晃	×	大きく異なるが、關羽と徐晃のくだりだけ異同が少ない	戰鬪	48.77	
152關雲長夜走麥城	△	差は大きくないが、呂蒙が關羽の使者を利用するところなどは違いあり			
153玉泉山關公顯聖	△	關羽の死、嘉は避ける。他は少し違う程度。吳の話になると異同減少		52.51	
154漢中王痛哭關公	○	關羽の首のこと以外は差少ない			
155曹操殺神醫華佗	○	押獄のことのみ差あり。孫權の手紙、葉は本文略		51.65	書簡省略
156魏太子曹丕秉政	○	始めの部分で少し差があるのみ			
157曹子建七步成章	△	全體に少しずつ差あり		58.38	
158漢中王怒殺劉封	△	手紙以外はかなり異なる	戰鬪		
159廢獻帝曹丕簒漢	○	一部のやり取り以外ほぼ同じ		60.91	
160漢中王成都稱帝	△○	始めの曹丕のこと・奇瑞のことのみ少し差あり			
161范強張達刺張飛	△	張飛殺害の部分と息子たちの登場のみ大きく異なる		50.81	
162劉先主興兵伐吳	△	仙人に問う場面と孫權の對應のみ異なり、他は差少ない			
163吳臣趙咨說曹丕	△	趙咨の辯舌のみほとんど同じ。諸葛瑾のところ、嘉詳しい		48.53	
164關興斬將救張苞	×	大きく異なる（特に前半）	戰鬪		
165劉先主猇亭大戰	×△	戰鬪大きく異なる。交涉などは差減る	戰鬪	49.2	
166陸遜定計破蜀兵	○	ほとんど同じ			
167先主夜走白帝城	○	差少ない（戰鬪場面に少しあり）		50.88	
168八陣圖石伏陸遜	△○	始めの戰鬪は少し差あり。八陣はほとんど同じ			
169白帝城先主托孤	△	細かい差あり。劉備の遺言前後は差少ない		64.6	
170曹丕五路下西川	○	差少ない			
171難張溫秦宓論天	○	差少ない		61.56	
172泛龍舟魏主伐吳	△	孫韶のくだりと合戰のみ差あり	戰鬪		
173孔明興兵征孟獲	△	戰鬪のくだりのみ差あり。他は差少ない		47.87	

則數・內容	異同	特徵	違う部分	相似程度	
174諸葛亮一擒孟獲	×	はじめは近いがあとは大きく異なる。葉後半は原文脱落か			葉脱文？
175諸葛亮二擒孟獲	○	差少ない		40.88	
176諸葛亮三擒孟獲	?	葉脱落もしくは極端な簡略化			葉脱文？
177諸葛亮四擒孟獲	×	朶思大王の登場を除き、大きく異なる		53.64	
178諸葛亮五擒孟獲	△	差はあまり多くないが、孟節のくだりや戰闘など少し異なる			
179諸葛亮六擒孟獲	△×	場所によって差あり、祝融夫人のくだりなどは大きく異なる		44.63	
180諸葛亮七擒孟獲	×○	戰闘大きく異なる。戰いが終わると急に差がなくなる			
181孔明秋夜祭瀘水	○	差少ない（一部文が前後している）		58.39	
182孔明初上出師表	○	差少ない（そもそも引用が多い）			
183趙子龍大破魏兵	△	趙雲の戰闘の部分のみ差が大きい	戰闘	50.27	
184諸葛亮智取三郡	×	差大きい。ただし部位により違いあり	戰闘		
185孔明以智伏姜維	×	差大きいが、戰闘以外は近くなる	戰闘	52.48	
186孔明祁山破曹眞	○	最後の戰闘のみ少し差あり			
187孔明大破鐵車兵	×	大きく異なるが濃淡あり。繁簡不定	戰闘	39.52	
188司馬懿智擒孟達	×	葉簡潔。原據の簡本化か			葉簡本？
189司馬懿智取街亭	△	葉一葉（街亭の導入）缺。孟達は差多いが、街亭では減る。葉やや簡略		34.35	葉簡本？
190孔明智退司馬懿	○	差は少ないが、葉簡略			葉簡本？
191孔明揮涙斬馬謖	○	葉簡略		40.56	葉簡本？
192陸遜石亭破曹休	△	葉簡略だが例外も			葉簡本？
193孔明再上出師表	△	葉の方が詳しい部分も。後半は差が減る		46.21	
194諸葛亮二出祁山	×△	繁簡不定。後半やや差が減る	戰闘		
195孔明遺計斬王雙	△	全體に細かい異同。繁簡不定	戰闘	46.15	
196諸葛亮三出祁山	×	文の引用以外は大きく異なる			
197孔明智敗司馬懿	×	詔以外は大幅に異なる。敍述自體異なる部分も	戰闘	37.79	
198仲達興兵寇漢中	△	前半葉は簡略			葉簡本？
199諸葛亮四出祁山	△×	最後の方が大きく異なる		37.69	
200孔明祁山布八陣	×	諸葛亮の手紙以外は大きく異なる。特に後半は全面的に違う	戰闘		
201諸葛亮五出祁山	×	大きく異なる		31.26	
202木門道弩射張郃	×△	木門道はほとんど別文。その後は差が少なくなる	戰闘		
203諸葛亮六出祁山	×	孫權の書簡を除き大きく異なる	戰闘	33.18	

則數・內容	異同	特徵	違う部分	相似程度	
204孔明造木牛流馬	×	木牛流馬の說明と書簡以外大きく異なる	戰鬪		
205孔明火燒木柵寨	×	大きく異なり、同じ部分もあるという程度	戰鬪	41.02	
206孔明秋夜祭北斗	△○	突然差が激減。ところどころ違う箇所がある程度			
207孔明秋風五丈原	△○	差のある部分が散在するが、引用が多い		40.99	
208死諸葛走生仲達	△	嘉がむしろ簡本的な部分も			
209武侯遺計斬魏延	△	あまり差がない		39.89	
210魏拆長安承露盤	△	あまり差がないが、葉は簡略			葉簡本？
211司馬懿破公孫淵	△	あまり差がないが繁簡不定		39.53	
212司馬懿謀殺曹爽	△	かなり差あり			
213司馬懿父子秉政	○	嘉が少し詳しいのを除けば大差なし		44.7	
214姜維大戰牛頭山	△	戰鬪場面に少し差	戰鬪		
215戰徐塘吳魏交兵	○×	戰鬪場面のみ大きく異なる	戰鬪	40.65	
216孫峻謀殺諸葛恪	△○	細かい異同あり			
以下葉なし					

合（前述の通り葉逢春本にはこの例が多い）には、パーセンテージは低くなる。また、一方のみに詩詞の插入や書簡などの引用がある場合には、當然のことながらやはりパーセンテージが低くなる。筆者の調査が基本的に插入の有無は度外視して、共通する部分の異同のレベルを問題としていることもあって、筆者の判斷と「相似程度」の數値が一致しない例が散見することになっているが、大まかには筆者の判斷と「相似程度」の數値は一致していることが見て取れるであろう。

では、調査結果を具體的に分析していこう。

まず一見して明らかなのは、前半と後半で大きな落差があることである。その境目は140則前後、劉・關・張の死の少し前にあり、更に三人が死んでしまうとこの傾向は一層強まる。つまり、劉備・關羽・張飛が活躍する部分については、異同のレベルは比較的低いということになる。ただ、例外も存在する。更に細かく見てみよう。

まず第1則から第23則までについては、大きな異同は見られない。このことは「相似程度」の數値がすべて70以上、多くは80を超えることからも確認可能である。ところが第24則から第28則までの部分で異同が目立つようになり、「相似程度」も60代に落ち込む。それ以降はまた異同が減少するが、しかし最初の部分の水準にはもはやもどることなく、「相似程度」も80代は出ず、60代が散見されるようになる。異同が顯著な第79・80則を經て、赤壁の戰いとそれに續くくだりは、葉逢春本に脱落・脱葉が目立つためはっきりしたことはいえないものの、全體的には異同のレベルは低い。特にクライマックスとなる赤壁の戰いを描く第97・98則は異同が少なく、「相似程度」も80を超えていることが注目される。その後、第141則以下の漢中爭奪戰から關羽の死のあたりで異同が目立ちはじめ（「相似程度」も50を切る部分が出現）、以後は異同が多い方が常態となる。

ここまでで異同が目立つ部分を確認してみよう。まず第24～28則。この部分の異同はそれほど大きなものではないが、それ以前との落差の大きさを考えれば、輕視するわけにはいくまい。この部分は主として李傕・郭汜の兩將が獻帝を虐待することと、彼らが互いに爭うことを扱っている。ここでは獻帝の苦難などについてかなり執拗な描寫が見られるのだが、葉逢春本ではそれがかなり薄味のものになっているのである。また細部でも葉逢春本にはこなれない表現が多く、嘉靖本ではより自然な形になっている例が多い。一例をあげよう。第25則「李傕郭汜亂長安」の一節である。

（嘉）　其妻曰、傕性莫測、今二雄不竝立。倘酒後有毒、妾將奈何。汜未信。至晩間傕府送物至。

（葉）　妻曰、傕性難測、今二雄不竝立。倘酒食毒、　妾將奈何。汜未信。晩間傕府送至食來。

葉逢春本に見える「酒食毒」の不自然さ（あるいは脱落があるのかもしれない）、「送至食來」の生硬さは明らかであろう。それらは嘉靖本ではより自然な表現に改められている。つまり、この部分については葉逢春本は質量ともに不十分であることになる。

なぜこのような現象が生じたのか。ここでこの部分の內容に注意すべきであろう。この部分は、曹操登場の導入の役割を負っているとはいえ、李傕・郭汜という全くの脇役と、要になる存在とはいいながら、物語上は影の薄い獻帝及びその后妃・大臣たちを主役とした、劉備・關羽・張飛・曹操といった主役たちの活躍する部分とは異なる、脇筋ともいうべき箇所なのである。三國志物語は、常識的に考えて劉・關・張が活躍する部分を中心に形成されたと考えるべきであろう。とすれば、この部分は話に起伏を付けるため後から入ってきた可能性が高いように思われる。

續く部分の中で違いが目立つのは、第78～80則である。ここは、劉表死後、荊州の人々が議論の末、曹操に降ることに決する部分と、劉備と諸葛亮が新野を焼いて曹操の軍を破るくだりである。單純化していえば、前者は議論、後者は戰闘を描く場面ということになる。實はここまでの諸則においても、異同は戰闘の場面において多く認められる傾向があった。一般に、嘉靖本の方が人名・軍勢の人數などを詳しくあげ、後に述べるように、敍述も劇的な方向に向かう傾向がある。これは、戰闘の敍述法が次第に進歩していったことのあらわれであろう。議論については、葉逢春本より嘉靖本の方が多い傾向にある。これは、葉逢春本が削減したか、嘉靖本が追加したか、兩方の可能性が考えられよう。

このように戰闘や議論において差が出やすいというのは、全體にある程度共通して認められる傾向といってよい。ただ、第80則についていえば、異同が多くなる理由はもう一つある。この部分で語られている內容は、實は第78則「諸葛亮博望燒屯」の內容とよく似ている。「博望燒屯」は、雜劇の元刊本を今に殘していることからも明らかなように、古くから知られた物語である。だがその內容は、諸葛亮の指揮の下に劉備の軍勢が曹操配下の大軍を打ち破って終わるものであって、そのままでは劉備の逃走と長阪坡における趙雲の活躍には結び付けられない。實際、『三國志平話』では、諸葛亮が「此處不是當曹操之地」といってさっさと逃げ出すことになっている。とはいうものの、せっかく名軍師が出馬したばかりだというのに、ただ逃げ出すというのでは面白くない。そこで、退却にあたってもう一度戦闘する必要が生じたのであろう。しかし同じようなシチュエーションである以上、その内容は前のくり返しに近いものにならざるをえなかった。劉備の軍が勝利しながら敗走していくという、考えてみれば矛盾した状況も、ここから生じたものであろう。

以上の推定が正しいとすれば、このくだりは遅れて成立したことになる。この部分のみ異同が突出して多く認められるのは、發展途上にあるがゆえに文章が確定していなかったことに由來するのではなかろうか。

以上の二例は、成立が遅れるであろう部分には異同が多いという傾向があることを示している。常識的に考えて、早くに成立した部分ほど早く本文が固定するのが普通であろう。とすれば、逆に考えれば異同が多い部分は成立が遅い可能性が高いことになる。

續く赤壁の戦い前後には異同が少ないことはすでに見た通りであるが、その後になると違いが目立ちはじめる。まず第109・110則だが、この部分は劉備が孫權の妹と結婚する物語を扱う。次に第115・116則、ここは馬超と曹操の戦いを扱う。更に第135則、ここは甘寧が曹操の陣營に夜討ちをかける「甘寧百騎劫曹營」の物語である。これらの部分も遅れて本文が成立したのであろうか。

第135則は、劉關張の物語を主筋とすれば、完全な脇筋にあたるものであり、後から入ってきた部分と考えるのが自然であろう。しかし、他の二つは『三國志平話』にも見える話であり、成立自體が遅れるとは考えにくい。とすれば、後になって手が加えられた可能性が高いことになる。

ここで興味深いのが『殘唐五代史演義傳』の存在である。同書の第47則は、後唐の後主の妹である石敬瑭の妻が兄のもとを脱出して夫のところに逃れることを扱うが、興味深いことにその本文は、題材を同じくする『成化説唱詞話』の「石郎駙馬傳」とも關係を持ちつつ、多くは『三國志演義』の劉備・孫夫人脱出のくだりを借用しているのである。(15) ではその本文は『三國志演義』のどのテキストと合致するのか。

(五代史) 廖武曰、陛下雖有冲天之忿、臣料梁剛・伍亮必追公主不來。……二人 隨後點一千馬軍趕來。

(嘉) 程普曰、主公空有冲天之怒、某料陳武・潘璋必擒此人不得。……蔣欽・周泰隨後引一千馬軍赶來。

(葉) 程普曰、主公雖有冲天之忿、某料陳武・潘璋必擒此人不來。……蔣欽・周泰隨後點一千馬軍來趕。

却説公主加鞭縱轡、催趲而行。……望見背後塵頭起處、衆軍報道

却説玄德加鞭縱轡、趲程而行。……望見後面塵頭大起、人報

却説玄德加鞭縱轡、催趲而行。……望見背後塵頭起、衆軍報道

この部分を比べただけでも、わずかな例外はあるものの、ほぼ葉逢春本と一致することは明らかであろう。つまり、『殘唐五代史演義傳』が參照したテキストは葉逢春本とほぼ同じ本文を持つものであったことになる。これは、葉逢春本の系統に屬する本文がかなり定着していたことを示すものであろう。とすれば、ここでも嘉靖本のテキストに手を入れた結果として葉逢春本が成立したとは考えにくい。やはり、葉逢春本系統のテキストに手を入れて嘉靖本系統が成立した可能性の方が高いと見るべきであろう。

そして、このように他の小説にも流用されるということは、この場面がある程度人氣のある箇所であったことを物語っていよう。事實、このくだりは『三國志演義』の中では數少ない女性の活躍する見せ場として、演劇などでもしばしば取り上げられている。江湖の世界を舞臺とする物語の常として、女性を重視しない傾向の強い『三國志演義』の中では、この場面はやや異質であり、想像をたくましくすれば女性と關わりの深い說唱藝能などの影響を受けているのかもしれない（事實、女性向けの藝能である彈詞『三國志玉璽傳』においては、劉備と孫夫人の物語は非常に大きな比重を占めている）。この部分に異同が多いのは、成立過程で多くの手が入ったことに由來する可能性が高かろう。

とすれば、馬超の物語についても同じことがいえるのかもしれない。ここもどちらかといえば脇筋に屬する部分であり、やはり獨自の展開を遂げた結果、差が廣がった可能性が想定されよう。

第141則以降、異同は急激に增加しはじめる。第141～144則、つまり漢中爭奪戰の後半の部分と、第146～153則、つまり關羽の死に至るまでの戰いの部分は全體に異同が多い。こういう狀態になると、むしろ異同の少ない箇所がどこであるかが問題になってくる。第141～153則の中で異同が少ないのは、第144則後半の楊修處刑の場面と、第145則の劉備が漢中王となるくだり、そして第149則の關羽を華佗が治療するくだりということになる。このうち第145則は、半分以上が文言による文書の引用からなっており、楊修處刑の部分も『資治通鑑』『世說新語』などに見える逸話を集めたものである。つまりはいずれも大部分が文言の引用により構成されているといってよい。これらの箇所は、文章の改良や物語の改變の對象とはなりえないであろう。殘る關羽治療のくだりは、『三國志演義』の中でも特に有名な場面であり、早い時期に本文が固定しつつあったものと考えられる。こうした例外を除けば、どうやらこれらの部分の本文の固定は、前半に比べると遲れるように思われる。

以後、基本的に差が大きい狀態が續くが、時に差が少ない回も散見される。ただそれらの多くは、文章の引用（160

「漢中王成都稱帝」・182「孔明初上出師表」など）・文言的辯舌（170「曹丕五路下西川」・171「難張溫秦宓論天」など）・史書などの引用による逸話の集成（155「曹操殺神醫華佗」）といった、右の第141則以下の部分で見た原則にあてはまる場面が大半である。そして異同は後になるにつれて次第に大きくなり、あるいは葉逢春本が簡本化しているのでないかと思われる箇所もあるものの、諸葛亮と司馬懿の戰いのくだりになると一致しない部分の方が多くなる。ただ、諸葛亮の死の場面になると急に異同が減少することは興味深い。遺言のくだりなどにかなりの違いはあるものの、前後に比べれば差は格段に少ないといってよく（「相似程度」の數値が低いのは、嘉靖本にあって葉逢春本にはない詩文の引用が多いためである）、非常に差が大きかったその前のくだりとは鮮明な對照を示している。これも、やはり重要な箇所については異同が減少する傾向を示す事例といってよかろう。それ以降、葉逢春本が殘っている限りにおいては、異同のレベルが極端に高くなることはないものの、よく一致するわけでもないという狀態が續き、はっきりとした違いがあるのは戰闘場面であるという傾向も相變わらず見て取れる。

四

以上の調査結果は、多くのことを物語ってくれるように思われる。まず異同の濃淡に顯著な偏りがあること。これは、成立過程を反映していると見るべきであろう。早い時期に完備した本文が成立した部分については、後のテキストが手を加える餘地は少ないが、不完全な本文しかなかった部分や、元來存在せず、後になって插入された部分については、テキストの固定度は低く、その結果テキスト間の異同が大きくなるのではないか。

逆にいうと、このように部位によって大きな偏りがあることは、嘉靖本と葉逢春本に共通する祖本（一つとは限らない。というよりむしろ祖本の祖本といったものを想定すべきであろう）が、嘉靖本・葉逢春本以下のテキストとは大きく性格を異にしていた可能性を示唆するもののように思われる。實際、『列國志傳』『兩漢開國中興傳誌』といった明代後期に刊行された歴史小説が、いずれも元代後期に刊行された「全相平話」シリーズの本文としばしば文言まで一致し、直接的な影響關係を想定しうるのに對し、現存する『三國志演義』諸本の中においては、「全相平話」シリーズの一つである『三國志平話』との直接的關係を見出しうる箇所はほとんどないといってよい。(16) しかし、大まかな展開が一致し、登場人物のキャラクター等も共通すること、先に述べたように他の歴史小説には「平話」との直接的關係が見出されることから考えて、『三國志演義』が『三國志平話』の影響を受けていないとは考えがたい。ではなぜ影響の痕跡を見出しえないのか。

その理由として考えうる最も單純な説明は、『三國志平話』と『三國志演義』の間にもう一段階を想定することであろう。卽ち、明代前期に『三國志平話』にかなり近い內容を持つ小説が存在し、それを改作する（これも一度とは限らない）ことによって現存する『三國志演義』諸本が成立したと假定するのである。こうした過程があったとすれば、第二段階もしくは第三段階の改作に當たって『三國志平話』の痕跡が消滅したとしても不思議はあるまい。實際、先にふれた『列國志傳』『兩漢開國中興傳誌』は、前者は『新列國志』『東周列國志』、後者は『西漢演義』（ただし、『西漢演義』は『兩漢開國中興傳誌』ではなく、その原型となったテキストに基づいているものと思われる）(17) という、より知識人向けの小説へと改作され、その結果「全相平話」の痕跡はほとんど消滅するに至っているのである。同じことが、はるかに早い時期に、『三國志演義』の成立に當たっても生じたのではないか。

この推定が正しいとすれば、嘉靖本と葉逢春本の共通の祖本、というより、『三國志平話』との距離を考えれば、更にその祖本というべきものを想定した方がよいかもしれないが、それは「原演義」ともいうべき『三國志平話』と『三國志演義』の中間に位置するテキストだったことになる。その本文は、先に述べた文體の違いから考えて、嘉靖本よりは葉逢春本に近いものだったであろう。

『三國志平話』の內容と『三國志演義』本文の異同のありようがある程度の對應關係を示すことも、この假說を裏付ける一つの傍證となりえよう。前節で見たように、嘉靖本と葉逢春本の間に顯著な異同が認められる箇所は、前半においては劉備・關羽・張飛とは關わらない脇筋の部分に主として認められる。そして『三國志平話』は、もとより劉備・關羽・張飛を中心に置いているのであって、前節でふれた李傕・郭汜のことや、吳にまつわる物語はほとんど語られていない。更に後半になると、一部の話柄（南蠻討伐や姜維を降すくだり）を除いては詳しく語られることがない。(18)もとより、これもすでに述べたように、劉備と孫夫人の結婚や、馬超と曹操の戰い、更には南蠻討伐のくだりのように、『三國志平話』ですでに詳しく語られているにもかかわらず、テキスト間の異同が多い部分もあるが、これはおそらく、やはり前節で述べたように、これらの箇所がその後も展開し續けたことに由來するものであろう。

おそらく明代前期、それも比較的早い時期に『三國志平話』を下敷きにした三國志ものの小說が作られたのではないか。その內容は、當然『三國志平話』で扱われていた物語、具體的には劉備・關羽・張飛を中心に据え、かなり濃厚な江湖の雰圍氣を漂わせるものだったであろう。そして、後に生まれた『列國志傳』などの小說が三國志のパターンを踏襲して作られたものであるとすれば、『列國志傳』同樣に、『三國志平話』の記述では不十分な歷史的枠組みや、劉備たちと直接關わらない群雄の動きに關しては、通俗的史書の文を流用して補ったのではないか。

そして次の段階では、『平話』に基づく部分から荒唐無稽な要素を取り除き、文章を整備するとともに、新たに補われた部分との間にある文體・內容の落差を調整する作業が行われる。具體的には、『平話』由來の部分をより文言的な整った文體に改め、史書由來の部分は逆により白話的かつ平易な文體に改めるとともに、物語性を付與する作業が行われたのであろう。しかしこの落差は一度で埋めうるものではなかった。そこで、ある段階のテキストは部位により文體・內容に差が多いものとなる。葉逢春本は、その段階のテキストをある程度忠實に傳えているのであろう。そして、更に手が加えられ、ほぼ滿足すべき段階に達したのが嘉靖本段階のテキストなのではないか。

では、どのようなやり方で手が加えられたのか。その點は、これまで見てきた嘉靖本と葉逢春本の間に認められる相違のありようから見て取ることができるであろう。文體がより整備されたものに變わったことはもとよりであるが、他に顯著な差を示すのは、主として戰鬪場面である。史書などに基づく部分に、制作者である書坊が物語性を付與しようとして加えた戰鬪描寫は、所詮は型にはまった單調なものになりがちである。そうした事例は、たとえば『列國志傳』『全漢志傳』などにおいて顯著に認められる。それを、講釋風のより生彩に富んだものに作りかえることがなされたのではないか。一例をあげよう。嘉靖本第四十則「諸葛亮火燒新野」の一節である。

（嘉）却說曹仁等方纔脫得火厄、背後一聲喊起、趙雲引一軍趕來。混殺一陣、曹仁敗軍各逃性命、誰肯回身廝殺。
（葉）且說曹仁　方才脫得火危、背後　　　趙雲　軍馬趕殺。　　　　各軍自要逃命、那里肯回身廝殺。

　　正奔走之間、糜芳又引軍一枝、衝殺一陣。曹仁大敗、奪路而走、忽然喊起、又遇劉封引一彪軍、追殺一陣。
　　　撞着糜芳　　又殺一陣。（葉本に該當の文なし）

　　敗軍奔到四更時分、人困馬乏。
　　　到四更左側、人困馬乏。

葉逢春本に劉封と戦うくだりがないことはともかくとして、それ以外の部分でも嘉靖本の方が全體に長いことは一見して明らかであろう。しかし、それが嘉靖本の本文を削った結果葉逢春本が成立したことを意味するものではないことは、一部葉逢春本の方が長いセンテンスもあることや、葉逢春本に見える「左側」という元代に頻用された古い語彙が、嘉靖本では「時分」という近代に至るまで用いられる語に變わっていることからも見て取れよう。つまり、すべてではないかもしれないが、ここでも基本的には葉逢春本のような本文を改變した結果として嘉靖本の本文が成立したのではないかと思われるのである。では、どのような改變が加えられたのか。

典型的なのは最初の部分に見える變化である。葉逢春本が「背後趙雲軍馬趕殺（後ろから趙雲の軍が追擊してきた）」と單純に述べるのに對し、嘉靖本は「背後一聲喊起、趙雲引一軍趕來（後ろでときの聲があがり、趙雲が一軍を率いて追いかけてきた）」とし、更に「混殺一陣（混戰して）」が加わる。つまり、正體不明の部隊が現れ、それは誰かといえば～であったという言い回しを用いているのである。このように、突然ある武將や部隊があらわれたと記述した上で、氣を持たせておいてその正體を明かすというのは、葉逢春本と嘉靖本との異同において、後者のみに認められる事例が非常に多いパターンである。これは、聽衆の興味を喚起するという講釋のパターンに則ったものであろう。つまり、ここでは講釋のスタイルを再現する形で、より充實した記述へと改變されるというパターンにより書き換えがなされていることになる。

これが戰鬪場面において特に顯著に認められることは注目に値しよう。『秦併六國平話』などにおいては、戰鬪の場面では詳細はほとんど語られず、極めて單調な文がならび、『三國志平話』においても、クライマックスの戰鬪場面では詳しい描寫はなされない。これらは、おそらく講釋においては戰鬪場面は語り手が自身で脚色して語るのが常であり、種本に書かれるべき性格のものではなかったことに由來しよう(19)。從って、戰鬪場面の詳しい描寫は、他の部分に比べて遲れて文字の形に定着したのではないかと推定される。そこでは、實際の講釋の口調を模倣する形で改善が加えられたのであろう。とすれば、葉逢春本が生硬で單調な語り口を用いていることは、發展途上の狀態を示していることの現れと見なすことができよう。

他に異同が目立つ箇所としては、議論の部分があげられる。議論の部分は、讀者に知識人が參與するにつれて最も變化をこうむりやすい箇所である。第二章でも述べたように、元來大衆向けにこけおどしのペダンティズムを發揮していたであろう藝能レベルのテキストは、文字化が進展するにつれて次第により充實した文言的議論を增加させるようになるが、やがて高級知識人が讀者に參入すると、陳腐な議論として削減・省略されるに至る。先に述べたように、葉逢春本より嘉靖本の方が議論が多い傾向にある。これは、部位によっては葉逢春本が簡本的な省略を行った結果である可能性もあるが、全體的には、嘉靖本が文言的議論を充實させていく方向性を持つテキストであることを示すものであろう。そのため、議論において異同が多くなったに違いない。そして、嘉靖本と近い本文を持つ李卓吾評本に依據すると思われる毛本においては、逆に議論は減少する。これは、高級知識人が讀者に加わったことの反映であろう。(20)

五

このように、『三國志演義』は小說としての體裁を整える過程で、讀者層の變化に對應しつつ變化していったものと思われる。葉逢春本と嘉靖本の異同の狀況から推定されるその變化の經過は次のようなものである。

まず、『三國志平話』をもとに、通俗史書の記述を加えて「原演義」が成立する。異同の少ない部分が劉・關・張に關わる部分を中心とし、孫策・孫權を主とする場面には異同が多いことから見て、「原演義」はあくまで劉・關・張を中心に、曹操らが必要な範圍で登場するものであり、吳のことは劉備らに關わる範圍でしか現れなかったのであろう。また、後半になると異同が急速に增えることから考えて、劉・關・張死後に關する記述は簡單なものだったのではないかと思われる。つまり、單純化していえば、『三國志平話』に肉付けしたようなものだったのであろう。

次の段階では、「原演義」で語られていなかった部分が補充されるとともに、「原演義」に存在した部分についても增補・充實が行われたものと思われる。ここで主要部の文章はある程度固定する。この段階が葉逢春本のもとになったテキストなのではないか。

更に、補充部分の不完全な文章を手直しするとともに、主要部に部分的變更が加えられて、嘉靖本の本文が生まれる。これがいわば第三段階である。建陽では第二段階のテキストが殘り（たとえば余象斗本）、またそれに依據する簡本も作られる（たとえば黃正甫本。ただし嘉靖本系統からの影響も受けているかもしれない）が、その他ではこの第三段階のテキストが廣まり、一應固定することになる。

こうして充實したテキストが成立したことは、讀者層を高級知識人にまで廣げる結果をもたらした。その結果、知識人の好みにも合うテキストが要求されることになる。こうして生まれたのが毛本であり、これがいわば第四段階ということになる。

以上、一應の推定される變化を示してみた。もとより推測に過ぎない議論ではあるが、大筋は白話歷史小說展開の道筋に合致したものといってよい。また、前半と後半との間に明らかな落差が認められることなどは、上田望氏が行った語彙に關する分析とも一致するところである(21)。この推論に裏付けを與えるためには、更なる內容・語彙などの檢討が必要であろうが、それは今後の課題としたい。

以上のように、『三國志演義』は歴史小説發達の典型的なモデルともいうべき展開をたどったものと推定される。では、『三國志演義』とは全く性格を異にする『水滸傳』はどのようにして完備した小説として出現するに至ったのであろうか。第三部ではその點について考えてみたい。

注

（1）ただし、近年語彙の分布などを通して成立過程を考えた上田望「『三國演義』の言葉と文體――中國古典小説への計量的アプローチ」（『金澤大學文學部論集　言語・文學篇』第二十五號〔二〇〇五年三月〕）のような研究が現れつつある。

（2）『三國志演義』版本の研究』における葉逢春本を扱った第三章第二節「『新刊通俗演義三國志史傳』について」などにおいて、すでに花關索説話の有無が決定的なものではないことは認識されているように思われる。ただし、建陽系統のテキストの中においては、「花關索系」「關索系」の區分を設けることが一定の有效性を持つことはいうまでもない。

（3）嘉靖本の本文は『古本小説集成』（上海古籍出版社）所收の影印本、葉逢春本の本文は井上泰山編『三國志通俗演義志傳（上）（下）』（關西大學出版部一九九七）による。なお、葉逢春本の詳細については、同書の解説、竝びに陳翔華「西班牙藏葉逢春刊本三國志史傳瑣談」（『西班牙藏葉逢春刊本三國志史傳（上）』〔『三國志演義古版叢刊續輯（一）』全國圖書館文獻縮微複制中心二〇〇四〕）參照。

（4）鄭振鐸「三國志演義的演化」（『小説月報』二十巻十期〔一九二九年〕、ここでは『中國文學研究』〔古文書局一九六一〕所收のものによる）以來多くの論文がこの説に從う。

（5）孫楷第『日本東京大連圖書館所見中國小説書目提要』（國立北平圖書館中國大辭典編纂處一九三二）の引用による。

（6）第四部第二章參照。

（7）この點については、注（4）で引いた鄭振鐸「三國志演義的演化」以來多くの論文で指摘されている。

（8）楊緒容「葉逢春本『三國志傳』題名『漢譜』説」（『明清小説研究』第六十四輯〔二〇〇二年二月〕）。

（9）余象斗本などの建陽系諸本の方が古形を傳えているのではないかという推測は、柳存仁「羅貫中講史小説之眞僞性質」（『和風堂讀書記』〔香港龍門書店一九七七〕）でふれられて以來、周兆新「舊本三國演義考」（『三國演義考評』〔北京大學出版社一九九〇〕）、金文京「『三國演義』版本試探――建安諸本を中心に――」（『集刊東洋學』第六十一號〔一九八九年五月〕）、上田望「『三國志演義』版本試論――通俗小説の流傳に關する一考察――」（『東洋文化』第七十一號〔一九九〇年十二月〕）など、多くの論文で述べられているところであり、葉逢春本についても注（3）に引いた井上・陳兩氏の論でその可能性が指摘されている。

（10）中川諭『『三國志演義』版本の研究』（汲古書院一九九八）第二章第三節「毛宗崗本の成立過程」。

（11）太田辰夫『中國語歷史文法』（江南書院一九五八）16・7・1「使役」、佐藤晴彦「《清平山堂話本》《熊龍峯小説》と『三言』――馮夢龍の言語的特徴を探る――」（『神戸外大論叢』第三十七巻第四號）。

（12）注（3）・注（9）所引の周・金・上田・井上・陳諸氏の論文。

（13）こうした脱落のパターンについては、魏安『三國演義版本考』（上海古籍出版社一九九六）に詳しい。なお、葉逢春本に脱落があることについては、注（3）・注（9）所引の諸論考などですでに言及されている。

（14）田中謙二「元典章文書の研究」第一章「元典章における直譯體の文章」（『田中謙二著作集』第二巻〔汲古書院二〇〇〇〕。「元典章における蒙文直譯體の文章」（『東方學報』三十二〔一九六二年〕）を改稿したもの）六。

（15）小松謙『中國歷史小説研究』（汲古書院二〇〇一）第七章「詞話系小説考――『殘唐五代史演義傳』を緒口に――」。

（16）この點については、注（1）所引の上田論文で指摘されている。

（17）注（15）前掲書第二章「『全漢志傳』『兩漢開國中興傳誌』の西漢部分と『西漢演義』――平話に密着した歷史小説とその展開――」參照。『西漢演義』が依據したものが何であるかは確定しがたい。

（18）注（1）所引の上田論文は、語彙の面からこの問題を考察し、類似した結論に達している。また、同論文では前半と後半で文體が變化し、後半は文言的になることが指摘されているが、この點も本論の內容と符合する點がある。

（19）小松謙『「現實」の浮上――「せりふ」と「描寫」の中國文學史』（汲古書院二〇〇七）第六章の「小説の誕生――全相平話」の項參照。
（20）注（10）參照。
（21）注（18）參照。

第三部　『水滸傳』

序章

第二部では、三章にわたって「三國志」物語が藝能として成長し、それが文字テキストとして固定する過程を追いかけてみた。この過程は、ある程度まで他の歴史小說にも當てはめうるものであると同時に、その初期段階の展開は、アウトローを主役とした小說の成立過程についても示唆的なものである。

「四大奇書」の中で、最初に文字化され、出版されたのは、おそらく『三國志演義』（またはその原型）だったであろう。これは、『三國志平話』が早い時期に刊行されているというだけの理由によるものではない。白話小說という新しいジャンルの刊行に書坊が乘り出すためには、切っ掛けが必要であろう。端的にいえば、そこに一定の利益が見込まれなければ、刊行されることはありえない。すでに第二部第二章で見たように、歴史小說は當初は敎養書として出版されたものと思われる。娯樂のための讀書という觀念が、特に中下層識字層の間ではまだ存在しなかったであろう當時において、刊行の對象となりうるのは、ある程度讀んでためになると見なされる書物に限られていたであろう。知識欲、あるいは高級知識人と交際する際の必要性という現實的目的などから、讀んで面白く、わかりやすい歴史物敎養書を求める富裕な中下層識字層、具體的には商人や武官による需要を見込んで歴史小說が刊行されるというのが、白話小說刊行の第一歩だったとすれば、「四大奇書」の中では、歴史小說である『三國志演義』が最初に出版されたはずである。これは、現存テキストの刊行年代からもおおよそ頷けるところである。

本來敎養を得るためのいわば勉強として行われていた歴史讀み物を讀むという行爲は、やがてそのおもしろさゆえに娯樂讀書へと變質する。そして、娯樂讀書という行爲は、高級知識人へと波及していく。この背景には、明代特有の階級の流動化・士大夫の庶民化という動きがあった。

高級識字層が娛樂讀書を開始したことは、歴史小說以外の白話小說の刊行をも促すことになる。當時、文字を讀む者の中で、高い購買力を持ち、書物に金を使う習慣を備えていたのは、何といっても高級知識人であった。こうして、經濟的な側面からも歴史小說以外の白話小說を刊行する機運が生じ、高級知識人を讀者に含むことは、テキストの高品質化、內容の文學的レベルの向上に寄與することになる。そこで刊行されるに至った白話文學の記念碑的作品が『水滸傳』であった。

第三部では、その『水滸傳』の成立過程について考えてみたい。そこからは、出版事業とのからみの中でどのように小說が成立し、變質していくのか、その中で、白話により文章を綴るという營みがどのように生まれ、展開していくのかが浮かび上がってくるであろう。

考察は二段構えで行いたい。まず第一章では、『水滸傳』の內容を分析し、『大宋宣和遺事』などとの對比により、いかにして現存する『水滸傳』ができあがったかを推定してみる。次に第二章では、第一章の推定の妥當性をできるだけ客觀的に確認するために、『水滸傳』における語彙・テクニカルタームの使用を分析することにより、その分布狀況から『水滸傳』の成立過程を割り出すことを目指す。續いて第三章で、『水滸傳』が刊行されるに至った要因を推定しつつ、『水滸傳』の性格について考察を加える。

第一章は主として筆者の構想になるが、第二章は、後に述べるように、もと京都府立大學大學院生の高野陽子氏の語彙調査及びそれに關する考察に、筆者によるテクニカルタームなどの調査を加えたものである。從って、本書のうちこの第二部第二章は高野氏との共著であり、また第一章についても高野氏の調査結果に觸發された點が多く含まれる。

第一章　『水滸傳』成立考

――內容面からのアプローチ――

『水滸傳』は、おそらくは「四大奇書」の筆頭に數えられるべき書であり、更にいえばすべての中國白話小說の中でも最も重要な作品とされる。その地位は、いみじくも李卓吾が述べたように、『史記』『楚辭』や杜甫の詩など、中國文學最高の古典とされる作品群に匹敵するものといってよかろう。

では、なぜ『水滸傳』はそれほどまでに重要視されるのか。扱われている內容のすばらしさゆえではあるまい。そこで語られる殺伐とした物語が、面白さを持ち、人生の眞實をかなりの程度まで描き出していることは事實ではあろうが、このストーリーが不滅の價値を作品に付與するに足るものではないことに異論はあるまい。

おそらくその要因は文章にある。『水滸傳』こそは、はじめて自在に白話文を驅使し、過去に中國の文章が描きえなかった多樣な要素を鮮やかに描き出したものだったのである。先にふれた人生の眞實も、この文體あればこそ描かれえたというべきであろう。そして以後の白話小說は、多かれ少なかれ『水滸傳』の影響を受けている。そうした點で、『水滸傳』はまぎれもなく中國白話文學の古典としての地位を占めるといってよい。

では、『水滸傳』はどのようにして成立したのか。金聖歎以來、『水滸傳』がすぐれているのは、施耐庵という天才作家の筆力によるという見方が示されてきたが、しかし『水滸傳』成立當時の小說制作の狀況とは、そのようなものではなかったはずである。近代小說のように、一人の人間が机に向かって創作活動にいそしんだ結果生まれたものではなく、おそらくは書坊の主導により、段階的にまとめあげられたものと見る方が正しいのではないか。もしそうであれば、どのようにして『水滸傳』が生み出されたかについて考えることには一定の意義があることになろう。『水滸傳』の成立については、多くの先行研究が存在する。ただ、相互に矛盾した結論が生じた場合、主觀的な意見同士の對立に終始して結論を出しがたいという状況がどうしても起こりがちである。これは文獻が乏しい以上避けがたいことであろう。そこでここでは、原則として容與堂本の本文に限定的に依據しつつ、できるだけ客觀的に容與堂本『水滸傳』の成立過程の解明を試みたい。

まず本章においては、主として『大宋宣和遺事』との關係を手がかりに、内容面から容與堂本『水滸傳』(1)の成立過程についての假説を提示してみよう。

一

『水滸傳』は、元末明初に、施耐庵もしくは羅貫中、あるいは二人の合作によって作られたといわれてきた。施耐庵の正體について、これまで多くの議論がなされてきたのも(2)、もとより『水滸傳』の作者について少しでもその眞の姿を知りたいという願望あればこそであろう。しかし、施耐庵・羅貫中が『水滸傳』の作者だという決定的な證據があるわけではなく、また假に彼らが『水滸傳』を書いたことが事實であるとしても、それは現在『水滸傳』と呼ばれている書物が、元末明初當時彼らによって制作されたテキストと同一のものであることを意味するものではない。この點については、すでに先人により數多くの研究がなされているが(3)、ここでは現存する『水滸傳』に見られる思想的傾向から檢討してみたい。

容與堂本『水滸傳』第三十八回で、李逵の不調法をわびる戴宗に對して宋江はこういう。「他生性是慿的、如何教他改得。我到敬他眞實不假（生まれつきこうなのだから、改めさせることなどできるものですか。私はむしろ彼の眞實にして僞りなきところを敬びます）」。これは、明代後期という時代の刻印を背負った言葉といってよい。「眞實不假」、これこそかの李卓吾が「童心説」において最大の價値を付與したものであった(4)。そして「童心説」においては、その「眞」にして「假」ならざる文學の典型として、『水滸傳』の名が『西廂記』とともにあげられる。李卓吾に限らず、いわゆる陽明學左派、更には必ずしも陽明學の徒とはいえない李夢陽ら復古派の人々の間でも、「眞」にして「假」ならざるものの追求は最大の目標であった(5)。つまりこのせりふは、明代中期以降の思想状況を背景に持っており、元末明初段階においては生まれえなかったものといってよかろう。ただ、これはわずか一語のみであり、たとえば萬曆期に入って出版に當たり插入されたと見ることもできよう。しかし同樣の傾向は、人物の描寫、更には評價の仕方など、物語の展開を大きく左右する部分においても見出されるのである。その最も顯著な事例は、魯智深と武松において認められる。

魯智深と武松は、林冲・花榮ら技巧派と好對照をなす、いわば體力派の豪傑という點で共通する。しかし、一見豪放なばかりに見える兩者は、實は性格において大きな違いを持っている。それは二人が人を殺す場面において、非常に鮮明に現れてくる(6)。

魯智深による殺人の最も有名な事例は、いうまでもなく第三回の「拳打鎭關西」であろう。そこでは魯智深は、鄭屠の非道な行動を聞くや、ただちに毆りに行こうとして史進と李忠に止められ、夜もおちおち眠れず、翌朝被害者の金親子を逃がすと、鄭屠に肉を切らせ、相手が疲れたところで毆る。ところが、ただこらしめるだけのつもりが、勢い餘って相手を殺してしまい、あわてて逃げ出す。ここで魯智深は、ほぼ終始一貫して直情であり、弱者のため前後の見境なくふるまう。しかもその殺人は意圖したものではなく、けんかの戰術として素樸な策略こそ用いるものの、彼の行動には計畫性が全くない。他の箇所でも、魯智深は決して無意味な殺人を犯すことはない。

一方武松の殺人としては、第二十六回における潘金蓮殺しと第三十一回における鴛鴦樓のくだりが代表としてあげられよう。前者において武松は、何氣なく兄を弔うと見せて關係者一同、更には證人として近所の人々まで呼び集め、潘金蓮と王婆の供述書を取り、署名までさせた上で潘金蓮を殺す。武松は終始一貫して冷靜沈着かつ計畫的、そして冷酷である。鴛鴦樓における大殺戮は、一見粗暴の極みのようだが、よく讀むと、彼は凶行の前に着替え、荷物をすぐ持ち出せるようにし、逃走ルートを確保した上で行動に移っているのであり、極めて冷靜かつ計畫的であるという點において、實は潘金蓮殺しと共通する。しかも、全く無關係な奥方や召使まで容赦なく皆殺しにするという點で、冷酷さにおいてもまた共通するのである。[7]

後半に入ると、二人はペアを組むことになる。第五十八回において、魯智深が史進を招くために少華山に行きたいと申し出た時、宋江はこういう。「然是如此、不可獨自去。可煩武松兄[8](弟)相伴一遭。他是行者、一般出家人、正好同行(とはいうものの、獨りで行ってはいけない。武松についていってもらおう。彼は行者だから、出家同士、一緒に行くには好都合だ)」。つまり宋江は魯智深一人では不安だとして、武松をつけるのである。果たして宋江の豫見通り、史進が賀太守に捕らえられたことを知った魯智深は、武松の諫めを聞かず、猪突猛進して賀太守に捕えられてしまう。魯智深を見送る武松の言葉は「不聽我說、此去必然有失(わしのいうことを聞き入れなんだが、きっとしくじるに相違ない)」であった。

つまり、明らかに豪傑としては思慮分別に富んだ武松の方が一枚上手である。そして、武松が鴛鴦樓に自ら「殺人者打虎武松也」と記したように字を讀めるのに對し、魯智深は第三回末に「却不識字」と明記されているように、非識字者と設定されている(なぜか死ぬ前に突然偈を書くが)。ところが、二人のうち上位に位置づけられているのは、明らかに魯智深の方なのである。そもそも宋江の言葉にもあったように、彼らは「一般出家人」ではあるが、魯智深が「花和尚」であるのに對して武松は「行者」である。つまり二人はいわば主人と從者の關係にある。この關係は第九十九回に至って最も鮮明に示されることになる。ここで魯智深は坐化する。それぞれに悲劇的な末路をたどるものが大多數を占める百八人の中にあって、こうした終わりを迎えることは、魯智深こそ梁山泊中最も高い價値を付與されている人物であることを示すものであろう。彼こそは生きては活佛、死しては佛たるべき者と見なされているのである。そして、すでに片腕を失っていた武松は、魯智深の靈を守るが如く、その地で道人となって生涯を終える。ではなぜ思慮に缺ける魯智深の方が上位に置かれるのか。

それを顯著に示すのは、容與堂本に付された「李卓吾」（實は葉晝か）[9]による批評である。第六十二回、石秀が盧俊義を救い出すべく單身刑場に斬り込む場面に付けた總評にいう。「若夫依徊顧盼、算利算害、卽做天官、何能博李卓老一盼乎（右顧左眄して利害を計算するような者は、たとえ神様であろうとこの李卓吾が目に止めるに値しようか）」。そして、魯智深が鄭屠を殺すくだりには、「仁人、智人、勇人、聖人、神人、菩薩、羅漢、佛」と考えられる限りの贊辭を書き連ねる。もとよりこの批評は李卓吾自身の手になるものではないと思われるが、李卓吾によって代表されるいわゆる陽明學左派の思想を踏まえていることは明らかであろう。そこでは思慮分別は否定され、前後の見境なく正しいと信ずることを實行することこそが重んじられる。[10]そして岸本美緒氏が指摘しておられるように、[11]これは明代後期の時代的風潮の特徴でもあった。

二

この觀點からすれば、分別に富んだ武松は世俗に汚された「假」の要素を持つという點で、純粋無垢なる魯智深には及ばないという、通常とは逆の結論が導き出される。そして、『水滸傳』においては、魯智深は武松より上位に置かれている。つまり、容與堂本『水滸傳』においては、明代中期以降にならなければ現れない基準によって人物像が描かれていることになるのである。この點からしても、容與堂本『水滸傳』本文の成立は、施耐庵・羅貫中より遙かに下る明代中期以降になるのではないかと思われる。

しかも容與堂本以降の展開を見ても、田虎・王慶征討の部分を付け足したさまざまな簡本（刊行自體は容與堂本に先行するものを含む）、繁本で初めて二十回を付け足した百二十回からなる楊定見本、その百二十回本の本文に基いてそこから四十九回を削った七十回（正確には「楔子」一回分が加わる）からなる金聖歎本など、さまざまなテキストが刊行されている。しかも、繁本にかぎって論じたとしても、これら諸本は單に盛り込まれた內容に増減があるだけではなく、文面も相當書き換えられているのである。

例えば金聖歎本において、金聖歎が自分の主張に合うように文面をかなり大幅に書き換えたことは周知の通りである。[12]そして、金聖歎はしばしば先行するテキストに對して激しい批判を加える。では金聖歎の批判對象となっているのはどのテキストなのであろうか。それは、金聖歎本の初めの部分に置かれている「讀第五才子書法」を一見すれば明らかである。そこにはいう。

近世不知何人、不曉此意、却節出李逵事來、另作一冊、題曰壽張文集。可謂咬人屎撅《ママ》、不是好狗。

最近誰だか知らないが、このこと〔『水滸傳』において李逵が擔うトリックスター的役割〕も理解せず、李逵のことだけを抜き出して『壽張文集』と題している。人の糞を食らうたぐいでろくなものではない。

ここで問題にされているのは誰なのだろうか。容與堂本に付されている「批評水滸傳述語」には次のようにいう。

和尚讀水滸傳、第一當意黑旋風李逵、謂爲梁山泊第一尊活佛、特爲手訂壽張縣令黑旋風集。

和尚〔李卓吾〕が『水滸傳』を讀まれて一番お氣に召したのは黑旋風李逵で、「梁山泊一の生き佛」として、特に手ずから『壽張縣令黑旋風集』を校訂された。

つまり、金聖歎が攻擊しているのは容與堂本の「李卓吾」、卽ち、あるいは葉晝ではないかと推定される人物ということになる。このことは他の箇所からも見て取ることができる。

例えば「讀第五才子書」にはいう。

如史記須是太史公一肚皮宿怨發揮出來、……水滸傳却不然。施耐菴本無一肚皮宿怨要發揮出來……。

『史記』の如きは司馬遷が腹一杯にたまった怨みを放出したもので、……ところが『水滸傳』は違う。施耐庵には元來放出すべき腹一杯にたまった怨みなど存在せず……。

これに對して、容與堂本の「忠義水滸傳敍」には次のようにある。

太史公曰、說難・孤憤、賢聖發憤之所作也。……水滸傳者、發憤之所作也。

司馬遷が言うには、「『說難』『孤憤』は聖賢が發憤して著したものである」と。……『水滸傳』は發憤した結果著されたものである。

金聖歎本がことさらに容與堂本に異を立てようとしていることが見て取れるであろう。となると、よく知られているように金聖歎が宋江を徹底的に敵視するのも、容與堂本が「忠義水滸傳敍」で「然未有忠義如宋公明者也（しかし

宋江ほど忠義な人はいない）」ということに對する反撥に由來するものかもしれない。更に、金聖歎が「第五才子書法」で

魯達自然是上上人物、……然不知何故、看來便有不及武松處。

魯達はもちろん上上の人物である。……しかしなぜか、見るに武松に及ばぬ所がある。

というのは、『水滸傳』の本文において魯智深が明らかに武松より上位に置かれていることとは明らかに背馳するのだが、これも容與堂本が前述のように魯智深を絶讃することへの批判から出るものかもしれない。もとより金聖歎本には、魯智深が坐化するくだりは存在しないのである。

このように、金聖歎本においては、容與堂本に對する批判という、本質的とは言い難い要因に左右されて、テキストに變化が生じているのではないかと思われる。そして、最終的に通行本の地位を獲得するのが金聖歎本であってみれば、容與堂本といえども、明初以來の『水滸傳』變容の一過程を示すテキストに過ぎないということになる。つまり容與堂本は、たまたま現存する『水滸傳』諸本の源流をなすものに過ぎないのであって、これが『水滸傳』という作品の最も完備した姿を示しているといってしまうことには問題があると考えることもできよう。

それでは、諸本の源流ともいうべき地位にある容與堂本『水滸傳』はどのようにして成立したのであろうか。まず『水滸傳』に先行する文獻を手がかりに、内容・構成面から考えてみよう。

三

容與堂本『水滸傳』（以下單に『水滸傳』という場合は容與堂本をさす）に先立つ梁山泊物語を語る文獻としては、史書を

別にすれば、『大宋宣和遺事』（以下『宣和遺事』と略稱）と一連の雜劇があげられよう。これら二種の文獻には、その利用を困難ならしめる共通する條件が存在する。成立年代を確定しえないことである。『宣和遺事』の成立時期については、南宋から明初まで多樣な說があり、いまだに決着を見ていない(13)。ただ、少なくとも容與堂本『水滸傳』に先行することだけは間違いあるまい。

雜劇については、現存十種のうち「雙獻功」「李逵負荊」「燕青博魚」「黃花峪」「爭報恩」「還牢末」の六種は、『錄鬼簿』『錄鬼簿續編』に著錄されているところから、おそらく明初までに成立したものと考えられている。しかし筆者が別稿で詳しく論じたように(14)、元雜劇のテキストは明代に大幅な改變を被っている可能性があり、現存テキストがどこまで元代當時の姿を留めているかについては、わからないとしかいいようがない。ただ、少なくともストーリーについては、大體元代當時における梁山泊物語の內容を傳えているものと考えてよいものと思われる。

では、これら二種の資料はどのような內容を持つのか。まず雜劇の方から檢討してみよう(15)。すでに指摘されているように(16)、六種の雜劇は基本的に同じ構造を持つ。まず前提として、すでに三十六人乃至百八人の頭領を擁する安定した存在としての梁山泊が示され、そこから頭領が下山していく。下山した頭領は何らかのトラブルに卷き込まれるが、それを解決し、惡人を捕えて山に戾る。宋江は惡人の處刑を命じ、祝いの宴を開く。そして興味深いことに、「李逵負荊」を唯一の例外として、これらの雜劇において演じられている物語は『水滸傳』では語られない。

これは一見奇異な事實のように見えるが、考えてみれば當然のことである。『水滸傳』で語られているのは、梁山泊集團の成立と崩壞の物語である。具體的には、第七十一回において百八人の勢揃いが傳えられるまでが成立過程であり、第七十五回以降、招安の動きが出始めてからは崩壞の物語ということになる。それに對して、雜劇の世界においては梁山泊集團は永續的な、安定した存在であって、豪傑たちはそこから一時離れ、また回歸していく。逆に梁山泊以外の人々からすれば、突然異世界の人間である梁山泊の豪傑が出現し、トラブルを解決した後また異世界へと去っていくのである。

この構造が、たとえば西部劇や股旅物、あるいは一部の騎士道物語のそれと類似していることは一見して明らかであろう。そして、そうした物語が集團を主軸に置くものである場合、例えばロビン・フッド集團のように、少なくとも民間レベルに近い傳承においては、最終的な崩壞を念頭に置きつつも、冒險を語る限りにおいては、その集團は崩壞の危險性を意識しない永續的なものとして語られるのが常であろう。ところが、『水滸傳』において安定した梁山泊を背景に持つ部分は第七十二・三・四の三回、更に嚴密にいえば、招安を受けるための工作にあたる第七十二回も排除されるであろうから、第七十三・四の二回にすぎないことになる。この部分に導入されている「李逵負荊」を唯一の例外として、雜劇の物語が全く『水滸傳』に含まれていないのもいわば當然ということになろう。安定の物語である雜劇の內容は、成立と崩壞の物語である『水滸傳』には入り込みえないのである。

つまり元代當時民間で傳承されていた梁山泊物語は、義賊集團から訪れた豪傑による事件の解決とその歸還という、世界各地に傳承される物語の定型に沿ったものだったのではないかと思われる。それがなぜ現行の『水滸傳』のような形になったのか。そこで問題となるのが『宣和遺事』の存在である。

次に『宣和遺事』で語られている梁山泊物語を要約してみよう。周知の通り、『宣和遺事』は徽宗皇帝の一代記であるが、その元集から亨集にかけての部分に梁山泊物語の古い形態と思われる、明らかに語りの特徴を持った部分が插入されている。『宣和遺事』に見える梁山泊物語は、大きく分けて四つの部分からなる。

①花石綱物語

徽宗皇帝の命により、江南から名花・名石を開封の都に運ぶ（花石綱）ことになった楊志・李進義・林冲・王雄・花榮・柴進・張靑・徐寧・李應・穆横・關勝・孫立の十二人は、義兄弟の契りを結ぶ。孫立を待つうちに遲れ、雪で動きがとれなくなった楊志は、路銀を稼ぐため刀を賣ろうとしてチンピラにからまれ、相手を殺して流罪にされる。李進義ら十一人の義兄弟は、護送役人を殺して楊志を救出し、太行山に上って山賊になる。

②生辰綱物語

北京の長官梁師寶は、縣尉馬安國に命じて、開封にいる蔡京のもとへ誕生祝い（生辰綱）を運ばせる。馬縣尉らは途中で八人組にしびれ藥入りの酒を飲まされて、財寶を奪われる。捜査の結果、犯人は鄆城縣の晁蓋・吳加亮・劉唐・秦明・阮進・阮通・阮小七・燕靑と判明する。警察の董平が逮捕に向かう前に、鄆城縣の役人宋江からの知らせを受けた晁蓋は、逃走して楊志ら十二人と合流し、「太行山梁山泊」で山賊になる。

③閻婆惜殺し

晁蓋から禮として金のかんざしを贈られた宋江は、馴染みの娼妓閻婆惜にそれを與えて、晁蓋との關係を知られてしまう。父の病氣見舞いに行った宋江は、途中で漁師の杜千・張岑、お尋ね者の索超、晁蓋を捕え損ねて逃亡中の董平と出會い、紹介狀を書いて梁山泊に上らせる。鄆城縣に戻ると、閻婆惜は吳偉という男といい仲になっていたので、怒った宋江は二人を殺して逃亡する。九天玄女の廟に逃げ込んだ宋江は、そこで「天書」を手に入れる。そこには三十六人の名があった。

④三十六人集結

宋江が朱仝・雷横・李逵・戴宗・李海ら九人を引き連れて梁山泊に上ってみると、晁蓋はすでに死んでいる。その後、討伐に來た呼延綽・李横を降參させ、魯智深をも仲間に加え、三十六人そろったところで泰山にお參りする。そ使に任じられた。

の後、張叔夜という元帥に誘われて宋江らは朝廷に歸順し、官位を得る。後に宋江は方臘を討って手柄を立て、節度使に任じられた。

一見して明らかなように、『宣和遺事』で語られているのは「成立」の物語であって、「安定」と「崩壞」についてはほとんど語られることがない。語りの形式を持つことにおいて示されている通りに『宣和遺事』の梁山泊物語が語り物に起源を持つとすれば、おそらく演劇（そしておそらくはそこに反映されている民間傳承）で扱われるのが「安定」の物語であるのに對し、語り物では「成立」の物語が題材となっていたのであろう。これは一つには、短篇であることを原則とする演劇と、續き物という形式を取りうる語り物との形式上の差異に由來するのではなかろうか(17)。

ただし、『宣和遺事』で語られる梁山泊成立の物語は、『水滸傳』のそれと必ずしも一致しない點を持つ。最も大きな違いは、いうまでもなく花石綱物語の扱いである。『宣和遺事』で物語の發端となっているこの插話は、『水滸傳』においてはわずかに第十一回において楊志の口から語られるのみで、ほとんど消滅してしまっている。その後のストーリーは、『水滸傳』における生辰綱・閻婆惜殺しと大筋において一致するが、生辰綱のメンバーや護送役が異なること、人名の異同など、細かい違いは多數ある。この變化は何を意味するものであろうか。

ただし、この點について考える前にもう一つ檢討しておかねばならない問題がある。果たして『水滸傳』は『宣和遺事』を踏まえて作られたものと考えてよいのか。ともに梁山泊の物語とはいえ、兩者が同系統に屬するという保證はない。兩者は同じ題材を全く別々の方向で扱った、相互に無關係の物語である可能性も、もとより排除はできないのである。

ただ、『水滸傳』の內容を仔細に檢討してみると、『宣和遺事』そのものに依據しているとまで限定することは不可能ではあるにせよ、少なくとも『宣和遺事』とほぼ同系統に屬する物語が『水滸傳』の原據の一つになっていることは間違いないものと思われる。それを示すのは、さきにふれた楊志による花石綱に對する言及である。ここで楊志が何の必然性もなく、自分一人の來歷として『宣和遺事』の花石綱物語に該當する話をすることは、『水滸傳』の前段階においては花石綱物語が存在したことの痕跡と見ることができよう。

同樣のことは盧俊義の扱いにも見て取れる。『水滸傳』における盧俊義は甚だ奇妙な存在である。突然宋江と吳用が、元來アウトローなどとは緣もゆかりもない盧俊義をどうしても仲間入りさせようと思い立ち、そのために非常に手の込んだ策略を弄し、その結果として石秀らの生命も危險にさらされ、あげくの果てには北京を火の海にするという大事件にまで發展する。しかも宋江は、本人や周圍の猛反對をも聞き入れず、結果的に仲間入りせざるをえなくなった盧俊義に首領の地位を譲ると言い張り、最終的には第二位という席次を與える。そしてこの間もその後も、盧俊義がすぐれた能力を發揮する場面は特にない。なぜこのような不自然な設定になっているのか。それはおそらく盧俊義が花石綱グループの中心人物だったからであろう。それゆえ彼は當然第二の地位を占めねばならない。ところが、後述するように、楊志以外の人物は花石綱物語以外の部分の登場人物になってしまっている。そこで、盧俊義を第二の地位に据えることを正當化するための無理な設定が作られたのではなかろうか。だとすれば、設定の無理さ自體が、『水滸傳』が花石綱を含む物語を基本にして、そこから花石綱を削除したものであることを示しているように思われるのである。(18)

更に、明初周憲王朱有燉の雜劇「豹子和尚」に見える三十六人の名簿が、『宣和遺事』とほとんど一致している點にも注意すべきであろう。この事實は、『宣和遺事』もしくはそれと同內容のものが、明初の段階で印刷されて流布していた可能性を示唆する。もし早い段階で印刷物になって廣まっていたとすれば、『水滸傳』制作にあたって直接利用された可能性は一段と高くなる。

以上の點から、『水滸傳』は『宣和遺事』を踏まえている可能性が高いものと思われる。しかも、さきにもふれたように、『宣和遺事』で述べられるのは梁山泊の成立過程であり、三十六人が勢揃いして以降のことは、朝廷に歸順して官職を手に入れ、方臘討伐に參加したことがごく簡單に述べられているにすぎず、頭領の多くが死ぬことや、宋江らが奸臣に毒殺されることなどは全く見えない。つまり、『宣和遺事』とは梁山泊成立の物語であり、安定と崩壊の物語は語られていないということになる。この點からも、さきにあげた問い、卽ち安定の部分を缺いた梁山泊物語の來源に當てはまることになる。ただし崩壞の部分は、『宣和遺事』にも見えない。これはなぜか。

藝能においては、興味深い部分のみが語られるのが常である。しかし、長篇小說となると首尾が必要になる。筆者がかつて論じた一連の全相平話と『列國志傳』の關係は、單發の講釋に由來する小說が長篇の形にまとめられるに當たって、どのような作業が施されるかという問題において、歷史小說の場合のサンプルとなりうるものであった(19)。そこでは、首尾を與えるために、講釋で語られていたものと思われる興味深くかつ史實から遠い物語群の間を、平板な歷史書の要約でつなぐという手法が取られていた。ことはおそらく『水滸傳』においても同じだったのではないか。梁山泊の物語が長篇小說にまとめられるにあたって、成立と安定の後に、物語の結末として崩壞を付け加える必要が生じる。『水滸傳』の後半はそこで創作されたものなのではなかろうか。

こうした觀點に立って、次に『宣和遺事』が『水滸傳』の原型の少なくとも一つであると假定して、兩者の關係から『水滸傳』の成立過程について考えてみたい。假定の是非は、後に再檢討することになるであろう。

四

『宣和遺事』と『水滸傳』を比較した時、最も顯著な相違は花石綱の有無、それに次ぐのは人物の異同ということになるであろう。花石綱物語がなくなったのは、すでに指摘されているように、花石綱グループが太行山に上るという設定になっており、「太行山梁山泊」という地名が根本的にありえないものであることに由來しよう。太行山と梁山泊は一つにしようがなく、梁山泊を消しえない以上、太行山の方が消滅するのはいわば理の當然である。

するとことは二番目の問題、つまり人物の異同に關わってくる。先に列擧したように、花石綱物語には十二人の豪傑が登場する。そして、十二人のうち『水滸傳』においても花石綱と關わりを持つのは楊志だけである。ということは、楊志以外の十一人――李進義（盧俊義）・林冲・王雄（楊雄）・花榮・柴進・張靑（張清）・徐寧・李應・穆横（穆弘）・關勝・孫立について『水滸傳』で語られている物語は、『宣和遺事』段階では存在しなかったことになる。たとえば柴進の如きは、『水滸傳』では後周皇帝の末裔として、特權を持つ大貴族ということになっているが、『宣和遺事』における柴進は、花石綱を運搬する軍人の一人である以上、もとより大貴族などではありようがない。彼が後周皇帝の子孫であるという設定は、おそらく後周帝室と同姓であることから生じてきたのであろう。その他、『水滸傳』では重要な地位を占める盧俊義・林冲・花榮らの物語は、すべて後から加わってきたものということになる。同様のことは、生辰綱メンバーのうち『水滸傳』と重複しない二人、秦明と燕靑についてもいえよう。そのように考えていくと、『水滸傳』における彼ら二人の來歷がそれぞれ花石綱のメンバー、花榮・盧俊義とセットになって語られていることは甚だ示唆的であるといえよう。更に、やはり『水滸傳』とは全く異なった來歷が語られる索超・董平についても、同様のことが考えられる。

人物に關わるもう一つの問題は、宋江が梁山泊に上る際に伴った「九人」である。名前が直接あげられているのは朱仝・雷横・李逵・戴宗・李海の五人だけで、後の四人は明記されていない。しかもここで「九人」というのは「十人」の誤りだとする見解も早くから示されている。というのは、このすぐ前にあげられている「天書」にあった三十六人の名簿から他の箇所で名前の出るメンバーを除いていくと、五人が殘るからである。具體的には史進・公孫勝・張順・武松・石秀がそれに當たる。ただし、この五人を全部含めると、數え方にもよるが、「天書」を基準にする限り、一人餘分が出ることになり帳尻が合わない。「一丈靑張横」または「投降海賊李横」という人物がどうしてもはみだすのである。「張横」であれば『水滸傳』にも見える名であるが、そのあだな「船火兒」は『宣和遺事』における張岑のあだ名「火舡工」と似ており、そして『宣和遺事』においては張岑と張（李）横は完全な別人である。とすれば、張（李）横が張順に該當する可能性を考えざるをえないが、名前もあだ名も違う以上、兩者を同一人物として考えることが可能かどうかは分からない。とりあえず、ここでは史進・公孫勝・武松・石秀は確實に宋江に隨行したメンバーであり、張順も含まれるかもしれないということで考察を進めていきたい(20)。

この部分に關する問題は二つある。第一は、ここで宋江が伴った九人（もしくは十人）とはどのような來歷を持つ人々なのかということ。そして第二は、四人（もしくは五人）の名前がなぜ出ないのかということである。この記述は、原文では「朱仝雷横幷李逵戴宗李海等九人」となっている。ここで「幷」による區切りが入っているのは根據のないことではあるまい。『水滸傳』においても、朱仝・雷横と李逵・戴宗・李海（俊）はグループを異にするからである。『水滸傳』では、朱仝・雷横が宋江地元の警察關係者であるのに對し、李逵以下の三人は宋江が江州に配流された折に知り合った面々であり、宋江とは特に深い關係を持つものとして描かれている。『宣和遺事』においては、もちろん宋江が江州に行くという展開はない。從って、李逵たちの出自も全く不明ではあるが、宋江と個人的に結びついた集團であることは間違いないであろう。

では、あとの四人もしくは五人の名前はなぜ記されていないのか。全體に『宣和遺事』の記述は、名前と人數に非常にこだわっている。これは三十六人をそろえねばならない以上、いわば當然のことであろう。ところがここだけ名前が缺けているのである。これには理由があるに違いない。その顔觸れを検討してみよう。史進・公孫勝・石秀・武松、五人だとすればこれに張順が加わる。このうち張順ははっきりと李逵らのグループに屬するが、後の四人はどうであろうか。まず史進については、すでに指摘されているように、『水滸傳』の出自以外に、雜劇「還牢末」や『水滸傳』第六十九回に見える東平出身者という經歷がある。[21] 公孫勝は、『癸辛雜識』『七修類稿』における三十六人の名簿には見えない。しかも、『水滸傳』では生辰綱のメンバーであるにもかかわらず、『宣和遺事』の生辰綱のくだりには現れない。つまり兩人とも出身・來歷がはっきりしない。とすれば、ここで意圖的に名前が伏せられているのは、作者が彼らの出自をはっきり示したくなかったことに由來するのではないかという推定が成り立つ。つまり、彼らは名のみあって物語を持たなかったのではないか。するとあとの二人、つまり武松と石秀も同樣の問題を抱えているのではないかという推定が成り立つ。[22]

そしてもう一つ、魯智深については「那時有僧人魯智深反叛、亦來投奔宋江（その時魯智深という僧も反逆して、宋江のもとに身を投じてまいりました）」とあるのみで、詳しいことは何も書かれてはいない。これも『宣和遺事』は魯智深の物語を詳しく持ち合わせていなかったことを思わせるものである。魯智深についても、明初周憲王朱有燉の雜劇「豹子和尚」は、もと南陽廣慧寺の僧、戒律を守れず師に叱られて還俗し、梁山泊に入ったという『水滸傳』とは全く異なる履歷を傳え、母や妻子までが登場する。つまり魯智深も史進同樣複數の物語を持っていたことになる。

そして先に述べたように、『水滸傳』における魯智深のキャラクターは陽明學左派の思想を體現したようなものである。とすれば、やはり現行『水滸傳』における魯智深像は、明代中期以降になって成立した可能性が高いということになるのではなかろうか。

ここでもう一つ注目されるのは、武松と魯智深を主人公とすると思われる講釋の題名が『醉翁談錄』に見えることである。同書甲集巻一「舌耕敍引（講釋のまくら）」の「小說開闢」において、講釋の題名をジャンルごとに列擧している中で、おそらく楊志を主人公とするものと思われる「朴刀」ジャンルの「靑面獸」とともに、「桿棒」ジャンルに「花和尙」「武行者」の名が見える。『醉翁談錄』が南宋の狀況を反映しているものと推定され、[23]「舌耕敍引」とあるように、この部分が講釋師のためのまくら（導入部）の文例と思われる點からすれば、これは南宋の講釋においてすでに『水滸傳』物語の一部が語られていたこと、そして楊志・魯智深・武松の物語が獨立して語られていたことを意味するように見える。

しかし本當にそうなのであろうか。この『醉翁談錄』の「朴刀」「桿棒」ジャンルを見ると、その他に「朴刀」には「李從吉」、「桿棒」には「攔路虎」「徐京落草」の名が見える。このうち「攔路虎」は、明代中期に『淸平山堂話本』の一篇として刊行される「楊溫攔路虎傳」と同じ內容の物語であろう。そして、すでに指摘されているように、李從吉・楊溫・徐京は、いずれも『水滸傳』第七十八回において梁山泊討伐の大將として登場する「十節度使」のメンバーに入っているのである。[24]しかも『水滸傳』の本文には、彼らは「都在綠林叢中出身、後來受了招安（みな綠林から身を起こした者たちで、後に招安を受けて）」とあり、第七十九回には徐京の「徐某幼年遊歷江湖、使鎗賣藥時（私が若い頃、江湖をめぐって、槍の技を見せて藥を賣っておりましたとき）」という言葉が見える。つまり、徐京たちは、『水滸傳』の好漢たちとほぼ同類の人間だったわけである。

そして、宋代の正統的な史料に見える梁山泊に關する記事には、宋江の名が見えるだけで、他のメンバーの名はない。つまり、梁山泊物語の當初から楊志・魯智深・武松がメンバーに入っていたという證據はないのである。とすると、『醉翁談錄』に見える講釋が語られていた段階で、武松たちが梁山泊のメンバーだった保證はないことになる。もしかすると、李從吉・楊溫・徐京・楊志・魯智深・武松といった講釋の主人公たちの中で、楊・魯・武の三人はたまたま『水滸傳』に取り入れられ、他の人々は取り入れられなかっただけのことなのかもしれない。さきに見たように、楊志はかなり早い時期から梁山泊の主要メンバーとして確定していたようだが、魯智深と武松の加入は遲れ、特に武松はいつどこで梁山泊に投じたかすらはっきりしない。少なくとも魯・武の二人は、後から梁山泊物語に取り入れられたのではないか。

では、以上述べてきたことを踏まえて、とりあえず、想定しうる『水滸傳』前半の成立過程について考えてみよう。

五

『水滸傳』第一回は、いうまでもなく洪太尉により伏魔殿が開かれる發端の部分である。この箇所は、もとより『宣和遺事』や雜劇には見えないが、常識的に見て今の形の『水滸傳』ができあがった時に加わったものと見るべきであろう。

續く第二回から第三回にかけては、王進と史進の物語にあたる。つなぎともいうべき王進はともかく、史進の物語がどのような性格を持つかは問題である。ただ、さきにふれたように『宣和遺事』においては史進の來歷が不明であるように思われること、雜劇「還牢末」では史進が東平の下っ端衙役とされていること、しかも『水滸傳』自體においても第六十九回で史進は東平にいたことがあるとされていることからすれば、この部分における史進を陝西の豪農の子とする設定は孤立したものであるように思われる。『水滸傳』における史進が後半では失態ばかり演じて、前半とは別人のようであることも、「還牢末」における史進がはなはださえないキャラクターとなっている點と符合する。そして史進は『宣和遺事』において宋江が伴った名前の出ない四人もしくは五人の一人であった。おそらく『水滸傳』のこの部分も、新しく作られたのではなかろうか。(25)

第三回の後半から第七回の前半までは魯智深の物語である。この部分は、魯智深以外には史進・李忠・周通が登場するのみで、しかも第六回の瓦罐寺における史進には別段登場する必然性がなく、第五回の桃花山における周通も、パターン化した賊をこらしめる話（例えば『西遊記』における猪八戒登場の場面の如く）のやられ役にすぎず、これが周通でなければならない必然性はない。李忠も周通とセットで登場するだけの存在であり、しかもすぐ前の打鎮關西のくだりで出たばかりの李忠がここでもう山賊の親分になっているというのはいささか不自然で、登場人物の數を限定しようという意圖も見えるようである。

つまり、このくだりは魯智深を主人公とした獨立した物語の插入である可能性が高いものと思われる。事實、『宣和遺事』においても魯智深は來歷不明であった。『水滸傳』が『宣和遺事』に基づいているとすれば、史進の場合と同樣、その出身物語を用意する必要があったであろう。そしてその物語が史進の場合よりはるかに大規模であることは、新たな創作ではなく出來合のものを使用したことを思わせる。これらの諸事實と、『醉翁談錄』に「花和尙」の名が見えることを考え合わせれば、この部分は獨立した話本（この名稱の是非については議論があるが、本書ではとりあえず單發ものの講談の意味で使用しておく）「花和尙」に基づく可能性が高いのではないかと思われる。(26)

第七回後半から第十一回までは林冲の物語である。林冲は『宣和遺事』では花石綱のメンバーであった。ということは、當然ながらこの部分の物語は『宣和遺事』段階では存在しなかったことになる。しかも林冲は、『癸辛雜識』『七修類稿』に見える三十六人の名簿には名が見えない。つまり、ありえたかもしれない別系統の傳承にも林冲の物語は存在しなかったのである。これらの諸點から考えて、『水滸傳』の林冲物語は新しく創作されたものである可能性が高いことになろう。この點で興味深いのは、林冲の性格が二重のものになっていることである。

全體的に見れば、林冲は善良で愼み深い人物として描かれ、そうした人間が不條理にも破滅させられていくところにこそ『水滸傳』の深みがあるわけなのだが、よく見るとそれとは全く異なった林冲像が一部に認められる。第十回で酒屋の李小二は次のようにいう。「林教頭是箇性急的人、摸不着便要殺人放火（林教頭さんは氣の短いお人で、うまくいかないとすぐに人を殺したり火を付けたりしようとなさる）」。これが林冲を恩人として慕う男の林冲評價である。ところがここまで、林冲は陸謙の家をぶちこわしたりはするものの、妻に非禮を働こうとした高衙内に對しても、上司の子ということで手を出しかねて魯智深に批判されるような分別くさい男とされており、彼が「殺人放火」する場面など一つもない。更に第十回の終わりには、農民たちに焚き火にあたらせてもらっておきながら、彼らが酒を分けてくれないというだけの理由で林冲が突然暴れだし、百姓たちを追い拂った上で「老爺快活吃酒（俺様は樂しく飲ませてもらおう）」とうそぶく場面がある。この李逵さながらの行動は、「林冲の變貌を暗示する」(27)と指摘されているが、それにしても他の場面における林冲の性格からはあまりにかけ離れており、しかも先の李小二のせりふとは一致する。林冲の綽名「豹子頭」が張飛との類似を示唆することは、すでに指摘されている通りである(28)。林冲の第二の性格は張飛に近いものといえよう。一方、『水滸傳』に遲れて成立したものと思われる『寶劍記』などの演劇においては、林冲は粗暴さをぬぐい去られ、ひたすら善良・誠實な人間として描かれるようになる。元來張飛もどきであったはずの彼が、今日の演劇では、この場面については鬚なしの二枚目になっているのである。『水滸傳』の林冲は、この變化の過渡期にあたるものなのではなかろうか。つまり、元來粗暴な林冲の物語があり、それが知識人により洗練された悲劇的な物語に改められた。林冲物語はもともと安定していなかっただけに、改變を受けやすかったのではなかろうか。(29)

さて、第十二回になると楊志が登場する。そしてここで楊志の身の上話として、花石綱を運搬する十人の制使の一人であった楊志が途中で船を沈めてしまったことが語られ、更に、楊志が開封で傳家の寶刀を賣ろうとして、ごろつきの牛二にからまれて殺してしまう次第が續く。さきに述べたように、これらは『宣和遺事』では發端に置かれている物語である。つまり、『宣和遺事』の物語は、『水滸傳』では第十二回から始まるということになる。そしてこれ以降第二十二回までは、基本的に『宣和遺事』とほぼ同じ物語が續く。これはどう解釋すべきであろうか。

前々節で述べたように、太行山を排除するために花石綱物語は削られたものと思われる。しかしそのままでは、いきなり生辰綱から話が始まってしまって、話が單純になる上に、多くの豪傑の登場するきっかけが得られない。そこで生辰綱の前に、十一回にわたる發端の物語が置かれることになったのであろう。ではなぜ楊志が花石綱運搬に失敗したこと、刀を賣ろうとして人を殺してしまうことが語られねばならないのか。一つには花石綱物語の主役が楊志である以上、これ以外に彼の履歴がなかったためであろう。しかしもう一つ別の理由も想定可能である。それは次の第十三回との關わりの問題である。

第十三回においては、北京大名府に流された楊志が北京留守の梁中書に氣に入られ、練兵場で腕前を披露して管軍提轄使に任じられることが語られる。この物語は無論『宣和遺事』には含まれていない。ではいったいどこから來たのだろうか。ここで問題になるのが『醉翁談錄』に見える話本「青面獸」である。「青面獸」が楊志の綽名である以上、これは楊志の物語であったと考えてまず間違いあるまい。ではどのような內容のものだったのか。無論第十二回で語られているような內容であった可能性もある。その場合は『宣和遺事』も「青面獸」を踏まえているということになろう。

しかし、ここで問題になるのは『醉翁談錄』において「靑面獸」が置かれている位置である。「靑面獸」の名が見える『醉翁談錄』「小說開闢」では、百七の「小說」が八つのジャンルに分けて列擧されている。そして、同じく梁山泊物語と思われる「花和尙」「武行者」が「捍（桿）棒」というジャンルに含まれるのに對し、「靑面獸」のみは「朴刀」ジャンルに屬するとされる。この兩者にはどのような違いがあるのか。「桿棒」とは、棒のことであろう。一方「朴刀」は、長刀の柄をごく短くしたような武器である。そして兩者に含まれる物語を見ると、「朴刀」の方には「楊令公」の名が見える。これはいうまでもなく楊家將の初代楊繼業の物語であろう。おそらくその內容は、趙匡胤もしくは遼との合戰であろうと思われる。一方、「桿棒」のうち內容が推定できるものとしては「飛龍記」「攔路虎」「五郎爲僧」があげられる。「飛龍記」は、後に『飛龍全傳』にまとめられる宋の太祖趙匡胤の物語に違いない。そこでは趙匡胤は、確かに棒を主な武器として各地で惡人退治を重ねる。「攔路虎」は『淸平山堂話本』に見える「楊溫攔路虎傳」の物語であろう。主人公の楊溫は、やはり棒の達人で、奪われた妻を救い出そうと各地で試合を重ねる。「五郎爲僧」は、やはり楊家將中の楊五郎が出家する物語であろう。楊五郎も僧の常として、徒步で戰うことが多い。

つまり、おそらく武器の性格からいっても、「朴刀」が甲冑を着け、馬に乘って戰うような武人の物語であるのに對し、「桿棒」は平時に好漢が試合や決鬪を行う物語を主とするのではないかと思われる。「靑面獸」も「朴刀」に含まれる以上、刀を賣る話ではなく、馬上で戰う話なのではないか。だとすれば、『水滸傳』第十三回こそそれにふさわしいのではなかろうか。

この推定が正しいとすれば、「靑面獸」の話を取り込むために、楊志が流されるという展開が必要になったのではないかと思われる。惡役のはずの梁中書が非常に好意的な人物として描かれていることの不自然さなども、元來梁中書ならざる人物を長官とする獨立した物語が、人名だけを差し替えて使用されているとすれば説明可能になる（たとえば、『說唐』第七回におけるほとんど同じシチュエーションでは、秦叔寶を義理の叔父の羅藝が取り立てようとすることになっている。當然羅藝は善玉のキャラクターである）。

續く第十四回から第十六回までは生辰綱の物語。この部分は、人物に出入りがあることを除けばほとんど『宣和遺事』と變わらない。『水滸傳』成立の中核となったのは、この部分と續く宋江物語なのであろう。ただメンバーに變化が生じていることは問題にせざるをえない。具體的には、『宣和遺事』の燕靑と秦明が消え、替わって公孫勝と白勝が加わっているのである。地煞星の白勝はとりあえず檢討の對象から外すとして、あとの變更の理由は何であろうか。

二人が消えた原因の一つは數合わせであろう。『宣和遺事』の八人を北斗七星の數に合わせるためである。しかしそれなら一人減らすだけでよい。そこでもう一つの理由が浮上する。卽ち公孫勝の處理である。『宣和遺事』で名前の出ない四人の中に入っていた公孫勝は、『癸辛雜識』『七修類稿』にも見えない問題の人物であった。その彼に華々しい出番を提供するため生辰綱が用意されたのであろう。ではなぜ燕靑・秦明がはじきだされたのか。この點についてはしかとしたことはいえないが、もしかするとそれぞれ盧俊義・花榮という花石綱グループの人物とペアになった話が先に成立しかけていたのかもしれない。

第十七回は楊志と魯智深に一應のけりをつけるために插入されたものと見るのが妥當であろう。そして第十八回から第二十二回までは、第二十一回の閻婆惜殺しを頂點とする宋江物語であり、生辰綱同樣『宣和遺事』とほぼ同じ內容を持つ。つまり第十二回から第二十二回までは、第十三回・第十七回という楊志を處理するための二回を除いて、ほぼ『宣和遺事』に沿っていることになる。このことは、この部分が『宣和遺事』を引き繼ぐ『水滸傳』の中核をなす部分であること（宋江・晁蓋という二人の首領と、吳用という軍師役がすべて登場する點からもそのことは明らかであろう）を示すとともに、楊志の處理に極端に重點が置かれていることは、花石綱物語の削除がかなり無理に行われたことの名殘なのではないかと思われる。

第二十三回から第三十二回までは延々十回に及ぶ武松物語、いわゆる「武十回」である。武松は『宣和遺事』において名前の出なかった四人の一人であった。そこで彼の來歴が必要になったのであろう。その際に利用されたのは、おそらく『醉翁談錄』に見える話本「武行者」であった。というより、三十六人をそろえるため、獨立した話本の中から「武行者」が選ばれて、主人公武松が梁山泊に入ることになり、かなり遲れてその物語が插入されるに至ったのではなかろうか。それゆえ『宣和遺事』では、武松は名のみ見えて物語を持たなかったのかもしれない。『宣和遺事』のような簡略な敍述の中に「武行者」の物語を丸ごと含めることは困難だったのであろう。

實際この場面では、前後のつなぎの部分に宋江が登場するのを除けば、天罡星三十六人は一人も登場せず、非常に獨立性が高い。ただし、「武十回」がすべて「武行者」に由來しているかは問題である。武松の性格に一貫しないところがあるという指摘もつとになされているが(30)、それ以上に重要なのは、潘金蓮物語の獨自性であろう。特に第二十四回は、長さも極端に長く、次章で述べるように形式にも特徵がある。潘金蓮物語は別の來歴を持つ物語の插入である可能性も想定すべきであろう。

第三十三回から第三十五回までは清風山物語である。この部分で登場する天罡星は花榮と秦明であり、そして前者が花石綱十一人の一人、後者が『宣和遺事』では生辰綱に登場しながら『水滸傳』では人數外になってしまった人物であることはすでに述べた通りである。ということは、當然ながらこの部分の物語は『宣和遺事』には存在しなかったことになる。その點で興味深いのは、この部分で登場する黃信の扱いである。青州兵馬都監という高級軍人であった黃信は、その地位にふさわしく梁山泊入りしてからも第八位という阮氏三兄弟より上の地位に置かれる（第三十五回）。更に第四十一回では、彼は戴宗・李逵・李俊・穆弘・張横・張順より上位に座っている。ところが、いつの間にか彼の地位は低下し、最終的には地煞星の第二位にまで落ち込んでしまうのである。これは、彼が花榮・秦明の物語の成立に當たって生まれた人物であり、從って三十六人の數には入りえなかったことに由來するのではなかろうか。物語の都合上、梁山泊入りの當初では高い地位を與えないわけにはいかなかったものを、目立たないように少しずつ引き下げていったのであろう。

第三十六回から第四十一回までは、宋江の江州配流の物語である。ここで登場する天罡星は李俊・穆弘・張横・戴宗・李逵・張順の六人にのぼる。宋江の江州行きは、もとより『宣和遺事』には全く見えない話である。では後から完全に創作されたのかといえば、必ずしもそうではないらしい。すでに指摘されているように、雜劇「還牢末」に「因帶酒殺了娼妓閻婆惜、迭配江州牢城、路打梁山泊所過、有我結義哥哥晁蓋……（醉って娼妓閻婆惜を殺してしまいまして、江州牢城に流されることになりましたが、梁山泊を通りかかったところを、義理の兄の晁蓋が……）」（脈望館抄本による）とあるような敍述が幾つかの雜劇の白に見えるのである。(31) 雜劇の白の成立時期を確定することが困難である以上、これがどのような段階の梁山泊物語を反映したものであるかは定かではないが、ともあれ『水滸傳』成立以前に江州に配流される途中で宋江が救われるという設定が存在したことは間違いあるまい。それが『水滸傳』では、梁山泊は通るものの、宋江は仲間入りの誘いを斷って、實際に江州に赴くことになっている。これはなぜであろう。

『宣和遺事』では宋江は九人を伴って梁山泊に上ることになっていた。そのうち四人は問題の名前の見えない面々であるが、殘り五人は雷横・朱仝と李逵・戴宗・李海（李俊と同一人物と思われる）であり、かつ前の二人と後の三人の間には區別があるものと思われることはすでに述べた通りである。この後の三人が、『水滸傳』の江州物語で登場する六人のうち半分を占めている。そして彼らの來歴は述べられていない。殘り三人のうち穆弘は花石綱のメンバー、張横・張順は、これもすでに述べたように、『宣和遺事』における位置づけがはっきりしない人物である。『水滸傳』における江州物語は、彼ら『宣和遺事』からは來歴を讀みとることのできない人々に來歴を與えるために、宋江の閻婆惜殺しと李逵・戴宗・李俊の梁山泊入りの間に置かれた物語なのではなかろうか。

續く第四十二回は宋江が天書を受ける物語である。この話は『宣和遺事』にもあるが、位置が異なり、宋江の梁山泊入りの前に置かれている。『水滸傳』では宋江が官兵に追われる話が第三十五回と第四十二回の二度にわたって現れるが、これは元來第三十五回にあるべき天書を受ける話を後に移したために生じた重複であろう(32)。ではなぜ後に移す必要があったのか。宋江が一度官兵に捕らえられ、江州に流されなければならなかったからである。

そして、『宣和遺事』の物語は事實上ここで終わる。無論『宣和遺事』においても、この後魯智深・呼延綽・李横（張横）の梁山泊入りが語られ、特に呼延綽のそれは討伐軍の大將でありながら降伏するという點で『水滸傳』の呼延灼と重なるものがあるが、いずれも敍述は極めて簡略で細部は不明というほかない。その後の招安は更に簡單にふれられるだけであり、方臘討伐に至っては「後遣宋江收方臘有功、封節度使」と一言で片づけられ、豪傑の面々が討伐に參加して命を落とすことなど一切言及されていないのである。この點から見ても、すでに述べたように『宣和遺事』は梁山泊成立の物語であって、安定と崩壊は語られず、特に崩壊については物語自體存在しなかった可能性が高いものと思われる。

さて、前に假定したように『水滸傳』が『宣和遺事』に依據して成立したものであるとすれば、呼延灼が官軍の將として來襲することを唯一の例外として、これ以降はその原據を失うことになる。では、殘りの部分はどのようにして制作されたのであろうか。一つ考えられるのは、いうまでもないことだが新たに創作された可能性であり、もう一つは『宣和遺事』以外の原據の存在である。その點を頭に入れた上で、以下の部分について考えてみよう。

第四十三回は、いわゆる「李逵探母」の物語である。この話がなくてはならない必然性は認められず、獨立性が強いと思われるが、その來源は定かではない。ただ李逵の虎殺しが武松の虎殺しの燒き直しと思われる點からすると、その成立は比較的新しい可能性が高いであろう。

續く第四十四回から第四十六回までは、石秀と楊雄による潘巧雲殺しの物語である。石秀は『宣和遺事』におけるあの名前の見えない四人の一人、楊雄は花石綱のメンバーであった。こうした點から考えれば、この物語は新しく作られたものである可能性が高くなってこよう。事實その內容には、ヒロインの姓が同じであることを初めとして、潘金蓮物語と共通する點が多く、更に『水滸傳』には珍しく心理描寫を多く含むことなど、他とは性格を異にする要素を持っている。おそらくこの部分は、『水滸傳』の中でもかなり新しい層に屬するのではなかろうか。

第四十七回から第五十回までは「三打祝家莊」の物語である。この話は『宣和遺事』にこそ見えないものの、雜劇の白においては多く言及されており、しかも『水滸傳』では曾頭市で死ぬ晁蓋は、雜劇の世界では祝家莊で死ぬことになっていたらしい。このことは、宮崎市定氏がつとに指摘しておられるように(33)、元來祝家莊の話として語られていたものが、ほぼ同內容の曾頭市を增やすことにより、二つに分けて語られることとなったものであろう。從って、具體的な出自は不明ではあるが、祝家莊も古い來歷を持つものと思われる。ただし、この部分は『水滸傳』において梁山泊集團が初めて本格的な集團戰を行う場面であり、これ以前の豪傑銘々傳の結合ともいうべき部分とは本質的に性格を異にする點には注意が必要であろう。祝家莊物語の中では、石秀がわずかに個人的才幹を發揮することを除けば、豪傑がその個性を示す機會はほとんどないといっても過言ではない。ところが興味深いことに、その中に一つ全く異質な要素が含まれている。第四十九回の解珍・解寶の物語である。

第四十七・四十八回と祝家莊との戰いが語られる中に、突然吳用の言葉という枠組みを借りて、別の話が插入される。卽ち、罪なくして捕らえられた解珍・解寶兄弟を救うために、孫立・孫新兄弟と顧大嫂・樂和・鄒淵・鄒潤らが蜂起するという物語である。この解珍・解寶は、『宣和遺事』の三十六人の中には見えないが、『癸辛雜識』『七修類稿』には名前が出る。また孫立は、三種すべてに名が見えるにもかかわらず、なぜか『水滸傳』では地煞星とされている問題の人物である。そして彼は、『宣和遺事』では花石綱物語において楊志に次ぐ重要な地位を占めていた。ことの眞相は定かではないが、ともあれこの物語は『宣和遺事』とは全く別系統に屬するものであるか、もしくは別系統に屬する人物を導入するために創作されたものであるかのいずれかであろう。とすれば、前後の祝家莊の物語とはかなり異質のものであるに違いない。

以上見てみたように、『水滸傳』第四十六回までは、第十二回から第二十二回までと第四十二回の『宣和遺事』に依據する部分を中核とし、それに話本に由來する話や新たに創作したと思われる物語を付加して構成した、豪傑銘々傳の連續というべき體制をとっていた。次々と主役が入れ替わっていく「連環體」と呼ばれるスタイルは、こうした體制から必然的にもたらされたものであろう。そして追加されたと思われる物語の主人公が、花石綱のメンバーや來歴不明の四人といった『宣和遺事』ではその出自を知りえない人々であることは、『水滸傳』制作にあたって『宣和遺事』がその骨格として利用されたことを示しているように思われる。

第四十七回以降の祝家莊物語から、『水滸傳』は變質し始める。個人的豪傑の活躍から、集團としての梁山泊を描くように轉じるのである。この始まりが、『宣和遺事』の事實上の終わりとほぼ一致していることは興味深い。『宣和遺事』の梁山泊物語とは、個人的豪傑の活躍を描くものだったのである。常識的に考えて、任俠ものの講談とはそうしたものであろう。すると、祝家莊以下はかなり性格を異にすることになってくる。次に後半部について、大まかな見取り圖を描いてみることにしよう。

六

後半、第七十一回における勢揃いまでは、①第五十一回における雷橫・朱仝の物語、②第五十二回から第五十四回までの高廉の物語（第五十三回は羅眞人の物語）、③第五十五回から第五十七回までの呼延灼の物語（第五十六回は徐寧の物語）、④第五十八回における三山合流、⑤第五十九回における華山の物語、⑥第六十回における曾頭市の物語（その一）、⑦第六十一回から第六十六回までの盧俊義の物語（そのうち第六十四回は關勝、第六十五回は安道全の物語）、⑧第六十七回における水火二將の物語、⑨第六十八回における曾頭市の物語（その二）、⑩第六十九回における董平の物語、⑪第七十回における張清の物語ということになる。

つまり、①と⑤を除いて、羅眞人・徐寧や盧俊義物語の前半など多少の世話物的插話を含みつつも、大半は官軍・私軍との集團戰と、高廉を唯一の例外とする官軍の將の梁山泊入りを語る。そして②については柴進・公孫勝、③については徐寧、⑤については史進、⑦については盧俊義・燕靑・關勝、⑪については張淸と、いずれも花石綱のメンバー、もしくは例の出自不明の四人や生辰綱から除かれた二人に含まれる人物が主役格で登場する。また⑩の董平も、『宣和遺事』では捕り手という全く違った役回りを演じていた。④⑥⑨は多數の人物が一度に登場し、⑧は主役格に天罡星がいない。こうしてみると、この部分の中で『宣和遺事』と矛盾を來さない可能性があるのは①、即ち朱仝と雷橫の梁山泊入りを語る部分と、③の前半、即ち呼延灼の襲來を語る部分だけということになる。しかも『宣和遺事』に朱仝と雷橫は宋江とともに梁山泊に上ったとある以上、①も『宣和遺事』と完全に整合性を持つとはいいえない。逆にいうと、①及び③の前半以外は、『宣和遺事』が『水滸傳』に改められるに當たって捨てられた人物を拾い上げて利用した部分だということになる。その意味では第十一回までと似通うものがあるが、すべて集團戰となり、物語の様相が一變していることは、前述した通りである。もとになったと思われる話本なども無論存在しない。この部分は、部位により差こそあれ、基本的には前半の續き、梁山泊集團完成の部分として創作された可能性が高いのではなかろうか。

これ以降は、既述のように第七十三・七十四回に元雜劇由來かと思われる插話があること、第九十回に征遼と方臘のつなぎとして、やはり元雜劇に取り上げられていた「燕青射雁」が置かれていること、[34]そして第百回が獨立した結びであることを除けば、第七十二回及び第七十五〜八十二回の招安物語、第八十三回から第八十九回までの征遼物語、第九十一回から第九十九回までの方臘討伐物語と、三つの大きいグループから構成されている。一つの物語の占める紙幅が長くなっていることは、一つの素材を水增しして用いたことのあらわれであろう。事實、この部分が冗長で精彩に缺けることは定評のあるところである。この點から考えると、さきに推定したように最後の部分は梁山泊の崩壞を語るべく、ある作者が創作したものである可能性が高いのではなかろうか。ただし、これは三つの部分を一人が創作したという意味ではない。かねてより後の插入か否かが議論の的となっている征遼物語が、例えば方臘物語と同一人物によって書かれたものかは、もとより疑問である。

以上、『宣和遺事』をはじめとする先行文獻との關係から、『水滸傳』の成立過程について考えてみた。しかし、一見して明らかなように、結局のところこの手法では、最終的には論者の解釋が入らないわけにはいかず、どうしても客觀性に缺けることとならざるをえない憾みがある。ではどのようにして客觀性を獲得すればよいのか。

そこで次章では、主觀の入る餘地が少ないと思われる手法を用いて容與堂本本文を解析することにより、『水滸傳』成立史について考えてみたい。その手法とは、具體的には使用語彙と、白話小說特有のテクニカルタームの分析である。

注

（1）容與堂本のテキストとしては、『古本小說集成』（上海古籍出版社）所收の北京圖書館所藏本の影印を用いる。

（2）施耐庵の家譜なるものを示す江蘇省社會科學院文學研究所編『施耐庵研究』（江蘇古籍出版社一九八四）などはその顯著な一例といえよう。この點については高島俊男『水滸傳の世界』（大修館一九八七、ちくま學藝文庫二〇〇一）「十一　誰が水滸傳を書いたか」に適切な要約がある。

（3）宮崎市定『水滸傳――虛構の中の史實』（中公新書一九七二、後に『宮崎市定全集』第十二卷（岩波書店一九九二）に收錄）「まえがき」には「百回本の成立はおそらく明代も末に近くなって、嘉靖年間（一五二二―一五六六）、或いはそれ以後と思われる」とし、同書「戴宗と李逵」では第六十九回のモデルとなったと思われる事件が萬曆二十（一五九二）年に發生していることから、百回本の成立をその後間もない時期と見る。

（4）島田虔次『中國における近代思惟の挫折』（筑摩書房一九七〇、二〇〇三年に平凡社東洋文庫より井上進の補注を付して二分册で刋行）「第三章　李卓吾」一八〇頁以下・『朱子學と陽明學』（岩波新書一九六七）「儒教の叛逆者・李贄（卓吾）」一七一頁以下。

（5）入矢義高『明代詩文』（筑摩書房一九七八、二〇〇七年に平凡社東洋文庫より增補版を刋行）「擬古主義の陰翳――李夢陽と何景明の場合」。

（6）高島前揭書「五　人の殺しかたについて」は、魯智深と武松の殺人について對比的に詳しく述べており、以下の論旨と重なる點が多い。

（7）注（6）に引いた論考は、鴛鴦樓について「無鐵砲でいきあたりばったり」と評價する。

（8）『古本小說集成』所收のテキストは「武松兄」となっているが、『明淸善本小說叢刋』所收の容與堂本（內閣文庫本であろう）は一字分のスペースに「兄弟」の二字を詰め込んでいる。他のテキストは「兄弟」に作る。

(9) 佐藤錬太郎「李卓吾評『忠義水滸傳』について」(『東方學』第七十一輯(一九九六年一月))。

(10) 『水滸傳』及び李卓吾批評における「忠義」が「損得や結果にこだわらず、わが身の犧牲を顧みず、甚しくはわが身を捨てて、他人のために力を盡くすこと」という意味を持つことについては、笠井直美「隱蔽されたもう一つの忠義――『水滸傳』の忠義をめぐる論議に關する一視點――」(『日本中國學會報』第四十四集(一九九二年十月))に詳しい。

(11) 岸本美緒『明淸交替と江南社會――十七世紀中國の秩序問題』(東京大學出版會一九九九)第一章「明末淸初の地方社會と世論」・第三章「明末社會と陽明學」。

(12) 中鉢雅量『中國小說史硏究――水滸傳を中心として――』(汲古書院一九九六)「第五章　金聖嘆の水滸傳觀」注(10)に金聖歎による本文書き換えの詳しい分析がある。

(13) 例えば佐竹靖彥『梁山泊』(中公新書一九九二)は明初、大塚秀高「水滸說話について――『宣和遺事』を端緒として」(『中國古典小說硏究動態』第二號(一九八八年十月))は元初の成立とする。

(14) 小松謙『中國古典演劇硏究』(汲古書院二〇〇一)「Ⅱ　明代における元雜劇」の各章。

(15) 以下、梁山泊物の雜劇については、詳しくは小松謙「水滸雜劇の世界――『水滸傳』成立以前の梁山泊物語」(『『水滸傳』の衝擊　東アジアにおける言語接觸と文化受容』(『アジア遊學』一三一　勉誠出版二〇一〇年三月)を參照。

(16) 笠井直美「「義賊」の誕生――雜劇『水滸』から小說『水滸』へ」(『東洋文化』第七十一號(東京大學東洋文化硏究所一九九〇年十二月))など。

(17) 單にジャンルの違いだけではなく、傳承地域の違いも考慮せねばならない。具體的には、金の領域と南宋の領域において異なった梁山泊傳承が存在し、それがそれぞれ雜劇と『宣和遺事』に反映されているのではないかということである。この點については、著者の近稿「梁山泊物語の成立について――『水滸傳』成立前史――」(『中國文學報』第七十九册(二〇一〇年四月))で論じている。

(18) 高島前揭書「三　副將盧俊義」にこの點に關する詳しい分析がある。

(19) 小松謙『中國歷史小說硏究』(汲古書院二〇〇一)第一章「『列國志傳』の成立と展開――『全相平話』と歷史書の結合體

――」。

(20) この點に關しては注（13）所引の大塚論文に詳しい考證がある。

(21) 王利器「『水滸全傳』是怎樣纂修的」（『耐雪堂集』〔中國社會科學出版社一九八六〕所收）・高島前掲書「十　講釋から芝居まで」など。

(22) この點について注（13）所引の大塚論文は「宋江グループが急遽員數合わせされた、その多くが固有舊來の説話を持たぬグループ」であることを示唆するとする。

(23) この部分に「新話説張韓劉岳」と見え、これが南宋のいわゆる「南渡四將」つまり張俊・韓世忠・劉錡・岳飛のことである點からすると、これは南宋の瓦市における講釋の狀況を反映したものである可能性が高いものと思われる。

(24) 大塚秀高『中國小説史への視點』（放送大學教育振興會一九八七）「7　短篇小説だった水滸傳」「梁山にのぼれなかった好漢たち」。

(25) 注（13）所引の大塚論文も史進の出自について「原『水滸傳』の編者により新たに付與されたに相違ない」とする。

(26) 注（13）所引の大塚論文はこの部分を「花和尚」に由來するとして、大膽な假説を展開する。

(27) 高島前掲書「五　人の殺しかた」。

(28) 王利器「『水滸』英雄的綽號」（『耐雪堂集』〔中國社會科學出版社一九八六〕所收）など。

(29) 注（13）所引の大塚前掲論文は、多少異なった觀點から林冲物語について、「こうした部分が百回本成立時に、その編者により加筆された部分であることを暗示するかに見える」とする。

(30) 高島前掲書「九　武松の十回」。

(31) 高島前掲書「十　講釋から芝居まで」など。

(32) 宮崎市定「水滸傳的傷痕――現行本成立過程の分析――」（『東方學』第六輯〔一九六七年六月〕、『全集』第十二巻所收）。

(33) 注（32）に同じ。

(34) 『錄鬼簿』『太和正音譜』の李文蔚の項に「燕青射雁」が著録されているが、今には傳わらない。

第二章　『水滸傳』成立考

——語彙・テクニカルタームからのアプローチ——

（本章は高野陽子との共著である）

前章においては、『大宋宣和遺事』との關係などを手がかりにして、內容の分析により容與堂本『水滸傳』の成立過程について一つの假說を示した。しかしさきにも記したように、こうした手法では、事柄の解釋が主となる結果、主觀的な性格が強くなることは避けがたい。そこで本章では、相當程度の客觀性を期待しうる手法、卽ち語彙とテクニカルタームの分析により、前章で示した假說の再檢討を試みる。

具體的な分析に入る前に、本章の成立過程について述べておきたい。この論考の基礎となったのは、高野が二〇〇一年一月京都府立大學文學研究科に提出した修士論文「『水滸傳』の語彙調查」である。大學院において高野の指導に當たっていた小松は、この論文の價値に着目し、かねてから自身が構想していたテクニカルタームから見る小說の語り分析の手法をあわせ用いることにより、より明快に『水滸傳』の成立過程を跡づけることができるのではないかと考えて、高野と共著で一つの論文にまとめることにした。ただ、ある程度成立過程についての見通しを持たずに分析を行うことは困難であるとの判斷のもとに、まず小松が內容面から成立過程についての假說を立てることにした。それが前章である。

以上述べたように、本章は高野の論考から出發したものであり、以下の本文からも明らかなように、中心をなすのは高野による調査であって、小松の行ったことは従の位置を占めるに過ぎない。ただし、最終的な本文のまとめは小松が行ったが、これは單に論文執筆に熟練しているというだけの理由によるものである。従って、本章の第一著者が高野であること、ただし表現・論述などに不都合がある場合は小松に責を歸すべきものであることを言明しておく。

一

最初に語彙についての調査結果を示したい。[1] 調査の手法は以下の通りである。

まず容與堂本『水滸傳』について鍵となる語を設定し、その使用状況について調査を行った。取り上げた語彙は、

①人稱代名詞（一人稱）
②副詞的・形容詞的に機能する近稱の指示詞（日本語の「こんな」に概ね該當する單語。以下「こんな」と略稱）
③疑問詞
④「兀」のつく言葉

以上の四種類である。他にも多くの語彙を調査したが、最終的に『水滸傳』の成立を考える上で特に興味深い結果が導き出されたこの四種類に絞ることにした。調査對象とした語彙は、具體的には以下の通りである。

①人稱代名詞（表①）
「我們」「我等」「俺」「俺等」「老爺」「小可」「在下」「吾」「汝」「爾」「自家」「咱」「我毎」「偺」

特に第七十一回までの「俺」の用法については、表②で詳しく分析を加えた。
②「こんな」（表③）

「這般」「這等」「這様」「恁地（的）」「恁般」「恁麼」
③疑問詞（表④）
「怎地（的）」「怎生」「做甚麼」「怎麼」

總覽の他、「怎地」（表⑤）「怎的」（表⑥）「怎生」（表⑦）「做甚麼」（表⑧）「怎麼」（表⑨）それぞれについて詳しく分析を加えた。
④「兀」のつく言葉（表⑩）
「兀自」「兀是」「兀的」「兀那」「兀誰」

更に、表①③④⑩については、百二十回本の增補部分二十回分（ただし容與堂本と重複する部分を除く）における用例數をも付け加えた。表の網掛けの部分がそれにあたる。

調査結果は次の通りである。(2)

表① 人稱代名詞

	我們	我等	俺	俺們	俺等	老爺	小可	在下	吾	汝	爾	自家	咱	我每	恁
1			6							1					
2	7	2	11							1					
3	2	1	11						1	3					
4	4	2	18							1					
5	4	1	18							1					
6	7	1	8												
7	7	2	5	2											
8	2	1	5			1									
9	6	1	12	1			6								
10	5	1	1			1									
11	4		1	1								1			
12			7				2								
13	2									1		1			
14	4						1								
15	19	2													
16	20	6	10						1						
17	8	2	20	2								1	1		
18	12	4							2						
19	9	9	3	1		3	7								
20	7	2	1	1			1			1					
21															
22	8						2								
23	6		1			1									
24	1														
25	2														
26	1														
27	3	1	1												
28	5	1				2									
29	2														
30	4					1									
31	4					1									
32	5	1				3		2							
33	1		1					2	1						
34			1												
35	6	4	1			5	1			1					
36	9	1	2	1			3	1				1	2☆		
37	23		6	1		6	4								
38	4			2		3	4								
39	7		4				6								
40	8	1	1	1											
41	5	3	3			1	6					1			
42	8	2					2		2	6					
43	5		1			4									
44	4	1					8								

	我們	我等	俺	俺們	俺等	老爺	小可	在下	吾	汝	爾	自家	咱	我每	恁
45	2											1			
46	9					1									
47	7	2	4			2	1								
48	2	1	5	1											
49	10	1													
50	3	1	1				2								
51	9	1	1				1								
52	2	1	1				1								
53	2	1				2	12		3	3					
54	1					1	1		3	3		1			
55		2	1				2		2						
56	3			1			3								
57	2		9	3											
58		1	6	2			4		4	1					
59		2	5	1		1				1					
60	4	6	2				3								
61	1		4				1	3							
62	10	1	1	1	1	5	5	2						(1)	
63		1	1			1			2						
64	1	7	2				1		5	3					
65	1	1	1						1						
66			1					1							
67	1	2	1			5	1	1	1	2					
68	1	1	3							1	1				
69	4								2	1					
70	1	2							1						
71		2	1												
72	2		1					4		1					
73	3		4	2		2								1	1們
74	1														
75	2	1		2		1			1					1	1每
76									2						
77		1							4	1					1
78		1							2						1
79	1								1						
80	1	2	1						1	2					
81	1	1	6					2		1					
82	1	4	2		1		2			9					
83	1	4	9	1					1	2	3				
84	1		8	1					3	1					
85	2	6	20	1					2	6			1		
86			11	3					1	2					
87			14	1					12	3			1		
88		2	7						3	9			1		
89		1	5	2	2				2	12	3				

	我們	我等	俺	俺們	俺等	老爺	小可	在下	吾	汝	爾	自家	咱	我毎	恁
90	2	9	4						10	6					
90			2				1								
91		3	4	1								1			
92		1	3					1						3	
93	1		2						1	5					
94		1	2												
95		1	2			1				1					
96			3							2					
97		1	2							1				1	
98										6					
99			1	1					3	1					
100										1					
101			1											1	
102			4				3	2						4	
103			3										1		
104			6			1		5	1						
105			2												
106			1											1	
107			3						1						
108		2	3							1				6	
109				1							1		1	1	
110															
91	2	1							3						
92		3	6						2	3					
93	4	4	5	1					1	1					
94	5	3							2	1					
95	2	4	1												
96	1								1						
97		3							2						
98		5	1		1				3	5					
99		1	10						10	2					
100	1	5								1					

「俺」には「俺家」も含まれている。第36回の☆は2例とも「咱家」。第62回の「我毎」に（1）とあるのは「我弟兄毎」という形で用いられている事例。

表②　俺

	單數		複數		
	非所有格	所有格	非所有格	所有格	
1	6				
2	4	2		4	俺家　あり
3	1			1	
4					
5					
6			(1)		
7	1		1		俺們　あり
8			5		
9		1	3	1	俺們　あり
10			1		
11					俺們　あり
12				1	
13					
14					
15					
16					
17					俺們　あり
18					
19			1	2	俺們　あり
20			1		俺們　あり
21					
22					
23				1	
24					
25					
26					
27				1	
28					
29					
30					
31					
32					
33	1				
34	1				
35				1	
36	1	1			俺們　あり
37	2	4			俺們　あり
38					俺們　あり
39			1	3	
40				1	俺們　あり
41			3		
42					
43		1			

	單數		複數		
	非所有格	所有格	非所有格	所有格	
44					
45					
46					
47			1	2	俺家　あり
48	2			2	俺們　あり
49					
50				1	
51	1				
52				1	
53					
54					
55			1		
56					俺們　あり
57				2	俺們　あり
58					俺們　あり
59	1			1	俺們　あり
60				2	
61				2	
62				1	俺們・俺等あり
63				1	
64			1	1	
65				1	
66				1	
67				1	
68				3	
69					
70					
71					

數値は單獨の用例のみ。また魯智深・楊志の用例は除く。第6回に（1）とあるのは、魯智深のセリフではあるが、「俺二人」と明らかに一人稱複數である事例。

表③ 「こんな」

	這般	這等	這樣	恁地	恁的	恁麼	恁般
1	4	2		1			
2	2		2	3			
3		1		2			
4	2	3		3			
5	1			1			
6		1		1			
7	2				2		
8	2				1		
9	1			1			
10		1		1	1		
11	2			2			
12		1		1			
13	2	2					
14		1					
15	7	5		2			
16	10			3			
17	6	2		1			
18	1	3		3			
19	2	3		1			
20	2	1					
21	5	3		8			
22	5						
23	3			2			
24	18	11	1	13		1	
25	4	2		1			
26	5			2			
27		1		3			
28	5	2		3			
29	1			5		1	
30	2	3		3			
31	1	4		2			
32	1	1		2			
33		2		2	1		
34	2			1			
35	2	4		1			
36		3		3		1	
37	2			3	1		
38		1		3	1	3	
39	4	2		1			
40	1		1	2			
41	2	3					1
42	2			1			
43				1	1		
44	1	1		1			

	這般	這等	這樣	恁地	恁的	恁麼	恁般
45	2	7		4	3		
46	3	2		2			
47		2		3			
48							
49	1	5					
50		1					
51	1	1		1	1		
52				1			1
53	5	1		2	2☆		
54	1				1		
55	2			1	1		
56	2			3			
57	3			1			
58	1	1				1	
59							
60				1			
61	2	1		1			
62	5	1		1			1
63	1	3					
64	1						
65	2						
66	2						
67		3					
68							
69	2	1					
70		1					
71	1						
72	1						
73	1	4		1			
74	4						
75	1	1					
76		1					
77							
78		1					
79							
80		1					
81		1		2			
82							
83	1	1					
84	1	1		1			
85							
86	1						
87		2		1	1		
88				1			
89							

	這般	這等	這樣	恁地	恁的	恁麼	恁般
90		1					
90				2			1
91	2		1				1
92							1
93			1	1			6
94							2
95							2
96	1						
97							1
98							1
99							2
100							1
101	1						
102		1					2
103	1						4
104			1				7
105							1
106							
107							1
108							2
109	1						1
91							
92							
93	3			1			
94							
95				1			
96							
97							
98	1						
99	2	2		1			
100		1					

第53回☆　　2例のうち1例は「恁的般」

表④ 疑問詞（總覽）

	怎地	怎的	怎生	做甚麼	怎麼		怎地	怎的	怎生	做甚麼	怎麼
1	1		2			32	8			1	
2	2		3	1		33	1	2	1	2	
3			3			34	2		1		
4	3			1		35	1		3		
5	1		1	1	1	36	4		1	1	
6	1	1				37	5		2	2	
7	1	1	2	1		38	5		1		
8	1	3				39	6		4		
9				1		40	3		2		
10	1		1		1	41	2				
11		2		1		42	4		1		
12	4			2		43	2	2	2	3	
13			4	1		44			3	1	1
14	1	1				45	2	4	1	3	1
15	3			2		46	9	1	2	2	2
16	4			2		47	7		1	2	1
17	8			2		48	1	1	3		2
18	4		3	1		49	5		1		
19	3		1	1		50	2				
20	1	1	2			51	2	2		1	
21	10			9		52	2		1	1	
22	1					53	2	1	1		1
23	6	1	1	2		54			4		
24	19			6		55	1		1		
25	6			3	1	56	5				
26	12	1	1	1	1	57	3		4		
27	3					58	1				
28	11			1	1	59	2		1		
29	4					60	3				
30	1					61	2		3	1	
31	3			1		62	7		1		

	怎地	怎的	怎生	做甚麼	怎麼
63	2		2		
64	1		5		
65	1		1		
66	2		1		
67	2		5		
68			2		
69	1		1	2	
70	1		5		
71	1				
72	1				
73	5		1	2	
74	5		1		
75	2				
76			22		
77				1	
78	2				
79	1		1		
80	1		2		
81	1		3	1	
82					
83	1		3		
84	1		3		
85			1	1	
86			4		
87			4		
88			13		
89	1				
90	2				
90					

	怎地	怎的	怎生	做甚麼	怎麼
91			1		
92	1				
93					
94			1		
95	1				1
96					
97			1		
98			1		2
99					1
100					
101					
102				1	
103		1		1	
104					3
105					1
106					1
107			1		2
108					1
109					1
110					
91	1		1		
92					
93				1	
94	1				
95			1		
96	1				
97	1		2		
98			2		
99	1		1		
100	1	1			

表⑤　疑問詞　　怎地

	なぜ	なぜ（反語）	どのように	回末	文末	どうする（動）	どんな	どんな（詩）	どうしたらいい	どうしてか（目）	依頼	どのようか	どんなこと	どういうもの	どうなる	その他	計
1	1																1
2		1		1													2
3																	
4					1						2						3
5	1																1
6						1											1
7		1															1
8		1															1
9																	
10									1								1
11																	
12	1				1				1							1	4
13																	
14	1																1
15	1		1							1							3
16		2	2														4
17	1	2			2				2		1						8
18	2		1						1								4
19	2											1					3
20	1																1
21	3		1	1		3			1	1							10
22		1															1
23	1	2	1		1							1					6
24	10	1	1							3							15
25	3					2			1								6
26	6		2		1	1	1			1							12
27	2	1															3

28	2	1	4		2	1				1							11
29		2				1					1						4
30				1													1
31	2		1														3
32	5		1					1			1						8
33				1													1
34		1		1													2
35				1													1
36	3		1														4
37			2			1								2			5
38	1			1	1	1									1		5
39	1					2	1		1				1				6
40			1	1					1								3
41						1					1						2
42	2				1	1											4
43		1	1														2
44																	
45			1	1													2
46	3	1	4			1											9
47	3			1	2						1						7
48									1								1
49		3				1			1								5
50			1												1		2
51	1								1								2
52	1														1		2
53		1		1													2
54																	
55			1														1
56	1		1	1		2											5
57				1					1							1	3
58		1															1

	なぜ	なぜ(反語)	どのように	回末	文末	どうする(動)	どんな	どんな(詩)	どうしたらいい	どうしてか(目)	依頼	どのようか	どんなこと	どういうもの	どうなる	その他	計
59		1					1										2
60	1			1									1				3
61	1							1									2
62	2	1		1		2					1						7
63		1		1													2
64	1																1
65											1						1
66	1			1													2
67		1			1												2
68																	
69						1											1
70		1															1
71				1													1
72				1													1
73	1	2							1					1			5
74	1	2		1	1												5
75				1					1								2
76																	
77																	
78			1	1													2
79				1													1
80				1													1
81					1												1
82																	
83							1										1
84		1															1
85																	
86																	
87																	

88																	
89				1													1
90				1												1	2
91			1														1
92																	
93																	
94				1													1
95																	
96				1													1
97				1													1
98																	
99														1			1
100	1																1

（動）は動詞的用法（例えば「待要怎地」〔どうするつもりか〕）。（詩）は詩を導く際に用いられる事例、具體的には「不知怎地」。以下の表においても同斷。

表⑥ 疑問詞 怎的

	なぜ	なぜ（反語）	どのように	回末	文末	どうする（動）	どんな	どんな（詩）	どうしたらいい	どうしてか（目）	依頼	どのようか	どんなこと	どういうもの	どうなる	その他	計
1																	
2																	
3																	
4																	
5																	
6				1													1
7										1							1
8		1	1										1				3
9																	
10																	
11						1			1								2
12																	
13																	
14	1																1
15																	
16																	
17																	
18																	
19																	
20	1																1
21																	
22																	
23	1																1
24																	
25																	
26						1											1
27																	

28																	
29																	
30																	
31																	
32																	
33			1			1											2
34																	
35																	
36																	
37																	
38																	
39																	
40																	
41																	
42																	
43	1	1															2
44																	
45		1			1	1						1					4
46	1																1
47																	
48																1	1
49																	
50																	
51						1									1		2
52																	
53	1																1
100									1								1

第54～99回は用例が皆無のため省略した。

表⑦　疑問詞　　怎生

	なぜ	なぜ（反語）	どのように	回末	文末	どうする（動）	どんな	どんな（詩）	どうしたらいい	どうしてか（目）	依頼	どのようか	どんなこと	どういうもの	どうなる	その他	計
1		1							1								2
2									3								3
3								1	2								3
4																	
5								1									1
6																	
7								1	1								2
8																	
9																	
10			1														1
11																	
12																	
13		1					1	2									4
14																	
15																	
16																	
17																	
18				1				1	1								3
19									1								1
20									2								2
21																	
22																	
23			1														1
24																	
25																	
26			1														1
27																	

28																	
29																	
30																	
31																	
32			1					1			1						3
33								1									1
34			1														1
35								3									3
36								1									1
37								1	1								2
38			1														1
39				1				3									4
40			2														2
41																	
42									1								1
43			1						1								2
44		1						2									3
45		1															1
46			2														2
47								1									1
48								2	1								3
49									1								1
50																	
51																	
52								1									1
53			1														1
54								4									4
55								1									1
56																	
57								3							1		4
58																	

	なぜ	なぜ（反語）	どのように	回末	文末	どうする（動）	どんな	どんな（詩）	どうしたらいい	どうしてか（目）	依頼	どのようか	どんなこと	どういうもの	どうなる	その他	計
59		1															1
60																	
61	1							2									3
62								1									1
63								2									2
64			1					4									5
65									1								1
66	1																1
67	1							4									5
68								2									2
69											1						1
70		4						1									5
71																	
72																	
73	1																1
74								1									1
75																	
76								22									22
77																	
78																	
79								1									1
80								2									2
81			1	1					1								3
82																	
83				1				1	1								3
84			1						2								3
85	1																1
86	1		1	1				1									4
87	1							2					1				4

88			1	1				9☆	2								13
89																	
90																	
91			1														1
92																	
93																	
94																	
95								1									1
96																	
97								2									2
98		1						1									2
99								1									1
100																	

第88回☆　一般に詩詞は段落を分けて書かれるが、ここではそのような體裁を持っていない。しかし「怎生打扮」で後ろに「5・5・5・5・7・7・7・7」や「8・8・7・7」「6・7・6・7・8・8」などのリズムを持った詩詞らしきものが續くので、この分類に入れた。

表⑨　怎麽

	理由	手段	その他
1			
2			
3			
4			
5	1		
6			
7			
8			
9			
10			怎麽的
11			
12			
23			
24			
25	1		
26	1		
27			
28		1	
29			
30			
31			
32			
43			
44	1		
45			怎麽地
46	1	1	
47			怎麽地
48	2		
49			
50			
51			
52			
53			怎麽好

用例が皆無の部分は省略した。

表⑧　做甚麽

	前		文末		前		文末		前		文末
	疑	反			疑	反			疑	反	
1				32			1	63			
2			1	33			2	64			
3				34				65			
4		1		35				66			
5	1			36			1	67			
6				37	1		1	68			
7	1			38				69			2
8				39				70			
9			1	40				71			
10				41				72			
11			1	42				73			2
12			2	43			3	74			
13			1	44			1	75			
14				45	1		2	76			
15			2	46			2	77			1
16	1		1	47			2	78			
17			2	48				79			
18			1	49				80			
19			1	50				81	1		
20				51	1			82			
21	5		4	52			1	83			
22				53				84			
23			2	54				85			1
24	2	2	2	55				86			
25	3			56				87			
26			1	57				88			
27				58				89			
28			1	59				90			
29				60				91			
30				61			1	92			
31			1	62				93			1

「前」とは動詞の前に位置しているということ。
第94回以降は用例が皆無のため省略した。

表⑩　兀のつくことば

	兀自	兀是	兀的	兀那	兀誰		兀自	兀是	兀的	兀那	兀誰
1	1					45	2				
2						46	1				
3	1					47					
4	2			2		48				1	
5				1		49					
6	1			1		50					
7				1		51					
8						52	1				
9						53	1				
10						54					
11			1			55					
12	1					56	1				
13						57					
14			1	1		58	1				
15						59					
16	3		1			60					
17				3		61	1				
18	3				1	62					
19	1			1		63					
20						64					
21	2				1	65					
22					1	66					
23	2			1		67					
24					2	68	1				
25	1				1	69					
26				1		70					
27				1		71	1				
28						72					
29	1					73	3				
30	1					74					
31	2					75	1				
32				1		76					
33	2			1		77	1				
34	3					78					
35	1			1		79					
36	1			1		80	2				
37				1	2	81					
38	2				1	82					
39	3				1	83	1			1	
40	1					84					
41						85					
42	1		1	1		86					
43						87					
44	1		1	1		88					

	兀自	兀是	兀的	兀那	兀誰
89					
90	1				
90				1	
91		1			
92					
93		4		1	
94	1	2			
95		3			
96		1			
97					
98		4			
99		1			
100					
101		1			
102		2			
103		2			

	兀自	兀是	兀的	兀那	兀誰
104		2			
105					
106					
107					
108					
109		1		2	
110					
91					
92					
93					
94					
95					
96	1				
97	1				
98					
99					
100					

二

次に、『水滸傳』本文における「語り」を示す指標となりうるようなテクニカルターム、乃至はそれに準ずるものについて調査を行った。具體的には、以下の四つを對象とする。

①但見

通常は情景・武裝・戰闘などを描寫する四六形式の美文の前に置かれるが、時として詩の前に置かれることもある。小川環樹氏の説では、變文等の繪解きにおいて、繪を見せたことに由來する表現だという。(3)「只見」「則見」といった形を取ることもあるが、『水滸傳』においてはそれぞれ四例と一例のみで、他はすべて「但見」である。

②正是

成語もしくは成語的な詩句を引く前に用いられる。演劇で頻用されるテクニカルタームである。ただしここでは、後にふれるような各回の末尾において詩を引く際に用いられる事例は除外する。

③有詩爲證

文中で詩を引用する前に置かれる言葉である。詞を引用する場合には「有詞爲證」「有～詞爲證」といった形態を取る。この言葉については小松の研究があり、(4) 元來は說唱に特徴的に用いられたテクニカルタームだったのではないかと推定される。

④語り手による詩詞

これは特定のテクニカルタームがあるというわけではない。はなはだ曖昧な定義にならざるをえないが、上記の三つの言葉を使用することなく、假想されている物語の語り手が、物語外の立場から聞き手に傳えるという形で詩詞が插入されているケースである。具體的には、「昔有～單說～」「有四句詩單題着～好處」といった言い回しで、多く古人（場合によっては蘇東坡・吳七郡王など作者名が明示される）の詩の引用という形式を取るが、「書會」「老郎」といった藝能關係者が詩の作者であるとされる事例もある。

以上の四點について、容與堂本全體について調査を行った結果が、表⑪である。なお、「はじまり」は各回のでだしに置かれた韻文の種類、「0」は前置きなしに詩を插入している事例である。

表⑪ 容與堂本水滸傳語彙

	はじまり	但見	正是	只見	有詩爲證	有～爲證	0	詩曰	その他語り手による詩詞	語り手總數
1	詩曰	7	1	1						
2	詩曰	6					1			1
3	詩曰	4			1				作一篇醉歌行、～道是	1
4	詩曰	6			1					
5	詩曰	5								
6	詩曰	7								
7	詩曰	2		1						
8	詩曰	4								
9	鷓鴣天	6								
10	詩曰	2			2	1			古時有箇書生、做了一箇詞～	1
11	詩曰	3	1		1		1			1
12	詩曰	3			2					
13	詩曰	9								
14	詩曰	2	1						曾有一首臨江仙、贊吳用的好處	1
15	詩曰	6	1		1					
16	鷓鴣天	2							昔日吳七郡王有八句詩道／古人有八句詩道	2
17	詩曰	1	2		1					
18	詩曰	1	1		1				曾有一首臨江仙、讚宋江好處	1
19	詩曰	2	1					1		1
20	詩曰		1		2					
21	古風	2	3		2					
22	詩曰	2			1					
23	詩曰	2	1		1					
24	詩曰	2	2		13		1			1
25	詩曰				1		1			1
26	詩曰	1	1							
27	詩曰	3					1			1
28	詩曰						1			1

29	詩曰	3					1			1
30	詩曰	2	2		3					
31	詩曰	3	2		2					
32	詩曰	7	1						詞寄浣溪沙、單題別意	1
33	詩曰	4	1							
34	詩曰	3								
35	詩曰	5	1							
36	詩曰	1	2		1					
37	詩曰	5	1		1					
38	詩曰	5			2			1		1
39	詩曰	2			2	1		3		3
40	詩曰	1	1		2					
41	念奴嬌	2			6				昔日參寥子有首詩、題這江景、道是	1
42	詩曰	4			2					
43	詩曰	2			6					
44	詩曰	4			4	1				
45	偈曰	2	1		4				和尚們還有四句言語、道是／自古說這禿子道	2
46	詩曰	2	2		1				薊州城裡有些好事的子弟們～做成一隻曲兒來、道是／薊州城裡書會們～又做了這隻臨江仙詞、教唱道	2
47	詩曰		1		2	1				
48	詩曰	3								1
49	西江月	1	1		5		1		曾有一篇臨江仙、單道着解珍的好處／也有一篇西江月、單道着解寶的好處	3
50	格言曰	1								
51	詩曰	2	1		3					
52	詩曰	3			1					
53	詩曰	5			9				有四句詩、單說李逵詩曰	1
54	詩曰	1	2		2				有四句詩、單題着湯隆好處	1
55	詩曰	2			2	1			端的是（但見）／曾有四句詩、讚凌振的好處	2
56	詩曰	1	1		4					
57	詩曰		2		6	1			曾有一篇西江月、單道着徐寧模樣	1

	はじまり	但見	正是	只見	有詩爲證	有～爲證	0	詩曰	その他語り手による詩詞	語り手總數
58	詩曰		1		5					
59	詩曰	3			3				有～詩、單題（道）〇〇好處×5	5
60	詩曰	1			5	1				
61	滿庭芳	5	1		3	1		1		1
62	詩曰	3			6				吟詩一首	
63	詩曰	1		1	3	1				
64	古風	1			3	3				
65	詩曰				5	1			古人有詩單題安道全好處、道是	1
66	詩曰	1			4					
67	詩曰		2		4					
68	詩曰	1			2					
69	詩曰				7					
70	詩曰				2		1		有一篇水調歌、讚張淸的英雄／昔日老郎有一篇言語、贊張淸道／有篇七言古風詩、道皇甫端醫術	4
71	詩曰	1			3				有篇言語、單道梁山泊好處、怎見得	1
72	詩曰	1			2				怎見得好箇東京、有古樂府一篇、單道東京勝概／古人有一篇絳都春詞、單道元宵景致	2
73	詩曰				7					
74	古風	1			4					
75	詩曰				3					
76	詩曰	25				3				
77	詩曰	5				3				
78	賦曰	1			4					
79	西江月	2			4					
80	詩曰	3			6					
81	詩曰				5					
82	詩曰	1	1	1	2		1			1
83	古風	2			5					
84	詩曰	2			5					
85	西江月	1			5					

86	詩曰	1			5					
87	古風	2			2					
88	古風				12					
89	詩曰				5					
90	詩曰	1			5					
91	詩曰	2			2					
92	詩曰	1			4				史官詩曰	1
93	詩曰	2			5			1		1
94	詩曰				3				有詩贊曰／蘇東坡有詩曰、…又詩曰／有一篇言語、〜曲名水調歌／有一篇詩詞〜詞名臨江仙／才人有詩說道	5
95	詩曰	2			6	1			因作詩一首哭之	1
96	詩曰	1			5					
97	詩曰	3			4	1				
98	詩曰	2			7					
99	詩曰	2	1		5			1		1
100	滿庭芳	1			8		1			

次に、前節で示した語彙に見られた特徴と、このテクニカルタームにおいて認められる特徴とをあわせて、『水滸傳』の構造について檢討し、その成立史にまで考え及びたい。

三

前章で述べたように、『水滸傳』は多様な性格を持つ物語を組み合わせて作られたのではないかと推定される。この想定が正しいとすれば、異なった來歷を持つ物語の間では、用いられる語彙や敍述法の上で差異が生ずるはずである。つまり、語彙やテクニカルタームの面において落差が生じてくるに違いない。その點を確認することは可能であろうか。

まず「有詩爲證」の分布について考えてみよう。「有詩爲證」は第一回から第九回までの間には二度しか現れず、第三十五回までの中でも、一度も用いられていない回が19と過半數を占める。ところが第三十六回以降はほとんど毎回出現するようになり、第三十六回から第百回までの間では、一度も用いられていないのは第四十八・五十の2回に過ぎない。使用回數も後半になると顯著な増加を示し、第五十一回以降においては、五回以上使用されている回は25と半數にのぼる。つまり、「有詩爲證」の使用を通して見れば、『水滸傳』第三十五回までとそれ以降との間にはっきりとした差が認められることになる。

更に、第三十五回までの用例分布をより詳しく見てみよう。第一回發端と、第二回から第八回までの史進物語・魯智深物語では、用例はわずか2に過ぎない。また武松を主人公にしたいわゆる「武十回」（第二十三回から第三十二回）においては、潘金蓮殺しの部分と鴛鴦樓の部分には多くの用例があるのに對し、その他の部分では全く用いられていない。更に、第三十二回から第三十五回までの淸風山のくだりでも、一つも用例がない。つまり、「有詩爲證」が用いられている箇所と用いられていない箇所とは、それぞれある種の物語的まとまりを持っていることになる。

次に「但見」について檢討してみよう。興味深いことに、「但見」については「有詩爲證」とほぼ逆の傾向が認められる。第一回から第十九回までで用いられない回は一つもなく、第三十五回まででも用例のない回は3つに過ぎない。ところが第四十回ごろから「有詩爲證」の増加と反比例するかのように用例數が減り始め、第五十一回以降においては、一度も用いられていない回が13、一度しか用いられていない回が17と、著しい減少を示すに至る（ただし第七十六回のみは、九宮八卦陣という場面の特殊性ゆえに、一回で25もの用例を持つ）。

更に、後にふれる回末における用法を除く「正是」の用例分布にも、やはり顯著な偏りが認められる。まず初めの十回については、一度しか用いられていない。この點では「有詩爲證」と一致しているように思われるが、第十一回以降用例が増え始め、第十一回から第三十七回までのうちでは18の回で用いられている。第三十八回から第四十四回まででは一度しか用いられていないが、第四十五回から第五十八回のうちでは9つの回とまた使用頻度が増加する。しかし第五十九回以降用例數は激減し、第百回までのうち、わずか4回において用いられているに過ぎない。一方後述するように回末の部分で使用される「正是」は、前半では50回中23回にしか見えないのに對し、後半では50回中40回と大部分の回で使用されるに至っている。特に第五十八回から第九十五回までの間で回末の「正是」が用いられていないのは3回にすぎない。これはちょうど回末以外の「正是」がほとんど消滅する部分と一致している。

以上の事實を總合すると、「有詩爲證」は第三十五回、「但見」ははっきりとはいえないが第四十回以降、そして「正是」は第五十九回以降において、顯著な增加もしくは減少を示すということになる。ごく大雜把にいえば、前半は「但見」と「正是」が多く用いられるが、後半になると「有詩爲證」にとってかわられるという全體的な傾向が認められるのである。

では、語彙分布に見られる特徵をこの結果に重ね合わせるとどうなるであろうか。語彙の面においても前半と後半との差異は明らかである。具體的には、人稱代名詞としては、前半でよく用いられていた「我」「你」が後半になると減少し、かわって「吾」「汝」が多用されるという傾向が顯著に認められる。特に、前半でより口語的な一人稱を主に用いていた人物が、後半になると「吾」を用いるようになる事例が認められることは興味深い。例えば前半では決して「吾」を用いなかった孔明・孔亮が、第六十九回では「勿傷吾主」（「吾主」とは宋江のこと）と叫び、第七十七回では雷横が「怎敢與吾決戰」とうそぶくなど、いずれも『三國志演義』を思わせるせりふが現れてくる。複數形においても興味深い變化が認められる。「我們」と「我等」の使用數を見ると、前半（第五十回まで）では「我們」が283例、「我等」が57例と壓倒的に「我們」の方が多い。特に武十回では「我等」は3例しかない。ところが後半になると、「我們」76例、「我等」92例と兩者の地位は逆轉する。つまり「我們」が後半に入ると激減するのに對し、「我等」は前半と變わらず、というよりむしろより多く用いられているのである。

また「こんな」についていえば、前半では多く用いられていた「這般」は第七十回以降、「恁地（的）」はより早く第五十七回以降激減し、「這等」のみが全體を通じて滿遍なく用いられる。しかも、一見して明らかなように、「こんな」の用例數自體が第四十八回以降大幅に減少し、特に第七十六回以降は數えるほどになってしまう。

疑問詞について言えば、前半多彩なニュアンスを持って會話文中で數多く用いられていた「怎生」「怎地（的）」は、後半になるとそうした意味で用いられることが非常に少なくなる。かわって、第三十三回あたりから、「怎生」については「怎生打扮、但見」といった詩詞や美文を導くもの、「怎地」については各回の終わりで「怎地脱身、且聽下回分解（どうやって逃れますことか、あとは次回のお樂しみ）」と述べる用法が定着し始め、第七十回以降はいずれもほとんどこうした定型化した言い回しでしか用いられなくなる。そしてその一方で、やはり前半同様後半でも用いられ續ける「如何」のみが殘る傾向が認められるのである。

「吾」「汝」「如何」はいうまでもなく文言語彙であり、また「這等」「我等」は、白話語彙ではあるが比較的堅いニュアンスを持つ。これらはいずれも、白話語彙が文言語彙に取って代わられ、わずかに堅いニュアンスを持つもののみが生き殘る過程と定義づけることが可能であろう。「こんな」という意味の言葉、特に最も白話的な「恁地（的）」は會話において用いられる單語であり（事實用例の大半は會話文である）、文言的な文脈では現れえないものであることを考えれば、『水滸傳』が後半に入って生き生きとした白話的會話を失うという傾向がこの結果から讀みとれよう。そしてかわって「怎地」「怎生」の藝能における定型化した用法が急に增加し始める。一見文體に見られる變化と逆行するかのように見えるこの現象は、藝能とは違う場で生み出された部分に藝能らしい雰圍氣を加えるため、意圖的にこれらの單語を用いたことに由來するものであろう。その點、藝能と密接な關係を持つのではないかと推定される第二十二回（閻婆惜殺し）から第三十二回における武十回の終わりの部分までにおいては、「怎生」のこうした用法は皆無、「怎地」も第三十回に1例あるのみであることは興味深い。後半に入ると「怎地」「怎生」は、セリフで用いられる疑問詞から、地の文における記號へと性格を變えるのである。

つまり、樣式面から見ても、語彙面から見ても、『水滸傳』は前半と後半とで大きく性格を異にするものと思われる。その境界線を明確に示すことは困難であるが、まず第三十五回ごろに第一の變化が生じ、第六十回ごろを境に更に大幅な變化が生まれ、第七十回以降は完全に性格が變わってしまうということになろう。

これは內容面における變化とも符合する。ここで前章で述べた點を確認してみよう。『水滸傳』前半は、それぞれの豪傑がどのような過程を經て梁山泊に集合するに至るかを追いかける、いわば銘々傳の集合という形を取っている。各々の物語はおそらく異なった來歷を持ち、それぞれ語彙・樣式面の特色を異にするであろうが、ただ全體に藝能に由來するもの、もしくはその形式を模倣したものである可能性が高い以上、たとえ後世いかに改變されていようと、當初持っていた口頭で語られるものの特徵、つまり白話語彙を中心とするという點は變わることなく全體に共通するものと思われる。

ところが、第五十回ごろから『水滸傳』は性格を變え始める。この段階ではまだ百八人が勢揃いするわけではないが、官軍の討伐軍との組織的戰鬪に入って、個々人の顏は見えにくくなり、集團としての行動が先に立ちだすのである。この傾向は、百八人が勢揃いする第七十一回以降、より一層顯著なものとなる。もっとも第七十一回の後、第七十四回までは、李逵や燕靑が個人的に山を下りて冒險をする物語が置かれており、組織の中に個人が完全に埋沒してしまうのはそれ以降になる。この第七十二回から第七十四回までの部分は、第七十三回の物語が康進之の手になるといわれる元雜劇「李逵負荊」と同じ題材を扱っていること、第七十四回も今は失われた高文秀の「黑旋風喬斷案」と揚顯之の「黑旋風喬教學」という二つの雜劇と明らかに內容的に重なることに示されているように、元雜劇と關係を持つものと思われる。前章でも述べたように、元雜劇における梁山泊物語は、「安定」した狀態を背景に個々の豪傑が一般の人々を訪れるという、民間で語り傳えられる豪傑集團の物語に共通する性格を持つ。その點からいえば、ほとんど集團の成立と崩壞のみを語るに終始する『水滸傳』は、非常に特殊な物語ということになろう。第七十二回から第七十四回までの部分は、そうした民間における梁山泊物語の姿をわずかにとどめた部分なのではなかろうか。

そして第七十五回以降の、梁山泊の崩壞を取り扱う部分は、最終的にまとめた作者が、梁山泊物語に結末を付けるために人工的に作り上げたものである可能性が高い。實際そこで語られる物語は前半に比して起伏に乏しく、著しく生彩を缺くのみならず、それぞれの豪傑の見せ場も少なく、藝能の場から生まれたものとは考えにくい特性を持つ。この點は、やはり物語を終わらせるために付け加えられたものと思われる『三國志演義』の諸葛亮歿後の部分（分回本でいえば第一百五回以降）や、『全漢志傳』における文帝・光武帝の卽位以降の部分と似通っているのである。(5)

これは先に見た語彙のおおまかな變化と一致する。ここで再確認すれば、後半に入って文體が著しく文言化すること、そして後半においては前半ほど部位による變化が認められないことは、白話語彙が優位となる藝能由來の部位とは異なり、後半がある「作者」によって、均質な文體でまとめて書きつづられたことを思わせるものである。そして、そこで用いられている文體は、先にふれた『三國志演義』や『全漢志傳』のそれに近い。ただし回末における「怎地」が、第七十一回から第八十回までのうち7回で使用されているにもかかわらず、第八十一回から第八十八回まで、つまり征遼物語の主要部になるとぱったり用いられなくなることは興味深い。そしてかわりに「怎生」が用いられるという他には見られない事例が3つも存在する。しかも征遼が事實上終わる第八十九回になると回末の「怎地」が再び現れ、以下百回までのうち5回で使用されているのである。これは征遼物語がその前後と性格を異にする可能性を示唆するものであろう。つまり、後半の中でもかねてから異質さを指摘されている征遼物語は、招安や方臘の物語とはまた異なった成立過程を持つ可能性が想定されるのである。

更に、様式面と內容面における變化の對應ももう一度確認しておこう。先に述べたように、おおまかにいって前半では「但見」が多用されるのに對して「有詩爲證」の用例は少なく、後半になるとこれが逆轉するという傾向が認められる。また「正是」についても、前半では多く用いられているのに對し後半ではほとんど使用が認められなくなるという點で、やはり變化のパターンはほぼ內容の變化に對應している。では、これらの對應は何を意味するものであろうか。

四

小松が別稿で述べたように[6]、「有詩爲證」は『淸平山堂話本』において興味深い用例分布を示す。卽ち、全二十七種のうち「有詩爲證」が見えるのは、說唱系と思われる「快嘴李翠蓮記」「張子房慕道記」と、韻文を多く含む「柳耆卿詩酒翫江樓記」、及び「五戒禪師私紅蓮記」の四種のみであり、特に最も說唱性が強い「張子房慕道記」に集中して用例が認められる。このことは、「有詩爲證」が說唱と關連を持つ可能性を示唆するものである。しかも「張子房慕道記」における「歌詞」はすべて七言齊言體の律詩・絕句形式からなっている。「詩」という點からしても、「有詩爲證」は基本的に七言齊言體の短い、というよりは律詩・絕句形式の歌詞を持つ說唱に用いられるのではないかと思われる。

他方、「但見」は『清平山堂話本』の多くの作品で用いられているが、右の四種には一つも用例がない。一方、『清平山堂話本』と『三言』に共通して収められている作品を比較して見ると、同一の作品において、『清平山堂話本』では「有詩爲證」が用いられていないにもかかわらず、『三言』では用いられている例が存在する。

以上の事實をまとめると、次のような推論が成り立つ。「有詩爲證」は元來齊言體、それもまさに「詩」の形式による歌詞を用いる説唱の系統に屬する小説において使用されるテクニカルタームであり、一方「但見」はおそらく語りを主とする小説、もしくは齊言體以外の歌詞を使用する説唱系小説において使用されるものであって、兩者の間には棲み分けが存在した。しかし、『三言』が成立した明代末期になると、「有詩爲證」は小説の一つの定式として、説唱系以外の小説にも用いられるようになった。

そして、やはり別稿で述べたように、歴史小説においては、『全相平話』をはじめとする古いものにおいては「有詩爲證」の用例が多く認められるが、時代が下がるにつれてそれは驅逐される傾向にあり、『三國志演義』の嘉靖本・呉觀明本においては、削り忘れかと思われる二つもしくは三つの例を除いて、全く使用されなくなるに至る。これは、歴史小説が「歴史書」意識を持ち始めるにつれて藝能の痕跡を拂拭しようとしたことに由來するものと推定される。他方、「但見」は歴史小説においては全般に廣く用いられている。ただし、『三國志演義』においては比較的短い文を導入する機能しか果たしていない。一方、『三言』には多くの用例が認められる。

更に、別稿では論じなかった「正是」の用法についても檢討してみよう。『三國志演義』におけるこの語の用法は極めて特徴的なものである。地の文で「正是曹操（まさしく曹操であった）」というような場合を除き、對句・詩句・成語を導く場合に限っていえば、嘉靖本・呉觀明本には用例は2つしかない（嘉靖本でいえば巻九「張益德據水斷橋」・巻十「周公瑾赤壁鏖兵」）。ところが毛本になると用例が急増するが、右の2つを含めた合計3つの例外を除いて、すべて回末「且看下回分解」といった語の前において、その回を總括する詩句もしくは對句を引く際に用いられているのである。これは、毛本成立時にはそれが歴史小説の定式と考えられていたことに由來する可能性があろう。

『水滸傳』においては、そうした回末の事例は第十・十三・十四・十六・十九・二十～二十六・二十八・三十～三十二・三十四・三十八・四十一・(四十三)・四十五・四十七・四十八・五十二・五十三・五十五・五十六・五十八～六十九・(七十)～七十九・八十一～八十四・八十六～八十九・九十一～九十五・九十九の各回で見られ（( )を付したのは、「正是」が詩に直接せず、間に「有分敎」をはさむ場合)、後半において增加する傾向にある。それと反比例して、前半多く見られた本文中の「正是」は、後半になると全く姿を消す。つまり、後半は全體に『三國志演義』毛本に近い形態であることになる。無論毛本の方が『水滸傳』容與堂本より遲れて成立している以上、毛本の側が容與堂本の影響を受けた可能性もあるが、あるいはこれもまた後半に入って樣式が歴史小説に接近することを示す事例といえるかもしれない。

これらの諸點を踏まえた上で、『水滸傳』における樣式の變化を檢討してみよう。前半において「有詩爲證」が少なく「但見」が多いのは、『清平山堂話本』における齊言體說唱系以外の小說が具備する特徴とほぼ一致する。つまり、『水滸傳』前半は、いわゆる話本に近い性格を持つものと考えられるのである。では、後半になって「有詩爲證」が增加し、「但見」が減少するのは、なぜであろうか。想定される第一の理由は、これは後半に限らず、全體に「有詩爲證」が存在することと關わる問題であるが、葉德均氏がつとに指摘しておられるように、(7)『水滸傳』が元來「詞話」、卽ち說唱であったと考えられることである。原型の少なくとも一つが詞話であったとすれば、「有詩爲證」が多く用いられることに不思議はない。もう一つは、小松が別稿で述べたように、(8)早い時期に成立したと思われる歴史小說には多く「有詩爲證」が用いられていることである。先に述べたように、『水滸傳』の後半は文體・內容ともに歴史小說に接近する。『水滸傳』後半が成立した當時の歴史小說が「有詩爲證」を用いることを一つの定式としていたとすれば、そこに「有詩爲證」が多く插入されるのはいわば當然であろう。ということは、『水滸傳』後半部は歴史小說から「有詩爲證」が排除されるようになる前の段階で成立した可能性が高いということになる。そして後半になって「正是」が消滅するのも、『三國志演義』においては「正是」がほとんど用いられていないことと考え合わせれば、やはり歴史小說の定型に合致すると考えることができよう。

これは、『水滸傳』前半が個別に成立した銘々傳の集合から成り立つのではないかという先の推定とほぼ一致する。卽ち、樣式面から見ても『水滸傳』前半は「話本」の形態を持っていた個々の物語を結びつけたものと思われるのである。他方、後半がまとめて制作される歴史小說と一致する形態を持つとすれば、これは後半がある程度まとめて少數の作者により書かれた可能性を裏書きしうることになる。そして、全體に說唱の名殘があるとすれば、廣い範圍で「有詩爲證」が認められることもある程度說明可能となる。

では、語彙面の變化が意味するものは何であろうか。樣式面から認めうる事實は、語彙における特徵と符合するものなのか。その點をより細かく見ていくことにしよう。まず最も適當な指標となりうる語彙として、人稱代名詞「俺」の使い方に着目してみたい。

五

「俺」は、一說によると「我門」の合音であるともいい、元來は一人稱複數であったが、すでに宋代から單數でも用いられている。元代には「俺們」「俺每」といった單語が現れるところから考えて、時代が下るにつれて單數の用法が擴大する傾向にあるように思われる。また所有格で用いられることが多く、その場合は、例えば「俺家裏」つまり「うちの家」というように、單複の區別を明確には付けがたいことがしばしばある。これを複數と解釋すれば、「俺」の複數用法は主格より所有格において後まで殘存するようである。

現代語方言においては、「俺」は、特に多く女性や子供により謙稱として用いられるといわれるが、(9)『水滸傳』には異なる傾向が認められる。即ち、後に詳しく見るように尊大・傲慢なニュアンスを持つ一人稱として機能しているように思われるのである。これは『水滸傳』に限るものではなく、例えば京劇においても認められる事實である。京劇では「俺」は常に武將の一人稱として用いられており、この場合尊大とまではいかずとも、少なくとも謙稱とはいいがたいであろう。京劇における張飛は常に「俺」を使用し、自身のことをしばしば「俺老張」と呼ぶが、これはむしろ傲慢・粗暴な口調を示すものといってよかろう。またやはり京劇の「白門樓」において、捕えられた陳宮が曹操に向かって「俺陳宮」と言うのは、彼の不屈の意志を示すものとして、やはり一種の尊大の事例といえよう。

なお、『三國志演義』における「俺」は、用例數こそ少ないが、①單なる複數所有格、②張飛の一人稱、③女性や子供の一人稱（前者は複數の可能性あり）としても用いられており、①は古來の用法、②はおそらく傲慢・粗暴な口調、③は現代語方言に近い用法と、ばらつきが認められる。そして京劇における張飛のせりふに「俺」が頻出するのは『三國志演義』以來の傾向を引き繼いでいる可能性が高いであろう。

更に、『水滸傳』においては「俺」の特殊な用法が存在することには注意せねばならない。即ち、魯智深・楊志という二人の關西出身者に多く「俺」を使用させていることである。これは、この二人が「洒家」を一人稱として頻用することとあわせて、彼らの地方色を強調するためのものであろう。例えば第三回、魯智深がはじめて登場する場面で、早速「俺也聞他名字。那箇阿哥不在這里。洒家聽得說他在延安府老种經略相公處勾當（「俺」もその人の名は聞いたことがある。そのお人はここにはおらん。「洒家」が聞いたところでは、延安府におられる老种經略使の殿のところで働いているとか）」とあるように、「俺」と「洒家」は全く同じように用いられているのである。ということは、逆にいうと、この部分の作者は「俺」を特殊な方言として認識していた可能性があろう。

では、回を追って「俺」の用法を検討してみよう。

最初の引首には「俺」の用例がない。續く第一回では、いずれも話者は洪太尉であり、「皇帝御限差俺來這里、敎我受這場驚恐（皇帝様の仰せを受けておれさまはやってきたのだが、おかげでとんだ恐い目に遭わされるわ）」とあるように、明らかに單數で、尊大な語氣の一人稱である。第二回前半の例は、王進による「俺的性命今番難保了（今度は私の命も危いぞ）」と、獨白において特別なニュアンスのない單純な一人稱として使用されているだけだが、後半になると多少の變化が生じる。この部分では、まず「誰在那裏張俺莊上（あそこでうちの村を見ているのは誰だ）」というように、やや尊大な語氣を含むかとも思われる複數所有格としての用法が目に付く。一方では單數の例もあり、しかも史進は通常「我」を使用するのだが、次のような事例においては「俺」になる。「俺經了七八個有名的師父（おれさまは七、八人の名のある先生についたのだぞ）」。つまり尊大な口調とそうでない場合とで使い分けがあるということになる。

魯智深の物語（第三～七回前半）に入ると、魯智深自身による關西方言としての使用以外の例は、第四・五回には皆無、それ以外においてもごく少數である。そしてそのわずかな例も、第七回でごろつきたちが「俺特來與和尙做慶（私どもは和尙様のためにお祝いをしようとまいりました）」というように、尊大な語氣ではなく、複數を意味すると思われるものが含まれることが注目される。しかし林冲の物語になると用例數が急增する。ここでは複數非所有格が11例中9例を占め、特に護送役人董超・薛覇が陸謙から林冲の殺害を依頼された時のせりふに、「這位官人請俺說話（こちらの旦那がわしらと話をしたいそうだ）」あるいは「莫説使這官人又送金子與俺（ましてこちらの旦那に言い付けてわしらにかねをくださったんだから）」とあるように、特に傲慢なニュアンスのない単純な一人稱複數が認められる。これは元雜劇などには多く認められるが、『水滸傳』についていえば、百回全體を通して見ても珍しい用法である。その後楊志・魯智深以外の使用例がほとんどない第十一～十八回を經て、晁蓋達が梁山泊に入る第十九・二十回あたりでは複數所有格、及び「俺弟兄（我々兄弟）」という、所有格ではないものの主格でもない形で用いられている。

しかし、宋江の閻婆惜殺しから武十回にかけて（第二十一～三十二回）においては、「俺」はまた姿を消す。武十回に至っては長い物語の中でわずか2例、いずれも複數所有格でしか使用されていない。もとより武松のような人物が、尊大な一人稱を用いないはずはない。武十回では尊大な「俺」ではなく「老爺」が用いられているのである。つまりここでは、「俺」と「老爺」は異なる語氣を持つものとして扱われていることになる。

第三十三回から主人公が宋江に移ると、「俺」は一擧に數が增え、原則として尊大な口調で用いられている。それと同時に「老爺」も使われ、武十回とは全く違う傾向を示す。更に細かく見れば第三十三回～三十七回までは單數（ただし第三十六・三十七回の「俺的揭陽鎭」のような判別困難な事例も含む）、その後四十一回までは複數に偏る傾向がある（ただし第四十回の用例には尊大なニュアンスは感じられない）。續く第四十三回唯一の事例である李逵がニセ李逵に向かって怒鳴りつける場面でも、「你這廝辱莫老爺名字（こいつめおれ様の名を汚しおって）」、「你從今已後、休要壞了俺的名目（これからはおれの名に泥を塗るなよ）」というように、「俺」と「老爺」は全く同じ尊大な單數所有格で用いられている。ところがそれに續く楊雄・石秀の物語では、「俺」は全く見られず、武十回同樣「老爺」がその役割を果たす。

祝家莊（第四十七～五十回）で「俺」は復活して比較的多く見られる。中でも尊大な複數所有格が多くなり、同じ語調でも非所有格の場合は「老爺」になっている。しかし第四十八回では宋江が李應を訪ねる場面で集中的に認められ、そこでは「宋江馬上叫道、俺是梁山泊義士宋江、特來謁見大官人（宋江が馬上で叫びます「私は梁山泊の義士宋江、旦那様にお目にかかりにまいりました」）というように、すべて丁寧な口調で用いられている。そして興味深いことに、次の第四十九回の解珍・解寶の話には「俺」はひとつも出てこない。同じ祝家荘の話の中でも第四十七・五十回と第四十八回とでは少し性格を異にし、間に挾まれた解兄弟の話となると全く別種の物語であるように思われる。

以上、前半を検討した結果をまとめると、「俺」が使用されている部分は大まかにいって次のグループに分けることが可能であろう。

①單數・尊大（第一回・第二回〔史進〕・第三十三〜三十七回・第四十三回）
②單數・ニュアンスなし（第二回〔王進〕・第四十八回）
③複數・尊大・所有格（第三十九〜四十一回〔第四十回を除く〕・第四十七〜五十回〔第四十八回を除く〕）
④複數・ニュアンスなし・所有格（第二回〔史進〕・第十九〜二十回・魯智深物語及び武十回の例外的使用・第四十回）
⑤複數・ニュアンスなし・主格（第八〜十一回）

例外がかなり含まれるため、必ずしも嚴密な區分とは言い難いが、ある程度成立過程の差を反映している可能性はあるであろう。常識的には①が最も新しく、⑤が最も古い用法であり、③も比較的新しく現れたものということになろう。ただし古い文體を模倣している可能性はもとより否定できない。例えば⑤の林冲物語は、內容面からは遲れて成立した可能性を指摘されている箇所である。ある個人がこの部分を創作して『水滸傳』の中に補ったとすれば、前後の文體に合わせようとして意圖的に古い用法を用いる可能性は否定できまい。むしろこの部分のみが古い用法を用いていることは、そうした推定を裏付けるもののように思われる。

後半に入ると、「俺」が用いられる範圍は狹くなる。「俺的頭領」「俺梁山泊大寨」「俺軍馬」といった複數所有格で、ニュアンスとしてもあからさまに相手を見下した態度もしくは自らの勢力の自負のようなものを感じさせる例が大半になるのである。これと竝行して、一人稱「吾」と二人稱「汝」の急增というさきに述べた現象が生じる。この二つの變化は決して無關係に生じたものではあるまい。前半と比べると違和感のある言い方が增えてくるのは、『水滸傳』そのものが前半とは違う種類の物語に變化してきたことに由來しよう。物語の性格が變わったことは、人稱代名詞だけでなく、後述するその他の語彙にも明確に現れている。

しかし後半にも特殊な部分がある。第八十三～九十回の遼國討伐である。ここで「俺」の用例が急增する一つの理由は、遼國の人が一人稱として普通に用いるからである（しかし同じ遼の領域であるはずの薊州を舞臺にする楊雄・石秀の物語には「俺」は無い。兩者の成立が異なることを思わせる）。これは楊志や魯智深の場合と同樣、田舍者乃至はよそ者であることを示す記號として理解すべきものであろう。しかし一方では、宋の側の人間も「俺」を濫用する傾向がある。例えば第八十九回で宋江は遼の丞相褚堅にいう。「俺等按兵不動、待汝速去快來（我々は兵を動かさずに、おぬしが歸ってくるのを待たせてもらう）」。ここでは「俺等」という以上、「俺」單獨であれば單數ということになるであろう。そして、この「俺」は傲慢な口調とはいえ、二人稱「汝」に對應する形で用いられており、「吾」と同樣のレベルにあるものと思われる。宋の人物による「俺」の使用例にはこれに類したものが多い。更に、一人稱の特徵的用法という點では、『水滸傳』における數少ない「咱」の用例が征遼の部分に集中していることも興味深い。これらの諸點は、いずれも征遼物語がその前後とは性質を異にすることを暗示していよう。

更にいえば、百二十回本で增補された二十回においては、後半と同樣の集團戰が多い部分でありながら、「俺」の使用がかなり多數認められる。その用法はほとんどが武將による傲慢な一人稱であり、特に「待俺略施小計（わしが計略をしかけてやろう）」（第百五回）といった口調がほとんど定型化したように現れる。これは、やはりこの部分が他の後半とは異なった經過をたどって成立したものであることを示していよう。

以上見てきたように、『水滸傳』前半においては「俺」の用例數にかなり顯著な偏りが認められる。次に列擧する回においては、「俺」が一度も用いられていない。

第十三〜十五回
第十八回
第二十一〜三十二回（第二十三・二十七回を除く）
第四十二回
第四十四〜四十六回
第四十九回

しかし前述のように、魯智深と楊志の「俺」は他と異なる性格を持つものと思われる。そこで試みに彼らの用例を削除すると、「俺」が用いられていない部分は次のようになる。

第四・五回（五臺山・桃花山における魯智深の物語）
第十一〜十八回（林冲の梁山泊入りから晁蓋が梁山泊の主となるまで。主に楊志と晁蓋の物語。ただし第十七回に兵士らによる「俺們」の用例が一つあり）
第二十一〜三十二回（第二十三・二十七回を除く。宋江の閻婆惜殺しと武十回）
第四十二回（宋江天書を受ける）
第四十四〜四十六回（石秀と楊雄の潘巧雲殺し）
第四十九回（解珍・解寶の物語）

これを、前章で示した來源に關する假説と重ね合わせてみると、非常に興味深い事實が明らかになる。卽ち、第十二回から第二十二回まで（第十三・十七回を除く）と第四十二回は『宣和遺事』に依據するものと推定される部分であり、第三回から第六回までは話本「花和尙」、第十三回は話本「靑面獸」、第二十三回から第三十二回までは話本「武行者」に依據するのではないかと推定される。これは、上に列擧した箇所のうち前四者とほぼ一致する。つまり、「俺」が使用されていない部分のうち前の4つは、すべて『宣和遺事』、もしくは『醉翁談錄』著錄の話本に基づいているものと推定されるのである。殘り2つのうち、潘巧雲殺しは前半において成立が特に新しいのではないかと推定した部分である。この部分が他の『宣和遺事』・話本に由來する箇所と共通する性格を持っているとすれば、それは意圖的に『宣和遺事』や話本を模倣したことによる可能性が想定できよう。第四十九回は、祝家莊物語の中に插入された異質な要素ともいうべき部分である。この「俺」の用法からみても、ここは前後とは異なる性格を持つのではないかという可能性が高まってくる。

そこで、前節で④としてあげた「語り手による詩詞」の分布を檢討してみよう。第五十回まででそれが認められるのは、第三・十・十四・十六（2）・十八・三十二・四十一・四十五（2）・四十六（2）・四十九の諸回である（（ ）內の數字は複數現れる場合の用例數。以下同斷）。このうち第三回は魯智深の物語、第十四・十六（2）・十八回は生辰綱、第三十二回は武十回、第四十五（2）・四十六（2）回は潘巧雲殺し、第四十九回は解珍・解寶の物語と、第十回・第四十一回を除けば、先に列擧した「俺」を使用していない部分と重なることになる。これは何を意味するものであろうか。

語り手が物語に介入してきて、コメントをつけたり詩詞を述べたりするというのは、いうまでもなく講談の實演における狀況の反映と見るべきものであり、講談の形態をある程度保持している、もしくは講談の形式を意圖的に模倣していると考えられる『三言』などに收められた短篇小說には、非常に多く認められるものである。その一方で、『三國志演義』などのいわば本格的な歴史小説にはほとんど見出されない。これは、小松が別稿で述べたように[10]、それらの歴史小説がその「歴史書意識」ゆえに藝能の痕跡を排除しようとしたことに由來するものであろう。從って、『說唐全傳』などの歴史書意識が希薄な、より大衆向けの小説においては、淸代小說の例に從って詩詞こそほとんど一掃されているものの、地の文においては、やはりこの種の敍述が認められるのである。

とすれば、この種の表現が「俺」を使用していない部分と重なるということは、やはり「俺」を使用していない部分が話本由來である可能性を示すものであり、これは前章で立てた假說を證明するものといってよい。また潘巧雲殺しに集中的にこの種の表現が認められることは、このくだりは意識的に『宣和遺事』・話本由來の部分を模倣したのではないかというさきの推定の傍證となろう。そして前章でも述べたように、潘巧雲殺しのくだりが、心理描寫や細かい敍述など、他の箇所とはかなり異質な性格を持つこと、そしてこの部分における「語り手による詩詞」が「後來薊州城裡書會們備知了這件事、拿起筆來、又做了這隻臨江仙詞、敎唱道……（後に薊州城內の書會の作者たちはこのことを全部知ってしまいますと、筆を取ると更にこの【臨江仙】の詞を作りまして、唱わせて申しますには……）」といった手の込んだものであること（他の箇所は「有四句詩單說～好處」といった簡單な表現が常である）は、この部分がかなり遲れて成立した、いわば「話本」に對する「擬話本」の性格を持つことを示しているように思われる。

しかも、この言い回しが『淸平山堂話本』に收められている「簡帖和尙」末尾の「一个書會先生看見就法場上做了一隻曲兒、喚做南鄉子（ある書會の作者がこれを見まして刑場で一つの曲を作りました。【南鄉子】と申します）」と酷似していることは注目される[11]。ともに僧侶の情事に關わる事件を扱っている點から見ても、兩者が全く無關係とは考えにくい。そしてこの表現は『水滸傳』の中では孤立したものである。少なくとも、潘巧雲殺しのくだりが僧侶の情事を題材とする話本の定型を模倣したものとして、他の部分とは異なる過程を經て成立した可能性は想定できるのではなかろうか。

そこで更に「俺們」の用例を検討してみよう。「俺」が元來複數形である以上、「俺們」というのは奇妙な言葉というべきであろう。當然ながらこの單語は、「俺」が一人稱單數に變化して初めて現れてくるものということになる。從って、「俺們」の使用の有無は、その部分が反映している言語の時期を示すメルクマールとなりうるものであろう。『水滸傳』において、「俺們」は次の諸回で使用されている。第七（2）・九・十一・十七（2）・十九・二十・三十六・三十七・三十八（2）・四十・四十八・五十六・五十七（3）・五十八（2）・五十九・六十二・七十三（2）・七十五（2）・八十三・八十四・八十五・八十六（3）・八十七・八十九（2）・九十三回。一見して明らかなように、第八十三回から第八十九回にかけて集中的に使用されているが、これは征遼物語の部分であり、やはりこの部分の特殊性を示すものと考えられる。

その他の部分について檢討してみよう。第七回は魯智深物語から林冲物語へのつなぎの部分、第九・十一回は林冲物語、第十七回は生辰綱、第十九・二十回は晁蓋らが梁山泊へ赴くまでの物語、第三十六〜四十回は江州物語、第四十八回は祝家莊、第五十六〜五十九回は呼延灼物語の終わりと三山合流、第六十二回は盧俊義が處刑されそうになる場面、第七十三回は李逵と燕青の冒險、第七十五回は招安をぶちこわす場面、第九十三回は方臘物語である。つまり、前半では林冲物語・晁蓋らの梁山泊乘っ取り・江州物語において「俺們」が用いられていることになる。これは、第十七回のような例外はあるものの、林冲物語・江州物語の成立が新しいのではないかという豫測をほぼ裏付けていよう。ただし林冲物語の二例は、魯智深が退場する箇所と楊志が登場する箇所に當たり、その他の部分に用例が皆無であることには注意すべきであろう。つまり、林冲物語の中にも斷層があり、これらつなぎともいうべき箇所が他の部分より更に遲れて成立した可能性を示唆しているように思われるのである。そして第十九・二十回における梁山泊乗っ取りの物語も、林冲と關わりが深いこと、ここで殺される王倫は、『宣和遺事』には全く形跡を認められないことからして、遲れて成立したことを思わせる。

では人稱代名詞以外の語彙についてはどうであろうか。

六

まず疑問詞「做甚麼」について考えてみよう[12]。

この語は、動詞目的語構造をとって「何をする」「どうする」という意味になることが多いことはいうまでもないが、他方動詞の前について原因理由を問う疑問詞として機能することもある。後者の用法は、『水滸傳』においては限定的にしか認められない。具體的には、第五十回までについていえば、第四〜七回前半の魯智深物語、第二十一回の閻婆惜殺し、第二十四・二十五回の潘金蓮・西門慶物語に用例が集中し、それ以外には第十六・三十七・四十五回にそれぞれ1例見られるだけなのである。そして興味深いことに、集中的に使用されている部分は、前述の「俺」の用例が皆無もしくはごく少數である箇所と一致する。

また、第四十五回の用例「大嫂、我夜來醉了、又不曾惱你、做甚麼了煩惱（お前、ゆうべは酔っぱらっちまったが、お前を叱ったわけでもなし、どうして怒っているんだ）」と第二十四回の「做甚麼了便沒（どうしていないことがありましょう）」がともに「做甚麼了」という特徴的な言い回しを用いていること、第四十三回から第四十七回にかけての潘巧雲殺しの部分には、動詞・目的語構造のものをも含めれば「做甚麼」が多く認められることは、この部分が潘金蓮殺しの部分と關係を持つ可能性を示唆しよう。これは兩者が、宮崎市定氏のいわれる「本歌」と「替え歌」の關係

にあることに由來するのではなかろうか。(13)

更に、用法を問わず取り出してみると、前半57例に對し後半は11例、動詞の前に置かれる事例に限定すると、後半ではわずか2例しか見られない。つまり「做甚麼」も、いわゆる「話本」系に屬する部分に特徴的に見られる語彙ということになるのではないかと思われる。

また「做甚麼」とほぼ同義で用いられる疑問詞「怎麼」も、魯智深物語に1例、武十回に3例、楊雄・石秀物語から祝家莊にかけての部分に5例と、やはり潘金蓮・潘巧雲の二箇所に用例が集中している。そのほか「怎麼地（的）」「怎麼好」を合わせても用例數は全體でわずか13例、そのうち後半は1例（第五十三回）のみにすぎず、やはり前半に特徴的な語彙といってよい。しかし百二十回本の增補二十回分には多く見られる點は注目される。これは增補部分が後半の他の部分とは成立を異にしていることを示すものと見てよいかもしれない。

次に、「兀」を含む語彙を検討してみよう。具體的には「兀自」（なお）「兀的」「兀那」（いわゆる發語の辭）「兀誰」（「だれ」という意味の疑問詞）である。これらは元雜劇などに頻用される一方で、明代後期に入ると用例が少なくなる、つまり比較的古い層に屬するものと思われる白話語彙である。第五十回までその使用が皆無なのは、第二・八・九・十・十三・十五・二十・二十八・四十一・四十三・四十七・四十九・五十の各回である。第二回は史進、第八・九・十回は林冲物語であり、この點から見てもこの二つの物語は遲れて成立したのではないかと思われる。また四十七・四十九・五十回は祝家莊（解珍・解寶を含む）である。この部分はやはり前半の他の物語とは成立を異にする可能性があるものと思われる。更に、後半に入ると「兀」を含む語自體の用例數が激減し、「兀自」が多少現れるほかにはほとんど見られなくなる。その中で、第七十三回に「兀自」の用例が三つもあることは興味深い。この部分は元雜劇「李逵負荊」と共通する內容を持つ。ここに語彙の面でも元雜劇と共通するものが認められることは偶然ではあるまい。

ここで注目されるのは、同じ第七十三回に「恁們」と「我毎」が一例ずつとはいえ認められることである。「毎」と「們」はともに人稱代名詞・名詞の後について複數形を形成する語だが、前者は元から明初にかけて用いられて以後衰え、後者は宋代に用いられていたが元代に一時衰え、明代以降再び主流をしめたとされる。そして容與堂本『水滸傳』における「毎」の用例は、第六十二・七十三・七十五回にしか見えず、他の部分では「們」が主用される。また二人稱「恁」の使用も第七十三・七十五・七十八・七十九回に限られる。これもまた元雜劇にしばしば用例のある語である。これらの點からも、第七十三回を中心とする部分は語彙的に元雜劇と共通するといえよう。そして內容面から見ても、第七十三回はもとより、第七十四回も「安定」の物語であり、演劇的な場面を多く含む。これらは、「安定」の物語が元雜劇乃至はそれに準ずる演劇・藝能に依據している可能性を示唆しよう。

しかし、「毎」は百二十回本の增補部分にも多く認められる。具體的には、表①に示したように「我毎」が17例あるほか、「俺毎」5例、「你毎」9例、「他毎」13例、「咱毎」1例、「兄弟毎」「那厮毎」「百姓毎」「男女毎」各1例の多數にのぼる。これはなぜであろうか。

ここで注意されるのが、やはり「兀」を伴う語である「兀是」の用例分布である。この語は容與堂本には一つも用例がなく、百二十回本の增補部分二十回のみに多數見出される。そしてこの單語は他にほとんど用例を見出しがたいものである。そのことと、「兀」が比較的早い時期に多く用いられ、明代後期になるとすたれる傾向にあることを考え合わせれば、二十回の增補者が文章を古く見せるために「兀」を無理に加えた結果生じた可能性は否定できまい。更にもう一つ、「恁般」についても同樣のことがいえよう。容與堂本百回の中では3例しか認められないこの單語が、二十回增補部分では實に36度も用いられているのである。一方で「這般」は6例にすぎない。そして「恁」はやはり比較的早い時期に多く用いられていた單語である。成立の遲れる二十回においてこの單語が頻用されているのは、文章を古く見せようとの意圖あってのことではないかと思われる。この推定が正しいとすれば、二十回增補部分に「毎」が認められる理由も察しがつこう。「毎」はここでは文章を古く見せるための記號として機能しているのである。

七

ここまで見てきた諸點をまとめて、語彙・形式の兩面から見た『水滸傳』の成立について考えてみよう。

まず前半と後半で完全に性格が異なることは、語彙・形式いずれの面からも確認することができた。その境目は、一度目が五十回前後、二度目が七十回前後にあると見てよかろう。

次に前半の內部をもう少し詳しく見てみよう。第一回・第二回は、「俺」の用法などからも比較的新しいのではないかと推定される。これは前章における內容面からの推定と一致する。第三～七回の魯智深物語は、魯智深の言葉を除いてほとんど「俺」の使用がない。さきの推定では、これは話本系と考えられる部位に共通する特徵である。それに對して第七～十一回の林冲物語では、複數形主格の「俺」が特別なニュアンスなく用いられるという、『水滸傳』では他にあまり例のない現象が認められる。これはこの部分の獨立性を示すものであろう。そして第一～九回の間では第三・四回で各1度用いられていただけであった「有詩爲證」が、第十回で3例、第十一回で1例と、林冲物語後半で用いられ始める。同時に、第一回に1つ用例があっただけだった「正是」が第十一回で再び用いられる。これらも林冲物語がそれに先立つ部分とは性格を異にすることを示すものであろう。林冲物語における「俺」の用法は、その成立の古さを思わせるものであるが、しかし歷史小說系ではないにもかかわらず「有詩爲證」が用いられ、他方「但見」「正是」及び「語り手による詩詞」もすべて備わっていることはかなり例外的といってよい。內容からも遲れて成立したのではないかと想定されることと考え合わせれば、この部分は『水滸傳』成立のかなり後の段階で、さまざまな様式を混淆させて用いつつ、意圖的に宋元期の「俺」の用法に從って書かれた可能性が高いものと思われる。

第十三～十九回においては、「有詩爲證」は3度しか現れず、他方「但見」「正是」はかなり多く用いられている。そして第十一～十八回においては、魯智深・楊志のせりふを除けば、「俺」は第十二回に王倫のせりふに1例ある以外には、第十七回で「俺們」として1度見えるのみである。一方「語り手による詩詞」は第十四・十六・十八回とかなりの割合で出現する。これは、この部分が話本系であることを思わせる事實であり、『宣和遺事』に由來するのではないかという想定の裏付けとなりうるもののように思われる。

續く第二十一～三十二回では、「俺」がほとんど使用されていない。更に「有詩爲證」も第二十六～二十九回と第三十二回においては皆無と、特徴的な分布を示す。ここは閻婆惜殺しと武十回という、話本との關係が最も密接に想定されている箇所であり、「俺」「有詩爲證」の不在はその現れと見ることが可能であろう。しかし「有詩爲證」については、第二十四回（潘金蓮殺し）で13例の多きを數えるのをはじめ、第二十一回（閻婆惜殺し）で2例、第三十回（飛天浦）で3例、鴛鴦樓で2例と、部位によってはかなり用いられている。これらの事實はどのように解釋すべきものであろうか。第二十四回は、長さにおいても他の回の優に二倍に及び、文體的にも內容的にも『水滸傳』の他の箇所とは大幅に性格を異にする。分かりやすくいえば、男性的な內容にほとんど終始する『水滸傳』において、ここは例外的な濡れ場として異常發達しているのである。そこでほとんど詞話形式に近いスタイル（まさに『金瓶梅詞話』と合致する）が取られていることは、この部分が系統を異にする藝能もしくは作品の影響を受けて獨自の發展を遂げたことに由來する可能性が高かろう。他の箇所も同樣のことがいえるのではなかろうか。右に列擧した部分は、いずれも『水滸記』『義俠記』などで劇化もされた有名な部分である。そうした部分においては、原型となったものの束縛を脫して獨自の展開を遂げる可能性が高いのではあるまいか。

第三十三～四十一回では「俺」が使用されている。そしてこの部分（清風山・江州）は、內容的にも遲れて成立したものと想定される箇所である。では兩者は同時に成立したのか。しかし語彙・樣式兩面から兩者の違いはかなり明瞭に認められるのである。

まず「俺」についていえば、第三十三～三十六回の淸風山物語においては一度も認められなかった「俺們」が、第四十一回まで續く江州物語では頻用される。他方前者には例のない「兀誰」が、後者では集中して使用される。更に決定的なのは、前者には「有詩爲證」が皆無であるのに對して、後者ではすべての回において、それもかなり多く使用されていることである。これらの事實は、兩者が異なる成立過程をたどって生まれたものであることを示していよう。

續く第四十二回と第四十四～四十六回には「俺」がない。このうち第四十二回は前後と孤立して『宣和遺事』と內容が合致する箇所である。そして第四十四～四十六回は潘巧雲殺しであり、この部分は話本由來の部分を模倣した可能性がある。ここに「語り手による詩詞」が集中して存在すること、內容的に類似する潘金蓮殺しと「做甚麼」の用法について共通することなどはその傍證となろう。ではなぜこれらの部分には「有詩爲證」「但見」、それに後者については「正是」が多く認められるのであろうか。ここで想起されるのは林冲物語のことである。林冲物語においても、各種の樣式が混淆した形で認められた。潘巧雲殺しについていえば、ここでも成立時期が遲れる結果、『三言』におけるが如き樣式の混淆が發生しているのではなかろうか。また第四十二回も、それ以前の『宣和遺事』由來の部分との間に多くの物語が入ってきたために原型から大きく變化した結果、混淆が生じた可能性が高いものと思われる。

第四十七～五十回は祝家莊物語である。ここでは第四十九回にのみ「俺」が認められない。そして「有詩爲證」は

第四十七回こそ3回（ただしうち1つは詞）出るものの、以下第四十八・五十の二回においては全く用いられていないのに對し、第四十九回における用例數は5に及ぶ。これらは第四十九回のみが實は祝家莊の物語ではなく、解珍・解寶の物語であることに由來しよう。兩者が元來全く異なる出自を持つことは、語彙・様式からも明らかに見て取れるのである。ただしそれぞれの性格となると、從來の「有詩爲證」「俺」がないものは話本系という定義にあてはまらないため、明確にはしがたい。祝家莊物語は元雜劇などで頻繁に論及されるにもかかわらず、『宣和遺事』には全く見えない。また解珍・解寶や孫立についても問題が多いことは前章でも指摘した通りである。この部分については異なった基準が適用されるべきなのかもしれない。

以上、前半について語彙・様式から成立過程に關するおよその分析を試みてみた。おおむね前章における內容からの分析と一致する點が多いように思われる。次に後半について、おおまかに見てみたい。

後半は、全體的にいって「有詩爲證」の增加、「但見」の相對的減少、回末以外の「正是」の消滅、文言的語彙の增加と白話的語彙の減少という、すべて歴史小説と共通する傾向が看取される。特に第六十七回（水火二將）・第六十九回（董平）・第七十回（張清）という明らかにかなり遲れて成立したと思われる部分に「有詩爲證」のみあって「但見」が一つもないという事實は興味深い。第七十三・七十四回を中心とした部分には、例外的に元雜劇と共通した語彙が認められ、この部分は元雜劇の影響下に成立したのではないかという前章の予想を裏付ける結果となっている。

後半において最も特徴的なのは征遼物語である。ここは、「怎地」による回末表現の斷絶、「俺」の特徴的用法など、前後と異なる性格を顯著に示す。これは征遼物語が前後とは成立事情を異にするものであることを示唆しよう。征遼物語が明らかに前後と異質であることは、かねてから論じられていたようにこの部分が後から插入されたものであることを意味するかのように見えるが、實は必ずしもそうではない。從來の征遼物語に關する議論は、ちょうど百二十回本における二十回の插入部分（この部分が言語的に孤立していることは、「兀是」「恁般」「～毎」、更には「俺」の用法からも確認しうる通りである）同様、その他の部分をすべて完備した『水滸傳』が成立した段階の後にそれが付加されたか否かを問題にするものである。ここで述べているのは、百回本の成立過程において、その前後とは性格を異にするこの物語が入ってきたのではないかということである。その入ってきた時期が、他の部分がほぼ完成した後の段階であったとすれば、この物語を取り去っても前後にほとんど影響を與えないという特異な形態を取っている理由も説明が付こう。

そして、征遼物語をも含めて、後半、特に第七十六回以降が語彙・様式とも歴史小説と一致するということは、『水滸傳』における梁山泊崩壞の物語が、少數の書き手（おそらくは書坊の歴史小説刊行に關係した人物）によってある程度まとめて執筆された可能性を示唆するものと思われる。

以上、前章の假說を語彙、それにテクニカルタームが示唆する樣式の兩面から檢證してみた。おおまかには前章と一致する結果が得られたが、必ずしもすべてが明快に區別できたとはいいがたいのは、特定の人物が全體を整理し、ある程度の調整を行ったに違いない文獻である以上やむをえない。それゆえ、客觀性を求めつつ結局主觀性が勝ってしまった部分が生じたに違いないが、とりあえず一定の見取り圖は示し得たものと思う。

この第一・二章で示した說が正しいとすれば、第一章の冒頭で述べた見解、つまり容與堂本といえども『水滸傳』成立史上に存在する發展段階の一つに過ぎず、少なくとも金聖歎本までは『水滸傳』は展開を續けていたという見方が確認されたことになろう。金聖歎は『水滸傳』を「腰斬」したというよりは、遲れて付加された要素を切り捨てたことになるからである。その意味では金聖歎本を『水滸傳』の一つの「完成形」と見ることも可能であろう。少なくとも中國において金聖歎本が最終的な通行本となったことは、成立史から見ても必ずしも理由のないことではなかったのである。

注

（1）『水滸傳』の語彙について總合的に調査した先行研究としては、相浦杲「水滸傳の言語」（『東方學』第五輯〈一九五二年十二月〉）がある。

（2）底本としては、容與堂本については『古本小說集成』（上海古籍出版社）所收の北京圖書館所藏本、百二十回本については、楊定見本の原本に近いテキストが手元にないため、やむをえず京都大學所藏の郁郁堂本を使用した。

（3）小川環樹『中國小說史の研究』（岩波書店一九六八）第一部「元明小說史の研究」第四章「變文と講史」。

（4）小松謙『中國歷史小說研究』（汲古書院二〇〇一）第八章「「有詩爲證」の轉變――白話小說における語りの變遷――」。

（5）注（3）前揭書第二章「『全漢志傳』『兩漢開國中興傳誌』の西漢部分と『西漢演義』」第三章「『全漢志傳』『兩漢開國中興傳誌』の東漢部分と『東漢十二帝通俗演義』」。

（6）注（4）に同じ。

（7）葉德均「宋元明講唱文學」（『戲曲小說叢考』〈中華書局一九七九〉所收）。

（8）注（4）に同じ。

（9）呂叔湘「釋您、俺、咱、喒、附論們字」「五　您與俺用于單數」（『漢語語法論文集（增訂本）』〈商務印書館一九八四〉所收）など。

（10）注（4）に同じ。

（11）佐藤晴彥氏のご教示による。

（12）「做甚麼」については、注（1）にあげた相浦論文に簡單な言及がある。

（13）　宮崎市定「水滸傳的傷痕」（『宮崎市定全集』第十二卷〔岩波書店一九九二〕所收）。この點については、佐藤晴彥氏のご教示による。

〔附記〕　なお、本章初出時、一度脱稿した後、神戸外國語大學の佐藤晴彥教授にお目通しいただき、種々の貴重なご意見を賜った。注記したもの以外にも、その提言を生かさせていただいた部分は多い。ここに記して感謝の意を表させていただきたい。

第三章　『水滸傳』はなぜ刊行されたのか

以上のように、『水滸傳』は原型成立後も變貌を續けたものと思われる。では、なぜ『水滸傳』は刊行され、變貌していったのか。『三國志演義』の場合は、刊行のきっかけについては、教養書としての需要に應える商業的動機が想定され、變貌については、讀者が知識人に及んだことに由來する洗練と、經濟原理による簡略化という二方向に分岐していくパターンを見て取ることが可能であった。『水滸傳』はどうなのか。ここでは、その刊行の契機と變貌の事情について、可能な限り推測を加えてみたい。

一

『水滸傳』の場合には、教養書として刊行されたはずはあるまい。古くから『西廂記』とあわせて「誨淫勸盜」の書と呼ばれる以上、教育的目的による出版は考えられない。では、どのようなきっかけで刊行されたのか。第一章で述べたように、嘉靖帝の寵臣だった武定侯郭勛によるいわゆる郭武定本が刊行されたといわれるほか、『古今書刻』によれば、都察院による刊本も存在したという。よりにもよって官僚の監察（その中には當然言行や思想のチェックも含まれる）を擔當する組織である都察院が、この危險思想の書を刊行していることは、非常に興味深い事實といえよう。

最初の刊本がいつ、誰によって刊行されたのかということからして不明である以上、刊行に至った事情を具體的に知ることはできるはずもないが、狀況からある程度の推測をすることは可能である。とりあえず、證據に缺けることは承知の上で、想定しうる可能性を提示してみたい。

『水滸傳』刊行の背景となった事情としては、まず當時の知識人間における思想・文學の動向について考えるべきであろう。『水滸傳』が白話文學であり、庶民の言語を用い、庶民の倫理觀を強烈に反映したものであることは事實ではあるが、しかし文字の形にまとめられ、刊行されるためには、それを刊行する書坊の存在が前提となる。そして、書坊が書物を刊行するためには、その書物を購入し、讀む人々の存在が前提となる。現在殘されている『水滸傳』最古のテキストである容與堂本は、美しい插繪を持つ大判の精刻本であり、また嘉靖年間（一五二二～六六）に刊行されたのではないかといわれる殘本も美しい版面を持っている。つまり、いずれもかなりの豪華本である。郭武定本や都察院本が庶民向けに刊行されたものではないことはいうまでもない。そして、內容・體裁から見て、『水滸傳』が一連の歷史小說のように中下層識字層のための教養書として刊行されたとは考えられない。これらの諸點から考えて、『水滸傳』が刊行されるにあたって、刊行者が想定していた讀者層の中には、かなりの割合で高級知識人が含まれていたものと思われる。高級知識人の間に需要があるものと見込まれたればこそ、知識人向けと思われる體裁をとった『水滸傳』が刊行されたのであろう。では、なぜ高級知識人が『水滸傳』を讀もうとするようになったのか。

先にも述べたように、現存最古の『水滸傳』刊本と思われる殘本は、證據こそないものの、嘉靖頃の刊行ではないかと推定されるものであり、また現存しないものの、郭武定本も嘉靖年間に刊行されたに違いない。とすれば、『水滸傳』刊行に影響しうるのは、嘉靖、もしくはそれに先立つ弘治（一四八八～一五〇五）・正德（一五〇六～二一）期の狀況であろう。弘治から嘉靖にかけての時期に、高級知識人の世界で何が起こったのか。

二

まず思想面の動きを追ってみよう。この時期に發生した動きの中で最も重視すべきは、いうまでもなく陽明學の登場である。王守仁（陽明、一四七二～一五二九）は、弘治十二年（一四九九）に進士となり、正德のはじめに流謫されたとき、悟りを開いてその學問を確立したとされる。彼が歿したのは嘉靖七年（一五二八、ただし歿した日は西暦では一五二九）、つまり王陽明こそは『水滸傳』が文字の世界に現れる時期と竝行して活動した人物であった。王陽明が生み出した哲學はどのようなものであったのか。筆者はもとより陽明學に深い知識を持つものではないが、島田虔次氏の「陽明が達した新しい概念や感覺」についての要約をここに掲げてみよう(1)。

一、聖人は聖天子や天理の權化ではなく「滿街これ聖人」である。
二、欲望の肯定。
三、はげしい積極的行動主義を裏づけとする平等主義。
四、從來おとしめられていた技術的・知的・情的なものの解放。
五、既成の權威に對する批判的傾向。
六、異端に對する肯定的態度。
七、內面重視による反書物主義。良知さえあれば無學でも聖人となりうる。

ここに列擧されている事柄の多くは、驚くほどほとんどそのまま『水滸傳』における梁山泊集團の理念と合致する。梁山泊の好漢たちは、全員が兄弟であるという「平等主義」に基づいて集團を形成する。しかもその平等主義は、不正を座視せず、悪は必ず懲らすという「激しい積極的行動主義」を裏づけとするものであり、魯智深に典型的に認められる純粋無垢な悪を憎む態度は、彼が目に一丁字無き無學の徒であるにもかかわらず、聖人の地位に彼をつかしめるものである。

そして、王陽明歿後、いわゆる王學左派の人々の間では、無學な庶民を「良知」の持ち主として尊ぶ動きが生じ、「俠」の精神が強調され、梁山泊集團に似通ったグループが形成されるに至る。つまり、正德・嘉靖期には、高級知識人の一部の間に『水滸傳』を受け入れるべき土壤が形成されつつあったのである。

次に文學の狀況を見てみよう。正德から嘉靖にかけての時期には、李夢陽（一四七三〜一五三〇）らの復古派、いわゆる前七子が活潑に活動していた。彼らの主張は、周知の通り、多少の誇張は含むものの、「文は必ず秦漢、詩は必ず盛唐」と要約される強烈な復古・模倣主義であり、これは一見先に見た陽明學の主張とは全く相反するもののように見える。しかし問題は、なぜそのような主張がなされたかである。

李夢陽はその「詩集自序」で次のような議論を展開している。

曹縣蓋有王叔武云。其言曰、夫詩者天地自然之音也。今途咢而巷謳、勞呻而康吟、一唱而羣和者、其眞也。斯之謂風也。孔子曰、禮失而求之野。今眞詩乃在民間、而文人學子顧往往爲韻言謂之詩。

曹縣に王叔武という人がいる。その言葉にいう。「詩とは天地自然の音である。今の道にうなり、路地でうたい、疲れてはうめき、元氣なら吟じ、一人がうたえばみなが唱和するもの、これが「眞」であり、これを風と呼ぶのである。孔子はこういっている。『禮が失われれば、それを野に求める』。今、眞詩は民間にこそあるのだが、文人や學者の卵は、しばしば韻を踏んだ言葉をこしらえて、それを詩といっている」。

そして李夢陽は、李杜の歌行や六朝風の詩などさまざまなスタイルに挑戰したが、どれも王叔武から「眞」とは認めてもらえず、自分の詩をしまいこんでしまう。それから二十年後、自分の詩を刊行した者がいると聞いた李夢陽は、恥じ且つ恐れて「私の詩は『眞』ではない。王氏のいう文人や學者の卯の韻を踏んだ言葉にすぎぬ。情から出てきたものは少なく、言葉に巧みなことだけがとりえのものだ」という。

ここでは友人王叔武の言葉を借りているが、その言葉に對する李夢陽の反應として書かれている「大なるかな、漢以來またこれを聞かず」という大仰な言葉から見ても、ここで述べられている內容は李夢陽自身の考えと見るべきであろう。李夢陽は、民間のうたに比べて自分の詩は「眞」ではないと激しく煩悶し、その果てに、自分が「眞」であると信じるもの、つまり「漢文唐詩」を模倣するという道にたどり着いたのである。

なぜ李夢陽はこのような考えを抱くに至ったのであろうか。そこには、「民間」のうたに對して偏見を持たず、その價値を高く評價することができる視點がある。なぜ李夢陽は、士大夫でありながらこうした視點を持ち得たのか。

ここで想起すべきは、かつて吉川幸次郎氏が指摘された(2)李夢陽の庶民的出自であろう。彼は西北邊境の町の庶民的な家庭に生まれ、自らが庶民的出自であることを隱そうとはしなかった。そうした彼にとっては、「民間」のうたは幼少時から慣れ親しんだものであったに違いない。さればこそ彼は、知識人らしい偏見を持ってそうしたうたを「俗」と決めつけることなく、その中に「眞」なるものをかぎ取ることができたのであろう。

そして、これは李夢陽一個人の問題ではない。彼の主張が一世を風靡したことからも明らかなように、當時の知識人一般に、多かれ少なかれ同樣の傾向が認められたのである。實際、李開先『詞謔』には、李夢陽が詩文の神髓を示すものとして、白話によりうたわれる戀をテーマとした「鎖南枝」というはやりうたをあげ、前七子の中でも李夢陽と竝稱される何景明もこれに同意したという有名な插話が見える。更に、文學上の流派としてはむしろ李夢陽と對立する唐宋派に近かった李開先にも、「市井豔詩序」という一文があり、そこには「眞詩只在民間」という李夢陽と共通する句が見える。(3)そして李開先は、元雜劇テキストの收集家であり、かつ自身も『寶劍記』などの作品を殘す劇作家であった。

これは、一つには明代士大夫自體が庶民的性格を持っていたことに由來しよう。李夢陽は、極端な事例とはいえ決して例外ではなく、明代には社會的な上昇と下降の度合いが他の時代に比べてはるかに著しかったことが知られている。(4)つまりこの時期には、庶民層から士大夫層に成り上がる事例と、逆に轉落する事例が、非常に多く認められたのである。これは、おそらく科擧における八股文の採用と關わるものであろう。八股文は、高度な教養を必ずしも必要としない知能パズル的な性格を持ち、豊かな教養あふれる環境に育ったわけではない人間であっても、高い知能とある程度の參考書を購入する經濟力があれば合格する可能性がある。これは、非知識人家庭や、それほど豊かとはいえない家の出身者にも立身のチャンスを與えるものであった。同時にそれは大衆的出版事業の發達を促すことにもなる。そして、第一部で述べたように、ここに大量に刊行されはじめた安價な參考書が、歴史小説誕生の一要因となるのである。

こうして士大夫の中に庶民階層出身者が出現したことは、士大夫層における庶民文化へのアレルギーを輕減し、民間文藝にも目を向けさせる切っ掛けとなりうるものだったであろう。そのようにして釀成された社會の雰圍氣の中で、たとえば李開先のように庶民とはほど遠い階層出身の士大夫も、民間文藝への志向を隱さないようになる。そして彼らの評價基準は「眞」であるか否かであった。庶民的出自の李夢陽にとって、士大夫社會は「假」、つまり僞りに滿ちたものと感じられたのであろう。民間のうたの「眞」であることに比べれば、知識人の詩は「假」なるものにすぎないと感じられる。それは、やはり李夢陽個人の問題ではなく、當時の知識人の多くに共通する發想であった。

ここから、明代後期を通じて認められる「眞」への激しい希求が生じてくる。李夢陽はその手段として「擬古」を選んだ。やがて、當然の結果としてそれに反對する勢力が出現するが、「擬古」を全面的に否定し、心の命ずるままに詩を詠むことを主張した袁宏道らのいわゆる公安派もやはり「眞詩」を主張する。(5) 彼らと李夢陽は同じものを希求したのであり、袁宏道は單に、模倣では「眞」にたどりつけないとして、李夢陽の方法論を否定したに過ぎない。

そして、文學面のこの動きが、思想面の動きと連動したものであったことはいうまでもない。というより、陽明學と眞詩の追究は、同じ時代の同じ空氣から生まれたものなのである。兩者の追い求めるものは、一口にいえば、虛飾のない眞實の姿にほかならない。やがてこの方向を突き詰めたところに現れるのが李卓吾である。李卓吾は「眞」なるものとして「童心」を重視し、人間が持って生まれた童心こそ混じりけのない「眞」なるものであり、それが學問聞見により汚されて「假」に落ち込むとする。そして、李卓吾によりこの思想は文學に適用される。そこでは「童心」を保ったものこそが「眞」なるすぐれた文學作品であり、近い時代のものとしては『水滸傳』『西廂記』こそそれにほかならないとするのである。

ここまで見てきたことからも明らかなように、李卓吾は突然登場したわけではなく、それ以前の蓄積の最も過激な總決算ともいうべき存在であった。袁宏道が李卓吾の心醉者であったことは、その點で象徵的であるといえよう。李卓吾の登場は、『水滸傳』の文字化より遲れるが、李卓吾以前から『水滸傳』が受け入れられる空氣が生まれていたことはすでに明らかであろう。そして、李卓吾がこの動きを完成させることになる。

李卓吾の存在は、白話文學を刊行する書坊にとっては非常に好都合なものであった。從來、白話文學は歴とした士大夫の讀むものではないとされ、特に『西廂記』『水滸傳』は「誨淫勸盜」の書として非難の對象にされていた。ところが、當代を代表する哲學者の一人である李卓吾によって、『西廂記』『水滸傳』こそは「童心」をそなえた至高の文學作品であるという評價が下されたのである。これは書坊にとっては、兩書を正々堂々と刊行するためのお墨付きが與えられたも同じことであった。眞僞の程は知らず、大量の「李卓吾先生批評」を銘打ったテキストが刊行されたのも當然のことであろう。白話小説の刊行において李卓吾の名がいかに重要なものであったかは、李卓吾の逮捕・自殺と著作の廢棄處分の後も、ほとぼりが冷めるとまた次々に「李卓吾先生批評」テキストが出現する點に如實に表れていよう。

三

以上述べてきた動きが、おそらくは『水滸傳』に刊行の切っ掛けを與えたものであった。民間の文學、ひいては民間の言語にも價値を認め、共感しようとする態度、教養の束縛を受けない素樸な人間性の發露に價値を見出そうとする姿勢、これらはいずれも、アウトローや庶民の姿を白話で描いた小説を高く評價させる契機となるものである。「眞」の追究が、ひたすら虚飾を去ったものへと向かうとき、『水滸傳』がその行き着く先となるのは、いわば必然であった。

そして、第一章でも述べたように、『水滸傳』自體の中にもこの時期の思想の刻印が明瞭に認められるのである。ということは、このような思潮を受けて『水滸傳』が刊行され、廣まる過程で、そうした思潮に適合する方向の書き換えがなされたことを意味しよう。『水滸傳』は明代後期における知識人社會の動向の中で刊行され、變質していったに違いない。そしてその延長線上に出現するのが金聖歎本ということになる。

金聖歎本においては、周知のようにかなり徹底した書き換えがなされている。しかしその書き換えが、『三國志演義』における毛宗崗のものとは根本的に態度を異にしている點には注意せねばなるまい。毛宗崗の書き換えは、ほぼ全文にわたって滿遍なく行われており、こと文章だけについていえば、その原據となったであろう李卓吾批評本の本文はほとんど原型を留めないといっても過言ではない。一方金聖歎は、文章自體を全面的に書き換えることはしていない。彼は、自らの理論に適合する方向へと細かく手を入れるのである。これはおそらく、毛宗崗が『三國志演義』の文章自體に對してはほとんど敬意を持たず、むしろ改善を加える對象として見ていたのに對し、金聖歎は『水滸傳』の本文を古今無雙の名文と見なしていたことに由來しよう。そのことは、『水滸傳』の中でも特に名文の譽れ高い箇所、たとえば容與堂本第三回の「三拳打死鎭關西」や第二十三回の「武松打虎」のくだりにはほとんど手を入れていないことからも見て取れよう。これらの箇所は、おそらく彼にとっては神聖にして犯すべからざる聖典であり、手を入れるのではなく、讚嘆して批評をつけるべき對象だったのであろう。

そして、その書き換えは、大部分が文書技法に關する彼のこだわりに由來するものであるが、それ以外にも、すでに指摘されているように(6)、宋江の僞善性と李逵などの樸訥さを際だたせる方向で加えられており、それは批評において徹底的に強調される。しかし、元來の『水滸傳』において宋江が僞善者として描かれていたはずはなく、事實第一章でふれたように、彼は李逵の「眞」を理解することのできる包容力のある人物とされている。

從來、なぜ宋江のような魅力に乏しい人間が皆から尊敬され、リーダーと仰がれるのかがわからないという意見がよく述べられてきたが、『水滸傳』の好漢たちがどのような人間であるかを考えてみれば、その理由は明らかであろう。ここで試みに好漢たちを大まかに分類してみよう。

①軍人　下級：林冲・魯智深など
　　　　中級：花榮・楊志など
　　　　高級：秦明・呼延灼・關勝など

②胥吏　宋江・裴宣など
③警察關係　朱仝・雷横など
④牢獄關係　戴宗・李逵・樂和など
⑤死刑執行人　楊雄・蔡福・蔡慶
⑥肉屋　石秀・曹正
⑦旅藝人　李忠・薛永
⑧山賊・水賊　燕順・李俊など多數
⑨飮食店　張靑・李立など
⑩富農　史進・李應など
⑪富商　盧俊義など
⑫僧侶・道士　魯智深・公孫勝など
⑬漁師・獵師　阮兄弟・張兄弟・解兄弟

⑧の山賊・水賊がアウトロー、つまり體制外にはみ出した者であることはいうまでもないが、實は③〜⑨もすべて同様の要素を持つ。

近代以前には、浙江の墮民や九姓漁戸のような固定した被差別民が存在した。この差別は、淸の雍正帝による被差別民の解放令以降も解消されたわけではないようである。しかし、差別されていたのは、そうした固定した集團の人々だけではない。明淸期において差別を受けていた人々とは、科擧の受驗資格を持たない人々としてまとめることが可能であろう。具體的には、「娼優」、卽ち役者・藝者と「隸卒」は身分が「不淸白」とされ、三代の内に一人でもこうした仕事に關わる人物がいると受驗が認められない規定であった。では「隷卒」とは何なのか。「隷」とは役所の下働き、具體的には牢番・警察官・門番・死體處理係・駕籠かき・刑吏、つまり③④⑤の人々がそれにあたることになる。また、⑥の肉屋が白眼視される傾向にあったことは、第二部第二章で述べた通りである。⑦の藝人は、この場合武藝で客を集める膏薬賣りで、普通の藝人（娼優）のように制度的に差別されていたわけではないが、やはり定住民からは疑いの目で見られる存在であった。また⑨の飲食業は正業のように見えるが、彼らは實は客を殺してその肉を賣ることをなりわいとしており、もとよりアウトローに屬することはいうまでもない。

更に、①の軍人も正業のように見えて、實はそうではない。宋代當時、軍人は入れ墨を入れられ、白眼視される傾向にあった。しかも宋代の軍人には山賊から投降した者が多く、投降したもと山賊のみにより構成される龍猛・龍騎という軍團が存在したほどであった。當然ながら、兩者の間には明瞭な區分をつけがたかったに違いない。また、⑫の僧侶・道士も、特に流浪する者（雲水・雲遊といった言葉で表現される）は、定住民からは怪しい者と見なされる存在であった。また⑬の漁師・獵師も、定住農民とは異なる社會に所屬して殺生を事とする人々であり、張横の如きは水賊に近く、事實水賊の李俊たちとは親密な關係にあった。

つまり、②の胥吏と⑩の富農、⑪の富商以外は、いずれも多かれ少なかれ社會からの外れ者というべき性格を持つ人々、つまりは定住民社會以外の世界に屬する江湖の住人であった。彼らは、中國社會の基層を構成する血縁を主とする共同體から排除されたためにその庇護を受けることもできず、法律の保護も受けられない存在であり、社會からは常に白眼視される孤獨な人々であった。そうした彼らが最も痛切に求めているものは何か。それは、いわゆる「まっとうな人」から一個の人間として認められることであろう。そして、宋江こそは最も完全な形でその願いに應えることのできる人間であった。

宋江は、縣の役所を切り回すやり手、しかも胥吏としては珍しい清廉潔白な人物として、定住民社會からも尊敬を集めている人間である。特に高貴な生まれではないまでも、富農の家の出身であり、その意味でも定住民社會において重きをなす存在といってよかろう。そうした人物が、今まで誰からも眞っ當に相手にしてもらったことのないはずれ者の自分を、對等の人間として、全く分け隔てなく扱ってくれる。そのことが、激しい感動を呼び起こし、この人のためなら死んでもよいという氣持ちにさせる。一見これといった能力も持たず、風采も上がらない宋江が持っていた最大の能力はこれであった。それゆえにこそ、彼以外に梁山泊のリーダーはありえない。個性の強い好漢たちを結びつけているのは、宋江に對する感謝の念と、彼に對する獻身の思いであり、宋江なくしては梁山泊は「頭を失った蛇」にすぎない。

そして、よく注意してみれば、このことは容與堂本の各所にはっきりと書き込まれているのである。特に、梁山泊の好漢の中でも金聖歎が特に重視している二人、武松と李逵の登場場面において、この傾向は明らかに看取される。

武松が初めて登場するのは第二十二回の末尾であり、ここから次の回のはじめにかけてが武松と宋江の出會いとなる。この時、武松は柴進の食客身分だが、醉っては作男たちを毆ったために、柴進にまで嫌われて、熱病にかかりながら看病してくれる人もなく、ただ一人、回廊で炭火を載せたシャベルにあたっていた。つまり、疎外された孤獨な狀況にあったわけである。そこに醉って通りかかった宋江が、うっかりシャベルの柄を踏んで、武松の顏に炭火を叩きつけてしまう。いきり立つ武松に向かって、柴進がこの人こそ有名な宋江だと明かすと、武松はあわてて「我不是夢裡麼。與兄長相見（夢じゃあるまいか。兄上にお目通りいたします）」と拜禮する。すると宋江は、先ほど無禮な扱いを受けたにもかかわらず、「何故如此錯愛（どうしてそんなにおっしゃってくださるのです）」と答え、名を聞くと、「江湖上多聞武二郎名字、不期今日却在這里相會、多幸多幸（江湖で武二郎の名前はよく聞いていました。今日ここでお目にかかれようとは、ありがたや）」といって、手を取って奥に連れ込み、弟の宋清に紹介した上で、上座にすわらせようとし、夜中まで痛飲して、自分の部屋に連れて行くと一緒に寢る。更に、翌日は自分の金で武松のために服を作ってやろうとする。

それまでの冷遇と對比して、こうした扱いを受けた結果、武松が深く感激したことはいうまでもない。その後、武松は宋江に義兄になってくれるように賴み、別れた後、「江湖上只聞說及時雨宋公明、果然不虛。結識得這般弟兄、也不枉了（江湖では及時雨宋公明とばかり聞いていたが、たしかに間違いなかった。こんな兄弟となら知り合ったのも無駄じゃない）」とつぶやく。この狀態になれば、武松が宋江のためなら死んでもよいと感じるのも當然のこととして納得されよう。柴進の冷遇を強調するのも、宋江との對比のためであるに違いない。

李逵の場合も同樣である。李逵が初めて登場するのは第三十八回でのこと、いきなり騷ぎを起こして登場し、戴宗の口から「爲因酒性不好、多人懼他（酒癖が惡いので、多くの人から恐れられているのです）」と紹介される。李逵はいきなり無禮な話し方をして戴宗に叱られるが、相手が宋江と聞くや、たちまち平伏する。すると宋江は急いで答禮し、李逵のうそを眞に受けて十兩の銀を貸してやる。これをたしなめた戴宗に對し、宋江は「我看這人倒是個忠直漢子（私にいわせればこの人はまっすぐなおとこです）」と答え、李逵が借りた金をすってしまっても怒らずに、更に銀を出してやり、李逵が行儀の惡い食べ方をすれば「壯哉、眞好漢也（勇ましや、まことの好漢だ）」と讚え、宋江のために魚を買おうと李逵が飛び出していったのを見て、戴宗が「小弟引這等人來相會、全沒些個體面、羞辱殺人（わたくし、こんな奴をお引き合わせしてしまって、まことにみっともないことで、お恥ずかしい限りです）」といえば、「他生性是恁地、如何敎他改得。我到敬他眞實不假（生まれつきがこうなのですから、變えさせることなどできるものですか。私はあの人が眞實で僞りのないところに敬意を持ちます）」と答える。

李逵の場合は、町中の鼻つまみ者で、兄貴分の戴宗すら厄介者扱いするという、武松以上に孤獨で理解されない狀況が設定されている。その中で、宋江だけが李逵を理解し、宋江の好意に應えようとした李逵がかえって次々に面倒を引き起こしてしまうにもかかわらず、決して態度を變えようとしない。生まれて初めて他人から大切にしてもらった李逵が感激するのは當然であろう。彼が口にする「眞個好個宋哥哥、人說不差了。便知我兄弟性格。結拜得這位哥哥、也不枉了（本當にすばらしい宋兄貴だ、うわさ通りだぜ。この俺のことをすぐに分かってくれる。こんな兄貴となら兄弟になるのも無駄じゃない）」という言葉が、武松の場合とほぼ共通することに注意されたい。しかもそこに「便知我兄弟性格」というキーワードともいうべき語が含まれている點は注意されよう。こうして初めて理解してくれる人間に巡り會えた李逵は、一途に宋江に盡くし、最後には自分の死後、謀反を起こすことを恐れた宋江に毒を飲まされながら、「生時伏侍哥哥、死了也只是哥哥部下一箇小鬼（生きている時は兄貴に仕えてたんだから、死んだら兄貴の配下の子分幽靈になるまでさ）」と、少しも恨まず、同じ墓に入ることを約して死んでいくのだが、この結末に至る伏線は、すでに出會いの場面で張られていたといってよかろう。

そして注意されるのは、容與堂本の本文を見る限り、こうした宋江の言動が僞善や策略に出るものだとは一言も記されていないことである。金聖歎以後の讀者は、宋江に對して「水滸傳有大段正經處、只是把宋江深惡痛絕、使人見之、眞有犬彘不食之恨。從來人却是不曉得（『水滸傳』には眞面目なところが多くある。ともかく宋江を深く憎み、見る者をして犬豚に食らわれるにも値しないとまで思わせるほどなのだが、これまでの人はなぜか分からなかったようである）」（「讀第五才子書法」）と述べた金聖歎の影響から免れることができず、宋江は僞善者であるというのが一般的な認識となった。しかし考えてみれば、獨自の發想で本文を書き換えておいて、それ以前のテキストを「俗本」と片付けるのは金聖歎の常套手段であり、彼が「これまでの人には分からなかった」というのは、むしろ、それが金聖歎の獨創であって、本來の『水滸傳』の記述とは異なることを示すものと見るべきであろう。實際、金聖歎はこの回の總評で、李逵の天眞爛漫さの前では宋江の僞善も役には立たず、「遂令宋江愈慷慨愈出醜（こうして宋江が氣前よくすればするほどみっともなくなるようにしている）」と述べているが、金聖歎の批評拔きで本文を讀む限り、到底そうは見えない。

つまり宋江は、相手の氣持ちを理解し、寄り添うことができるという、一見何でもないようだが、實は非常に貴重な才能に惠まれ、それゆえにこそ定住民社會からドロップアウトした個性的な人間の集團である梁山泊を束ねることができたのである。彼ら疎外された人々は、李卓吾や金聖歎が強調するような純眞無垢な心を持ちながら、誰からも理解されず、外れ者として生きてきた。そうした彼らにとって、自分を理解してくれる、受け入れてくれる人間は、どれほど貴重な存在であることか。この點を認識しなくては、宋江がなぜ梁山泊の首領であるかを理解することはできないであろう。

四

では、なぜ金聖歎はその『水滸傳』を書き換えたのか。(7) 第七十二回以降を切り捨てたいわゆる『水滸傳』の「腰斬」や、詩詞美文のほとんどを削除したことは、面白くない部分を切り捨て、藝能の名殘である韻文・美文を取り除いて、讀み物として讀みやすくするとともに、分量を減らして批評を追加しても價格が高くなりすぎないようにすることが一つの目的であろう。

また、全體にわたる書き換えを丁寧に見ていくと、たとえば動詞が方向補語を伴う場合における目的語の位置を、今日の中國語における原則同様、二文字の方向補語の間に統一するといった文法的な統一や、「的」と「得」の書き分けを明確にし、「li」については、「這里」「那里」の場合には「里」、語氣助詞の場合には「哩」、その他は「裏」とまとめるといった表記法の統一などが行われている。これは、口頭語の寫しとして出發したために、表記や文法に混亂が見られた白話文が、次第に書記言語として發達し、ある程度原則が確立したことを示すものであろう。その意味で、金聖歎本は中國語の發達において重要な位置を占めるものと思われる。これらは、書記言語としての體裁を統一することが目的であろう。

更にもう一つ、第一章でもふれた金聖歎自身の理論に合わせるための書き換えがある。この點については、中鉢雅量氏がすでに指摘しておられるので、(8) ここでくり返すことはしないが、細かい改變は、特にさわりの部分を中心に、ほとんど全篇に及び（ただし、聖典ともいうべき部分にはほとんど手をつけていないことは前述の通りである）、その都度「妙絕」という批評が付され、しばしば「俗本」を罵る語が加えられている。

そして、宋江に關する書き換えである。これは、前節でも述べたように、明らかに宋江をおとしめることを目的としたものであり、やはり中鉢氏が述べておられるように、宋江を惡く書こうとする意圖がほとんど認められない本來のテキストを、自分の考えに從う方向に書き換えるという點では、前の表現に關する書き換えと通うものがある。ではなぜ金聖歎は宋江をおとしめようとしたのか。

その理由の一つは、實は「腰斬」問題とも關わるものである。金聖歎は、それ以前のテキストが使用してきた「忠義水滸傳」という名稱を拒否し、「忠義」の二字を削った。「序二」において「忠義而在水滸乎（忠義などというものが水滸にありうるであろうか）」と述べているように、彼の考えでは、梁山泊の好漢たちは忠義などではありえない。彼らのような謀反人が、朝廷の招安を受けて忠義を盡くすなど、あるまじきことである。つまり、第七十二回以降は、施耐庵の手になるものではなく、羅貫中が勝手にでっちあげたものであるから（ここから金聖歎の『三國志演義』評價を推し量ることができよう）、原型に戻すために切り捨てるというのである。なぜ金聖歎はこれほどまでに第七十一回以降を憎惡するのか。そこには、經濟原理によるカットについての言い譯という以上の理由がありそうである。

この點を理解するためには、金聖歎がこのテキストを作成した時期を知ることが必要であろう。金聖歎本『水滸傳』の正確な刋行年代は不明だが、序には崇禎十四年の日付がつけられており、實際崇禎年間の刋行物に特徴的な避諱である「由」の「繇」、「校」の「較」、「檢」の「簡」への書き換えが認められる。(9) しかし、實際には明が滅亡した後に刋行されたとする說もあり、確かなことはわからない。もとより、淸に入ってから出たとしても、避諱をわざわざ原型に復する必要はない以上、すでに進行していたであろう版木彫りもしくは版下書きの作業をやりなおすこともなかったであろうから、明末刋行物の形跡が殘っているとはいえ、明の滅亡以前に刋行されたとは限らない。ともあれ、金聖歎がこのテキストと批評を制作した時期が崇禎の後半、つまり明朝最末期であることには間違いあるまい。

崇禎末年は、いうまでもなく李自成・張獻忠以下の流賊により中國全土が大混亂に陷り、ついには明が滅亡を迎えるに至った時期である。そして李自成以下の反亂者たちは、官軍に追いつめられると一旦降伏し、危機が去るとまた反旗を翻すという行動をしばしば取っていた。そうした時代に生きていた金聖歎にとって、招安を受けた賊が忠義を盡くすという物語の流布が國家を危機に追いやるものと思えたのは當然であろう。その成立の時期が李自成による國家の破滅以後のものであればもとよりのこと、たとえ明朝滅亡以前のものであったとしても、李自成らによりもはや挽回不能の狀況に陷りつつあることが目に見えていた以上、批評の隨所で明朝に對する愛國心をひそかに發露させている金聖歎は、國家に忠義であると自稱して投降する賊に欺かれてはならないという強い考えのもとに後半部を切り捨てるべきだと考えたのではないか。それゆえに「忠義」の二文字は激しい敵視の對象となる。「忠義水滸傳」における「忠義」は、笠井直美氏が指摘しておられるように、元來江湖の世界における信義を意味するものだったとおもわれるのだが、(10) そのことを金聖歎が理解していたかどうかは、ここでは問題ではない。「忠義」という言葉が知識人社會では文字通りの意味を持つ以上、それは『水滸傳』に冠してはならないものだったのである。つまりこれは、『水滸傳』が知識人社會の讀み物となった結果生じた事態ということにもなるであろう。

そして、金聖歎が宋江を深く憎むのも、おそらくこの點と無關係ではあるまい。金聖歎にとって賊とは、他人事ではなく、實感を持って憎むべき存在であった。わけても、集團を組織し、「忠義」の名目をたてて、疑うことを知らぬ純樸な人々をまとめていく人間は、國家にとって最も危險な、まさに明朝を危機に追いやっている者たちと同類の存在であると思えたに違いない。特に、金聖歎は李逵や武松を深く愛する。愛する以上、彼らが賊を働くことは、宋江にたぶらかされているためであるとせねば、免罪ができない。金聖歎が純樸な好漢と見なすものを愛するほど、彼らが盲目的な信頼を寄せる宋江は悪人とされねばならないのである。そしてそこに、李卓吾の理論が加わってくる。

金聖歎が李卓吾の影響を強く受けていることは、天下の文學の精髓という「六才子書」の中に『水滸傳』『西廂記』を含めることが、李卓吾の「童心説」と合致することにおいてすでに明らかであろう。そして、李卓吾が主張する「道理聞見」にとらわれない「童心」こそ最高のものであるという主張は、金聖歎の「李逵是上上人物、寫得眞是一片天眞爛漫到底（李逵は上上の人物である。本當にとことんまで混じりけのない天眞爛漫な人間として描かれている）」といった評價と直結するものであろう。するとその李逵たちを操って盜賊團を組織する宋江は、當然のこととして、彼らの天眞爛漫さとは對極にある汚れた人間とされることになり、疎外された好漢たちの心を奪う思いやりにあふれた行動は、腹黒いもくろみのもとになされる僞善的行爲と定義される。實際、金聖歎は「讀第五才子書法」以下至るところで、李逵と宋江の行動が常に列記されることにより、宋江の腹黒さが浮き彫りになると強調しているわけだが、二人が一心同體ともいうべき存在である以上、常にペアで記述されるのは當然のことであって、それを作者の深い意圖ととるのは金聖歎の牽強附會にすぎない。

第一章で述べたように、容與堂本は「李卓吾批評」と稱して、李卓吾の理論に基づいて批評を加えたテキストであったが、金聖歎は、更に李卓吾の理論に基づく書き換えをも行ったのである。つまり金聖歎本は、當時の知識人の立場による改作が施されたテキストであったことになる。庶民が描く素樸な理解者像だったであろう宋江が、僞善者へと解釋し直されるのも、李卓吾系統の知識人の視點によるものである。

五

淸代になると、『水滸傳』はほとんど金聖歎本のみになり、他のテキストは驅逐されてしまったといわれる。確かに、二十世紀初頭においては、中國では『水滸傳』といえば金聖歎本であった。しかし、淸代にも芥子園本などの百回本が刋行されている以上、金聖歎本の刋行がただちに他のテキストを消滅させたとは考えがたい[11]。おそらく、金聖歎本の獨占へと向かう動きは、淸朝を通じてゆっくりと進行したのであろう。實際、『水滸傳』の續篇を見ても、淸初に出た陳忱の『水滸後傳』が百回本もしくは百二十回本の續きとなっているのに對し、十九世紀前半に著された兪萬春の『蕩寇志』は、金聖歎本に續く形で第七十一回から始まる（ただし百回本・百二十回本の存在が忘れられているわけではなく、羅貫中の「後水滸」〔つまり第七十二回以降〕に對する批判が述べられている）。これらは、金聖歎本が主流の地位を奪う過程の反映であろう。確證はないが、おそらく淸末になって、金聖歎本の石印本が大量に刋行されたことが、金聖歎本の優位を決定づけたのではなかろうか。石印・活字による大量印刷が實行に移された場合、そこで選擇されたテキストが他を驅逐することは避けがたいであろう。

ともあれ、最終的に流布した『水滸傳』のテキストは金聖歎本であった。そして、そこで施されたのは、前節で述べたような改作、具體的には知識人である金聖歎の文章理論に基づく本文の改變、それに伴う表記・文法の統一、李卓吾以下の理論に基づく人物形象の書き換えであった。これらがすべて知識人の立場から、知識人讀者のためになされたものであることはいうまでもあるまい。

つまり『水滸傳』は、その性格に反して、知識人の要請により刊行され、知識人の嗜好に應じる方向で改作されていったのである。そして、知識人により刊行が求められた理由が、ほかならぬこの書物が持つ知識人の世界とは異なる論理にこそあり、その後、知識人の頭の中で組み立てられた理想的非知識人像へとより適合する方向への改作が施されていくという逆說的な過程を經ていったことになる。それゆえ、『水滸傳』は最も知識人から遠い世界を扱うにもかかわらず、知識人の讀み物として定着し、讀み物としての洗練を加えられ、その過程で現代中國語の基礎となる白話文の文法や表記が完成されていくことになったのである。『水滸傳』を中國文學史上最も重要な作品たらしめたものは、この逆說的な状況であった。

では「四大奇書」の殘り二つ、『西遊記』と『金瓶梅』はどのように位置づけることができるであろうか。第四部では、この二篇について考えてみたい。

注

（1）　島田虔次『中國の傳統思想』（みすず書房二〇〇一）「中國の傳統思想」。

（2）吉川幸次郎「李夢陽の一側面――「古文辭」の庶民性――」（『立命館文學　橋本博士古稀記念東洋學論叢』〔一九六〇年六月〕、『吉川幸次郎全集』第十五卷〔筑摩書房一九七四〕所收）。
（3）以上の諸點については、入矢義高『明代詩文』（筑摩書房一九七八、二〇〇七年に平凡社東洋文庫より增補の上刊行）「擬古主義の陰翳――李夢陽と何景明の場合」で指摘されている。
（4）何炳棣『科擧と近世中國社會　立身出世の階梯』（寺田隆信・千種眞一譯　平凡社一九九三）第二章「身分移動の流動性」。
（5）入矢義高「眞詩」（『吉川博士退休記念中國文學論文集』〔筑摩書房一九六八〕、後に前掲東洋文庫版『明代詩文』に收錄）及び注（3）所引の論參照。
（6）中鉢雅量『中國小說史研究――水滸傳を中心として――』（汲古書院一九九六）「第五章　金聖嘆の水滸傳觀」など。
（7）ちなみに、すでに指摘されているように、金聖歎が底本としたのは明らかに百二十回本である。實際、容與堂本と百二十回本の異同箇所では、ほとんどが百二十回本に一致する。ただし、第五十三回は例外的に容與堂本の方に一致する。あるいは金聖歎の用いた百二十回本には缺落があったのかもしれない。また、底本とはしていないものの、明らかに容與堂本の批評を意識していることについては、第一章を參照。
（8）中鉢雅量前揭書第五章「金聖嘆の水滸傳觀」注（10）。
（9）明代において本格的な避諱が實施されたのは天啓年間以降のことである。詳しくは小松謙「『平妖傳』成立考」（松村昂編著『明人とその文學』〔汲古書院二〇〇九〕所收）參照。
（10）笠井直美「隱蔽されたもう一つの忠義――『水滸傳』の忠義をめぐる論議に關する一視點――」（『日本中國學會報』第四十四集〔一九九二年十月〕）。
（11）この點は、笠井直美氏のご教示による。

第四部　『西遊記』と『金瓶梅』

序　章

構成の都合上、『西遊記』と『金瓶梅』を同じ部分で扱うことになったが、この二つの小説は、本來全くその性格を異にする。

『西遊記』は、いうまでもなく玄奘三藏がインドへ赴いた史實をもとに、次第に形成されてきた傳說とそこから發展したであろう藝能をもとに成立したものであり、その點では『三國志演義』『水滸傳』に近い性格を持つといってよい。ただ、その基礎となったであろう藝能の類が宗教性の強いものであったに違いないという點で、右の二者とは性格を異にするといってよいかもしれない。ともあれ、こうした成立過程をたどった以上、その作者を特定することは困難であり、また一人の人間の創作になるものではないという點からすれば、作者が誰であるかを追究すること自體、どの程度の意味があるかも疑問である。

他方、『金瓶梅』は『水滸傳』をもとにした一種のパロディ小說であり、その原型（現存最古のテキストである『金瓶梅詞話』とどの程度に差があるかは分からない）は、明らかに一人の人間、それも知識人によって創作されたものである。つまり、その制作方法は近代文學に近いものであり、あるいは『金瓶梅』を中國最初の近代小說と呼ぶことも可能かもしれない。

從って、第四部で兩者をあわせて論じるのは全く便宜的なものであり、何ら必然性はない。ただ『西遊記』は、前述の通り性格的に『三國志演義』『水滸傳』と通うものがある。一方、『金瓶梅』は『水滸傳』と深い關わりを持ち、その成立・受容は『水滸傳』を拔きにしては語れない。それゆえ、『西遊記』の成立について考察することは、ここまで論じてきた『三國志演義』と『水滸傳』について別の方向から光を當てることにもなるであろうし、また『金瓶梅』について論じることは、『水滸傳』と當時の社會との關わりについて考えるよすがともなるであろう。そして、清代になって登場する『儒林外史』『紅樓夢』などの知識人の手になる長篇白話小説が、『金瓶梅』の影響のもとに、おそらくは『金瓶梅』に近い意識を持って創作されたことを考えれば、ここで行う考察は、明から清にかけて生じる白話小説の展開について考える鍵を與えてくれるかもしれない。その點で、この第四部を最後に置くことには一定の意義があるといってよいであろう。

第一章においては『西遊記』について考察する。その成立過程についてはすでに多くの先行研究があるが、ここでは、『水滸傳』の場合にならって、現存するテキスト自體を分析することにより、どこまで成立過程を探ることができるかを試みてみたい。

第一章　『西遊記』成立考

『西遊記』の成立については、これまで非常に多くの議論がなされてきた。日本に限ってみても、太田辰夫氏や磯部彰氏をはじめとする多くの研究者により精密な檢討が加えられ、今日の段階で明らかにしうることはほぼ解明されているといってよいであろう。筆者には、現在の段階でこれに新たな要素を付け加える能力はない。ただ、『西遊記』の本文について、『水滸傳』において行ったような語彙・テクニカルタームの使用分布に關する分析を加えてみることは、全く無益な試みというわけでもないであろう。その結果は、これまでの研究に違った面から光を當てることができるかもしれない。

一

これまでの『西遊記』成立史研究の專著としてまずあげるべきは、磯部彰氏の『『西遊記』成立史の研究』（創文社一九九三）であろう。もとよりそれに先行して太田辰夫氏の大著『西遊記の研究』（研文出版一九八四）が存在することはいうまでもないが、磯部氏の著書は太田氏のそれを踏まえた上で、新資料に基づく分析を加えたものであり、從來の研究の集大成という點では、磯部氏の業績をあげるのがより適當なのではないかと思われる。もとより細部において兩氏の意見には異なる點も多いが、世德堂本『西遊記』のうち、どの部分が元代の『西遊記』テキスト卽ち「元本」に存在したかについては、それほど大きな見解の相違はないように思われる。そこでここでは、磯部氏の前掲書第五章「「元本西遊記」の形態について」の内容に基づいて、まず現在の段階で元代には成立していたものと推定される部分を確認し、それを語彙・テクニカルタームに關する調査結果と重ね合わせてみることにしよう。

『西遊記』の原型として最も古いものは、周知の通り『大唐三藏取經詩話』であるが、同書と世德堂本以降の『西遊記』（以下單に『西遊記』という場合には世德堂本以降のテキストを指すものとする）との間にはあまりにも落差が大きすぎ、そもそも直接的關係を持つと斷定してよいかもためらわれる。從って、文章を問題にする本章においては、『大唐三藏取經詩話』は檢討の對象とはなりえない。その點、いわゆる元本は、『朴通事諺解』の內容などから見ても、すでに『西遊記』とかなり共通する內容を具えていたものと思われる。つまり、元本段階で存在していた部分は、『西遊記』の中でも成立時期の早い部位に當たるわけである。そのいわば原型ともいうべきものに、樣々な要素が付加されて『西遊記』が成立したということになろう。とすれば、『三國志演義』における『三國志平話』に該當するものとしては、『大唐三藏取經詩話』よりも元本をあげるべきであろう。

もとより、『西遊記』に元本の文章がそのまま用いられているとは考えがたい。『朴通事諺解』に引かれる內容が、後のテキストよりはるかに簡略なものであることは、太田氏や磯部氏が詳しく論じておられる通りである。無論、會話テキストという『朴通事諺解』の性格上、引用が簡略化されている可能性はあるが、それでも內容の細部に異同がある以上、同一の文だったとは考えられない。文章の簡潔さという點でも、元本はある程度『全相平話』に近い性格を持っているように思われる。

ただ『西遊記』には、元本にはなかったと思われる話が多く含まれており、それらの部分は『西遊記』成立のある段階で後から追加された可能性が高かろう。とすれば、元本に存在した部分が文章の改變を經ているとしても、古い部分と後から加わった部分の間には、表現の斷層があってしかるべきであろう。しかも、新しく加わった部分もおそらく均一の性格を持つものではなく、それぞれがさまざまな性格のテキストから導入されたものと思われる。とすれば、部位により文章に差があるはずである。また、元本に存在した部分の中でも、改變の度合いや手法によって落差が生じる可能性が高いものと思われる。

そこで、一つの基準となりうるものとして、韻文形式のありようと語彙の分布について調査することにしたい。テキストとしては、世徳堂本を使用すべきところではあるが、缺落があることを考慮して、李卓吾批評本を使用することにする。

基準①　韻文形式のせりふ

『水滸傳』同様、『西遊記』にも大量の美文・韻文が含まれている。しかし、『西遊記』の韻文には『水滸傳』とは決定的に異なる點が存在する。それは、美文・韻文、特に韻文がそのまま登場人物のせりふとなる事例が多いことである。これは、詞話においてはごく一般的に認められる現象であり、自ら「詞話」を名乗る『金瓶梅』においても多数の事例が認められる。しかし『水滸傳』においては、こうした事例は一つもない。つまり、『水滸傳』においては、美文・韻文はすべて語り手の立場のみから用いられているのに對し、『西遊記』では登場人物の語りをも擔當していることになる。この事實は、『水滸傳』が『西遊記』とその性格を異にする、より具體的にいえば、基づく藝能形式が異なることを示すものであろう。

しかし、こうした韻文形式のセリフが『西遊記』の中に均一に分布しているというわけではなく、そこには明らかな偏りが認められる。これは、『水滸傳』との對比において認められた性格の違いと同様の現象が、作品内の部位のレベルにおいても存在することを意味するものであろう。表の左端にあげた「韻文形式のせりふ」の項目は、各回における美文・韻文の總數と、その中にいくつセリフが含まれているかを示すものである。

基準②　但見・有詩爲證

「但見」「有詩爲證」は、美文と韻文を導くテクニカルタームとして白話小説の中で頻用される言い回しであるが、これらの語が用いられる部分には偏りが認められる。これらの語は、それぞれが何らかの藝能形式に由來するものと思われる點から考えて、その分布状況から、それぞれの部位の性格をある程度推定する手段となりうるものと思われる。

基準③　その他のテクニカルターム

白話小説において、特定の役割を持って用いられる一連の語彙である。「不在話下」は話題轉換の際の結び、「話分兩頭」は話が分かれるとき、「怎見得」は理由の説明という形で情景描寫などを導くとき、「話說」「話表」は語りだし、「却說」「且說」は新しい話題を出すとき、「且不言」「且不說」は話題轉換の際の語りだし、「怎生打扮」は美文調による武裝・服裝の描寫を導くために用いられる。同一の語であっても、これらの用法と異なる場合にはカウントしない。これらはそれぞれ藝能に由來し、後には白話小説のパターンとして定着した語であるが、すべての小説に共通して用いられるというわけではない點からすると、その分布は各部位の性格を反映するものと思われる。

基準④　人稱代名詞

「我」「你」については、あまりにも使用數が多いため指標として用いることは困難と思われるが、元來文言の人稱代名詞である「吾」「汝」及びそれぞれの複數形「吾等」「汝等」、及び少し固い複數形である「我等」「你等」と、碎けた複數形「我們」「你們」については、ある程度分布に偏りが認められ、指標となりうるものと思われる。ただし、いうまでもないことであるが、物語の設定上、たとえば「汝」と「你們」のどちらが用いられるかには自ずから限定されてくる面があり、表面に現れる數字のみで簡單に議論をするのが危險であることは知っておく必要がある。なお、『水滸傳』においては非常に有效な指標であった一人稱複數の「俺」は二例、「咱」と「在下」は一例のみ、また二人稱複數の「您」や、複數形「我每」「你每」の例は皆無である。

基準⑤　その他の語

佐藤晴彦氏が『平妖傳』等を分析する際に基準として使用された(1)「一似」「好似」「相似」と打ち消しを強調する「全」、それに「適纔」「適間」の分布について見た。「一似」は「好似」「相似」より古い時期に用いられていたものと思われ、「全」による打ち消しの強調は比較的時代が下がって出現するものと思われる。

以上の諸點について使用數を調査した結果が次の表である。磯部氏が元本に存在したと認定された部分については、右端にその點を明記した。ただし、第八十八～九十回は、元本における「獅子怪」が『西遊記』において三つ認められる獅子妖怪の話のどれに當てはまるかを確定しがたいため、假に當てはめたものであり、これについては確かに元本當時から存在したくだりとは定めがたい。

且不言	且不說	怎生打扮	吾	我等	我們	汝	你等	你們	人稱	恁・兀	一似	好似	相似	全不	全無	全然	適纔＊1	適間	元本
				3	4	1(等)		1						1(韻)	1				
			1(韻)	6	9	4(等3 韻1)	2	4						1(韻)	1		1		
			1	5	4	4(等)	1	2		恁的			1						
			4	1		1(等)		1											
			2	12	1	6(等)		3					1						元
1			4	3		2(等)		1				1	1			1	1		元
			1	1		1(等)						1	1		1				元
	1					3(等2)					1(韻)	1(韻)							元
			1(韻)		2				俺						1				
		2		3		3(等2)													元
		1		2			1					1(韻)	1						
			1(榜)			1(等)													元
			1(頌)		5	1		2										2	元?
			2	3	5			2		恁般		1			1	1		1	元
			1	2	5	3(等2)	2												元
		1		4	12	4(等3)		2				1(韻)						1	元
			2(韻1)	1	2	1(等)	1	1					1			1(韻)			元
				2	5										1(韻)			1	元
			3(韻3)	2	5			2				1(韻)			1(韻)		1		元
			1	1	13			1	在下					1	1				元
		1	1		15	1(等)		1											元
			6(韻5)	1	8														元
		1		1	10	1(等)		1			1				1				
		1	1	1	17			1					1				1		
		2		1	25		1	2							1			1	
	1	1	1	8	12		1	1						1	1				
			1	3	4											1			

內容	回數	韻文形式のせりふ		但見	有詩爲證	不在話下	話分兩頭	怎見得	話說	話表	却說	且說
悟空誕生	1	0／17		5	1+1							
須菩提	2	3／8	須菩提自吟·妙訣(長短)悟空自述(7×8)							1		
鬧龍宮·冥界	3	0／3				1					2	
弼馬溫·那吒	4	0／6				1					2	
鬧天宮	5	0／5		2						1	1	
二郎眞君	6	0／3								2	3	
八卦爐·五行山	7	2／12	悟空自述(7長文)·安天大會		2					1		
觀音東遊	8	4／15	安天大會續き	1	1					1		
魏徵斬龍	9	14／20	漁樵閑話	2	2+8						3	
太宗入冥	10	2／9	魏徵のことば·判官の說明(長短)	1							3	
劉全送瓜	11	1／10	二臣對曰(長短)		2						6	
水陸大會	12	2／13	袈裟(長短)·錫杖(7×8)	2	〔1〕			1			2	
出發·劉伯欽	13	1／10	太白星頌(7×4)	2							3	
收悟空	14	0／4		2							3	
收白馬	15	0／6		3	2						3	
黑風大王	16	0／8		2	1						5	
	17	1／13	悟空來歷(7長文)	4	1				1		3	
收八戒	18	0／4		2					1			
	19	3／7	八戒來歷·くわ來歷(ともに7長文)·烏巢禪師西遊道程(5長文)	1	2						3	
黃風大王	20	1／7	風(悟空7長文)	2	1			1			2	1
	21	1／10	風(老人5×4)	2	1			1			3	
收悟淨	22	2／8	悟淨來歷·杖來歷(ともに7長文)		1				1		4	
道心の試み	23	3／11	有詩爲證(7×8)×2·八戒「口號」	3	3			2			3	
人參果	24	0／7		1	0+1						3	
	25	0／4			2						3	1
	26	0／12		2	7						3	
白骨夫人	27	0／6									4	

且不言	且不說	怎生打扮	吾	我等	我們	汝	你等	你們	人稱	恁・兀	一似	好似	相似	全不	全無	全然	適纔＊1	適間	元本
2		1			10			7			1(韻)								
1			1		2			1											
1				3	4			2			1(韻)	1(韻)							
			1	1	7			2	咱		1		1		1				
		1			12			4							1	1			
		2	1	4	10		1	5							2				
		1		2	16			8							1				
		1	3	1	1	1(等)	1	2			1	1							
				2	15			3											
					3	4(等3)						1		1					
				1	6	2(等)		1							1				
			4	2	7	4(等3)		2							1(韻)		1		
				8	16	1(等)	1	1							4				元
				3	8	1(等)		3			1(好)				2				元
			1	1		1(等)		4						1					元
			1	3	6		1	2						1					
		1		11	23	2(等)	1	9			1(好)				1				元
			1(美)	8	6	1(等)	2	7			1								元
				4	6						1	1							元
				6	12	4(等)		3							1		1		
				4	4	2(等)		2								1			
			2(韻1)	8	6	1(等)		3						1					
			3	1	7		1	3							3				
			2	2	1	1(等)	1	2						1	1				
			4(韻2)	2	5	4(等3)		1									1		
			1	2	6	1(等)	1	11										1	
				5	17	3(等)		1											元
				1	1	6			1						1			1	
			2(美1)	3	6	1(等)	1	2							2(韻1)		2		

內容	回數	韻文形式のせりふ		但見	有詩爲證	不在話下	話分兩頭	怎見得	話說	話表	却說	且說
黃袍怪	28	0／10		3	〔1〕						5	
	29	0／6									4	
	30	1／8	黃袍怪虎を殺さぬ譯(7×4)	1	1			1			5	
	31	0／2									4	
金角銀角	32	2／8	三藏愚癡(7×8)・くわ來歷(7×12)	2					1		2	
	33	0／3		1							5	
	34	1／3	悟空回末(7×2)	1							2	
	35	1／7	悟空來歷(5長文)		1				1		3	
烏鷄國鬼王	36	7／12	三藏愚癡(7×8)・四人議論など	1							1	
	37	2／6	悟空嘆聲(7×4)・袈裟來歷(三藏、7×8)	1							2	
	38	2／4	皇后の言葉(7×4)・庭園荒廢(悟空、長短)								1	
	39	1／6	悟空供狀(7長文)		1				1			
紅孩兒	40	0／4		2	1		1				5	
	41	2／9	龍宮軍(7長文＋7×4)・悟空嘆き(7×8)	2		1					6	
	42	0／3							1		2	
黑水河	43	1／7	三藏愚癡(7×8)	3							4	
車遲國大力仙	44	3／6	悟空自己紹介(5×4)・悟空の姿(7×8)・八戒祈り(長短)	3					1		1	
	45	3／8	聖水求め×2・眞相暴露(いずれも長短)	1							1	
	46	4／4	悟空自慢(7×8)・三藏祈り(7×8)・國王嘆き(7×8)						1		2	
通天河靈感大王	47	2／5	老人の訴え×2(ともに7×4)	2		1					3	
	48	1／6	三藏冬景色(5×18)	2					1		4	
	49	4／8	三藏嘆き(7×8)・くわ・鎚・杖來歷(いずれも7×12)								3	
獨角大王	50	0／6		〔1〕					1		2	
	51	2／9	悟空嘆き(7×8)・悟空作詩(7×4)						1			
	52	1／5	悟空來歷(7長文)						1		3	
子母河	53	0／10		1	1				1		2	
西梁女國	54	0／6		2	1				1		3	1
琵琶洞蠍子女	55	0／5		1	1			1			4	
三藏逐悟空	56	1／5	三藏祈り(長短)	3					1		4	

且不言	且不說	怎生打扮	吾	我等	我們	汝	你等	你們	人稱	恁・兀	一似	好似	相似	全不	全無	全然	適纔＊1	適間	元本
			1	3	2			1							1		1		
			1	1	8	4(等3)		1								1			
	1	1			2			1				1		2			1		元
1			1	1		1											3		元
	1		4(等2)	3	2	3		1						1					元
			1	11	8	2(等)	1	1											
		1＊2	4(韻1)	2	3	3(等2 韻2)				恁般			1	1					
	1		3(等1 韻2)	11	5	1(等)		3			1(韻)				1				元
			1	4	4	2(等)	1					1			1				元
			2	3	18	1(等)											1		元
			1	15	9		1	4											元
			5	9	5(等)		4												
				1	5			1						1			1	1	
			1	3															
					2														
			1(等)	4	11	2(等)		2			1								元
		1		3	13			4										1	元
				2	16	1(等)		1		恁樣							1	1	
			1(韻)	2	6			2								1			
				2	4	1(等)				恁的		1(韻)			1				
1				4	12	4(等2)		1						1		1			
			2(等1)		3										1		3		
			1	4	2			1					1		1				

內容	回數	韻文形式のせりふ		但見	有詩爲證	不在話下	話分兩頭	怎見得	話說	話表	却說	且說
眞假悟空	57	0／3			1						4	
	58	2／4	如來說教(4×18)·如來四猴の說明(長短)		1						2	
火焰山牛魔王	59	1／6	樵の言葉(7×4)	2						1	1	
	60	1／8	悟空供述(蟹として。長短)	1							2	
	61	3／8	悟空·八戒決意表明(ともに長短)·好殺中に會話(7長文)		2					1	1	
金光寺·九頭蟲	62	1／6	二怪供述(長短)	1								
	63	1／5	悟空來歷(7長文)		1						4	
荊棘嶺木仙庵	64	26／30	作詩·聯句など							1	2	
小雷音寺黃眉大王	65	1／9	三藏嘆き(7×8)	1						1	3	
	66	2／8	張太子來歷(7長文)·悟空嘆き(7×8)							1	1	
柿屎衕	67	3／6	悟空來歷(7×10)·僧道の失敗(ともに長短)						1		1	
朱紫國賽太歲	68	1／5	三藏中國史(4長文)	1						1	3	
	69	3／6	悟淨·八戒(藥材の說明)·悟空(藥の說明。いずれも長短)							1	3	
	70	2／12	悟空來歷(7×12)·國王嘆き(7×8)	2							2	
	71	5／9	皇后嘆き(7×8)·太歲怒り(5×4)·悟空來歷(7長文)·鈴(悟空·太歲7×4)						1		3	
盤絲洞蜘蛛精	72	0／10		4	2					1	2	
	73	1／10	悟空嘆き(7×4)						1		2	
獅駝洞三魔王	74	0／2		1						1		
	75	4／11	三藏祈り(7×4)·刀來歷(5×12)·悟空の頭(7×10)·悟空來歷(7長文)								4	
	76	0／2								1	1	
	77	1／3	悟空嘆き(7×8)								2	
小子城	78	2／8	三藏·國丈法論(ともに長短)	4	2				1			
	79	0／8		2							1	

且不言	且不說	怎生打扮	吾	我等	我們	汝	你等	你們	人稱	恁・兀	一似	好似	相似	全不	全無	全然	適纔＊1	適間	元本
			1		14			2	俺			1		1					元
				1	9	1(等)		2							1				元
					10			2		忒恁	1(韻)								元
			1		6			3		兀的2(韻1)					1	1			元
			1	1	28	1(等)		3											
1			2(韻)		10	2(等1)		4							1(韻)		1		
			1		10													1	
	1		1(韻)	2	2	3(等1)									1			3	
				7	9	3(等2)	2	4						1			2		元
				4	15	1(等)				恁地		1(韻)					1		元
			2(等)	4	5	6(等4)		2											元
			3(等2)	3	5	1(等)		4		恁般									
1			6(等3)	5	7	2(等)		1							1				
			1	1	6											1			
			1(美)	2	8	2(等)		1											
			2(韻)		1	1		1				1		1					
	1				9	2(等)		2						1					
1				3	18		1	10			1						1		
			1	2	7	3(等2)		1							1				元
				3	14									1(韻)					元
1			5	2	2	24											1		元

內容	回數	韻文形式のせりふ		但見	有詩爲證	不在話下	話分兩頭	怎見得	話說	話表	却說	且說
地湧夫人	80	3／9	三藏嘆き(7×8二つ、7×4)	2	1						5	
	81	2／8	三藏手紙(嘆き。7×12)・女怪來歷(5×6)	1						1	1	
	82	1／8	女怪嘆き(7×8)	1							2	
	83	1／4	悟空供狀(長短)								1	1
滅法國	84	0／6									4	
南山大王	85	2／9	八戒來歷(7長文)						1		7	
	86	2／7	悟空來歷(7長文)・三藏嘆き(7×8)	1					1		1	
鳳仙郡	87	1／7	郡侯道(旱魃7×12)		1						4	
玉華縣獅子精	88	1／7	棒來歷(7長文)	2	1				1		2	
	89	0／6		1							2	
	90	0／5		2	1						3	
犀牛怪	91	0／7		2	1					1	1	
	92	1／4	三藏嘆き(7×8)								3	
天竺國玉兔	93	2／6	寺(三藏長短)・三藏嘆き(7×4)		1				1	1	4	
	94	3／11	悟空・八戒・悟淨來歷(長短)	2	0+1					1	2	
	95	1／8	杵來歷(7長文)								3	
寇員外	96	0／8		3						1	1	
	97	0／7			1						3	
大雷音寺	98	1／11	船(如來7×8)		1					1	2	
東歸	99	0／6		1						1		
五聖成道	100	0／8			1						4	

「韻文形式のせりふ」の項は、「せりふ／全韻文」の形をとっている。ただし回頭・回末の韻文は算入していない。「有詩爲證」の〔1〕や「1+1」は、詩以外のものがあげられていることを示す。（韻）は韻文、（美）は美文、「吾」「汝」に付した（等）は「吾等」「汝等」の用例數をそれぞれ示す。「人稱」は、項を立てたもの以外で重要と思われる人稱代名詞を示す。「元本」には、磯部彰氏が元本に存在したと認定しておられる部分が「元」として示してある。

＊1「適纔」は第39回以降「適才」と表記されている。

＊2この回の用例は「怎打扮」である。

さて、ではこの結果からどのようなことがいえるであろうか。

二

まず全體的な傾向から見ていくことにしよう。語彙のばらつきは、明らかに『水滸傳』の場合より少ない。その點は、前節で述べた人稱代名詞の狀況からも明らかである。『水滸傳』では多用されていた「俺」「咱」「在下」といった一定のニュアンスを持った人稱代名詞の用例がほとんどないのみならず、二人稱複數の「您」や複數形「我毎」「你毎」の例は一つもない。

同樣のことは疑問詞についてもいえる。今回の調査では疑問詞は對象としなかったが、それは分布にばらつきがなく、調査してもあまり意味があるとは思えなかったためである。「怎麼」が普遍的に見られる一方で、『水滸傳』に多く認められた「怎地」の例はなく、「做甚麼」を原因を尋ねる疑問詞として用いる例も認められない。指示詞においても、「恁」を用いる例が非常に少なく、またやはり『水滸傳』には多く認められた「兀自」「兀的」など「兀」を含む語の例もごくわずかしかない。これらは、『西遊記』の語彙が『水滸傳』に比べてはるかに均質なものであることを示していよう。

では、『西遊記』は、一度に、一人の人間によってまとめられた書物なのだろうか。これまでなされてきた成立史の研究がこの點について否定的であることはいうまでもない。實際、均質化への志向は世德堂本成立以降も持續していたようである。今回の調査において、世德堂本で「吾」であったものが李卓吾批評本では「我」に改められている例が多數確認されたが、これは「我」に統一しようという傾向のあらわれであろう。もとより『西遊記』は時間をかけて形成されてきたものであるに違いない。ただ、おそらく最終的にまとめられたとき、かなり丁寧な書き直しが行われたために、文章が均質なものになったのであろう。しかし、全面的に均質というわけではない。

まずその顯著な事例として、「話表」の分布に注目してみよう。講談由來の語り出しのテクニカルタームとして、「話說」とほぼ同じように用いられるこの語は、『水滸傳』『金瓶梅』『三言』などには用例がなく、主要な明代白話小說の中では、わずかに『封神演義』で少數用いられている程度で、『西遊記』に特徵的な語彙といってよい。そして『西遊記』の中でも、その分布は非常に特徵的なものである。

初めの部分についていえば、第二・五・六・七・八の諸回にこの語が見える。つまり、最初の8回については、3回を除いてすべての回に用例が認められることになる。ところが、第九回以降この語は全く見えなくなり、次に登場するのは何と第五十九回なのである。そして、以後第七十六回までは18回中10回と、かなり高い頻度で用いられている（ちなみに「話說」は三回で用いられており、そのすべてが「話表」の用いられていない回である。つまり、この部分についていえば、「話表」と「話說」の間には棲み分けがあることになる）。第七十七回以降は、第八十一回を唯一の例外として、第九十回までまた用例が見えなくなる。ところが第九十一回以降、再び多く用いられるようになり、殘る10回のうち6回で使用されている。ちなみにここでも、第九十三回を唯一の例外として、「話表」と「話說」が同じ回で用いられることはない。

以上の結果から明らかなように、「話表」の分布は、第八十一回を唯一の例外として、三つの塊をなしていることになる。そして、やはり第九十三回を唯一の例外として、「話表」と「話說」の間にはほぼ完全な棲み分けが成立している。とすれば、『西遊記』は「話表」を使用する部分と「話說」を使用する部分に區分しうるということになる。

しかし、先にふれた「話表」と「話說」が同居している部分の存在が問題になる。しかも、表を見れば明らかなように、「朱紫國」の物語では第六十八・六十九回に「話表」が見える一方で第七十一回には「話說」があり、「盤絲洞」では第七十二回に「話表」、第七十三回に「話說」と、ともに同一の物語の中に兩者が同居しているのである。同じ物語の中で併用されている以上、この區分は意味をなさないのではないか。

だが、內容をよく檢討してみればこの疑問は氷解する。「朱紫國」物語の前半は國王の病氣を悟空が治療すること、後半は妖怪賽太歲と戰って王妃を取り戻すことであり、「盤絲洞」も前半は蜘蛛精、後半は蜈蚣精の話で、ともに二つの個別の物語からなるといってよい。つまりこれらの部分では、來歷を異にする二つの物語をまとめたために「話表」と「話說」が同居する結果になったのであろう。逆にいうと、「話表」と「話說」の使用狀況から、これらの部分については前半と後半で來歷が異なる可能性が見出されるのである。

もう一つ明らかに見て取れるのは、「有詩爲證」の分布狀況である。第三十回までのうち19回、第七〜三十回と更に限れば24回中18回で、それも多くは複數用いられていたこの語が、第三十一〜四十回では、10回のうち3回において、それも各一度用いられているのみであり、第四十一〜五十二回では一つも用例がなくなる。その後第五十三〜六十三回では10回中7回と回復するが、第六十四〜七十七回では第七十二回に2例あるのみで、第七十八・八十回に用例があるものの、その後第八十六回までは一度も用いられていない。そして第八十七回以降は14回中9回と再び回復する。つまり、第七〜三十回、第五十三〜六十三回、そして最後の14回に用例が集中し、他ではわずかしか使用されていないことになる。

「有詩爲證」が存在することの意味については、以前に詳しく論じたことがあり(2)、また第二部第三章でも述べたところだが、ここでもう一度簡單に確認しておこう。その起源は胡曾『詠史詩』などの教育書・教養書と、齊言體形式による說唱藝能の二つに大別されるものと思われ、前者は『全相平話』、更にその延長線上に位置する一連の明代歷史小説に受け繼がれるが、やがて歴史書の體裁を損なうものとして驅逐されていく。後者は、『清平山堂話本』所收の説唱系小説に認められ、『水滸傳』『金瓶梅』や歴史書の體裁を取りつつも、內容的には藝能と密接な關係を持つ「楊家將」「五代史」系統の小説などに受け繼がれ、『三言』においては小説の定式と理解されたためか、『清平山堂話本』においてはこの語が用いられていなかった小説にまで付加されるに至るが、清代に入ると消滅していく。

『西遊記』の場合は、教育・教養書との關係は考えにくい以上、第二の系統に屬するものと見なすべきであろう。從って、この語が用いられている部分は、説唱藝能と關係が深いか、もしくは小説の定式との意識のもとに插入された、つまり成立の新しい部分であるか、そのいずれかということになる。

ここで問題になるのは、説唱形式の一つの指標ともいうべき韻文形式のセリフのある箇所と、「有詩爲證」が使用されている箇所とが必ずしも一致しないことだが、これは『西遊記』における「有詩爲證」が原則として語り手により使用されるものであることに由來しよう。明らかに「漁樵閑話」という形態の藝能の插入である第九回を除けば、登場人物が「有詩爲證」といって詩をとなえる例はないといってよい。(3) これは、小説において登場人物が「有詩爲證」といって詩をとなえるのは不自然であるという意識が發生したことに由來しよう。つまり、小説とはどのようなものであるべきかという基準がある程度定まった段階の本文ということになり、先にも述べたように、最終段階で丁寧な書き直しが行われたであろうことのあらわれではないかと思われる。しかし、たとえ大幅な書き直しを經ているとしても、「有詩爲證」がある部分とない部分がくっきり分かれているということは、やはり原據となったものの性格を反映していると考えるべきであろう。

では、どのような箇所に「有詩爲證」が見られるのか。まず第七・八回だが、ここでは悟空が捕らえられる場面と、それに續く「安天大會」、そして觀音が東に向かう途中で悟淨にあうくだりでそれぞれ一回ずつ用いられている。「安天大會」は延々と韻文・美文が續くという點で『西遊記』の中でも特殊な場面であり、說唱系の藝能に由來するものの插入と考えられる。とすれば、その場面の中と、密接した前後のくだりに見える「有詩爲證」は、說唱のテクニカルタームに由來する可能性が高かろう。續く第九回の「有詩爲證」使用部分が「漁樵閑話」という藝能の插入と思われることも、前述した通りである。これらは說唱系藝能に由來するものと見ることができよう。では、他はどうなのか。

まず、獨立した話が插入されているものと思われる部分として、第十一回の「劉全送瓜」と第二十三回の「試禪心」があげられよう。前者は、つとに太田氏や磯部氏が指摘しておられる通り、楊顯之の雜劇「劉泉進瓜」が『錄鬼簿』に著錄されていることからも分かるように、元以來存在した物語であり、磯部氏は明初に『西遊記』に入ったものと推定しておられる。後者も、特に存在する必然性のない插話であり、元本にあったとも考えられていない。これらは、それぞれ個別の藝能として存在したものに手を加えて『西遊記』に加えられた可能性が高いであろう。

では、その他の「有詩爲證」がまとまって用いられている部位について檢討してみよう。まず第十五〜二十二回、つまり三藏・悟空以外のメンバーがそろっていく過程は、順番が現行取りだったかはともかく、いずれも元本に存在したと思われる部分だが、ここでは第十八回を除くすべてに「有詩爲證」が認められる。更に、續く第二十四〜二十六回の「人參果」では多數使用されており、第二十七回の「白骨夫人」には見えないものの、その後の「黃袍怪」ではある程度使用されているが、それ以降は急速に用いられなくなる。

ここまでの事實から、何を讀み取ることができるであろうか。まず、第一回を別にして、いわば「悟空出身傳」ともいうべき部分には「有詩爲證」が認められないこと。第一回に例があることについては、『水滸傳』や二十回本『平妖傳』の最初の部分においても韻文が多數插入されている點からして、長篇白話小說においては導入部で韻文を多用する傾向があり、その結果「有詩爲證」の使用が要請されたためと見ることが可能であろう。これを別にすれば、この部分には「有詩爲證」は皆無である。しかも、第二回を除いて全く韻文形式のせりふが存在しない。第二回に見える三つの韻文形式のセリフのうち、二つは悟空の師須菩提による妙訣に關わるものである。こうした宗教的な部分で韻文が使用されるのは、原型となった道教系の說唱の影響と考えるべきであろう。ということは、この部分はおそらく宗教的素材をもとに後から插入された可能性が高いものと思われる。これを除けば、「悟空出身傳」では韻文形式のセリフは使用されていない。更に、この部分では「話表」が使用されている。「話表」の使用は第七・八回にも及ぶ。この部分には「有詩爲證」が見えるが、その出現は、さきにも述べたように、「安天大會」という插入されたとおぼしき部分に限られている。「安天大會」を排除して考えれば、「鬧天宮」の物語の終わりまで「悟空出身傳」のパターンが及んでいると見ることも可能かもしれない。

終わりをどこに設定するかはともかく、「悟空出身傳」は「有詩爲證」と韻文形式のセリフを持たず、「話表」を使用するという、『西遊記』の中でも非常に特徵的な部位ということになる。これは、『西遊記』の中で最も人口に膾炙した部分でありながら、實は「西遊」とは直接の關係を持たないという點で本筋とはいえないというこの部位の性格に見合ったものといえよう。おそらくここは、元本にも同じような內容の部分があったとはいえ、別のところで獨自に發達したものが、まとめて『西遊記』の巻頭に置かれたのではあるまいか。韻文を多く含むものの、說唱的要素は持たず、一方、人稱代名詞においては「吾」「汝等」が多く用いられ、「全」の使用は少ない。つまり文體においては、やや文言的で古風である。これはおおむね讀み物として發達した小說のパターンに合致するものといえよう。「話表」はその指標なのではないか。

第九回から第二十二回までは、ある程度例外はあるものの、おおむね韻文形式のセリフと「有詩爲證」をともに用い、「話表」は用いないという點で、「悟空出身傳」とは全く對照的な性格を持つ。これは、說唱の名殘を留めた、もしくは說唱の形式をある程度模倣したものということができよう。この部分はほとんどが內容的に元本と重なると考えられており、古い時期の形態をある程度殘している可能性がある。

ただし、第十七・十八・二十二回で「話說」が用いられていることは注意される。この語は、『水滸傳』『金瓶梅』『三言二拍』ではほとんどすべての回もしくは篇で使用されており、明末には白話小說の定型表現として確定していたものと思われる。その語が、『西遊記』においては局地的にしか使用されていないことについて想定しうる原因は二つある。一つは、『西遊記』本文の成立が「話說」の使用が確定する以前のものであること。もう一つは、『西遊記』が前記の『水滸傳』以下とは性格を異にすることである。しかし、『西遊記』本文の成立が『水滸傳』よりはるかに早いということは考えにくい。とすれば、性格が異なる可能性の方が高いということになるであろう。實際、宗教性が強いことはもとより、韻文形式のセリフを多く持つことなど、『水滸傳』とは本質的に異なる性格を持つものと思われる要素を含むことは事實である。とすれば、逆に「話說」を用いている部分は、『水滸傳』などと同系統、もしくはその影響を受けて成立した可能性が高いという推論が成り立つ。その點から考えれば、第十七回（黑風大王の後半）・第十八回（收八戒の前半）・第二十二回（收悟淨）は、他とは違う系統から入ったか、または後から手を加えられているのかもしれない。

それに對して、續く第二十四〜三十一回には、一度も「話說」がなく、しかも韻文形式のセリフも第三十回に1例あるのみである。その一方で「有詩爲證」はかなり用いられており、特に「人參果」の部分は全篇でも最も多くの「有詩爲證」が使用されている箇所といってよい。そして語彙の面では、「汝」の用例が皆無であり、「吾」の例も少ない一方で、「我們」の使用が非常に多いという特徵を示す。つまり、口語的で、韻文は多用するがセリフ形式のものはなく、「有詩爲證」の使用は多いという、ここまではほぼ『水滸傳』に合致するように見えるが、「話說」が一切使用されていないという點が異なる。他の白話小説にはこのようなパターンのものはあまりないが、唯一、二十回本『平妖傳』の前半はこれに近いパターンを示す。『平妖傳』の前半が比較的早い時期の白話小説のパターンを示すものと思われる點から考えて(4)、このくだりは、『平妖傳』のような樸訥な語り口よりははるかに進歩してはいるものの、パターンとしてはやや古風な敍述の方法によっていると見ることができよう。

それに對して、第三十二〜三十五回の「金角銀角」と第三十六〜三十九回の「烏鷄國」は、韻文形式のセリフを使用し、「有詩爲證」をほとんど用いず、「話說」を用いるという、全く逆のパターンを取る。そしてこの傾向は第五十二回まで繼續する。無論この間のスタイルが完全に統一されているというわけではなく、たとえば「金角銀角」では「怎生打扮」を使用する、あるいは表には出さなかったが、「烏鷄國」のみ「不道」という語を話を切り替えるテクニカルタームとして使用するといった特徴が認められる。また、來歷からいっても、「紅孩兒」「車遲國」は元本にあったと考えられる部分であり、特に後者は『朴通事諺解』で紹介されるストーリーが『西遊記』と細部を除いて一致するところから、現行テキストと元本の間で、ことストーリーの面では大きな變化がないことを確認することが可能である。しかし、語り口の面で格別特徴的なものを見出すことはできない。實際、元本に由來するとはいえ、第九〜二十二回とは違って、「車遲國」では「有詩爲證」は一度も使用されていない。

三

これらの事實は何を意味するものであろうか。まず『西遊記』の部位ごとにある程度まとまった特徴があることは、

これまで見てきた前半の部分については明らかに見て取ることができよう。具體的には、

①第一～八回
②第九～二十二回
③第二十四～三十一回
④第三十二～五十二回

以上の四つがそれぞれほぼ同じパターンのまとまりをなしている（第二十三回は獨立した性格を持つ插入された部分と考えられよう。第九回も同じように見てもよいかもしれない）。しかし、それぞれの部位が均質な內容を持つというわけではない。①は確かに「悟空出身傳」という點で一つのまとまりをなすが、その內部は元本に存在した部分と、その後追加された部分がまじりあっていよう。同樣のことは④にもいえる。比較的まとまりのよい②に異質な要素が含まれることはすでに述べた通りであり、③についても、仔細に檢討すると「人參果」には「怎生打扮」が每回見えるのに「黃袍怪」には一度しかなく、一方「黃袍怪」では頻用されている「且不言」が「人參果」には一つもないというというように、語り口の違いがはっきりと認められる。

つまり、四つの部位はいずれも多樣な來歷を持った物語をまとめて作られているのだが、各部位は、全體としてはほぼ同じような敍述パターンにより構成されていることになる。ここから見えてくる『西遊記』の編纂過程はどのようなものであろうか。

『西遊記』の原型として、まず元本が存在したことは間違いない。推定される元本における敍述の順序が現在の『西遊記』とは大きく異なる點から考えて、元本は一度解體されたのであろう。その後、再編集されるまでに、部位ごとにまとめられていったのではないか。「悟空出身傳」のように獨立した物語となりうる部分が獨立して成長したこと

については特に問題はないが、その他の部分がなぜ部位ごとに異なる形でまとめられたかは定かではない。あるいは、最終的にまとめる際に手を加えた編集者が部位ごとに異なり、それぞれの癖が出たということかもしれない。こうして各部位は一定のパターンでまとめられるが、そこに集められた個々の物語は、多様な原據から集められたものであり、ある程度もとになったものの特徴を刻印されている。

この推定が正しいものと假定して、『西遊記』の後半を檢討してみよう。

さきに第五十二回までを一まとまりとしたのは、第五十三回から「有詩爲證」がまた出現するからである。「有詩爲證」は以後第六十三回まで散發的に現れる。しかし、これをもって第五十三～六十三回を一つのグループとしてしまうわけにはいかない。もう一つの基準である「話說」は第五十五回まで用いられ、一方で「話表」は第五十九回から出現するのである。

そこで更に細かく見ると、「有詩爲證」と「話說」が同居するのは第五十三・五十四の2回であり、「話說」はその後の第五十六回で出現して、以後しばらく姿を見せなくなることがわかる。しかも、第五十三～五十五回の3回においては、前後の回とは異なって、一度も韻文形式のセリフが用いられていない。つまり、この3回は非常に特色ある敍述スタイルを持つということになる。では內容面はどうであろうか。

この3回の內容は、「子母河」つまり西梁女國への導入、「西梁女國」、その續きとしての「琵琶洞」、要するに3回すべてが西梁女國がらみの部分ということになる。そして、ここで語られているのは、すでに早く『大唐三藏取經詩話』にも「女人國」として見える古い物語であった。この前後で古い來歷を持つのはこのくだりだけである。その點から考えても、この3回は獨立した性格を持つものと考えるべきであろう。後半ではほとんど見えない「怎見得」「且說」といったテクニカルタームがここだけにあることは、その點で注目に値する。韻文形式のセリフがなく、「有詩爲證」があり、「話說」その他のテクニカルタームが使用されているということは、『水滸傳』とほぼ共通するスタイルといってよい。「女國」關係の物語は、他とは違う系統に屬するのかもしれない。

この後、やはり「有詩爲證」の使用が認められる「眞假悟空」の話をはさんで、第五十九～七十七回では全體に「話表」が使用されている。ただ、ここで注意すべきは、さきにもふれたように、このうち第六十七・七十一・七十二回では「話說」が用いられていることである。一見二つの語彙が混在しているように見えるが、前述の通り、一つの物語のように見えて、實は「話說」の部分と「話表」の部分は實質的に別の話なのである。

つまり、第五十九～六十六回は「話表」のグループ、第六十七～第七十七回は「話表」「話說」の混合グループということになる。內容的には、前者は大部分が元本に存在した古い話であるのに對し、後者は「盤絲洞」以外は新しい話である。後者に他の部分のような樣式の統一が認められないのは、回數を增やすため多樣な物語を寄せ集め、一部では二つの話を融合させたためかもしれない。なお、「有詩爲證」は、前者のうち2回、後者のうち1回と、あまり使用回數は多くない。ただ、この範圍の中で特徵的なのは第七十四～七十七回の「獅駝洞」である。長さが四回に及ぶにもかかわらず、ここでは「但見」の使用數はわずか1度、「有詩爲證」は全く見えず、「却說」の使用數も比較的少ない。韻文も第七十五回を除けば少なく、第七十四・七十六回には韻文形式のセリフがない。そして「話表」が使用されている。これらの特徵は、「悟空出身傳」の部分とほぼ共通する。この部分は、「出身傳」とともに作られたのかもしれない。

續く第七十八・七十九回の「小子城」は「話說」、第八十～八十二回の「地湧夫人」は「話表」をそれぞれ1度ずつ使用しており、やはり二つのパターンが入りまじっているようにおもわれるが、その後は、第八十五～九十回は「話說」、第九十一～百回は「話表」と、全篇で唯一兩者が同居する第九十三回を除いて、鮮明な棲み分けが認められる。

「但見」と「有詩爲證」については、この最後の部分では全體的に數が少なくなる。韻文形式のセリフも全體に少なめで、特に「玉華縣」では三回で1度だけ、「寇員外」と最後の二回では皆無であり、例外を含みつつも、「話表」の用いられている回での用例は少數もしくはゼロだが、「話說」の用いられている回ではすべてに認められる。つまり最後の十回にも、やや不明確ながら、「悟空出身傳」とほぼ同じ性格を認めることができるのである。

では、これらの事實から、『西遊記』が編集された手順を推定してみよう。

四

『西遊記』の最初と最後はほぼ同じスタイルを取っている。これはおそらく、『西遊記』をまとめる際に、形を整えるため、冒頭と末尾に手が加えられたことに由來しよう。だとすれば、この二つの部分に韻文形式のセリフがほとんど見られないことも說明可能であろう。韻文形式のセリフこそは、詞話形式の刻印ともいうべきものである。『西遊記』が詞話形式の藝能を主たる來源としているとすれば、韻文形式のセリフは藝能の殘滓ともいうべきものであろう。そして藝能形式の名殘は、文字化の進展にともなって拂拭されていくのが一般的である。それゆえ、最終的に手が加えられた（または附加された）最初と最後の部分にはその名殘が認められないのではないか。

そして事實、大部分元本に由來すると思われる第十～二十二回には、一部の例外を除いて多くの韻文形式のセリフが認められるのである。『大唐三藏取經詩話』において各話が詩の形を取るセリフで結ばれていたことを考えあわせても、これは西遊記物語の基本形式が韻文形式のセリフを含むものであることを示すものであろう。從って、元本もこうした形式を取っていた可能性が高いものと思われる。

それに對して、續く第二十四〜三十一回にはほとんど韻文形式のセリフがない。この點から考えて、この部分も手を加えられたか、あるいは後から入ってきたものと思われる。そして事實、このくだりの物語は元本には見えない。ただ、その入った時期が『西遊記』冒頭・末尾の部分と同じとは思えない。この部分は「話表」も「話說」も使用していないからである。この部分が、成立時期がかなり早いものと思われる二十卷本『平妖傳』と似通った性格を持つことを考え合わせると、比較的早い時期に成立し、『西遊記』に入ったのではないかと推定される。

續くくだりは、「話說」を使用する部分である。その範圍は、この語の使用分布から考えれば、第五十八回あたりまでということになるであろう。その中には多様な性格の物語が混在しており、特に「車遲國」と「西梁女國」は、ともに元本由來であるにもかかわらず、それぞれ全く違う性格を持つ。このうち「車遲國」は、「有詩爲證」がないことを除けば第十〜二十二回に近いのに對し、「西梁女國」は前述のように『水滸傳』に近い。「西梁女國」には、「子母河」や「琵琶洞」の話が付け加わって、大きく變化しているものと思われる點から考えて、別のところで展開をとげたものが再び取り込まれた結果、「車遲國」とは大幅に異なるものになったのではないかと思われる。しかし、「車遲國」にも「有詩爲證」が見えないのは、同じグループの他の話にあわせたためであろう。その點から考えれば、第五十三〜五十八回は、第五十二回までとは別のグループと把握すべきなのかもしれない。

やはり「話說」を使用する第八十五〜九十回も、ほぼ同時期に入った可能性が高いであろう。ただし、第八十七回以降「有詩爲證」が用いられ出す點から考えて、この部分を別と考える餘地があることは先の場合と同じである。

一方、第五十九〜六十六回は「話表」を使用しており、最終段階で入った可能性がある。この部分については、大部分が元本にもある話であることが問題だが、あるいは「悟空出身傳」同様、大きな改變を經て後から入れられたのかもしれない。

そして第六十七～八十四回は、「話說」と「話表」が混合した部分ということになる。「朱紫國」や「盤絲洞」において一つの話の中にはっきりとした分かれ目があり、それぞれで「話表」と「話說」が用いられているという狀態から考えて、ここは回數をそろえるため、さまざまな性格のものを詰め込んだ部分なのではないか。「有詩爲證」「但見」や韻文形式のセリフの出方が話や話の中の部位によって一定しないのはその結果なのではなかろうか。

以上の推論に基づけば、『西遊記』の編纂過程は次のようなものだったのではないかと思われる。まず第一段階では、西遊出發の部分がまとめられる。元本でもここから物語が始まっていたものと思われる點からすると、これは當然の手順であろう。次に、おそらく「人參果」などの物語が付け加えられる。この當時、「西遊」の物語は、藝能などの場を經てさまざまなパターンで發達していたのであろう。その中から、まず「話說」を用いていたグループが導入される。更に、悟空出身の物語が加えられ、それと見合う形で末尾が整えられるとともに、牛魔王以下、元本にありながら脫落していた話が、「話說」系統の部分の眞ん中に付け加えられる。「荊棘嶺」や「柿屎衕」のような短い插話的な物語がここで語られていることは、元本にあったさまざまな話がこの段階でまとめて補われたことの現われであろう。それでも長さが不足し、百回に滿たないため、多樣な物語を集めてきて、ここで附加された部分の後に付け加える。

形式や語彙から推定される『西遊記』の編纂過程は以上のようなものである。この點から考えても、『西遊記』の編纂は一度になされたものではありえない。『大宋宣和遺事』の梁山泊物語や『全相平話』に近い簡潔な本文を持っていたであろう元本が、明代を通じて解體・改編されていった過程は、おそらく『水滸傳』の成立過程に通うものだったものと思われる。太田辰夫氏がその存在を推定された『西遊釋厄（尼）傳』は、現行の『西遊記』に見られる物語が一通り具備したが、まだ文章が十分には洗練されていない、つまり『三國志演義』における葉逢春本（というよりその原型）に該當する段階のテキストだったであろう。その後、洗練が加えられた。世德堂本の陳元之序を信じれば、その改編を行ったのは王府の關係者であった。それが古來いわれるように呉承恩であるか、あるいは太田氏がいわれるように魯王府の關係者であるかについては、確實なことをいうべくもない。兩者ともに『西遊記』なる書物に關わったと記錄にある以上、何らかの關係を持つ可能性は高い（もとより旅行記や戯曲『西遊記』である可能性も十分にある）ということしかいえまい。ただ、改訂者はかなりの文章力と教養の持ち主であった。その改訂の結果が、『水滸傳』に比べると部位による變化の少ないものであることは、その人物の技量と、作業が一氣に、しかし手間をかけて滿遍なく行われたことを物語っていよう。王府などで採算を度外視して行われたとすれば、その點は理解しやすくなる。

部位による變化が少ない以上、語彙の分布などから『西遊記』の成立史を探ることは、『水滸傳』の場合に比べてはるかに困難であるが、この變化が少ないという事實自體が、『西遊記』成立の過程の一側面を物語っている。

世德堂本成立以後の變化も、『三國志演義』『水滸傳』の場合とは様相を全く異にする。『西遊記』においては、右の兩書の場合のような全面的な改作は行われず、ただ簡本が作られるのみである。その編集方法は、明末における楊閩齋本のような一段をそっくり削るという亂暴なやり方から、清代における『西遊眞詮』のような、全體にわたってなくてもよい語を細かく削っていくという高度なものへと進化していくが、ただ基本的に削るのみであって、改作するということはほとんどなく、また金聖歎本『水滸傳』で非常に顯著であった美文・韻文の削除も、紙數を減らすために一部を削るのみで、全面的には行われていない。これはなぜであろうか。

考えられる可能性の第一は、前の段階から世德堂本への展開が、『水滸傳』における容與堂本・百二十回本から金聖歎本への展開に該當するものであったから、それ以上の發展を見なかったというものである。しかし、世德堂本のスタイルは『水滸傳』容與堂本に似通い、また『西遊記』の李卓吾批評本は、容與堂本同様に「李卓吾批評」を伴い、版式も類似している點から考えて、刊行主體が不明ではあるが、一連のシリーズに屬するもののように思われる。とすれば、『西遊記』の展開が突出して早かったという可能性は高いとはいえまい。

第二は、讀者層に違いがあったのではないかというものである。知識人讀者向けに變身していった『水滸傳』『三國志演義』とは違い、『西遊記』の讀者には高級知識人があまり含まれなかったのではないか。簡本への一方通行という狀況は、この想定を裏付けているように思われる。

第三は、ある意味で第二と重なるかもしれないが、『西遊記』はあくまで宗敎的な讀み物として受容されていたのではないかというものである。この場合、讀者は多樣な階層にわたるであろうが、讀みやすさ・書坊にとってのコストパフォーマンスのいずれから見ても、簡本へと向かうことは避けがたいであろう。

『西遊記』讀者のより詳細な檢討が必要とは思われるが（ただし、記錄を殘すのは基本的に讀者中に含まれた知識人に限られるであろうから、讀者層の全貌を描き出すことは困難であろう）、おそらく右の三つの要素は、そのうち一つというわけではなく、相互に絡み合いながら『西遊記』テキストを變化させていったのであろう。

では、「四大奇書」の最後の一つ、『金瓶梅』はどのようにして、何を目的に生み出されたのであろうか。明らかに個人の創作と思われるこの小説には、明確な目的が存在したはずである。次章では、この點について考えてみたい。

注

（1）佐藤晴彥「《三遂平妖傳》は何時出版されたか？――文字表現からのアプローチ」（『神戶外大論叢』第五十三卷第一號（二〇〇二年九月））。

（2）小松謙『中國歷史小說研究』（汲古書院二〇〇一）第八章「「有詩爲證」の轉變――白話小說における語りの變遷――」。

（3）唯一、第三十五回の事例のみ、金角大王の口から語られているように見えないこともないが、第三者が金角の口調を借りているようにも見える。

（4）佐藤晴彦「《三遂平妖傳》は何時出版されたか？——文字表現からのアプローチ」（『神戸外大論叢』第五十三巻第一號〔二〇〇二年九月〕）・小松謙「『平妖傳』成立考」（松村昂編『明人とその文學』〔汲古書院二〇〇九〕所收）。

第二章　『金瓶梅』成立と流布の背景

『金瓶梅』成立に關する最も重要な資料とされるのは、沈徳符『萬曆野獲編』巻二十五「金瓶梅」[1]に見える次の記事である。

袁中郎觴政、以金瓶梅配水滸傳爲外典。予恨未得見。丙午遇中郎京邸、問曾有全帙否。曰第睹數巻甚奇快、今惟麻城劉涎白承禧家有全本。蓋從其妻家徐文貞錄得者。又三年小修上公車、已攜有其書。因與借抄挈歸。吳友馮猶龍見之驚喜、慫恿書坊、以重價購刻。馬仲良時榷吳關、亦勸予應梓人之求、可以療饑。……未幾時、而吳中懸之國門矣。……聞此爲嘉靖間大名士手筆、指斥時事。

袁中郎は『觴政』で『金瓶梅』を『水滸傳』の「外典」としている（實は兩者を併記して「逸典」としている）が、私は殘念ながら見ることができないでいた。丙午（萬曆三十四年〔一六〇六〕）、中郎に北京の屋敷で會ったので、「全巻を手に入れたことがあるか」とたずねてみた。すると、「數巻見ただけだが、大變面白い。いま麻城の劉涎白承禧の家だけには完全なテキストがある。おそらく奥さんの實家の徐文貞のところから寫してきたのだろう（このセンテンスは地の文の可能性もある）」ということであった。それから更に三年たって、小修（袁中道）が受驗に上京した時には、もうその本を持っていたので、ついでに借りて寫させてもらって持って歸った。吳（蘇州）の友人馮猶龍（夢龍）はそれを見て驚喜し、書坊に交渉して高い値段で買い取って出版させようとした。馬仲良（之駿）はその時蘇州の稅關の監督官であったが、やはり出版社の求めに應じれば、要望を滿たせようと私に勸めた。……それからいくらもしないうちに、蘇州では評判のベストセラーになっていた。……聞くところによると、この書は嘉靖年間の大名士の手になり、時事を風刺したものだという。

この一文が、その後の『金瓶梅』の作者と成立・出版時期をめぐる論争の出發點となったのである。特に焦點となったのが、『金瓶梅』の作者の正體であったことはいうまでもない。その結果出てきた名前は、古來有名な王世貞說を初めとして、李開先・屠隆・李卓吾・徐渭・李漁・賈三近から沈德符・袁宏道に至るまで、諸說紛々という狀態であり、しかも決定的な證左はない。『金瓶梅』の作者が誰であるかは、現在の資料の範圍內では確定しようのない問題であり、ここで立ち入ろうとは思わない。ただ、次の事實を指摘しておくことは無益ではなかろう。卽ち、沈德符の記述に依據して議論を展開していく以上、その中の都合のいい部分のみを採用して他を無視するという態度は許されないということである。

具體的には、①「麻城劉涎白承禧」が全卷を持っていた。②それは「徐文貞」のもとから寫してきたものである可能性がある。③袁氏兄弟は、當初は一部分のみ見ていたが、後に全卷を手に入れた。④沈德符は袁中道所有のテキストを抄寫した。⑤馮夢龍が出版する意向を示した。⑥それから間もなく蘇州で出版された。⑦作者は「嘉靖間大名士」だという風聞がある。とりあえず成立・流布に關わるポイントとなるのは以上の七點であり、これらはセットで扱うべきものである。つまり、⑦の風聞を記す以上、沈德符は成立時期を嘉靖年間と見なしているのであり、この文章はそれを前提としている。事實そうでなければ、後に論じるように「徐文貞」のもとからテキストが出たという言い方をするはずはあるまい。從って、現存する『金瓶梅詞話』の內容からその成立時期を萬曆中期以降と斷定し、それを前提にした上でこの資料の記述を援用して自說を展開するというのは、嚴正な學問的態度とは言い難いであろう。もとより沈德符の記述が正確であるかどうかは、今日となっては知るよしもない。特に「嘉靖間大名士」云々は、沈德符自身も傳聞として記しているに過ぎず、十分には信を置きがたいことはいうまでもない。しかし、これがほとんど唯一の『金瓶梅』成立に關するまともな資料である以上、我々はこの資料に基づいて議論しないわけにはいかないのである。

先にも述べたように、筆者はここで『金瓶梅』作者論争に參加しようというのではない。本章が目的とするのは、この沈徳符の記述に見える『金瓶梅』の傳存・流布状況をより一層明らかにし、それを通して明末における白話文學をめぐる知識人間のネットワークのありかたを解明することである。

一

沈徳符の記述の中でも、特に重要なポイントとなるのは、最も早い時期に『金瓶梅』全卷を所有していた人物、卽ち「麻城劉涎白承禧」と、その出處と推定されている「其妻家徐文貞」であろう。彼らはいったい何者なのか。

簡單な方からいえば、「徐文貞」とは、嘉靖後期から萬曆初年にかけて政界の大立者として活躍した徐階（一五〇三～八三）のことである。文貞は彼の謚號である。徐階は、嚴嵩・高拱・張居正といった辣腕家と熾烈な鬪爭を繰り廣げつつ、長期に渡って大學士として政治を主導し、しかも右の三者とは異なって、最後まで失脚することなく無事に引退し、故鄉松江で大地主として平和な晩年を送った。彼の一家が鄉里で勢力を張り、海瑞がその橫暴を告發したことは有名な事實である。また彼は陽明學者としても一家をなし、講學を盛んに行ったほか、王龍溪などの陽明學者のパトロンとしても知られる。

では「劉涎白承禧」とは何者か。この點については、馬泰來氏が「麻城劉家和金瓶梅」(2)で明らかにしておられる。卽ち、劉承禧、字は延伯（沈徳符が「涎白」とするのは誤り）、湖北麻城の人、錦衣衛指揮の任にあった。では徐文貞が「妻家」だというのはどういうことか。これも馬氏が指摘しておられるように、劉承禧の妻は、徐階の孫にあたる徐元春の娘であった。では、なぜ松江と麻城というかけ離れた地にありながら兩家は婚姻を結んだのか。これについては、ほかならぬ沈徳符が『野獲編』巻五「世官」と巻八「遠婚」で述べている。「世官」の記事をあげよう。

然當其在相位時、已與陸武惠、劉太保二緹帥締兒女姻。一在荊之景陵、一在黃之麻城。……蓋文貞學問稍雜權術、初欲收二武弁以爲用、不虞後之貽害也。

しかし徐階は、大學士の地位にある時、はやくも陸武惠・劉太保という二人の錦衣衛長官と婚姻關係を結んでいた。一人は荊州の景陵、一人は黃州の麻城の人である。……思うに文貞の學問には多少權謀術數がまじっており、元來は二人の武人を味方に付けて役立てようというつもりで、後に禍根を殘すことになるなどとは考えなかったのである。

陸武惠とは、嘉靖帝から深く信賴されて絶大なる權勢を誇った陸炳、そして劉太保とは劉承禧の父劉守有のことである。つまり徐階は、錦衣衛を掌握していた劉守有と特別な關係を持とうとして、遠隔地であるにもかかわらずあえて婚姻を求めたことになる。ただしここで「相位に在りし時」に婚姻を結んだとするのは、馬氏が考證しておられるように誤りであろう。劉承禧と徐階の曾孫が結婚したのは徐階の死後と思われる。ただ、早い時期に婚約していたことは、狀況からみて十分に考えられよう。

錦衣衛は、扈從・宿衛などをも任務とするが、その最も重要な機能は特務警察としてのそれであった。特に錦衣衛所屬の北鎭撫司が管轄する詔獄は、皇帝直屬の祕密警察の獄として恐れられた。常時スパイを放って高級官僚を監視し、實際に事件が起きると逮捕・聽取に當たるのは、錦衣衛の役割である。徐階が錦衣衛の統率者であった陸炳・劉守有と姻戚關係を結んだのも、政爭の中で有利な立場に立つことが目的だったのであろう。『明史』巻九十五「刑法志三」にいう。

萬曆初、劉守有以名臣子掌衞、其後皆樂居之。士大夫與之往還、獄急時、頗賴其力。守有子承禧及吳孟明其著者也。

（嘉靖以前には文臣の子弟は錦衣衞の地位につこうとはしなかったが）萬曆のはじめ、劉守有が名臣の子の身（正確には邊境防衞に大功を立てた劉天和の孫に當たる）で錦衣衞都督となり、以後はみなこの地位につくことをいとわなくなった。士大夫は彼らと交際し、事件に卷き込まれて危うくなると、彼らの力に賴ることがかなりあった。守有の子承禧や吳孟明は、その代表的な者である。

つまり劉承禧は、疑獄事件に當たって官僚たちを救濟する上で大きな役割を果たしたというのである。陸炳・劉守有にも同樣の事實を指摘しうることは、『野獲編』卷二十一「陸劉二緹帥」に次のように述べる通りである。

景陵陸武惠炳領錦衣最久。雖與嚴分宜比周、而愛敬士大夫。世宗時有嚴譴下詔獄者、每爲調護得全、縉紳德之。……今上江陵在事、以同鄕麻城劉太傅守有領錦衣、寄以心膂。適臺臣傅應楨・劉臺等以劾江陵逮問、賴劉調護得全。奪情事起、五君子先後抗疏、拜杖闕下、亦賴其加意省視。且預戒行杖者、得不死箠楚。劉後以廠璫張鯨株累罷歸、而子孫貴盛不絕。

景陵の陸武惠（炳）は一番長く錦衣衞を統括していた。嚴嵩と徒黨を組んだとはいえ、士大夫を敬愛し、嘉靖帝の御代に嚴しいおとがめを受けて詔獄に入れられた者がいれば、常にうまく取りはからって生命を守ったので、士大夫たちは感謝したものである。……今上（萬曆帝）の御代、張居正が權力を握ると、同鄕の麻城の劉太傅（守有）に錦衣衞を統括させて、腹心とした。折しも言官傅應楨・劉臺たちが張居正を彈劾して逮捕されたが、劉がうまく取りはからってくれたおかげで生命は助かった。張居正奪情の事件が起き、五君子が相次いで上書して廷杖を受けた時にも、劉が氣を付けておいてくれたおかげをこうむった。しかも劉はあらかじめ廷杖を執行する者に注意して、打ち殺されることのないようにしたのである。後に劉は東廠を統括する宦官張鯨の事件に連座して罷免され、歸鄕したが、その子孫はずっと榮え續けている。

「奪情事」とは、萬曆五年、父の喪に服することによって自らの權力に空白を生じさせることを恐れた張居正が、萬曆帝から奪情（服喪を禁ずること）の命を引き出した際、この行爲を彈劾した趙用賢ら五人（いわゆる「五君子」）が廷杖を受けた事件のことである。

このように、陸炳と劉守有・劉承禧親子は、錦衣衞という士大夫の生殺與奪の權を握りうる立場にあって、それなりに罪に落とされた人々を救う役割を果たした。しかし、他方では權臣や宦官と結んで權力をほしいままにしたがゆえの非難をも避けることはできず、陸炳の如きは『明史』においては「佞幸傳」に入れられている。

以上の諸點を踏まえた上で、更に『金瓶梅』をめぐる人々の關係をより詳細に追ってみたい。

二

劉承禧のもとから世に廣まったのは『金瓶梅』だけではない。實は、明末に刋行されたもう一つの極めて重要な白話文學刋行物にも彼は關係しているのである。

臧懋循（字は晉叔）（一五五〇～一六二〇）は、『五雜組』の著者として名高い友人謝肇淛に送った手紙でこう述べている。

還從麻城、於錦衣衞劉延伯家得抄本雜劇三百餘種、世所稱元人詞盡是矣。其去取出湯義仍手。然止二十餘種稍

佳、餘甚鄙俚不足觀、反不如坊間諸刻皆其最工者也。(3)

歸りに麻城を通りまして、錦衣衞劉延伯の家で抄本の雜劇三百餘種を入手いたしました。世に讃えられる元人の曲は餘すことなく含まれております。選擇を加えたのは湯顯祖です。しかしほんの二十餘種が少しはましなだけで、他は品下って見るに足らず、かえって選りすぐりのものを集めた書坊の諸刊本に及ばぬものでした。

ここで述べられている麻城訪問は、萬曆四十一年（一六一三）のことと思われる。臧懋循は「與李孟超書」でも同樣のことを述べている。「錦衣衞劉延伯」が劉承禧のことであることはいうまでもない。そして、この臧懋循が劉承禧から借覽したテキストこそ、元雜劇テキストの流布に當たって決定的な役割を果たした『元曲選』の來源だったのである。「元曲選序」（前半五十種に付されたもの）にいう。

予家藏雜劇多祕本。頃過黃從劉延伯借得二百種、云錄之御戲監。與今坊本不同、因爲參伍校訂、摘其佳者若干、以甲乙釐成十集。

私は雜劇の珍しいテキストを多く所有している。先日黃州に立ち寄った折、劉延伯から、御戲監で寫したというテキストを二百種貸してもらった。現在流布している書坊の刋本とは異なる內容なので、對照して校訂し、すぐれたものを幾つか拔き出して、甲乙の順に十集にまとめた。

劉承禧が所藏していたテキストは、「御戲監」の本を抄寫したものであった。「御戲監」とは、孫楷第氏が考證しておられるように(4)、宦官の官廳である十二監四司の一つで、音樂・演劇を管掌した鐘鼓司のことであろう。つまり、現存する最も大規模な雜劇テキスト群である『脈望館抄古今雜劇』の中心をなすいわゆる「內府本」と同じ來源を持つものと思われる。內府本は趙琦美（一五六三～一六二四）のもとで抄寫されたものである。(5)

さて、以上の記述に從えば臧懋循は、劉承禧から借覽したテキストと自身の所藏本をつきあわせて『元曲選』を編集したことになる。このことは、別に論じたように、『元曲選』の内容からも確認することが可能である。(6) つまり、『金瓶梅』のみならず、『元曲選』というそれに劣らぬ重要性を持つ白話文學作品集にも劉承禧は大きく關わっていたことになる。これらの事實は、劉承禧のもとに白話文學の重要なテキストが集中する傾向があったこと、劉承禧が白話文學に關心を持つ知識人たちと廣く交際していたことを示していよう。

更に、臧懋循の書簡にはもう一つ興味深い事實が記されている。劉承禧所藏の雜劇テキストの「去取は湯義仍に出づ」、つまり湯顯祖もこのテキストに關わっているというのである。なぜここで湯顯祖の名が出るのであろうか。徐朔方氏も述べておられるように、(7) これは萬曆十一年（一五八三）湯顯祖が科擧に合格した時、劉守有も武進士となっていることに由來しよう。つまり兩人は同年の文武進士ということになる。當時劉守有は錦衣衛都督の重職にあったはずで、その身で武擧を受驗しているのは興味深い。ちなみに、劉承禧は父に先立ち、萬曆八年の武擧に會元・榜眼の優等をもって合格している。

文武の違いがあるとはいえ、同年進士ということで湯顯祖と劉守有の間には交際が生じたのであろう、湯顯祖には劉守有に贈った詩も複數ある。(8) おそらくこの縁で湯顯祖は雜劇テキストの整理に關與したに違いない。

更にもう一人、內府の雜劇を目にしたという人物がいる。南曲『玉合記』の作者にして、様々な總集の編纂者としても知られる梅鼎祚（一五四九〜一六一五）である。彼は、明初を代表する雜劇作家として名高い周憲王朱有燉の子孫にあたる朱勤羹（藏書家朱睦㮮の子）に手紙を送って、周王府所藏の雜劇の目錄を見せてほしいと依賴するに當たり、「御筵供奉四百種、鼎祚在燕悉見之（皇帝陛下の御覽に供する四百種も、私は北京で全部見ました）」といっている。徐朔方氏はこれを萬曆十九年（一五九一）のことと推定しておられる。(9) 梅鼎祚は安徽宣城の人で、劉守有のいとこにあたる梅國楨に代表される麻城の梅氏の一族というわけではないが、湯顯祖・臧懋循、更には袁宏道といった人々と親密な關係にあった。彼がどうやって內府のテキストを見る機會を得たのかは不明だが、これらの人脈との關係も想定できよう。

そしてもう一人、以上にあげた人々のすべてとつながりを持つ人物がいる。さきに名をあげた趙用賢（一五三五〜九六）である。趙用賢は江蘇常熟の人。張居正奪情に反對して廷杖を受けた「五君子」の一人であることはすでに述べた通り。その後も剛直な言官として知られ、吏部侍郎にまで上った。彼は湯顯祖・臧懋循・梅鼎祚のいずれとも親密であった。そして廷杖を受けた彼の生命を救ったのが劉守有だったことはすでに述べた通りである。更にもう一つ重要な事實がある。內府本を抄寫した趙琦美は趙用賢の子なのである。つまり內府本のテキストを所有していた二人の人物、趙琦美と劉承禧それぞれの父は、生命を救い救われた關係にあることになる。また趙琦美は、父の後を繼いで、梅鼎祚とも親密な藏書家仲間としての交際をしていた。これらの諸點からすると、憶測の域を出るものではないが、趙琦美と劉承禧の持っていた內府本が同一の來源に基づく可能性、更に梅鼎祚が目にしたという內府本もそれと同一のものである可能性が生まれてこよう。事實、劉承禧のテキストを參照したはずの『元曲選』は、しばしば趙琦美が抄寫した內府本と一致する部分を持つのである。

他方、右にあげた人々の多くは、『金瓶梅』をめぐる人々とも關係を持つ。『金瓶梅』の作者にも擬せられ、早い時期に完全な『金瓶梅』を所有していたという王世貞は、徐階の行狀を書き、臧懋循・趙用賢・湯顯祖とも交流があり、(10)また劉守有の祖父劉天和の墓誌銘を書いている。(11)また、さきに名の出た謝肇淛は、『金瓶梅』の初期の讀者として知られ、しかも自身『金瓶梅』に跋を書いている人物であるが、臧懋循・湯顯祖とは非常に親密であった。やはり『金瓶梅』の初期の讀者である袁宏道も、湯顯祖・梅鼎祚・謝肇淛と非常に親しい間柄にあった。更に、やはり『金瓶梅』の初期の讀者とされる董其昌も、袁宏道・梅鼎祚と親しく、劉守有とも交流があり、(12)しかも趙琦美が抄寫した雜劇テキストを一時所藏していた可能性がある。[13]また、沈德符の記述に名の出る馬之駿も、臧懋循・湯顯祖と交際があった。[14]

このように、『金瓶梅』と『元曲選』の刊行に關わった人々は、複雜な交友關係の網を形成している。そしてその中心に位置するのが劉守有・承禧の親子なのである。その上で、彼ら親子が居住していた地が麻城であるという側面から見直すと、また別の事實が浮かび上がってくる。

三

明末における湖北は、政治においては鐵腕宰相張居正が江陵の人であり、文學においては袁氏三兄弟の公安派や鍾惺・譚元春らの竟陵派がいずれもこの地から出ていることに示されているように、様々な面で人材を輩出した地域であった。わけても麻城は、邊鄙な小縣であるにもかかわらず、湖北の中でも重要な地位を占めている。劉氏父子や先に名をあげた梅國楨、その從子梅之煥、『古今書刻』の著者周弘祖、それに李長庚など、この時期麻城出身で政治的に重要な役割を果たした人物は多い。しかしそれ以上に重要なのは、思想面においてこの町の占める位置であろう。

麻城に隣接する黄安は、耿定向・耿定理兄弟ら著名な陽明學者の出身地であった。彼らを頼って黄安を訪れた李卓吾は、やがて耿定向と決裂し萬曆十四年（一五八六）麻城に轉居した。以後萬曆二十九年（一六〇二）、通州への最後の旅に向かうまで、李卓吾は麻城を根據に活動し、この地は袁宏道ら李卓吾を信奉する人々のメッカとなった。百二十回本『水滸傳』を刊行したといわれる楊定見・袁無涯も麻城の人である。そして李卓吾こそ、その「童心說」において、『水滸傳』『西廂記』を經書にまさる價値あるものと認めることにより、白話文學に對する見方を一變させた人物であった。

では李卓吾と劉守有・承禧父子の間に交流はあったのか。李卓吾の「答耿司寇」にいう。

又安見其挫抑柳老、使劉金吾諸公輩輕我等也耶。……且吾聞金吾亦人傑也。公切切焉欲其講學、是何主意。豈以公之行履、有加于金吾耶。若有加、幸一一示我、我亦看得見也。若不能加、而欲彼就我講此無益之虛談、是又何說也。吾恐不足以誑三尺之童子、而可以誑豪傑之士哉。

（周思敬が弟の周思久に講學をやめさせようとしていることについて）それに柳老（周思久、號は柳塘。耿定向の友人）をおさえつけたということで、劉金吾などの方々に私たちを輕視させることになったりしましょうか。……それに金吾も人傑だと聞いています。彼が講學に來ることをあなたがひたすら望んでおられるというのはいったいどういうおつもりなのでしょうか。あなたと交際することが金吾にとって有益だなどということがあるでしょうか。もし有益だとおっしゃるなら、一つ一つお示し下されば、私にも見て取れましょう。もし有益ではないのに、先方に自分のところに來て役にも立たぬ實質のない話をしてもらいたがるというのでしたら、それはいったいどういうことなのでしょう。そんなことでは子供でもだませますまいに、豪傑の士をだますことができるものでしょうか。

金吾とは錦衣衛の雅稱であるから、劉金吾は劉父子のいずれか、『焚書』に掲載されているこの書翰が、同書の刊行された萬暦十八年（一五九〇）以前のものである點からすれば、おそらく時期的に見て劉守有のことであろう。劉守有は萬暦十六年（一五八八）冬に起きた宦官張鯨（東廠の長官）の事件に連座して除籍されているから、おそらく十七年ごろに歸鄉したものであろう。承禧が父の職を繼いだ時期は不明だが、退職の事情が事情だけに、そのまま續けて引き繼いだとは考えにくく、しかも在職中なら北京にいるはずである。この書簡で述べられている內容については、詳しい事情はわからないが、耿定向が劉守有を講學に呼びたがったことを揶揄しているものと思われる。「劉金吾諸公輩」

という言い方は、自分たちとは對立する存在と見なしているかのようであるが、一方では「人傑」「豪傑之士」ともいっており、一定の評價を與えていた樣子も感じられる。

冒頭で名をあげた袁宏道は李卓吾の心醉者であり、たびたび麻城を訪れている。しかも同じ麻城出身で劉承禧の從兄弟に當たる梅國楨とは親密な關係であり、更に劉守有とは湯顯祖という共通の友人も持っていた（梅國楨も劉・湯兩人と同年の文進士である）。更に、袁宏道の親友であった丘坦（字は長孺）も麻城の人である。これらの諸點から見て、袁宏道の文集には劉氏父子の名こそないが、少なくとも間接的關係はあったものと思われる。また李卓吾歿後のことになるが、袁宏道の弟袁中道については、その『遊居柹錄』巻三に萬曆三十七年（一六〇九）李長庚の船中で劉延伯に會い、周昉の「楊妃出浴圖」などの名畫を見せてもらったとあることは、馬泰來氏が指摘しておられる通りである。(15)『萬曆野獲編』にいうように彼ら兄弟が『金瓶梅』を入手する機會に惠まれたのは、おそらく劉家と交流があったことに由來しよう。

このように、白話文學評價を主張する李卓吾とその一派が勢力を張っていた麻城において、劉承禧が雜劇の內府本と『金瓶梅』を所有していたということは、おそらく偶然ではあるまい。しかも、いわば李卓吾の主張を實踐する形で、白話文學の刊行・流布に大きな役割を果たし、『金瓶梅』刊行にも關わっている可能性がある馮夢龍（一五七四～一六四六）も、實は劉氏父子と關係があるのである。馮夢龍が編纂した『情史類略』巻六「情愛類」には次のような話が記錄されている。

丘長孺、名は坦、麻城の名門の子である。派手好みで、詩や文字に長じた。姉婿の劉金吾も、やはり豪奢な趣味の持ち主であった。蘇州の凌雲翼(16)が彈劾を受けた時、錦衣衛所屬のその子のために、劉は同僚のよしみで運動資金を貸し與えた。その後免職されて歸鄉した凌父子のもとに劉が赴くと、凌は白六生という馴染みの妓女を出し、驚喜した劉は白六生を受け取って借金を帳消しにすることを承知した。しかし劉は「もと粗豪にしてただ郷人に誇示せんと欲するのみ」であった。湖北にあっては丘長孺だけが蘇州の言葉を操れたので、丘と六生は親密になり、やがて丘が劉に六生を譲ってくれるよう求めると、劉は「また俠名を浮慕し、卽日遺贈」した。しかし兩人が以前から密通していたという告げ口を聞いて激怒した劉は六生を毒殺する。かろうじて五百金で屍を購った丘は、六生の面影を求めて蘇州に赴き、六生の姉白二・妹十郎の二人と同棲するが、姉妹の父母に二人を奪われ、長洲の江知縣に訴えようとして朱生に止められ、朱の周旋で白二と結ばれる。數年後、姻戚の「雲間司李」を訪ねて蘇州に來た劉金吾は、無實の罪に問われた白氏の父を救い、禮に來た十郎から丘長孺と引き裂かれた事情を聞くと、「俺に任せろ」といって船を出してしまう。追いかけてきた白氏夫婦に劉は、「お前たちの娘と丘殿には約束があるゆえ、わしが結びつけてやる。百金拂ってやるが、それより多くはならぬぞ」といって金を拂って追い返し、十郎を長孺の家まで送り届けて、「吾以て六生の過ちに謝せん」といった。

丘長孺は、袁宏道（一五六八～一六一〇）の親友丘坦である。丘坦の生沒年は不明だが、袁宏道とほぼ同世代であろう。その義兄にあたる劉金吾もほぼ同世代と思われる。また文中に現れる長洲知縣の江氏とは、やはり袁宏道の親友だった江盈科のことで、彼がこの地位にあったのは萬曆二十年（一五九二）に進士となった後のことである。この時期劉守有はすでに相當の年輩であったと思われるので、ここでいう「劉金吾」は劉承禧である可能性が高かろう。雲間は松江の別稱であるから、姻戚である「雲間司李」とは徐階の一族に違いない。「司李」は刑獄を司る官のことだが、具體的に誰を指すかはわからない。

この記述は、劉承禧の人柄を傳える貴重なものだが、馮夢龍は更に次のようなコメントを付け加えている。

余昔年遊楚、與劉金吾・丘長孺俱有交。劉浮慕豪華、然中懷鱗介、使人不測。……長孺夫人、卽金吾姊、亦有文、所著有集古詩及花園牌譜行于世。

私は昔湖北に赴いて、劉金吾・丘長孺の雙方と交際した。劉は輕薄に豪快華麗な行いを好むように見えたが、心に残忍なものを祕めていて、予測不能の人物であった。……長孺の奥方は金吾の妹で、やはり文事にすぐれ、その著書『集古詩』『花園牌譜』は世に流布している。

つまり馮夢龍は劉承禧と面識があったことになる。これは、萬曆四十八年（一六二〇）馮夢龍が麻城に滞在していた折のことに違いない。この點からも劉金吾が承禧であることは動かないであろう。なお、馮夢龍が沈德符に『金瓶梅』出版を勸めた時期を確定することは不可能だが、馬之駿が吳縣に在職中であった萬曆四十一年（一六一三）頃のことと考えられるので、この段階では馮夢龍が劉承禧を直接知ってはいなかった可能性が高いであろう。

以上見てきたように、白話文學、特に『金瓶梅』及び『元曲選』と關わりを持つ人物は、何らかの形で麻城とつながりを持っていた。これは一つには、白話文學評價のイデオローグともいうべき李卓吾が麻城を本據地としていたことに由來しようが、他方劉氏父子が多くの白話文學テキストを所持していたこととも無關係ではなかろう。そしてその兩者が連動していた可能性も、ないと言い切ることはできまい。

では、なぜ劉氏父子は白話文學のテキストを所持していたのであろうか。そして彼らと『金瓶梅』はどのような關係にあるのか。ここで今度は武官の問題へと方向を轉じる必要が生じてくる。

四

武官とは何か。武をもって朝廷に仕える者がその基本的な定義であることはいうに及ばないが、しかし少なくとも明代においては、この定義は武官の一部にしか當てはまらない。例えば、これまで見てきた劉氏父子の場合はどうであろうか。劉承禧は比較的早い時期に會元・榜眼の優等を以て武進士となっており、父が錦衣衛都督という壓倒的に有利な立場にあったとはいえ、一定の武藝の素養は持っていたようであるが、劉守有が武進士となったのは先述したように承禧の三年後であり、彼が錦衣衛都督にまで進んだのが武人としての評價に由來するものではないことは明らかである。ではどうやって彼はこの地位を手に入れたのか。

『明史』巻七十六「職官志五」には次のようにいう。

錦衣衛、掌侍衛、緝捕、刑獄之事、恆以勳戚都督領之、恩廕寄祿無常員。

錦衣衛は近衛、捜査逮捕、牢獄刑罰を管掌する。功臣の子孫や外戚が都督となって統率し、恩蔭や、位階を示す肩書きのみの例もあって定員がない。

つまり、錦衣衛は「勳戚」により統率され、「恩蔭」の對象だったのである。「勳戚」とは、功臣の子孫や外戚、つまり爵位を受ける存在のことをいう。

明朝は、武將や外戚が跋扈することを防ぐため、行政を擔當する文臣とのあいだに嚴密な境界線を引いた。具體的には、戰功のあった武將や外戚には爵位を與えるが、與えるのは名譽と特權のみであって、行政上の實務には關與させない。一方、文臣には政治上の實權を與えるが、原則として爵位を與えることは禁じられていた。この點は『大明律』「吏律　職制」に「文官不許封公侯」という規程がある通りであり、それが明一代を通じてほぼ守られたことは、例えば王世貞『弇山堂別集』巻六「皇明異典述一」の「文臣封爵」に數少ない例外をあげて論じる通りである。その例外にしても、劉基の如きは建國の功臣であり、王守仁などは身分が文官ではあったものの、軍功を立てたことにより與えられたものであり、他には嘉靖年間の道士陶仲文の如き恩倖の類であって、純粋に文臣としての行政上の功績により爵位を與えられた事例は皆無である。

他方、大學士レベルにまで上った文臣が任子の制により子に官位を授かる場合も、明代後期においては武官である例が多く、特に錦衣衛關係が多數を占める。劉守有が錦衣衛に地位を得たのも、祖父劉天和の功績ゆえであった。そして一旦武官になってしまうと、以後は上に述べた武官の系統をたどって、行政職とは無縁だが警察權などは握りうるようになっていく。また任子以外のルートで武官の地位につく場合、一番多いのは世襲のケースであり、中央・地方を問わず千戶・萬戶などの職は代々引き繼がれるのが普通であった。

つまり、武官の地位につくのは必ずしも武藝に長じているからではなく、多くの場合は任子もしくは世襲によるものであり、邊境地區に配備された軍團を別にすれば、彼らが實際の戰鬪に從事することはめったになく、要するに文官との違いは擔當する職務の相違に盡きるものであった。そして、『金瓶梅』こそはこうした實態を最もよく傳える文獻の一つなのである。

『金瓶梅詞話』第三十回において、蔡京は豪華な誕生祝いを屆けた西門慶の召使い來保に言う。「我安你主人在你那山東提刑所、做個理刑副千戶」。そして與えられた肩書きは「金吾衛衣左所副千戶、山東等處提刑所理刑」であった。この官位が奇妙なものであり、おそらくは錦衣衛を暗示しているものと思われることは、つとに荒木猛氏が指摘しておられる通りである。(17) そもそも、すでに述べた通り「金吾」は明代においては錦衣衛の別稱であった。しかも「山東等處」という以上、彼は山東一省の刑獄をつかさどるはずだが、『金瓶梅』において西門慶や同僚の夏提刑は、清河縣の役所に出勤してそこで權力を行使しており、山東巡撫・布政使司の衙門が存在する濟南府に駐在してはいない。從って、ここでいう提刑所とは、清河縣の警察・裁判權を管轄するものとしか考えられない。つまり、肩書きと實態が乖離していることになる。しかも錦衣衛は地方に設置されるものではなく、北京にしか存在しない。これはどういうことか。

『金瓶梅』の舞臺は山東清河縣だが、そこに描かれているのは北京における錦衣衛高官の生活にほかならないのである。事實、第六十五回の李瓶兒の葬儀における祭文は、「恭惟故錦衣西門恭人」という文句から始まる。『水滸傳』においては、小金持ちとはいえ一介の藥種商にすぎなかった西門慶が、『金瓶梅』ではなぜか突然高位を與えられて權勢を振るい始める。その要因は、西門慶と錦衣衛を結びつける必要性にあったのではないか。

五

ここで問題になるのが、やはり同じ論文で荒木氏が指摘しておられる謝肇淛「金瓶梅跋」に見える次の記事である。これは『萬暦野獲編』と竝ぶ『金瓶梅』に關する古い證言といってよい。

金瓶梅一書、不著作者名代。相傳永陵中有金吾戚里、憑怙奢汰、淫縱無度、而其門客病之、採摭日逐行事、彙以成編、而托之西門慶也。

『金瓶梅』という書には、作者の名前や年代が明記されていない。噂によると、嘉靖年間、ある「金吾の戚里」がその威光を笠に着て贅澤三昧、奔放な振る舞いに齒止めがきかぬ有様であったので、その門客がこれを厭って、毎日の行動を採集記録し、書物の形にまとめて、それを西門慶に託したのだという。

「金吾の戚里」とは、錦衣衛幹部の姻戚ということになろう。この人物について、馬泰來氏は劉守有のいとこ梅國楨を想定しておられるが、もとよりその當否は知る由もない。ただともあれ、劉守有と梅國楨では「永陵中」つまり嘉靖年間という謝肇淛の記述と一致しない。

これも沈徳符の「嘉靖間大名士」同様、「相傳」つまり噂話という形をとっているので、もとより信憑性には疑問がある。しかし、『金瓶梅』のテキストが「金吾」卽ち錦衣衛都督の家に傳えられ、しかもその主人公が錦衣衛副千戸という設定である點を考えれば、この「金吾戚里」という記述は甚だ示唆的といってよかろう。もとより西門慶を批判的に描いたものである以上、所藏者である劉氏父子がそのモデルだとは思えない。しかし錦衣衛に關わる何人かをモデルにし、それゆえに錦衣衛の人々の間である程度興味本位に傳承されていた可能性は否定できないであろう。

では、なぜ沈徳符もしく袁宏道（どちらが話者かは微妙だが、假に袁宏道の言葉だとしても、沈徳符はある程度同じ印象を持っているのであろう）は、劉承禧が所有していたテキストは徐階から來たものと想定したのであろうか。徐階のもとから『金瓶梅』が出たと推定する理由が彼らにはあったと考えるべきであろう。その點で示唆的なのが、先にも引いた『萬暦野獲編』巻五「勳戚」の「世官」の項に見える次の記事である。

予幼時識緹帥徐蘭皐有慶。故華亭相公長曾孫、而太常寅陽元春冢嫡也。衣裝擧動、全如紈袴子無別。時文貞公下世甫三數年耳。

私は幼い時錦衣衛指揮徐蘭皐（名は有慶）と面識があった。亡くなった華亭の大學士（徐階）の長曾孫、太常卿寅陽（名は元春）の嫡子である。衣裝も振る舞いも、名門のどら息子と全く選ぶところのないものであった。その頃は文貞公（徐階）が亡くなって數年しかたっていなかったのである。

徐階の曾孫徐有慶（臧懋循の息子が結婚した女性の兄弟にあたる）も任子により錦衣衛指揮の位にあったのである。沈徳符もしくは袁宏道の念頭には、この人物のことがあったのではなかろうか。

先にも述べたように、筆者には作者論争に立ち入る意志はないが、假に謝肇淛がいうように「金吾戚里」の門客が書いたものだとすれば、著名人の中に作者を見出そうとすること自體不毛な努力ということになろう。沈徳符と謝肇潮の書いていることは、雙方とも嘉靖年間の成立としていることを除けば、完全に矛盾しているのである。そして「大名士」の作か、錦衣衛關係者の作かということになれば、狀況的には後者の可能性の方がやや高いように思われる。しかも兩人がともに嘉靖年間の成立としている以上、萬曆年間の成立である可能性は低いということになろう。內容的に萬曆でなくては現れえない記述があるとする說もあるが、假にそうであるとしても、それが『金瓶梅』が萬曆年間に成立したことの決定的な證據となりうるのは、詞話本までに改作が一切なされていなかった場合に限られる。そして、崇禎本が詞話本から大きく隔たった內容を持つことを考えると、詞話本とその原型の間にも距離がなかったとは考えにくい。萬曆年間の改作を經ているのなら、萬曆にならなければ現れないはずの內容が出てきたとしても別段不思議はない。同時代の生活を描くことを特徵とする小說であったとすれば、刋行に當たって臨場感を持たせるべく最新の話題が盛り込まれることはむしろ當然というべきであろう。

以上の推定が正しいとすれば、『金瓶梅』は錦衣衛關係者の間で育まれ、その一員である劉氏父子のもとから、李卓吾關係者の手を經て江南に傳わり、刋行され流布するに至ったことになる。ではなぜ錦衣衛關係の人々の間でこの小說は傳わったのか。ここで武官と白話文學の關係について考える必要があろう。

六

武官と藏書というと一見結びつきにくい事柄のように思われる。しかし實際には、武官の身で藏書家として知られた人物が明代には何人か出ているのである。その筆頭は、『百川書志』を殘した高儒であろう。高儒については第一部でかなり詳しくふれたが、ここでもう一度確認しておこう。彼は嘉靖年間涿州の人で、武官であったという程度しかその經歷は分からないが、『百川書志』巻十九に著録されている『蘭坡聚珍集』に關わる記述によれば、彼の父は錦衣衛に所屬していたらしく、高儒自身も父の地位を引き繼いで錦衣衛所屬であった可能性が高いものと思われる。そして『百川書志』は、「野史」「外史」という分類を立てて、そこに『三國志通俗演義』『忠義水滸傳』『西廂記』など、他の書目類には決して著録されることのない白話文學を記録していることで有名である。これは、武官ゆえの無教養に由來する原則を逸脱した措置と見られがちであるが、『百川書志』を見る限り、彼が無教養であったとは到底考えられない。むしろ高儒が他の藏書家とは異なった觀點を持っていたことに由來するものと見るべきであろう。

そもそも白話小說、特に歷史小說において、他の文獻に見られない武人の立場に立った主張が認められることは、筆者が別に論じた通りである[18]。明末清初の演劇を見ると、錦衣衛についてもやはり極めて意識的に肯定的評價が加えられる傾向が認められる。

明代後期には、同時代の實際に起きた事件を演劇化することが盛んに行われた[19]。その最初の事例として後世に大きな影響を及ぼしたのが『鳴鳳記』である。この戲曲の前半は、奸臣として惡名高く、かつ『金瓶梅』成立傳說の登場人物でもある嚴嵩・嚴世蕃父子と、夏言・楊繼盛らとの政治鬪爭を、後半は鄒應龍らによる嚴氏父子の打倒を題材とする。嚴氏父子やその與黨である趙文華らが極惡人として描かれるのは珍しいことではないが、惡評の點では嚴嵩と甲乙付けがたい夏言を名臣としている點から見ても、必ずしも公正な立場で制作されたわけではなく、何らかの政治的意圖を持つものと思われる。この芝居にも『金瓶梅』同樣王世貞作者說が傳えられるのも、その點と關わろう。

王世貞は、嚴氏父子と爭って處刑された楊繼盛の親友としてその葬儀を主催し、それがきっかけとなって父を嚴嵩に殺され、自らも免官の憂き目にあった。その彼が、嚴氏父子の惡名を天下に廣めるためこの戲曲を書いたというのは、事柄としては筋が通っていよう。それゆえに王世貞作者說は早くから流布している。例えば焦循の『劇說』にいう。

弇州史料中楊忠愍公傳略、與傳奇不合。相傳鳴鳳傳奇、弇州門人作、惟法場一折是弇州自塡。詞初成時、命優人演之、邀縣令同觀。令變色起謝、欲亟去。弇州徐出邸抄示之曰、嵩父子已敗矣。乃終宴。

王世貞『弇州史料』に見える「楊忠愍公（楊繼盛）傳略」は、傳奇（『鳴鳳記』）と內容が一致しない。噂によると、『鳴鳳記』は王世貞の門人の作で、「法場」の一齣だけは王世貞自身の手になるのだという。この戯曲ができたばかりの時、役者に命じて上演させることにし、知縣を招いて一緒に見た。知縣は顏色を變えて立ち上がり、別れの挨拶をして、大急ぎで立ち去ろうとした。王世貞はおもむろに邸抄（官報）を取り出すと知縣に見せていった。「嚴嵩父子はもう失脚しましたよ」。そして宴會を終わりまで續けたということだ。

この場合ももとより『金瓶梅』同樣、作者を確定することなどできるはずもないが、客觀的に見て王世貞が何らかの形で關わっていると見るのは無理のないところであろう。ただ、そうすると問題が出てくる。ほかならぬ「法場」の場面における陸炳の扱いである。

「法場」とは『鳴鳳記』第十六出「夫婦死節」のことである。楊繼盛の處刑という前半のクライマックスにあたるこの場面で最初に登場するのは陸炳なのである。彼は【北混江龍】の一曲を唱った後、次のような詩を唱える。「執笏垂紳滿帝京、誰人能掃宇寰清。權奸未滅身先死、長使英雄泪滿襟（官僚が都に滿ちてはいるものの、誰がこの世を清められよう。奸臣が滅びぬ前に生命を落とし、それに感じた英雄はいつまでも涙に衣を濡らし續ける）」。いうまでもなく杜甫「蜀相」のパロディであるが、役目柄楊繼盛を處刑せねばならぬものの、內心彼に深く同情している陸炳の心中を示すものであろう。以後彼は終始一貫、花も實もある人物として描かれる。

ところが、王世貞は陸炳に好意を持っていたとは考えにくいのである。『萬曆野獲編』卷五「陸炳扈駕功」にいう。

蓋上幸承天時、行宮遭火。炳負上出煙焰中、以此受眷知。而弇州力辨以爲無之。今觀世廟實錄、備載此事。且只云炳一人負上出。安得謂之無。豈弇州未嘗寓目世宗實錄耶。抑憎其人、因沒其功也。

思うに陛下（嘉靖帝）が承天に行幸された時、宿泊所で火事に遭われた。陸炳は陛下を背負って炎の中から脱出したので、ご寵愛を受けるようになったのである。ところが王世貞はそんなことはなかったと力說している。『世宗實錄』を見るに、そのことを詳しく記載しているばかりか、陸炳一人で陛下を背負って脱出したとだけ書いてある。このことがなかったなどといえるはずがない。王世貞は『世宗實錄』を目にしたことがないとでもいうのだろうか。あるいは陸炳の人柄を憎むあまり、功績まで無かったことにしてしまったのだろうか。

王世貞には陸炳を憎む理由があった。陸炳には嚴嵩父子と密接な關係を結んでその走狗として働いたという一面があり、夏言を陥れるために暗躍したのも彼だったからである。ただし事はそう單純ではなく、嚴嵩のライバルとして徐階が現れると、陸炳は徐階に接近し、姻戚關係を結ぶに至る。楊繼盛の事件で陸炳の取った態度は非常に微妙なものであった。『明史』巻二百十三「徐階傳」には、嚴嵩の命を受けて楊繼盛の追求を擔當した陸炳に對し、徐階が深追いを戒めたことが見える。

この場面で陸炳が好意的に描かれていることに關しては、延保全氏が「『鳴鳳記』的作者及劇作思想內容和藝術成就」[20]で、王世貞が徐階と親しく、陸炳が徐階の姻戚だったことに由來するものとしておられる。ただ、先に見たように、他の場合における王世貞の態度とこれは矛盾する。しかも陸炳を好意的に描くのは『鳴鳳記』のみではないのである。

おそらくは『鳴鳳記』の成功を承けて、明末清初には同時代の政治的事件を題材にした戲曲が多數作られた。その代表は李玉の『清忠譜』と『一捧雪』であろう。李玉は、崑山腔系統の中では平明で庶民的な作風を特徴とするいわゆる蘇州派に屬する。このグループに數えられる作家の例に漏れず、經歷などは明らかではないが、一說によると、彼は萬曆年間首輔の地位を長く占めた申時行の家の家奴であったという。[21] この點については議論の分かれるところであるが、[22] ともあれそれほど高い階層の出身ではなかったことは間違いなかろう。

『清忠譜』は、天啓年間東林黨彈壓に抗して發生した有名な蘇州の市民暴動（いわゆる開讀の變）を題材とし、登場するのは原則としてすべて實在の人物であるが、『一捧雪』はかなり性格を異にする。時代設定はややさかのぼる嘉靖年間であり、敵役の嚴嵩・嚴世蕃父子をはじめ、戚繼光ら史書に名の見える人物が多數登場するものの、主人公の莫懷古・莫昊父子は實在しない。その點では實錄物とは言い難いとも思われるが、ただモデルとなった事件ははっきりしている。卽ち、莫氏父子のモデルはほかならぬ王世貞とその父王忬なのである。世に傳えられるところでは、王忬は所有する「清明上河圖」を嚴世蕃から求められ、惜しんで模本を眞本と僞って與え、それが露見した結果憎まれて生命を落としたのだという。そしてそれに復讐するため王世貞は『金瓶梅』を書き、紙に毒を染み込ませて嚴世蕃に贈ったという有名な傳說になるわけで、その點では『一捧雪』は『金瓶梅』とも無關係ではないことになる。

この話が歷史的にありえないものであることについては、すでに多くの人々が論じている通りだが、李玉が『一捧雪』を著した頃には、世間では事實と信じられていたのであろう。ここでは王氏父子を莫氏父子に、「清明上河圖」を玉杯「一捧雪」に變えるなどの變更が加えられてはいるが、大筋は俗說に沿って構成されている。

さて、この戲曲の第十八齣「勘首」に陸炳が登場するのである。莫懷古の處刑に當たり、忠僕莫誠が身代わりとなるが、もと莫家の門客でありながら莫懷古を賣って榮達を求めた湯勤がそれを僞首と言い立てるので、陸炳が首の眞僞を確かめることになる。この場における陸炳の役割はどのようなものであろうか。そのせりふにいう。

咳。我陸炳豈肯以莫須有三字罵名萬代乎。只是旨意如此、且面鞫一番、再作區處便了。

ああ、この陸炳、「あるやもしれぬ（岳飛を罪に落とした際、その謀反の事實について秦檜がいった言葉）」などという言葉ゆえに萬代の後まで汚名を着たりできるものか。なれど陛下の仰せじゃ、ともあれ一度直接取り調べた上で、どうするか考えればよかろう。

そして以後彼は終始莫氏の側に同情的に振る舞う。つまり『鳴鳳記』以上に善玉の役回りを與えられているのである。『一捧雪』の京劇版ではこの傾向が一層進み、今日もしばしば上演される「審頭刺湯」の場面においては、陸炳は正義の官僚として敵役の湯勤と激しく對立する主役の地位を獲得している。

更にもう一つ、戯曲以外の白話文學作品においても陸炳は善玉の役割を擔っている。『古今小說』第四十卷「沈小霞相會出師表」である。彼が登場するのは、嚴世蕃に反抗して「着錦衣衞重打一百」の判決を下された錦衣衞經歷の沈錬が、嚴世蕃の差し金で打ち殺されそうになる場面である。

喜得堂上官是個有主意的人、那人姓陸名炳、平時極敬重沈公的節氣、況且又是屬官相處得好的。因此反加周全、好生打個出頭棍兒、不甚利害。

幸い棒打ちを擔當する長官は考えのある人でした。その人は姓は陸、名は炳と申しまして、普段から沈公の氣骨に非常な敬意を拂っておりました。その上仲のいい屬官でもありましたので、嚴世蕃の指示とは逆に守ってくれて、棒の先が地面に當たって體には屆かないような打ち方をしましたので、大したことはなくてすみました。

陸炳と沈錬が親しかったことは『明史』卷二百九「沈錬傳」にも見えるが、杖死から救ったということは記されていない。この事件を扱った『出師表』という戯曲（作者は不明）も存在したことが『曲海總目提要』卷四十一に記されており、あるいはこの戯曲にもこうした設定があったかもしれない。

以上の諸點から見て、『明史』では「佞幸傳」に入れられている陸炳が、白話文學の世界では非常に肯定的に描かれていることは明らかであろう。これは、それらの白話文學作品の制作に關わった人々が、『明史』の編者とは異なった價値觀を持っていたことを示していよう。

更に興味深いことに、李玉はもう一つ錦衣衛と關わる作品を殘している。『兩須眉』である。この戲曲は、黄禹金という書生とその妻が李自成・張獻忠の軍と戰って大功を立てるという内容であるが、その中で奴變により張獻忠の手に落ちた麻城に黄禹金が潛入し、麻城の鄕紳劉喬と圖って賊を破る場面がある。麻城の劉氏といえばすぐに劉守有・承禧のことが想起されるわけであるが、果たしてこの劉喬なる人物も彼らと無關係ではない。

この芝居の題材となっているのは、徐鼒『小腆紀年』卷二・彭孫貽『平寇志』卷七に見える事件であり、史實では黄禹金は黄鼎、劉喬は劉僑である。劉僑は、孫楷第氏が考證しておられるように[23]、萬曆二十年の武進士、天啓の時錦衣衛の職を繼いで北鎭撫司卽ち詔獄を管轄し、魏忠賢の意に背いて除籍され、崇禎年間に復職、都督に至っている。そして劉僑の祖父は劉守濟といい、劉守有の兄弟と推定される。劉僑が錦衣衛の職を繼いだのは、おそらく子の無かった劉承禧の後を承けたのであろう。

ただし、『兩須眉』における劉僑は非常に美化されているようである。彼が魏忠賢に反抗して除籍されたのは、『明季北略』卷之二に引く楊漣の「二十四大罪疏」（『明史』卷二百四十四「楊漣傳」にも見える）にも

北鎭撫臣劉僑、不肯殺人媚人、自是在刑愼刑、忠賢以其不善鍛錬、竟令削籍。

北鎭撫司の長官劉僑は人を殺すことによって媚びようとはしませんでした。これは刑を司るにあたっては愼重に運用するという態度ですが、魏忠賢は人を罪に落とす技術に劣るとして、除籍させてしまいました。

とある通りである。しかし張獻忠の件については、『明季南略』卷之一「黄澍辯疏」に引く黄澍の「辯馬士英見誣疏」

に次のようにいう。

有錦衣遣戍劉僑、託文江進美妾・玉杯・古玩・數萬金于獻、即用僑爲錦衣大堂。比左良玉恢復蘄黄、僑削髮私遁、尋送赤金三千兩、女樂十二人于士英。

もと錦衣衛の流人劉僑は、周文江（早期に張獻忠に降った知識人）に託して美女・玉杯・骨董と數萬の金を張獻忠に進上し、張獻忠はただちに劉僑を自身の錦衣衛都督に登用しました。左良玉（張獻忠を討った武將）が蘄州・黄州を奪回すると、劉僑は剃髮してこっそり逃亡し、すぐに黄金三千兩・妓女十二人を馬士英に贈りました。

つまり、劉僑は張獻忠に莫大な贈り物をして錦衣衛都督の地位を獲得し、張獻忠が退却すると、今度は惡名高き奸臣馬士英に媚びたのである。『明季南略』巻之二「九月甲乙總略」には、崇禎十七年九月十八日、福王政府が「賊に降りし劉僑を召して錦衣に補す」と見える。

『兩須眉』では忠臣史可法の配下とされている黄禹金即ち黄鼎も、『明季南略』巻之一に引かれる一連の黄澍の上疏で再三述べられているように、實は馬士英の一黨であった。李玉は馬士英を史可法に改めたのであり、意圖的に黄劉兩人を美化しようとしていることは明らかである。李玉はあるいは黄鼎と關係を持っていたのかもしれない。

このように、李玉の戯曲には歴代の錦衣衛長官が常に肯定的な役回りをもって現れる。これについては、例えば李玉が劉氏と關係を持ち、彼らに媚びるため劉僑、竝びに劉氏三代の錦衣衛長官を連想させる陸炳を肯定的な役回りで登場させたという可能性も無論ある。しかし、『鳴鳳記』以降の流れを考えれば、むしろ錦衣衛長官は、白話文學においては肯定的に描かれるのが常であったと考えるべきなのではなかろうか。そして、もし假に王世貞が『鳴鳳記』の成立に關與していたとすれば、彼は白話文學の世界においては、表向きの世界とは逆に陸炳を肯定的に描いたということになろうし、もし『古今小説』が眞實馮夢龍の編にかかるものであるとすれば、馮夢龍も少なくとも陸炳が肯定的役回りで登場することを排除しようとはしなかったことになる。つまり錦衣衛尊重という傾向は、おそらく白話文學に關與する知識人にまで波及するものであった。しかも『一捧雪』における陸炳の役割が肥大していく點からすれば、こうした傾向は、少なくとも演劇界においては、清代にもある程度受け繼がれていったものと思われる。

こうした見方は、多くの士大夫を救濟したことで「縉紳これを德とす」（『萬曆野獲編』巻二十一「陸劉二緹帥」）といわれる陸炳を「佞幸傳」に入れた『明史』編纂者の態度とは、全く對照的なものといってよかろう。ここに價値基準の大きな相違を見て取ることは誤りではあるまい。從來文字の世界に現れることのなかったこうした考え方が表面化しはじめるのは、おそらく明代中期以降になって生じてくる傾向と思われる。明代における識字層の擴大・商業出版の發展がその原動力であることはいうまでもないが、他にも見逃すことのできない要因が存在する。明代後期における文武間格差の減少である。

七

洪武期においてこそ武官重視の傾向が見られたものの、宋代以降確立した文官優位・武官輕視の傾向は、明にも基本的には受け繼がれたといってよい。しかし、しばしば指摘されるその庶民性のゆえか、明代の士大夫は、宋や清の士大夫とはかなり性質を異にして、武事に勵む者が多く、また上は督師から下は知縣に至るまで、自ら最前線に出て戰鬪に從事する事例も少なくはない。『萬曆野獲編』巻十七「邊材」に曾一本・譚綸らの武藝が述べられているのはその顯著な例であり、同書巻十八「江南訛傳」に、豐臣秀吉の朝鮮侵攻に刺激された江南の士大夫の公子たち（王世貞の子を含む）が武藝を學ぶ結社を作り、それが疑獄事件に發展したことを述べるのは、そうした風潮が廣がっていたことを示す事例である。

一方、武人の側には文雅の道に親しみ、文人を氣取ろうとする傾向が認められるようになる。戚繼光が王世貞らと交際して、ついには「元敬（戚繼光の字）詞宗先生」と奉られるに至った（『萬暦野獲編』巻十七「武臣好文」）ことは有名であるが、他にも『毛詩古音考』を著した陳第、さきにあげた高儒など、重要な學術的業績を殘した武官は多く、更に時代をさかのぼれば、景泰年間戰功により定襄伯の爵位を得ながら、一方では詩人をして名を知られた郭登のような例もある。つまり、中砂明德氏が指摘しておられるように、(24) 明代中期以降「文武のクロスオーバー」が發生していたように思われるのである。

以上の事實と、明代後期になって急速に出版が擴大し、通俗的教養書・娯樂書の類が大量に刊行され始めることとは、無關係ではあるまい。これらの書物は、いうまでもなく商業的目的を持って出版されたものである。ということは、一定の需要がそこに存在したことを意味する。ではどのような人々がそれらの書物を求めたのか。文字で記された比較的高價なものである以上、もとより一般庶民ではありえない。しかし他方、多く歴史的事實などから大幅に逸脱した點を持つことなどから考えても、歴とした士大夫は、少なくともその表だった讀者にはなりえなかったであろう。ここで想定しうるのは、古典的教養はそれほど高くはないが一定以上の識字能力を持ち、かつ相當な經濟力を持つ階層であろう。しかも當時の流通の狀況から考えて、その中心は都市住民であったに違いない。當時こうした條件に當てはまりえたものとしては、二種類の人々が考えられる。卽ち、富裕な商人と武官である。そして、商業出版である以上、出版物は受容者の好みに合ったものでなくてはならない。つまり、武官の嗜好に合わせた書物が刊行される條件が整っていたことになる。そこに投影された價値基準が從來の士大夫向け書物におけるそれとは性格を異にするのは、いわば當然のことであろう。

ここに、從來文字の形で記される機會に惠まれず、ましてや出版されることなど望むべくもなかった文獻が刊行される機會を與えられることになる。もとより文字の世界以外についていえば、武官は演劇・藝能の重要な顧客であった以上、彼らの嗜好に合わせ、場合によっては彼らに媚びるような內容のものが上演されていたであろう。それがおそらくこの時期になって、刊行物の形を取って世に流布し始めるのではないか。つまり、從來表面化することのなかった動きが、ここで顯在化してくるのではあるまいか。かつて筆者が指摘したような『楊家府世代忠勇通俗演義傳』などの「武人のための文學」ともいうべき小說の刊行[25]、更には先に見た陸炳らを美化し、錦衣衞の立場を強固に主張する一連の白話文學作品の出版はその現れと見ることもできよう。そしてこの動きは、從來の士大夫による文言文學にあきたらず、「眞」なるものを求める時代の動きとも卽應するものであった。直截的な感情表現を求め、「童心」の希求に至るこの傾向は、自分たちの求めるものを、それら新たに文字化され始めた白話文學に見出す。

『金瓶梅』という過去にその例を見ない小說が誕生しえた要因の一つはそこに求めうるのではなかろうか。ここに、武官というかつて眞劍に記錄の對象とはされることのなかった人々を主たる題材とし、しかもおそらくは彼ら自身を主たる讀者と想定した、彼ら武官たちの興味を引きうる小說が成立した。そこには、從來の知識人とは全く異なる價値基準が投影されていた。そして折しも、知識人の側においても從來とは異なる、いわば武官らのそれに一脈通う意識を持った人々が生まれていた。これもいわゆる文武のクロスオーバーがもたらしたものであろう。『金瓶梅』は、李卓吾の一黨を初めとするそうした人々の間で、空前の眞實なる書物として極めて高い評價を得るに至った。これこそ、この他に類例を見ない書物が成立し、流布し、ついには刊行されるに至った背景なのではなかろうか。

注

（1）『萬暦野獲編』のテキストは、「元明資料筆記叢刊」本（中華書局一九五九）第三版（一九九七）による。
（2）初出は『中華文史論叢』一九八二年第一期。ここでは蔡國梁選編『金瓶梅評注』（漓江出版社一九八六）による。
（3）「寄謝在杭書」（『負苞堂文選』巻四、『負苞堂集』（古典文學出版社一九五八））。
（4）孫楷第『也是園古今雜劇考』（上雜出版社一九五三）「三　板本」。
（5）孫楷第前掲書及び小松謙『中國古典演劇研究』（汲古書院二〇〇一）Ⅱの第三章「『脈望館抄古今雜劇』考」。
（6）小松前掲書Ⅱの第五章「『元曲選』『古今名劇合選』考」。
（7）徐朔方『晩明曲家年譜』（浙江古籍出版社一九九三）２「臧懋循年譜」萬暦四十一年の項及び同書３「湯顯祖年譜」萬暦十一年の項。
（8）馬泰來前掲論文「附記一」に指摘がある。
（9）徐朔方前掲書３「梅鼎祚年譜」萬暦二十三年の項。
（10）臧懋循には王世貞の死を悼んだ「哭王元美」詩があり（『負苞堂詩選』巻三）、その中に「哭公纔是識公年」という句がある。趙用賢に對しては、彼が許されて都に歸る際に贈った「送呉晉陵趙常熟二太史賜環入朝」（『弇州續稿』巻二十）以下、複數の詩を贈っている。湯顯祖との關係については、銭謙益『列朝詩集小傳』に見える湯顯祖が王世貞の文集のうち漢文・唐詩に基づく箇所をチェックしたという故事が有名だが、そのことは湯顯祖が王世貞の子王士騏に送った書翰（「答王澹生」（『玉茗堂尺牘』一））にも見える。
（11）「明光祿大夫太子太保兵部尙書贈少保劉莊襄公墓誌銘」（『弇州四部稿』巻八十六）。ここで述べるところによれば、墓誌銘を依賴したのは劉天和の孫の守復だという。おそらく守有の兄弟または從兄弟であろう。
（12）馬泰來前掲論文注（25）。
（13）孫楷第前掲書「一　收藏」。
（14）臧懋循には馬之駿に贈った「秋江歌再別馬仲良」という詩があり（『負苞堂詩選』巻一）、湯顯祖には書翰（「答馬仲良」（『玉茗堂尺牘』六〕）がある。

(15) 馬泰來前掲論文。

(16) 淩雲翼の名は『金瓶梅詞話』第六十五回に見える。この點については、荒木猛「『金瓶梅』に於ける諷刺と洒落について」（『國語と教育』〔長崎大學國語國文學會〕第十九號〔一九九四年二月〕、後に『金瓶梅研究』〔思文閣出版二〇〇九〕に第二部第五章「『金瓶梅』の創作手法（1）――諷刺と洒落について――」として收錄）に詳しい。

(17) 荒木猛「「金瓶梅」における諷刺――西門慶の官職から見た――」（『函館大學論究』第十八輯〔一九八五年五月〕、後に『金瓶梅研究』に第三部第四章として收錄）。

(18) 小松謙『中國歷史小說研究』（汲古書院二〇〇一）第六章「『楊家府世代忠勇通俗演義傳』『北宋志傳』――武人のための文學――」。

(19) 小松謙「吳梅村研究（前篇）」（『中國文學報』第三十九册〔一九八八年十月〕）。

(20) 『六十種曲評注』（吉林人民出版社二〇〇一）第四册「鳴鳳記評注」の「總評」。

(21) 焦循『劇說』巻四。

(22) 胡忌・劉致中『昆劇發展史』（中國戲劇出版社一九八九）第四章「昆劇的繁盛（下）」第二節「李玉と『清忠譜』」などは、この說に否定的である。

(23) 孫楷第前掲書「三　板本」九八頁以下。

(24) 中砂明德『江南　中國文雅の源流』（講談社選書メチエ二〇〇二）第四章「北虜南倭」「文武のクロスオーバー」。

(25) 注（18）に同じ。

結び

以上、第二部から第四部まで論じてきた「四大奇書」の發展過程は、全體として第一部で提起した問題、つまり嘉靖年間までの狀況を受けて、萬曆以降、明末から淸初にかけての時期に、白話小說がどのように展開していったかという問題に對する回答となっているといってよかろう。

白話小說の刋行は、古くから書物を讀むという行爲に對して與えられてきた觀念、つまり勉強としての「讀書」という概念から大きくはずれることのない部分から出發した。つまり、字は讀めるがそれほど教養が高いわけではない人々、具體的には武官・宦官・富裕な商人、更には知識人家庭の子供などを對象としたわかりやすい歷史讀み物としての歷史小說が、おそらくは啓蒙書もしくは教養書として制作・刋行されたのである。その素材として使用されたのは、いわゆる『資治通鑑綱目』をもとに、受驗用に編集されたいわゆる綱鑑系史書と、講談の種本であった。そして、それらの書物が對象としていたさまざまな時代の中でも三國時代を扱った部分が先行して成熟する。これは、主人公である劉備・關羽・張飛の性格ゆえに藝能の世界で發達し、武官などの受容層にも歡迎される理由があったことに由來するものであろう。こうして、『三國志演義』が形成・刋行される。

おそらくこれと竝行するように、やはり從來の「讀書」の概念から大きくかけ離れるものではなかったであろう宗教的布教書の中から、三藏法師の西天取經の物語が大きく發達し、『西遊記』が比較的早い時期に文字化され、刋行されたものと思われる。

他方では、戯曲や文言小説の刊行に見られるように、從來の知識人にもある程度許容されていた娯樂性を持つ讀書の具に供するための書籍が出版される動きが存在した。これは、廉價な書籍を刊行する出版技術の進歩・科擧制度の變化と貨幣經濟の擴大に起因する識字者の增加などとあいまって、都市の下層識字層（『水東日記』における葉盛の言葉を借りれば「農工商販」）や女性という新たな讀者層を開拓しつつ、『成化説唱詞話』のような藝能の文字化などを經て、『六十家小説』のような白話短篇小説集の刊行に至る。これらの書物が、いずれも小規模な形で分賣されていたように思われるのは、購買層の經濟力をある程度反映していよう。この潮流は、『三國志演義』や『西遊記』を娯樂書として享受する方向へと進んでいく。

こうした動きは、知識人層とも無關係ではない。特に、士大夫の範圍が限定されず、社會的上昇と下降のテンポが非常に速かった明代においては、知識人層と庶民層の動きはある程度連動するものだったであろう。また女性讀者の多くは、書籍を購入・享受する習慣を持っていた士大夫の家庭の婦女だったに違いない。更に、武官は士大夫とともに支配層を形成し、また士大夫の子弟は恩蔭により武官となる例が多かった。つまり、想定される初期白話小説の讀者は、さまざまな形で士大夫とリンクする人々だったのである。こうして、白話小説を讀むという行爲は、高級知識人層にも波及しはじめる。

高級知識人が讀者に參入することは、作品の變質をもたらす。『三國志演義』はその顯著な例といえよう。葉逢春本などの建陽系諸本に見られる生硬な文體は、嘉靖本・吳觀明本などの整った文章とはまことに對照的である。これはおそらく、讀者層の要求に合わせた書き換えが行われた結果であろう。そして、建陽において經濟力に乏しい購買者向けの簡本が制作されるのとは對照的に、江南や北京ではより內容を充實させる方向に向かう傾向が生じる。これは、江南や北京において想定されていた讀者層が、士大夫を含む富裕層であったことを反映していよう。そして、建陽で取り入れられた花關索物語が、江南・北京における刋本に最終的には受け入れられないことは、『三國志演義』がより知識水準の高い讀者に向けたものとなっていく方向を決定づけるものであった。

こうした時期に、『水滸傳』の刋本が登場する。非常にレベルの高い白話文を持つこの小説は、藝能から生まれたものではあるが、現行テキストの成立にあたっては、かなり教養の高い人物が關與したものと考えるべきであろう。そして、刋本の性格や刋行事情から見ても、讀者には社會の上層に屬する人々が多かったのではないかと思われる。『水滸傳』のような白話小說を制作・刋行し、知識人を含めた支配層の人々が讀むという狀況は、おそらく陽明學、特にいわゆる陽明學左派といわれる思想の流行と關わるものであろう。天眞爛漫をよしとし、「俠」を重んじるこの思想にとっては、『水滸傳』は一つのバイブルたりうるものであった。そして『水滸傳』本文には、確かに陽明學の影響を受けた形跡が認められるのである。

萬曆期、陽明學左派の中でも最も過激といわれた李卓吾が「童心說」を唱え、『水滸傳』と『西廂記』を最高の文學と讚えたことは、高級知識人の白話文學受容と、知識人を顧客とする書坊の白話文學作品刋行にお墨付きを與えるものとなった。こうして、眞僞の程は知らず、「李卓吾批評」を稱する白話文學刋行物が大量に出版されるに至る。

この動きの中で、知識人は白話小說の創作に關與しはじめる。『金瓶梅』は、おそらくそのようにして生まれた最初の長篇白話小說である。こうして白話小說に知識人の視點が導入され、文學的レベルが向上するとともに、讀者の知識レベルに應じた階層化が生じはじめる。馮夢龍によるものといわれる『三言』や、凌濛初による『二拍』のような、知識人の手になる短篇小說集の刋行も、この流れの中に位置づけられるべきものであろう。そこにはいわゆる「擬話本」、つまり藝能のスタイルを模倣した知識人による創作作品が大量に含まれるようになる。

一方、激しい競争の中で、差別化を圖るため、書坊は刋行物に附加價値を與えることを目指しはじめる。具體的には批評の追加と、內容の改變である。實はこの兩者は連動するものといってよい。批評のレベルが上がりはじめると、批評者の意向を反映した改作が施される傾向が生じる。こうして、文章技法や敍述の組み立て方、人物描寫の手法などが論じられるようになり、白話小說の書き方が理論化されるに至る。こうした動きの結果として、明末淸初期には金聖歎による『水滸傳』、毛宗崗による『三國志演義』が作られる。改作者は不明だが、崇禎本の『金瓶梅』も同じ方向性を持つ改作例であり、淸代に入ると張竹坡批評を付して、金聖歎本や毛本と同じようなスタイルで刋行されるに至る。「四大奇書」以外では、馮夢龍による『平妖傳』や『列國志傳』の改作（というより增補と全面的な書き換え）も同じ流れに位置づけることができよう。『三言』にみえるいわゆる古話本にも、同樣の改作が施されている可能性がある。これらは、おそらく臧懋循による『元曲選』など、戲曲刋本において起きた現象の後追いという側面を持つものかもしれない。

ただ、「四大奇書」のうち『西遊記』のみには、簡略化という方向性以外の改作はほとんど施されなかった。「李卓吾批評本」の批評の貧弱さなども含めて、『西遊記』のみは他の三種と性格を異にする點があるのかもしれない。これは讀者層の性質などとも關わって、今後檢討すべき問題であろう。

こうして淸代初期には、白話小說は、ある種の高級知識人がその制作に從事しうる營みとなりつつあった。知識人が小說を創作するにあたっての理論も、すでに金聖歎らによって整備されていた。こうして、『儒林外史』や『紅樓夢』のような、知識人の創作になるある程度近代的な小說が生まれる條件が整ったことになる。

他方で、藝能由來のより庶民的な物語は、書坊の手により、おそらくは貸本屋を通して廣まる安價な書籍として大量生產されることになる。一連の『說唐』シリーズなどはその好例であろう。こうして、讀者の階層化に應じた商品が提供されるという出版市場の狀況が形成される。ここまで來れば、近代的出版まではあと一息であろう。

こうした狀況を形成したのは、劇的に出版量が增加した萬曆期を中心とする明代後期という時代であった。我々は、「四大奇書」を通してその過程をはっきりと見て取ることができる。「四大奇書」は、その文學的價値において中國文學の最高峯に位置する作品群であるのみならず、時代を透視し、出版メディアによる社會の變遷を具體的にたどる上でも、かけがえのない意義を持つ文獻なのである。

あとがき

私と「四大奇書」の出會いは、おそらくたいていの方と同様、子供向けに書き直された名作集を通してのことでした。最初に讀んだのはたぶん『西遊記』だったでしょう。出版社などは覺えていませんが、ちょっと豪華な感じの裝丁で、なかなか味のある插繪がついていました。同じシリーズで『三銃士』『源平盛衰記』『聖書物語』なども家にありましたが、どれもなかなかよくできたダイジェストで、その後四冊とも一生を通じての愛讀書になった（『源平盛衰記』については、原文で讀んだのはもちろん『平家物語』でしたが）のも、出會いがよかったからでしょう。

次にふれたのは、『三國志演義』と『水滸傳』でした。昔よくあった兒童文學全集の一冊に二篇抱き合わせで入っていたのです。全集をそろいで買ってもらえるほどお金持ちではありませんでしたから、兄か私がこの卷がほしいといったのでしょう。『三國志』の插繪が中國の連環畫のようなあっさりしたものだったのに對して、『水滸傳』の方は極彩色の強烈な繪柄で、おまけに中身も人肉饅頭などが出てくるものですから、子供としては本能的な嫌惡を感じて、主に『三國志』の方を愛讀していました。前についていたカラー口繪は、一枚目が武松の虎殺し、三枚目が高廉が雲に乘って舞い上がるところ、二枚目は見開きの大畫面で、赤壁の戰いで張遼が黄蓋を射るところでした。私が持っている『三國志』や『水滸傳』のイメージには、今でもこの繪の影響が殘っているようです。後には解說として、藤堂明保先生が『三國志』『水滸傳』について子供たちとされた對談がついていました。今から思えば、金聖歎のことなどにもふれた本格的な內容で、「宋江のどこが偉いのがさっぱりわからない」というようなことも述べておられたように思います。「四大奇書」という言葉を知ったのも、この解說が最初だったのでしょう。もちろん、『金瓶梅』について詳しく知る機會はありませんでした。

その後、大學に入るまで「四大奇書」に深くふれる機會はありませんでした。わずかに、テレビで中村敦夫主演（林冲役でした。おかげで後年、林冲物語が日本の時代劇の類型にぴたりとはまることに氣がつくことになりました）の「水滸傳」を見たこと（ハナ肇が武松というのは、當時すでにショッキングでした）、吉川英治の『三國志』を讀んだことぐらいです。『西遊記』については、「悟空の大冒險」というアニメを覺えています。

大學に入ってから、いろいろ迷った末に元雜劇を專門に選びましたが、歷史小說にも興味があって、卒業論文は元雜劇の歷史劇について書きました。その後、必要に應じて「四大奇書」のそこここを拾い讀みしていたのですが、あちこち讀んだだけでわかった氣になってはいけないと全部通讀することにしたのは、ずっと後になってからのことでした。

幸か不幸か勤務先が自宅から遠いものですから、電車に乘る時間が長く、しかも通常の通勤經路とは逆に大阪から京都に向かいますので、ゆっくりすわって讀書することができます。原典・教養書・娛樂書を循環させながら讀んでいく中で、「四大奇書」も改めて通讀することができました。通して讀んでみると、なるほど『三國志演義』『水滸傳』の終わりの方は面白くないとか、『西遊記』は終盤になってもだれないように工夫がこらされているとかいったことが見えてきます。なぜ『水滸傳』があれほどまでに重んじられるのかということも、ようやく理解できるようになってきました。

讀み通すのに一番苦勞したのは『金瓶梅』でした。そもそもあの內容を電車の中で讀むとこと自體はばかられるのですが、これは中國語で書いてあるから大丈夫だろうと開き直って（隣に中國人が乘っていないことを祈りつつ）、公衆の面前で讀み進めることにしました。しかし、果てしもなく宴會や男女のいさかいなどが續き、しかも救いになるような内容が全くといっていいほどないこの長い小説を讀み通すことには、多大の忍耐力を要しました。けれども、我慢して最後まで讀み終えたとき、どう表現していいかわからないのですが、大變なものを讀んでしまったという、他の書物を讀んだ際には經驗したことのない重いものを感じました。説明はできませんが、後から考えれば、「これが文學だ」としかいいようのない強烈な衝撃を受けたのでしょう。

こんなことをしつつ、研究の方では、本來の專門である中國演劇について、元雜劇を中心に考察を進める一方で、「四大奇書」以外の歴史小説について論考をいくつか出して、最終的には『中國古典演劇研究』『中國歴史小説研究』という二冊の書物にまとめました。しかし、他の小説を讀むにつけ、やはり「四大奇書」が抜きんでた存在であるという認識は深まる一方です。そこで、正々堂々と「四大奇書」を正面から扱おうと、まずは職場で「『四大奇書』の研究」という講義を二年連續でしながらいくつか論文を發表しました。その過程で、文章と描寫に興味が向いて、『「現實」の浮上』という中國文學における現實描寫について通史的に考える本を書き下ろしましたが、この書物の中核をなしていたのも「四大奇書」でした。續いて、いよいよ「四大奇書」についての考えをまとめようと、「『四大奇書』の研究」ということで科學研究費を申請したところ、幸い採擇していただくことができて、その成果がこの書物として結實したということになります。

ただ、「四大奇書」という以上、四篇すべてを扱わなければならないのですが、困ったことに『西遊記』だけは、どうしてもうまくまとめることができませんでした。これは『西遊記』が嫌いという意味ではありません。むしろ讀む上では、一番といっていいぐらい好きなのですが、研究對象としてはどうしてもうまくまとまらないのです。これはおそらく、私が興味を持っているテキスト研究や成立史の問題について、太田辰夫・磯部彰兩先生をはじめとする方々による立派な研究の蓄積がすでにあるために、なかなか新しいものを見つけ出すことができないためでしょう。今回、語彙調査による一文をまとめては見ましたが、滿足のいくレベルに達することはできていません。せめて他の方の參考になる點があれば幸いなのですが。これから精進していきたいと思います。

私の目的は、これらの書物を通して當時の社會を描き出すこと、さまざまな階層の人々が何を考え、どのように書物にふれていたのかを明らかにすることにあります。このあとがきでは、私自身がどのように「四大奇書」と關わってきたかを書いてきましたが、昔の人々も、それぞれの立場に應じて、それぞれのやり方で「四大奇書」と向き合ってきたはずです。この書物が、その實態の一端でも明らかにすることができているようでしたら、とてもうれしいことです。

各章の初出は次の通りです。

第一部　書き下ろし

第二部

第一章　書き下ろし

第二章「三國志物語の變容」（『中國四大奇書の世界』〔和泉書院二〇〇三〕所收）

第三章「『三國志演義』の成立と展開について——嘉靖本と葉逢春本を手がかりに——」（『中國文學報』第七十四册〔二〇〇七年十月〕）

第三部

序　章　書き下ろし

第一章　「『水滸傳』成立考――内容面からのアプローチ」（『中國文學報』第六十四册〔二〇〇二年四月〕）
第二章　「『水滸傳』成立考――語彙とテクニカルタームからのアプローチ」（高野陽子との共著）（『中國文學報』第六十五册〔二〇〇二年十月〕）
第三章　書き下ろし
第四部
序　章　書き下ろし
第一章　書き下ろし
第二章　「『金瓶梅』成立と流布の背景」（『和漢語文研究』創刊號〔二〇〇三年十一月〕）
結　び　書き下ろし

それぞれの論文が出た後に發表された研究については、できるだけ氣を配ったつもりではいますが、不十分なところがあるかもしれません。不行き屆きの點についてはご寛恕いただければ幸いです。

本書は「四大奇書」研究の中間點にすぎません。現在は『水滸傳』と演劇の關係について考察を進めているところで、すでに論文を二本發表濟みですが、これらは殘念ながら本書には間に合いませんでした。今後ともがんばっていきたいと思っております。

最後に、お世話になった方々に感謝の言葉を述べさせていただきたいと思います。

まず、本書第三部第二章の共著者である高野陽子さん。高野さんは、京都府立大學入學以來、終始一貫して『水滸傳』の研究を續けて、立派な修士論文を書かれました。本書の第二部は、高野さんの研究がなければまとまらなかったに違いありません。心からなる尊敬と感謝の意を表させていただきます。

次に、私の恩師であり、『水滸傳』の翻譯者である清水茂先生。亡くなられるまで、變わることなく暖かい勵ましの言葉をかけてくださいました。

そのほか、本書の中でもお名前をあげさせていただいた佐藤晴彦・大塚秀高・金文京・笠井直美・上田望の各氏をはじめとする皆様には、直接・間接にいろいろとご指導・ご助言を頂戴いたしました。ありがとうございます。

また、本書は平成二十一年度科學研究費補助金（基盤研究C）課題番號二一五二〇三八一「『四大奇書』の研究」の成果であり、平成二十二年度科學研究費補助金（研究成果公開促進費）課題番號二二五〇五〇の補助を受けて刊行されるものです。このような機會をお與えくださった日本學術振興會、それに申請にお力添えくださった京都府立大學事務局の皆さんに深く感謝いたします。

おしまいになりましたが、出版を快くお引き受けくださった汲古書院の石坂叡志社長と、いつもながらの綿密なサポートをしてくださった小林詔子さんに心からお禮を申し上げます。

書名・藝能題名索引

著者略歴

小松　謙（こまつ　けん）

1959年西宮市生まれ。
京都大學大學院文學研究科博士後期課程中退。
富山大學助教授を經て、京都府立大學教授。
文學博士。

著書

『中國歴史小説研究』『中國古典演劇研究』（ともに汲古書院）、
『『董解元西廂記諸宮調』研究』（赤松紀彦ほかとの共著　汲古書院）、
『圖解雜學　水滸傳』（松村昂ほかとの共著　ナツメ社）。
『「現實」の浮上――「せりふ」と「描寫」の中國文學史――』（汲古書院）
『元刊雜劇の研究――三奪槊・氣英布・西蜀夢・單刀會』
（赤松紀彦ほかとの共著　汲古書院）

「四《し》大《だい》奇《き》書《しょ》」の研究

平成二十二年十一月十日　發行

著者　小松　謙
發行者　石坂叡志
整版印刷　中台整版
日本フィニッシュ
モリモト印刷

發行所　汲古書院
〒102-0072　東京都千代田區飯田橋二−五−四
電話〇三（三二六五）九七六四
FAX〇三（三二二二）一八四五

ISBN978－4－7629－2885－7　C3097

KYUKO-SHOIN, Co.,Ltd.　Tokyo